광해의 연인

1

광해의 연인 1

1판 1쇄 발행 | 2015년 05월 10일
1판 10쇄 발행 | 2021년 11월 30일

지은이 | 유오디아
펴낸이 | 김경배
펴낸곳 | 시간여행
편　집 | 이진의
표지 일러스트 | 하이진
본문 디자인 | 서진원

등 록 | 제313-210-125호 (2010년 4월 28일)
주 소 | 경기도 고양시 덕양구 지도로 84, 5층 506호(토당동, 영빌딩)
전 화 | 070-4350-2269
이메일 | sigan_pub@naver.com

종 이 | 엔페이퍼
인 쇄 | 한영문화사

ISBN 979-11-85346-13-7　(04810)
ISBN 979-11-85346-12-0　(세트)

이 도서의 국립중앙도서관 출판예정 도서목록(CIP)은 서지정보유통지원시스템 홈페이지(http://seoji.nl.go.kr)와 국가자료 공동목록시스템(http://www.nl.go.kr/kolisnet)에서 이용하실 수 있습니다. (CIP제어번호 : CIP2015012184)

* 이 도서는 국제친환경 인증을 받은 천연펄프지(Norbrite 95#)로 제작되었습니다.

광해의 연인

1

유오디아 장편소설

시간여행

차례

선조의 가계도

- 선조
  - 의인왕후
  - 인목왕후
    - 영창대군
    - 정명공주
  - 공빈 김 씨
    - 임해군
    - 광해군
      - 폐세자 이질*
  - 인빈 김 씨
    - 의안군
    - 신성군
    - 정원군(원종)
      - 능양군 이종(인조)
      - 능원군
      - 능창군
    - 의창군
    - 정신옹주
    - 정혜옹주
    - 정숙옹주
    - 정안옹주
    - 정휘옹주
  - 순빈 김 씨
    - 순화군
  - 정빈 민 씨
    - 인성군
    - 인흥군
    - 정인옹주
    - 정선옹주
    - 정근옹주
  - 정빈 홍 씨
    - 경창군
    - 정정옹주
  - 온빈 한 씨
    - 흥안군
    - 경평군
    - 영성군
    - 정화옹주

*광해군의 장남 이질(李侄)은 초명이 수(脩)였다가 세자로 책봉된 1609년 지(祗)로 개명하였으며 휘는 질(侄)이나, 혼동을 피하기 위해 작중에서는 이지(李祗)로 표기를 통일하였음을 알려드립니다.

1권 인물소개

김경민

이야기의 주인공인 18세 소녀. 과거와 현재를 오갈 수 있는 시간여행자 가문 출신으로 그 능력 탓에 힘든 시기를 보낸 경험이 있다. 평범한 삶을 꿈꾸며 시험공부에 매진하고 있었지만, 느닷없이 현대에 나타난 광해군 혼과 만나면서 또다시 시간여행자의 숙명과 마주한다.

광해군 이혼

조선의 왕세자. 14대 왕 선조의 아들로, 준수한 외모와 출중한 능력을 지녔으나 내면에는 깊은 외로움을 감추고 있다. 임진왜란이 발발한 후 피난한 아버지 선조를 대신하여 사람들을 이끌던 도중 뜻하지 않은 시간여행으로 경민을 만나게 된다.

김영찬

경민의 아버지. 가문 대대로 전해지는 시간여행 능력을 이용하여 역사학을 연구하고 있다. 부인이 경민을 낳다 죽은 후 혼자서 경민을 키워왔으며 딸 사랑이 극진하다.

정원군 이부

광해군 이혼의 이복동생. 형인 혼과의 우애가 깊다. 혼자 조선에 와 의지할 데 없는 경민을 아들의 보모상궁으로 삼아 궁에 기거할 수 있게 해준다. 차분하고 따뜻한 성품이지만 어째서인지 부인 구 씨에게만은 냉정하게 대한다.

이종

정원군의 어린 아들. 보모상궁이 된 경민을 곧잘 따른다. 훗날의 인조.

연주군부인 구 씨

정원군의 부인. 남편과의 사이가 무척 좋지 않고 아들인 종이에게도 쌀쌀맞다. 불쑥 궁에 나타나 정원군의 보살핌을 받는 경민을 거슬려한다.

선조

조선의 14대 왕. 임진왜란이 일어나자 광해군을 세자로 삼았지만, 전쟁이 끝난 후 아들을 냉대하고 있다.

인빈 김 씨

선조에게 가장 총애받는 후궁이자 정원군의 어머니. 부드럽고 여성스러운 얼굴 밑에 차갑고 표독스러운 성격을 감추고 있어 마녀라는 별명이 있다. 아들 신성군이 죽고 대신 세자 자리를 차지한 광해군을 미워하여 흠을 잡을 기회를 노리고 있다.

임해군 이진

선조의 장남. 성격이 난폭하고 품행이 좋지 않아 장남임에도 불구하고 세자가 되지 못했다. 혼과 마찬가지로 공빈 김 씨의 소생이지만 동생과의 사이는 좋지 않다.

이미영

임해군 처소의 나인이며 경민의 친구. 광해군 이혼을 남몰래 짝사랑하고 있다.

운영

수라간 소속 무수리. 나인이 되어 수라간에 온 경민을 살뜰하게 시중들며 힘이 되어준다.

어느 날

"길을 잃은 것이냐……?"

어린 시절, 가장 끔찍했던 5년의 시간을 알리던 그날.

그 시작이 되는 날이 그 5년 중에서 가장 행복했던 날이었다.

"네 이년! 어서 일어나지 못하겠느냐? 당장 일어나지 않으면 가만두지 않겠다!"

스마트폰의 시끄러운 알람 소리에 나는 몸을 비비적대며 눈을 떴다.

오전 9시. 오늘 검정고시 학원의 첫 수업은 1시에 있다. 이럴 줄 알았다면 좀 더 잘걸 하는 후회가 들지만 이미 잠은 다 깼다.

방 밖으로 나오니 이미 집안은 조용하기만 하다. 보통 이런 분위기라면 '엄마가 어딜 나갔나?'라든지 '아빠는 출근하셨나 보네.'라고 하겠지만 우리 집은 좀 사정이 다르다.

아빠는 하루 종일 집에 틀어박혀 책을 써서 먹고 사는 작가……라기보다 역사학자라고 설명해두겠다. 그렇다면 엄마는? 난 엄마가 없다. 엄마는 내가 태어나던 날 의료사고로 돌아가셨다.

아빠는 근근이 역사학 관련 책을 쓰셔서 그 원고료로 살림을 꾸려나가신다. 물론 그것 갖고는 생활비가 모자라서 종종 대학의 시간강사로 나가기도 하신다. 외동딸인 나는 그런 아버지 밑에서 큰 어려움 없이 자라긴 했다. 어릴 적에 충격적인 일을 잠시 겪기도 했지만, 이제는 시간도 어느 정도 흘러서 그때의 충격에서 완전히 벗어났다고 생각한다.

잠에서 깨어나 바로 몸을 움직이니 배고픔이 밀려왔다. 부엌으로 가니 역시나, 아빠가 차려놓은 아침상이 나를 맞이한다. 대단한 건 없다. 냉장고에서 꺼낸 몇 가지 반찬과 계란 프라이, 흰 쌀밥이 날 기다리고 있다. 평범한 아침. 여기에 작은 메모 한 장이 추가된다.

늦어도 저녁 9시까지 돌아오도록 하마. 사랑한다 딸아.

조금 징글맞지만, 몇 년 전부터 시작된 아빠의 애정표현은 이제 느끼함을 느끼지 못할 정도로 익숙해졌다.

홀로 맞는 아침을 당연하게 여기며 미적미적 식탁의자에 앉아 숟가락을 들었다. 썰렁하고 조용한 아침. 멀지 않은 곳에서 아파트 단지를 빠져나가는 자동차 소리 외에는 다른 소리는 거의 들리지 않는다.

이미 식어버린 국에 숟가락을 담갔다가 도로 빼냈다. 식은 국을 데

워먹는 것은 막 아침잠에서 깨어난 내게는 귀찮은 일일 뿐이다. 밥그릇에 숟가락을 꽂아 넣고 큼지막하게 밥을 푸려는 순간이었다.

우당탕탕!

아빠의 서재 쪽에서 무언가 무너지는 소리가 들려왔다. 보통 같으면 '도둑인가? 경찰에 신고해야 하나?' 할지 모른다. 그러나 나는, 아니 우리 집은 이럴 때 사정이 조금은 다르다. 나는 고개를 저으며 숟가락을 다시 뽑아 입에 넣은 채 자리에서 일어섰다.

내 발걸음이 닿은 곳은 바로 아빠의 서재. 닫혀있는 서재 문 앞에서 나는 우선 길게 한숨을 내쉬었다.

우당탕! 탕탕!

또 요란한 소리가 들려온다.

아빠의 서재는 2평 남짓한 작은 공간으로, 난 그곳을 일명 '창고'라고 부른다. 그 정도로 책이 많이 쌓여 있기 때문이다. 한 사람이 들어서기에도 좁은 그 서재는 한 발만 잘못 내디뎌도 금세 책 더미가 쏟아지는 위험천만한 곳이다. 그러니 앞서 들은 '우당탕탕' 소리는 분명 책이 쏟아지면서 난 소리가 분명하다. 평소 상당히 조심성 있는 성격이신 아빠가 서재를 뒤집어 놓을 정도의 소리를 내고 있다니 이상하다는 생각은 들었지만, 나는 이내 숟가락을 입 속에서 빼내며 서재의 문을 열었다.

"저녁에 오신다면서요?"

그 모습 그대로 멈춰선 난 입을 다물지 못했다.

책으로 둘러싸인 좁은 서재 안. 그곳에 서 있는 사람은 아빠가 아니었다. 남색 도포에 갓을 쓰고 장검까지 빼들고 있는, 십대 후반으로 보이는 조선인이었다. 장검에 맞게 제작된 큼지막한 검집도 허리춤에 차고 있었다. 그 검집이 그가 움직일 때마다 쌓여있는 책들을 건드리며 뭉그질렀다.

갑자기 등장한 나를 돌아보려고 움직인 그가 또 하나의 책 더미를 건드렸다. 그는 쏟아지는 책을 피해 정신을 못 차리고 이리저리 몸을 틀었고, 그때마다 끝없이 새로운 책 더미가 만들어졌다. 나는 한동안 넋 놓고 그 광경을 바라보다가 정신이 들었다.

"자, 잠깐!"

나는 들고 있던 숟가락으로 그를 가리키며 소리쳤다.

"우, 움직이지 마!"

그는 내 말에 당황한 듯 그 자리에 서서 얼음이 되어버렸다.

"기다려봐! 일단 진정해! 그 검집부터 허리에서 빼봐! 그게 자꾸 책을 건드리잖아! 아니지, 그 검부터 먼저 검집에 집어넣어! 그거 진짜 검이지? 아니! 진짜 검일 테니까, 일단 치워봐! 위험하잖아!"

정신없이 쏟아지는 말 중에서 그가 겨우 한 단어를 건져낸 모양이다.

"치워?"

"그 위험한 검부터 집어넣으라고!"

내 비명 섞인 외침에 녀석은 자신이 들고 있던 검을 쳐다본다. 그러더니 여자 앞에서 검을 들고 있어서는 안 된다고 생각했는지, 아니면 지금 자신을 위협하는 것이 책밖에 없다는 걸 깨달았는지 뒤늦게 검을 검집에 꽂아 넣었다.

내가 안도의 한숨을 쉰 바로 그때였다. 녀석이 검집을 허리에서 빼내면서 서재에서도 가장 높게 쌓여있던 책 더미를 건드리고 말았다. 책들은 위태롭게 흔들거리며 당장 쏟아질 기미를 보였다. 나는 숟가락을 내던지고 서둘러 뛰어가 온몸으로 막아섰다.

"이씨!"

나는 키보다도 높게 쌓인 책 더미가 무너지는 걸 막느라 허둥지둥하는데, 일을 만든 녀석은 태평한 얼굴로 그것을 구경하고 있다. 무너지려는 책들은 다름 아닌 일성록. 간단히 말하면 조선시대 임금님의 일기다. 참고로 정조시대부터 있다. 서재에 있는 이 책들은 역사편찬위원회에서 두껍고 질 좋은 양장본으로 새롭게 펴낸 것으로, 100권이 넘는 양에 무겁기도 아주 무겁다. 나는 그중 최소 40여 권을 온몸으로 받치고 있었다.

"으이씨! 안 보여? 안 보이냐고!"

녀석의 나이대가 나와 비슷하게 보여서 나는 다짜고짜 반말로 소리쳤다. 그런데도 이 녀석, 멀뚱멀뚱 쳐다만 본다.

"좀 잡아봐! 책 넘어지잖아!"

내가 직접 지시한 다음에야 녀석의 손이 움직였다. 이름 모를 그 녀석의 도움으로 일성록이 무너지는 것을 겨우 막아내고서 나는 한숨을 돌렸다.

녀석은 주변 환경이 익숙하지 않은지 좁은 서재를 이리저리 둘러보다가 내게 물었다.

"여기는……."

"아, 알아. 그 질문 나올 줄 알았어. 지금 여기가 어디냐고 묻는 거지?"

계속되는 내 반말이 마음에 안 드는지 녀석의 인상이 살짝 찌푸려진다. 뭐, 차림새를 보아하니 적어도 조선시대 양반이다. 신분을 가늠할 수 없는 여자의 반말이 곱게 들릴 리가 없을 것이다. 이해는 한다. 이해는 하는데…….

"음, 여기는 말이지."

이럴 때를 대비해서 아빠가 가르쳐준 대비책이 있지.

"천국. 아니, 하늘 세계야! 하늘나라. 하늘나라 알지?"

"하늘나라……?"

"봐봐, 낯설지? 처음 보지? 뭐가 뭔지 모르겠지? 그게 바로 하늘나라라는 증거야."

"하늘나라라니? 그럼 내가 죽었단 말이오?"

"어……. 그게 말이지. 죽은 건 아니고, 곧 살려줄 거야. 오늘 저녁쯤? 다시 원래 왔던 세상으로 가게 될 거야. 그러니까 그때까지 여기에 가만히 있으면 돼."

"내가 무슨 죄를 지은 거요? 천제의 노여움이라도 산 거요?"

"그건 이따가…… 그 천제님 오시면 이야기하자."

여기서 천제는 물론 우리 아빠다. 조선 사람에게 천제 소리를 들었다는 걸 안다면 아빠는 좋아하실까?

"천제? 정말 여기가 천제가 사시는 하늘나라란 말이오?"

녀석은 아주 '약간' 내 말을 믿지 못하는 얼굴이다.

'이럴 때를 대비한 방법이 또 하나 따로 있지.'

나는 서재에 유일하게 하나 있는 창문을 열어젖혔다. 이 방법은 조금 극단적이라 아빠가 하지 말라고 주의를 준 적이 있긴 하다. 그래도 저번에 조선 후기에서 왔다는 임노동자에게는 아주 잘 통했었다.

"여기 바깥을 보라고."

내 말에 그가 창문 밖을 내다보았다. 참고로 우리 집은 아파트 30층이다. 쌩 하고 올라오는 차가운 가을바람과 더불어 사람들이 개미처럼 움직이는 것을 보자 녀석의 표정이 싸늘하게 굳는다.

"이럴 수가……."

녀석은 믿기 어렵다는 듯 한참 밖을 내다보다가 결국 털썩 주저앉고 말았다. 충격을 받은 모습을 보아하니 아빠가 돌아올 저녁까지는 이 상태로 잘 버틸 수 있을 것 같다.

"자자, 진정하고 이 방 안에서 꼼짝하지 말고 있어. 때가 되면 돌아가게 해줄 테니까. 혹시 목마르니? 물도 있고 주스도 있는데……."

사색이 된 얼굴로 주저앉은 녀석은 말이 없었다. 나도 이 녀석이 얼마나 큰 충격을 받았을지 정도는 안다. 지금으로부터 9년 전. 내가 조선에 첫 발을 딛었을 때의 충격만큼은 될 테니까. 그런 면에서는 나도 비슷한 경험자라고 말할 수 있다. 물론 나는 당시에 9살로 지금 이 녀석보다 훨씬 어렸지만.

"휴우……."

할 말을 잃고 기운 없이 앉아있는 녀석을 놓아둔 채 조용히 서재 밖으로 나가려는데 녀석이 나를 불러 세웠다.

"그런데 소저는 누구요?"

그 질문에 나는 잠시 고민에 빠졌다.

지금까지 아빠가 미래로 데려왔던 사람만도 여럿이다. 하지만 그때마다 아빠가 있었고, 내가 그들을 만났을 때는 이미 어느 정도 아빠의 설명이 끝났던 터라 굳이 나에 대해 소개할 이유가 없었다. 내 역할은 어린 시절 조선에서 살았던 경험을 이야기해 그들을 안정시키는 것뿐이었다. 하지만 이 녀석에게만큼은 내가 조선에 살았었다는 이야기를 하고 싶지 않았다. 그랬다가는 자신이 양반이라는 사실을 내세워 온갖 폼을 잡을지도 모른다는 생각에서였다.

"나는…… 그냥 여기 사는 사람."

"이곳에 사는?"

"그냥 그렇게 알아둬."

나는 책을 받치려고 내던졌던 숟가락이 바닥에 떨어져 있는 것을 발견하고 주워들었다. 녀석은 나를 멀뚱멀뚱 쳐다보고 있었다.

"근데 넌 몇 살이니?"

내가 친근하게 말을 걸어서인지, 조금 전까지만 하더라도 큰 충격을 받은 것 같이 보였던 녀석의 얼굴에 생기가 돌아왔다.

"올해 열여덟이오."

녀석의 나이는 나와 같았다. 새롭게 알게 된 사실에 나는 고개를 끄덕이고는 더 이상은 아무것도 묻지 않은 채 문을 닫고 서재를 나왔다. 부엌으로 돌아온 나는 개수대에서 숟가락을 깨끗이 씻고는 다시 식탁으로 돌아와 식사를 계속했다.

우리 아빠는 시간여행자다. 정확히는 우리 집안이 대대로 시간여행자의 집안이다. 그렇다고 거창한 집안의 역사라든가 그런 걸 물어본다면 나는 통 아는 게 없다. 흥미도 없고 관심도 없기 때문이다.

그 이유는 이렇다. 우리 집안 여자들은 남자들과 달리 불안정한 시간여행을 한다. 시간을 거슬러갈 수는 있지만 집안 '남자'의 도움이 없으면 다시 원래 있던 시간으로 돌아올 수가 없다. 거기다 원래 있던 시간으로 돌아오지 않고는 거슬러 올라간 시간에서 또다시 시간여행을 하는 것도 불가능하다. 이것뿐만이 아니다. 남자와는 달리 정확한 날짜를 맞추어 시간여행을 하지도 못한다.

이런 불합리한 제약 덕분에 나는 어린 나이에 끔찍한 일을 겪었다. 내 나이 9살. 그날은 휴일이었다. 아빠는 내가 좋아하는 스파게티를 요리하느라 부엌에서 바쁘셨고, 나는 내 방에서 세종대왕의 위인전기를 읽고 있었다.

책 속 그림 때문이었을까. 세종대왕은 어린 내 눈에도 꽤나 멋있는 분으로 비춰졌다. 위인전기를 다 읽은 난 마음속으로 간절히 바랐다. 세종대왕을 보고 싶다고 말이다.

그때까지 나는 우리 집안이 시간여행자 집안이라는 것도 전혀 모르고 있었다. 나중에 들은 이야기지만, '그 날의 일'이 일어나지 않았더라면 아빠는 우리 집안이 시간여행자라는 사실을 여자인 내게는 평생 알려주지 않으려 하셨다고 한다.

그때의 나는 그저 시간을 거슬러 세종대왕을 만나고 싶다는 생각뿐이었고, 그 생각만으로 내가 과거로 돌아가는 시간여행의 문을 열 수 있다는 것도 전혀 알지 못했다. 그저 그 생각을 한 순간 내 귓가를 간질이는 따사로운 바람에 기분이 좋아졌을 뿐.

그렇게 내 첫 시간여행은 위험하게도 9살이라는 어린 나이에 시작되었다.

1447년의 조선. 나는 그곳으로 가서 세종대왕을 만났다. 세종대왕은 내 예상대로 좋은 분이었다. 물론 책 속 그림과는 다르게 통통하고 걸음도 부정확하게 걷는 데다가 눈도 제대로 보이지 않으셨지만 말이다.

"길을 잃은 것이냐……?"

세종대왕은 내가 그저 길을 잃은 어린아이라고 여기고는 지밀상궁에게 잘 챙겨주라고 말씀하셨다. 만약 내가 조선으로 가자마자 세종대왕을 만나지 못했더라면? 잘해야 궐 밖으로 쫓겨났을 테고 최악의 경우 옥에 갇혀서 조사를 받았을 것이다.

세종대왕은 신분에 관한 어떠한 기록도 없는 내가 생각시로서 궐에 머물 수 있는 길을 열어주셨다. 그뿐만이 아니었다. 날 옹주들과 함께 공부할 수 있도록 해 주셨다. 이것은 생각시들 중에서도 오직 나에게만 허락된 특권이었다.

결국 그 특권은 안티를 만들었다. 나를 담당했던 상궁은 내가 자주 세종대왕을 뵙고, 옹주들과 어울린다는 이유 하나만으로 더욱 엄격하게 날 가르쳤다.

그것은 정말 끔찍한 경험이었다. 사람이 아닌 '조선의 여자'가 되는 것. 법도를 강요받고 자신의 주장을 말할 수 없는 것. 같은 나이라고 하더라도 신분이 다르면 친구가 될 수 없고 존칭을 사용해야 한다는 것. 내가 알던 언어가 아닌 궁중 언어를 사용해야 한다는 것. 평생 일만 하는 것을 운명으로 받아들이는 것. 자유로운 21세기를 살아가던 초등학생에게는 엄청난 문화적 충격이자 끔찍한 경험이었고, 정신적인 학대가 따로 없었다.

그렇게 5년이 흘렀다. 그즈음 나는 대한민국 국민으로 살아온 9년간을 잊고 완전한 조선 여인이 되는 길목에 놓여 있었다. 그리고 그때 아빠가 나를 찾아냈다. 어떻게 나를 찾아냈는지는 몰라도 아빠를 다시 만난 덕분에 나는 현대로 돌아올 수 있었다.

그러나 그것이 끝은 아니었다. 이번에는 내가 나고 자란 21세기에 적응을 하지 못했다. 말도 사투리에 가까운 옛날 한국어를 사용했고 한글보다는 한자를 선호했다. 여기에 조용하며 나서지 않고 고분고분한 것이 여인의 미덕이라고 배워왔으니 또래와 정상적인 학교생활이 불가능했다. 결국 난 왕따가 되었고 수업도 따라가지 못했다. 할 수 없이 아빠는 나를 자퇴시킨 후 집에서 직접 가르치셨다. 5년을 조선에서 살아왔던 나에게 맞는 방식으로. 그것은 조선과 현대의 교육을 동시에 받는 것이었다.

그렇게 4년의 시간이 흘렀다. 그 사이 나는 조선시대와 내가 살아가는 현대를 완전히 구별하고 적응해나갔다. 그러나 난 친구도 하나 없었고, 또래 아이들이 교복을 입고 학교에 다니는 동안 대학을 가기 위해 검정고시에 매달렸다. 교복을 입고 학교를 다니는 것은 나에게 이뤄질 수 없는 꿈이 되어버렸다. 9년 전, 단 한 번의 실수로 인해서.

쿠당탕탕!

아까는 '우당탕탕'이었던 걸로 기억한다. 그런데 이번에 문 닫힌 서재 안에서 들려오는 소리는 '쿠당탕탕'이었다. 나는 골치 아픈 일에 연관되는 것이 싫어 그 소리에 귀를 기울이지 않으려고 최대한 노력했다. 꾸역꾸역 아침밥을 먹으면서 무심한 척 서재 쪽으로 눈길조차 주지 않으려고 했다. 하지만 이미 온 신경은 그쪽을 향해 있었다.

18살. 한창 호기심이 많을 나이란 건 안다. 그러나 조선시대의 18살이 대체 어떤 생각을 가지고 있을지 나로선 알 수가 없다. 지금까지 아빠가 과거에서 잠시 데려왔던 사람들은 대부분 중년이었고, 대개는 평민이나 노비여서 낫 놓고 기역 자도 모르는 사람들이 태반이었다. 그들은 아빠와 함께 이 21세기로 와서 잠시 머물다 조용히 돌아갔다. 그들이 잠시나마 보았던 미래는 그저 신기한 '하늘세상', 한낱 '꿈'으로 기억되었을 것이다. 그러나 이번에는 다르다. 신분도 양반인데다가 그것도 소년이다.

내가 밥을 다 먹었을 때쯤 더 이상 서재에서는 아무런 소리가 들리지 않았다. 다 먹은 밥그릇을 개수대에 가져놓기 위해 식탁에서 일어섰다. 바로 그때였다. 갑자기 머리가 지근지근 아파오더니 다음 순간 다리에 힘이 풀리는 바람에 그 자리에 털썩 주저앉았다.

"아……!"

다리는 곧 정상으로 돌아왔지만, 머리는 계속 아팠다. 그때 이 이유 모를 두통과 관련해 불현듯 내 머리를 스치고 지나가는 생각이 있었다. 나는 서둘러 서재로 향했다.

문을 열어젖히자 안에 있던 녀석이 놀라 고개를 든다. 녀석의 손에 들려있는 건 한 권의 책. 쓰고 있던 갓도 벗어서 옆에 내려놓은 채였다. 막 책읽기에 몰두하려던 모양이다. 난 험악한 기세로 녀석에게 다가가 그가 들고 있던 책을 빼앗았다.

"남의 물건에는 함부로 손대지 말라고 부모님께 안 배웠니?"

짜증 섞인 내 목소리에 오히려 녀석은 어이가 없다는 얼굴을 한다. 나는 그 얼굴을 외면한 채 녀석이 보려던 책의 제목을 보았다. '인조실록'이라고 적힌 한자가 내 눈에 제일 먼저 들어왔다. 물론 이 책은 조선시대에 만들어진 사고본이 아니라 역사편찬위원회에서 새롭게 만든 양장본이었다. 그러니 녀석이 이 책을 읽더라도 이것이 사고본과 같은 실록이라는 것을 깨닫기는 어려울 것이다. 그러나 문제는 다른 곳에 있다.

시간여행자는 과거의 사람과 함께 있을 때, 과거의 사람이 절대 알아서는 안 될 '미래'의 사실에 근접할수록 통증을 느끼게 된다. 이 녀석을 과거에서 데려온 것은 아빠이지만, 아빠는 현재 이곳에 없다. 그래서 가장 가까이 있는 시간여행자인 내가 그 통증을 느끼게 된 것이다. 아빠는 이것을 '경고'라고 말씀하셨다. 미래에 영향을 줄 수 있는 사실을 과거의 사람이 알지 못하도록 사전에 막으라는 경고라고 말이다.

뭐 나에게는 그런 경고 따위는 관심 밖의 일이다. 이 녀석의 쓸데없는 짓거리에 내가 하마터면 크게 아플 뻔했다는 사실이 중요할 뿐. 난 당장에 꿀밤이라도 쥐어박을 듯한 기세로 녀석을 째려보며 말했다.

"가만히 있으랬잖아!"

"미안하오……."

무언가 불만이 가득하긴 하지만, 제가 읽으려던 것이 '남의 책'임이 분명함을 인지하고 사과하는 녀석. 바로 꼬리를 내리는 녀석의 얼굴을 보며 나는 문득 그가 상당한 미소년이라는 걸 깨달았다. 갓을 벗은 덕에 얼굴이 드러나 있었다. 다짜고짜 책부터 빼앗은 게 미안할 정도로 잘생긴 용모였다. 딱히 그 얼굴에 마음이 약해진 것은 아니지만, 내 목소리는 한층 부드러워졌다.

"심심하면 다른 책 줄게. 내가 주는 것만 읽어."

부드러운 목소리로 어르자 녀석은 순순히 고개를 끄덕이며 자리에서 일어섰다.

"글은 좀 알아?"

그러자 녀석의 눈살이 찌푸려진다.

"소학은 물론이고 사서삼경을 끝마쳤소. 그런데 내 어찌 글을 모르겠소?"

"소학에 사서삼경이 조선의 기본 교과서인 건 알겠는데, 그 정도는 나도 다 끝마쳤거든."

이젠 당시에 배웠던 책들의 내용까지는 잘 기억나지 않는다. 하지만 그 모든 걸 내게 가르쳐주신 분은 세종대왕이다. 4년 전 아빠와 함께 돌아와 다시 학교에 들어갔던 나는 같은 반 친구들에게 세종대왕에게서 사서삼경을 배웠다고 말했다가 '왕따'의 길로 들어서게 되었다. 이 조선시대에서 온 녀석도 세종대왕에게 글을 배웠다고 하면 '왕따'는 못 시키더라도 날 미쳤다고 생각할 것이다.

"선왕이 누구셨어?"

적어도 녀석이 살았던 시대에 이미 존재하던 서적을 내어줘야 할 테니까 말이다.

"선왕의 시호 말이오?"

"그래."

"그걸 왜 묻는 것이오?"

나는 한숨을 길게 내쉬었다.

"심심할까 봐 읽을 책 찾아주려는 거야. 읽기 싫으면 말고."

녀석이 망설이더니 입을 열었다.

"명종공헌헌의소문……."

"거기까지!"

나는 그 녀석의 말을 잘라버리고는 책 더미를 뒤지기 시작했다.

"명종이니까……."

명종이 선왕이라는 것은 이 녀석이 선조시대에서 왔다는 뜻이다. 생각해보니 최근 몇 년 동안 아빠는 광해군 연구에 매진하셨다. 이 녀석도 광해군 연구와 관련해서 아빠가 데려온 게 틀림없다.

어쨌든 선조시대에서 온 녀석이라고 해서 평범한 양반에게 명종실록을 내어줄 수도 없다. 실록은 사고에만 보관되는 것으로 임금도 함부로 볼 수 없는 귀한 책이니 말이다.

"이게 좋겠네."

나는 정감록을 집어 그 녀석에게 내밀었다.

"예언서라 재미있을 거야."

"예언서?"

"아마 명종 시기에 민간에 돌아다녔을 텐데, 본 적 없어?"

그 녀석은 한자로 쓰여 있는 정감록의 제목을 눈으로 읽더니 대답했다.

"이런 잡서는 듣도 보도 못하였소."

슬슬 이 녀석도 나에게 짜증이 나는 건지, 말투가 약간 비꼬듯이 들린다. 하긴 짜증이 날 법도 하다. 눈 떠보니 낯선 곳인데다가 이상한 옷차림의 여자에게 반말이나 찍찍 듣고 있으니 말이다. 게다가 신분상 양반인데 얼마나 콧대가 높을까. 옷도 고급스러워 보이는 재질의 비단인 걸 보면 양반도 그냥 양반이 아닌 것 같았다. 대저택에서 하인들을 여럿 거느리며 사는 분위기다. 그렇다고 내가 주눅이 들 이유도 없다. 조선이 아닌 21세기를 살아가고 있는 나다. 영어라고는 한마디도 하지 못할 구닥다리 조선 녀석에게는 더더욱!

"이런 잡서 따위도 읽지 않으니까, 왜란이나 겪었던 거라고."

당당하게 녀석의 말을 맞받아친 순간 나는 실수를 깨달았다. 임진왜란이 일어난 건 선조 때가 맞지만, 만약 임진왜란이 일어나기 전에 살던 녀석이라면 난 지금 엄청난 실수를 저지른 것이다. 미래의 일을 알려주고 말았으니까. 나는 통증을 예감하며 겁부터 집어먹고는 눈을 질끈 감았다. 그런데 시간이 지나도 통증은커녕 가벼운 두통조차 느껴지지 않는다. 분명 '왜란'이라는 엄청난 말이 내 입에서 나왔는데 말이다. 게다가 왜란의 의미를 캐묻거나 무슨 말을 한 거냐고 물어야 할 이 녀석도 꽤나 조용하다. 그렇다는 말은 이 녀석이 왜란을 겪었다는 거다.

나는 감았던 눈을 떠서 녀석을 바라보았다. 임진왜란. 7년 동안 벌어졌던 그 전쟁을 이 녀석은 안다는 거다. 게다가 녀석을 보니 뭔가 속상한 건지 억울한 건지 얼굴이 붉게 달아올라 있다.

분한 걸까? 고작 여자인 내게 꾸지람이나 들었기 때문에? 아니면 왜놈에게 조선이 짓밟힌 것이 슬프고 화가 나서인지도 모른다. 보아하니 녀석은 왜란이 일어난 시기나, 그 이후의 선조시대에서 온 것이 확실했다. 선조는 왜란 이후에도 10년은 넘게 왕위에 있었으니까. 다시 말해 아빠가 녀석을 데려온 시대는 임진왜란 도중이거나 그 뒤라는 거다.

슬슬 걱정이 밀려온다. 왜란이 일어난 시기. 아빠야 물론 시간여행이 가능하니까 위험 속에서도 알아서 피해 다니실 것이다. 그런데 왜 하필 그런 시대에서 이 녀석을 데려오신 걸까.

아빠는 최대한 역사에 영향을 주지 않는 선에서 시간여행을 하시고, 어지간해서는 역사적 변화와 직접적으로 관련 있는 인물을 데리고 오는 위험한 일 따위는 하지 않으신다. 이 녀석도 역사와 아무런 관련이 없으니 데려오셨을 것이다. 그래도 하필 왜 이 녀석이었는지는 아빠가 돌아오면 꼭 물어볼 생각이다.

침묵만 흐르는 가운데 녀석은 내가 건넨 정감록을 한 손에 꼭 든 채로 좁은 서재 바닥에 자리를 틀고 앉았다. 나는 오랜만에 보는 녀석의 망건으로 시선을 돌렸다.

"오랜만에 이 머리 모양을 보니 조금 신기하긴 하네. 어라? 꽤 좋은 향기가 나는걸. 무슨 물로 머리를 감았어?"

어색해진 분위기도 벗어나볼 겸 건네 본 말이었다. 그런데 돌아오는 대답이 없다. 책을 펼쳐들더니 완전히 나를 무시하는 녀석. 기분이 나

빠진다. 나는 결국 손가락으로 망건에 고정된 그의 머리 더미를 툭툭 건드렸다.

두어 번 찔렀을까.

탁!

녀석이 한 손으로 내 손목을 낚아채 잡았다. 동갑인데도 불구하고 남자라 그런지 손힘이 상당했다

"무엄하다!"

"아, 아파……!"

아프다는데 놓아주기는커녕 손에 힘을 더 주는 녀석. 참다 참다 폭발이라도 한 모양이었다.

"아파, 아프다고!"

내가 잔뜩 기가 죽은 목소리로 말하자, 녀석은 세게 움켜잡고 있던 내 손목을 놓아주었다. 손목이 부러질 것 같은 통증에 인상을 찌푸리며 투덜거렸다.

"내가 말을 너무 심하게 했다면 미안해. 하지만 이런 식으로 화를 낼 것까진 없잖아?"

말은 이렇게 하지만 목소리는 기어들어간다. 앉아있는 녀석의 옆에 놓인 검이 상당히 신경 쓰여서다. 혹시라도 화가 폭발해서 검을 뽑아 들기라도 하면 골치 아파지는 건 나였다. 목숨의 위협을 느낀다고 경찰을 부를 수도 없는 상황이니까.

"알았으면, 그만 나가보아라."

아까의 정중하던 태도는 다 어디 가고, 내가 고개 숙이고 들어가자

역시나 양반 본색이 나온다. 계집종 부리듯 하는 말투. 저 말투, 그래 기억한다. 조선 세종조에서 생각시로 지내던 시절, 나를 무슨 강아지 부리듯 했던 강 상궁이 저런 말투를 잘 썼던 것 같다.

화딱지가 다시 올라오려고 했다. 그러나 일단 후퇴. 심심함을 달래 줄 책도 한 권 건네줬겠다, 녀석을 놔둔 채 조용히 나갈 생각이었다. 바로 그때였다.

꼬르르르르륵. 꼬륵.

익숙하지만 요즘 시대에는 듣기 힘든 소리가 들려왔다. 소리의 진원지를 찾아 그 녀석이 앉아있는 곳으로 몸을 돌리자, 그 소리가 또다시 들렸다.

꼬르르르르르르륵.

마치 합창을 하는 듯한 소리에 그 녀석의 얼굴이 새빨개진다.

"어흠! 어흠! 어흐흐흠!"

나이에 어울리지도 않는 헛기침으로 소리를 가리려고 하지만 이미 돌이키기에는 늦었다.

"너……."

"어흠! 나가라 하지 않느냐!"

그제야 난 녀석의 짜증 섞인 화가 배고픔에서 시작되었다는 걸 깨달았다.

"배고파?"

"어흠~!"

헛기침을 하며 눈을 피하는 녀석. 결국 내게서 터져 나온 웃음소리에 녀석의 얼굴은 불에 활활 타오르듯 색이 진해진다. 그 모습에 내 웃음소리는 더욱 커져만 가고, 녀석은 그런 나를 올려다보며 호통을 친다.

"나가라 하지 않느냐!"

"됐고, 따라 나와."

"뭐라 하였느냐?"

"배고프잖아. 배고프면 밥 먹어야지. 넌 오늘 운수 좋은 줄 알아."

이유는 모르지만 이 녀석과 친해질 수 있다는 생각이 들었다.

서재 밖으로 나온 녀석은 거실을 둘러보느라 여념이 없다. 그 사이 나는 보온밥솥에서 밥을 꺼내 새 공기에 담았다. 남아있는 곰국도 덥혀서 파까지 송송 썰어 국그릇에 담아 식탁에 차리자 냄새를 맡은 녀석이 부엌으로 왔다. 녀석은 내가 식탁에 차려낸 음식 주변을 기웃거리기만 하고 앉지 않았다.

"뭐해? 안 앉고."

그러자 어디에 앉아야 할지 모르겠다는 눈으로 나를 바라본다. 나는 식탁의자를 손으로 가리키며 말했다.

"저런 건 명나라에도 있잖아."

그는 잠시 주저하는 것 같더니 조심스럽게 의자에 앉았다. 그러나 의자가 영 불편한지 균형을 잡듯이 식탁에 두 손을 올려놓는다. 나는 다시 한 번 웃음이 나오려는 걸 간신히 참고는 그에게 수저를 내어주었다.

"입에 맞을지는 모르겠지만……."

내 말이 끝나기도 전이었다.

후루룩, 후륵. 찹찹찹.

기다렸다는 듯이 정신없이 밥을 먹는 녀석. 딱 봐도 거지꼴이다. 어쩌다가 양반이 이런 꼴이 됐을까.

"천천히 먹어. 체할라. 대체 얼마나 굶은 거야?"

흡입하듯 밥 한 그릇을 뚝딱해버리고 국그릇을 거의 들어서 마시는 녀석. 안됐다는 생각에 서둘러 밥 한 그릇을 더 내어주고 유리잔에 물을 따라주었다. 밥 한 그릇이 일단 들어가서인지, 내가 건네는 유리잔으로 녀석의 시선이 꽂혔다. 나는 서둘러 변명하듯 말했다.

"명나라에서 왔어. 명나라에서."

천원 숍에서 샀으니, 메이드 인 차이나는 분명하니까.

그는 찻잔을 들듯 두 손으로 유리잔을 들어 올려 물 한 잔을 깨끗이 비워내고는 다시 식사를 이어나갔다.

"오늘 하루 종일 굶었어?"

그가 고개를 저었다.

"그럼…… 반나절?"

녀석은 다시 한 번 고개를 젓고는 식사를 멈추더니 고개를 들었다. 여자보다도 더 새하얀 얼굴과 반짝이는 두 눈동자를 내게 향하고 입을 열었다.

"사흘."

"사아아아흘? 정말? 사흘이나 굶었어? 어쩌다가?"

양반이 사흘이나 굶다니. 고향을 떠나 떠돌이 생활이라도 하는 걸까?

하지만 옷차림으로 보아서는 전혀 굶주릴 사람으로 보이지는 않았다. 게다가 허리춤에 매달린 반이 깨어진 옥패.

"그 옥패라도 팔아서 요기를 하지 그랬어."

그는 내 말에 허리춤으로 시선을 보내더니, 밥맛을 잃은 것인지 들고 있던 숟가락을 내려놓았다. 그리고 반쯤 깨어진 옥패를 소중히 들어 올리며 말했다.

"다른 것은 다 팔아도 이것은 그럴 수 없다."

"왜? 중요한 거야?"

"내게 누구보다도 소중한 이가 준 것이다. 허나 어찌된 영문인지 반으로 깨어져 한쪽을 잃어버렸다. 이곳에 와서야 알게 되었지만……."

말하는 걸로 보니 가문 대대로 내려오는 보물 같은 건 아닌 것 같다.

"더 안 먹어?"

"이제 되었다."

어느 정도 배가 찼는지 다시 양반으로 돌아온 녀석. 나는 그가 방금 전까지 아주 급하게 밥을 먹었던 걸 상기시키는 농담거리라도 말하려고 했지만, 반쪽짜리 옥패를 바라보는 그의 눈동자가 너무나도 슬퍼 보여서 차마 그럴 수 없었다.

"혹시 좋아하는 거 있어? 내가 할 수 있는 거면 후식으로 만들어줄게."

"후식?"

"응. 간식 말이야. 내가 이래 봬도 요리를 좀 할 줄 알거든."

"되었다."

정중하게 사양하는걸 보니 내 요리솜씨를 믿지 못하는 것 같다. 이

건 더 믿기 어렵겠지만 난 어린 시절의 5년을 세종조의 수라간에서 보냈다. 녀석 같은 평범한 양반은 평생 구경도 못할 음식만 5년을 보았다는 말이다.

"아무리 못해도 수라간 나인 실력은 된다니까. 걱정 말고 말해봐."

"수라간 나인? 이곳에도 수라간이 있느냐?"

"수라간은 궁궐에나 있는 거지. 여기에는 없어. 그러니까 내 말은, 내가 수라간 나인급 실력은 되니까 먹고 싶은 걸 말하라는 거지. 그것도 동갑이라서 특별히 해주는 거야."

"동갑이라니? 지금 너와 내가 동갑이라는 것이냐?"

"응."

내가 활짝 웃으며 고개를 세차게 두어 번 끄덕였다. 그는 잠시 어이가 없다는 표정을 지었다. 그러나 무슨 생각이 들었는지 조금 뒤 내게 말했다.

"삶은 계란을 먹고 싶구나."

"삶은 계란? 그 흔한 걸 왜? 난 신선로 같은 걸 이야기할 줄 알았지. 어차피 신선로는 재료가 없어서 못해주지만."

"좋아하는 것을 말하라 하지 않았느냐. 내가 가장 좋아하는 것은 삶은 계란이다."

"어째서? 삶은 계란은 흔하잖아."

"내 어머님이 해주셨던 유일한 음식이었다."

그의 말에 나는 어처구니가 없다는 투로 되물었다.

"어머님이 삶은 계란밖에 안 해주셨어?"

정성스레 차린 반찬도 아니고 좋아하는 게 고작 삶은 계란이라니. 나로선 간단하지만 말이다. 마침 어제 저녁에 장을 볼 때 사온 계란 한 판이 집에 있다.

그때, 그가 조금 힘이 빠진 목소리로 말했다.

"내 어머님은 내가 아주 어렸을 때 돌아가셨다. 어머님에 대한 기억은 하나뿐인데, 그것이 바로 내게 삶은 달걀을 해주셨을 때다."

그제야 나는 그가 엄마가 없는 소년이라는 걸 알게 되었다. 하지만 그는 엄마에 대한 기억이라도 있는 모양이었다. 나는 엄마에 대한 기억 자체가 아무것도 없다. 내가 태어나던 날, 엄마는 돌아가셨으니까.

"그런데 말이야. 난 아마 그 맛과 똑같은 맛은 못 낼 거야. 나뿐만 아니라 그 누구도 불가능할걸."

"알고 있다."

더 힘 빠지는 듯한 그의 목소리에, 나는 일부러 힘차게 답을 주었다.

"대신 삶은 계란 하나로 조선 그 어디에서도 절대 볼 수 없는 걸 만들어줄게!"

"조선 그 어디에서도 절대 볼 수 없는 것?"

그가 의아한 표정을 지었다.

"응! 그러니 기대하시라!"

나는 자랑스레 한마디를 외치고는 그를 놔두고 부엌 옆의 작은 창고에서 계란 네 개를 꺼내왔다. 그리고 뜨거운 물을 끓여 계란을 삶아내고는 두꺼운 종이와 젓가락. 고무줄 두 개로 특별한 계란을 만들기 위해 동분서주했다.

요리에 열중하는 가운데에도 혹시 그가 가스레인지를 보고 이것저것 물어볼까 걱정되어 흘끔흘끔 식탁 쪽을 살폈다. 그러나 그는 돌아가신 어머니가 떠오른 것인지, 내가 계란을 요리하는 내내 손에 들고 있는 옥패에서 눈을 떼지 못하고 있었다.

나는 그에게 동정심이 들기 시작했지만, 그렇다고 그가 돌아갈 때까지 돌보기에는 여유가 없었다. 무엇보다 검정고시 학원에 가야 했다. 하지만 시한폭탄과도 다름없는 녀석을 혼자 두고 나 몰라라 학원에 갈 수는 없었다. 그저 아빠가 빨리 돌아오기를 바랄 수밖에.

나는 삶은 계란을 '특별한 모양'으로 바꾸어 예쁘게 썰어내고는 접시에 담아 그의 앞에 내려놓았다. 내가 만든 것은 다름 아닌, '하트 모양의 삶은 계란'이었다. 젓가락으로 계란의 가운데를 눌러 뭉툭하게 모양을 낸 후에 썰면 하트 모양이 만들어지는 레시피다.

그는 삶은 계란의 놀라운 변신에 오랫동안 접시에 놓인 계란을 뚫어져라 쳐다보았다. 나는 조선에서 온 그의 품평을 기다렸다. 그러나 그는 품평을 들려주기 전에 먼저 젓가락으로 썰어놓은 삶은 계란을 조심스레 들어 올려 한입에 먹었다.

"어때? 그건 맛보다는 모양으로 먹는 건데."

그가 계란을 몇 개 더 집어먹더니 나를 향해 고개를 들어 올렸다.

"어머님의 맛은 나지 않는다."

그의 얼굴은 무뚝뚝해 보였다. 나는 그 표정이 실망감의 표현이라 여기고는 민망한 마음이 들어 목소리를 높였다.

"그래서 내가 말했잖아! 그 맛은 그 누구도 낼 수 없을 거라고!"

그가 그런 내 얼굴을 보더니 입가에 미소를 지으며 말했다.

"허나 모양은 천하일색의 눈웃음 같구나."

보기 드문 조선식 칭찬에 내 눈이 동그랗게 떠졌다. 입가는 물론 눈가에도 가득한 그의 부드러운 미소도 갑작스런 당황스러움에 한몫했다. 내 나이 또래에 이렇게 잘생긴 애가 또 있을까 싶을 정도로 미남형의 얼굴. 괜히 얼굴이 화끈거렸다.

"뭘 그리 복잡하게 감탄해! 그냥 좋으면 좋고, 별로면 별로인 거지."

"아니다. 맛도 좋구나. 소금이 있으면 더 좋겠지만……. 소금은 귀하디귀하니……."

나는 그의 말이 끝나기도 전에 재빨리 식탁 안쪽에 놓인 소금통의 뚜껑을 열어 내밀었다. 그러자 이번에는 그가 놀란 눈동자로 조그마한 통에 가득 담긴 소금을 보며 감탄을 내뱉었다.

"여기도 소금이 있는 것이냐?"

"여기는 소금이 많아. 가격도 싸고."

"가격이 싸다니. 누구나 쉽게 구할 수 있단 말이냐?"

"물론이지. 대신 돈이 있어야 하지만……. 내가 말했잖아. 천계라고. 천계에 불가능한 게 어디 있겠어?"

"그런가……."

그는 소금통의 소금을 약간만 그릇에 옮겨 계란과 함께 맛있게 먹었다.

식사 후 그가 거실에 걸린 사진들을 구경하는 사이, 나는 검정고시 학원을 다니며 만난 같은 반 동생 유진이에게 문자를 보냈다.

「오늘은 사정이 있어서 학원에 못 갈 것 같아. 선생님께 잘 좀 말씀 드려줄래?」

답은 금방 왔다.

「오늘 검정고시 모의고사 날인 거 잊었어요? 언니, 정말 어쩌려고 요? 이번 모의고사로 반 다시 나눈다던데, 시험 안 보면 무조건 낮은 반 가야 해요.」

"아이씨……."

아빠는 없고, 시한폭탄 같은 녀석은 등장했다. 게다가 오늘이 모의고사 날인 걸 잊다니! 하긴, 이런 믿기 어려운 아침을 맞는 사람이 한국에 몇이나 될까?

"저기, 저기 말이야."

나는 그에게 다가갔다. 그는 거실에 걸려있는 아빠와 엄마의 젊은 시절 사진을 보고 있었다. 그는 내 부름에 고개를 돌려 나를 바라보더니 다시 사진을 돌아보며 말했다.

"어느 화공이 그렸는지 몰라도 대단하군."

나는 그가 사진에 대해 끈질기게 물어올까 서둘러 말을 돌렸다.

"응. '사진기'라는 화공이야. 그건 그렇고, 저기 할 말이 있는데……."

내가 하려는 말에는 아랑곳없이 그가 사진을 계속 쳐다보며 내게 묻는다.

"부모님인가?"

"어?"

"눈과 코는 이 여인과 흡사하고, 그 외에 다른 부분은 이 사내와 닮은 걸 보니 말이다."

"어어……. 맞아, 내 부모님이야."

처음이다. 누군가에게 내 부모님의 사진을 보여주는 건.

초등학교 이후로 학교를 다니지 않았으니 집에 찾아올 친구가 있을 리 만무하고, 그러다 보니 거실에 놓인 가족사진은 어느 순간부터 장식이 되어버렸다. 눈에 띄지 않는 장식. 그런데 그 '장식'에 대해 누군가 말을 하자, 사진은 정말로 살아 움직이는 느낌으로 내 마음에 다가왔다. 이상한 기분이었다.

"그렇군. 그런데 어찌 다른 그림에는 모친 되시는 분은 안 계시고, 부친 되시는 분만 있단 말이냐?"

"그건…… 내 어머니도 돌아가셨거든. 내가 태어나던 날에."

그제야 그가 나를 돌아보았다.

"이곳은 천계라고 하지 않았느냐? 천계에서 어찌 사람이 죽는단 말이냐."

전혀 예상치 못한 그의 말.

"그게…… 그러니까……."

대체 아빠는 언제 돌아오시는 걸까? 이렇게 골치 아픈 녀석을 던져놓고 시간여행을 떠나시다니 말이다. 내가 당황하며 아무런 말도 하지 못하자 그가 별 상관없다는 듯 웃으며 내게 말했다.

"그럴 줄 알았다. 어찌 산 자가 천계에 온단 말이냐. 네가 차려준 음식을 먹어보고 깨달았다. 천계의 음식이라면 다를 줄 알았더니, 조선에서 내가 먹는 음식과 다를 바가 없었다. 그러니 이제 진솔히 말하거

라. 여기는 조선과 명이 맞닿은 곳에 있는 마을이냐? 아니면 좀 더 위쪽이냐? 그곳에는 조선과 명에서는 볼 수 없는 기이한 복장을 한 이들이 산다고 들었다. 조선은 오래전에 그들과 교류를 끊었지만, 그곳에는 명에서도 볼 수 없는 물건들이 많이 있다고도 들었다. 만약 이곳이 그곳이라면 어찌하여 내가 이곳으로 온 것이냐? 잡혀온 것 같지는 않은데 말이다."

"그게……."

난 고민에 빠졌다. 설명을 해주기도 어려울뿐더러, 그를 이해시키기 위해 지금 여기가 어디인지를 알려주었다가는 오히려 저 녀석이 큰 혼란에 빠질 것이 불 보듯 뻔했으니까. 나는 대충 둘러댈 말을 찾아 고심하다가 외쳤다.

"아! 그래, 여기는 중간계야!"

"중간계?"

"그러니까…… 중천! 중천이라고!"

"중천은 불가에서 말하는 곳이라 하던데."

"그건 상관없고! 조선을 떠나기 전에 무슨 일이 있었어? 기억나?"

내 물음에 그가 눈동자를 이리저리 굴려보더니 대답했다.

"검을 들고 있었다. 누군가를…… 지키려고 검을 들었는데……."

"맞아! 바로 그거야! 그때 넌 크게 다쳤어. 크게 다쳐서 중천에 온 거야. 죽은 건 아니지. 하지만 다시 조선으로 돌아가려면 조금 기다려야 해. 그동안 넌 내 말에 따라야 하고."

내 말이 미심쩍은 것인지, 아니면 여전히 믿기 어렵다는 것인지 그는 쉽게 말문을 열지 않았다. 그러나 주변 상황이 상황인지라 어느 정도 받아들이기로 결심했는지 나를 향해 물었다.

"난 죽은 것이 아니고 산 것이기에 다시 돌아갈 수 있다는 것이냐?"

"응, 맞아. 하지만 몇 시간…… 아니, 몇 시진은 여기서 기다려야 해. 근데 문제가 생겼어."

"문제?"

"응. 내가 어디를 좀 다녀와야 하는데, 네가 돌아갈 때까지는 내가 너와 함께 있어야 하거든."

"그래서?"

그가 내 말을 진지하게 경청하는 것을 알고는 난 부탁하듯 간절하게 말했다.

"그래서 말인데, 진짜 아무것도 안 건드리고 여기서 기다려줄 수 있어? 딱 세 시간, 아니! 한 두 시진 정도만 있으면 되는데."

"그럴 것 없이 나도 함께 가면 되지 않느냐?"

"너도 함께 가다니?"

"네 말대로라면 난 다시 돌아가기 위해서는 이곳에서 너와 함께 있어야 한다."

"응."

"그렇다면 네가 가는 곳에 내가 함께 가면 되지 않겠느냐."

"뭐, 뭐라고?"

조선에서 온 이 녀석, 지금 21세기의 대한민국을 버젓이 활보하고 다니겠다는 거야? 물론 그래봤자 아파트를 나와서 버스 타고 학원까지 가는 거리겠지만, 이 녀석에게는 거의 천지개벽할 세상일 텐데! 중천이라는 핑계로 적당히 넘어가기에는 무리인 세상인데.

"어서 가자. 네 말대로 두 시진이면 충분히 다녀올 거리라면 그리 멀지 않은 것 같으니."

"그, 그게 말이야……."

"어서 가자."

녀석이 나를 재촉했다.

결국 난 그와 함께 바깥으로 나왔다. 대신 한 가지 조건을 걸었다. 밖에 나가서는 절대 입을 열어서는 안 된다는 것이었다. 녀석은 이 조건이 무슨 의미를 담은지도 모른 채 순순히 받아들였다. 물론 녀석이 누구와 말하든 문제가 아니다. 다만 말했다가 괜히 골치 아픈 일이 터진다면 그 책임은 다 내가 '통증'으로 느끼게 된다는 것, 그것이 문제였으니까.

그런데 한 가지 잊고 있었던 사실이 있었다. 바로 이 녀석의 옷차림.

"사극 촬영하나?"

"어디어디?"

"카메라가 없는데?"

"그럼 뭐지? 버라이어티 찍나?"

도포에 갓 쓴 젊은 녀석이 길거리에 나타나자 모든 사람의 시선이 그 녀석을 향했다. 어떤 사람들은 대놓고 사진을 찍으려고 스마트폰까지 들어 올렸다. 나는 그때마다 그 사람들을 향해서 소리쳤다.

"찍지 마세요! 연예인 아니에요! 고소할 거예요!"

대부분 어른들은 그러려니 하고 웃으며 물러섰지만 학생들은 아니었다. 나의 외침에도 아랑곳없이 계속해서 녀석을 찍으려고 했다. 난 그런 학생들을 향해서 인상을 구긴 채 소리치며 막았다.

"찍지 마요! 찍지 마요!"

무슨 연예인 따라다니는 코디도 아니고, 앞장서서 사람들의 시선을 물리치느라 잔뜩 흥분한 건 나뿐. 정작 이 녀석은 마냥 신기한 세상을 둘러보느라 사람들의 쏟아지는 시선에는 관심을 전혀 두지 않는다.

앞서 걷던 나는 종종 그 녀석이 잘 따라오는지 궁금해서 돌아보았다. 그때마다 나에게 묻고 싶은 게 잔뜩 있는 표정으로 바라보는 녀석의 두 눈과 마주쳤지만, 나는 애써 외면했다. 몇 번인가 그런 표정을 짓던 그 녀석도, 밖에서는 절대 말하지 말라던 조건을 기억하는지 일단은 포기한 듯 입을 굳게 다물었다.

녀석과 한참 보도를 걷던 나는 결국 끊이지 않는 사람들의 호기심 어린 시선을 피해 택시에 올라탔다. 택시를 탄 녀석은 결국 입을 열고 말았다.

"이건 대체 무엇이냐! 어찌 이리 빨리 달리는 것이냐?"

택시 아저씨의 희한하다는 시선이 사이드미러에 비춰지자, 나는 서둘러 기사 아저씨에게 변명했다.

"저~얼대! 몰래카메라는 아니에요. 청학동 사시는 분이에요."

다행히 손님들에게 별 관심이 없는 타입인지, 기사 아저씨는 더 이상 우리를 보지 않은 채 묵묵히 운전만 하셨다. 나는 그 녀석을 향해 조건을 기억하라는 듯 혓소리를 냈다.

"씁! 그러지 말랬잖아!"

그러나 '자동차'에 대한 충격이 엄청 크기는 큰 모양이다. 내 말이 들리는지 안 들리는지 차 유리에 얼굴을 거의 붙여놓고 밖을 구경하느라 여념이 없는 녀석. 난 그런 녀석을 보며 긴 한숨만 내쉬었다.

20여 분 뒤, 택시는 내가 다니는 검정고시 학원 앞에 도착했다. 그리고 학원 로비에서부터, 모의고사 날이라 잔뜩 예민해져 있는 다양한 연령층의 학생들의 시선이 녀석을 향했다. 나는 여기서도 호기심 어린 눈빛으로 눈을 굴리느라 바쁜 녀석을 반 강제로 끌어서 2층 교실 앞까지 데리고 올라갔다.

"어머, 언니 왔네! 근데 이 사람 누구야?"

"어어……. 유진아. 이 사람은 내 친구인데, 청학동 사람이야."

"청학동? 하하하. 나 청학동은 가본 적 없는데. 진짜 거기 사람들은 다 이러고 다녀?"

"으응."

우리의 대화를 주시하는 그녀석이 '청학동'이라는 말이 거슬리는지 불만스런 표정으로 나를 내려다본다. 난 유진이가 모의고사 준비를 위해 교실로 들어간 틈에, 그 녀석의 옷깃을 잡아당겨 2층 복도 끝 빈 휴게실에 데려다 놓았다.

"내가 말했지? 절대 그 누구와도 말하면 안 돼."

"몇 마디 주고받는다고 해서 큰일 날 것 같지는 않구나."

"아니! 절대 안 돼!"

그 어떤 호기심도, 그 어떤 관심도!

그것이 그에게 이후의 역사에 대한 지식을 얻게 만든다면, 그것이 정해진 역사를 바꿀 만큼의 영향을 주는 일이라면, 나에게는 엄청난 '통증'이 가해질 것이다. 생각만 해도 오싹한 기분.

"여기서 기다려! 최대한 빨리 끝내고 나올 테니까! 아마도 오늘 저녁에는 조선으로 돌아갈 수 있을 거야."

나는 휴게실 의자에 그 녀석을 앉혀놓고는 다시 한 번 단단히 주의를 주었다.

"내가 뭐라고 말했지?"

그 녀석은 대답하기 싫은지 일부러 입을 꾹 다문 채, 여전히 불만스런 눈초리로 나를 올려다보았다. 하지만 난 녀석과 신경전이나 벌이고 있을 시간이 없었다.

"씁! 나 빨리 가봐야 한단 말이야!"

"……."

"어서!"

"그 누구와도 말하지 말라고 하였다."

"그래그래, 진짜 그래야 해! 그러니까 어디도 가지 말고 여기에 있어. 알았지?"

"……알았다. 내 알았으니 마음 편히 다녀오거라."

나는 길게 한숨을 내쉬고는 교실로 들어갔다.

교실로 들어온 지 5분도 안 되어서 선생님이 들어왔다.

"다들 아시겠지만, 모의고사는 총 삼일에 걸쳐 진행될 겁니다. 오늘은 국어와 영어, 수학. 내일은 과학과 사회, 국사. 마지막 날은 선택과목에 따라 반을 나눠 치를 거예요. 그 점수로 다시 반이 배정되는 거 아시죠?"

주변에서 나이가 지긋하신 분들의 한숨소리가 이어졌다. 그러자 선생님은 웃으며 말했다.

"너무 걱정 마세요. 이건 진짜 시험이 아니라 모의고사니까. 지금까지 자신이 얼마나 공부를 했는지 평가한다고 생각하시면 되는 겁니다. 자 그럼 시험지를 나눠드리겠습니다."

모의고사이기 때문에 오늘 하루 동안 볼 과목들의 문제지가 한 번에 모두 배부되었다. 이미 여러 번 모의고사를 치러본 나는 시험 시작과 동시에 국어 문제부터 풀어나가기 시작했다. 꾸준히 공부해왔기 때문에 문제들은 그렇게 어렵지 않았다. 오늘 시험에서 신경 쓰이는 것이 있다면 바로 그 녀석. 그 조선에서 온 녀석뿐이다.

"경민이, 우리 반 일등인 네가 이번에도 가장 잘하리라 믿는다."

지나가시며 슬쩍 응원 섞인 말을 건네는 선생님. 나는 선생님을 향해 어색한 웃음을 지으며 계속해서 문제를 풀어나갔다.

국어 문제는 지문이 많아서 시간이 오래 걸린다. 한 일곱 문제쯤 풀었을까, 갑자기 머리가 지근지근 아파오기 시작했다. 처음에는 문제를 빨리 풀어야 한다는 압박감 때문이라고 생각했다. 하지만 곰곰이 생각하니 이와 비슷한 통증을 아침에 겪었던 것이 떠올랐다.

"설마……."

녀석은 지금 휴게실에 있다. 설사 그 녀석이 휴게실을 나와 이곳저

곳을 기웃거린다고 하더라도, 그러다 우연히 국사책이라도 집었다 하더라도 그 녀석은 요즘의 한글을 읽을 수가 없다. 겨우 읽었다고 해도 그 뜻을 해석하기 어려울 정도로 한글은 세종대왕 창제 이후로 비약적인 발전을 거쳐왔다.

'그럼 이 두통의 원인은 뭐지?'

작은 통증으로 시작된 두통이 점점 심해져오더니, 순식간에 눈을 뜨기 힘들 정도로 눈이 따끔거렸다. 눈앞이 캄캄해진다는 표현이 더 맞을지도 모르겠다. 결국 난 펜을 바닥에 떨어뜨렸다.

탁!

펜을 집기 위해 몸을 굽히려 하자, 선생님이 오셔서 펜을 대신 집어서 건네주셨다.

"경민아, 오늘 어디 안 좋니?"

선생님이 걱정스럽게 물으셨다. 그때 이미 나는 눈을 제대로 뜰 수 없는 상태에까지 이르렀다. 선생님이 손을 내 이마에 얹더니 놀란 목소리로 말했다.

"왜 이렇게 열이 나니? 이렇게 아픈데도 온 거니?"

"열이요……?"

이번에는 내가 내 손을 이마에 갖다 댔다. 정말 내 스스로도 놀랄 정도로 뜨거웠다. 분명 아침까지 멀쩡했던 몸에서 시험이 시작했다고 갑자기 이렇게 열이 날 리가 없다. 그렇다면 이 모든 건 휴게실에 두고 온 그 녀석 때문이다!

"저, 선생님……. 죄송한데요, 재시험이라도……. 지금은 도무지 시험을…….”

“그래 알았다. 시험 걱정은 말고 어서 병원에라도 가보렴.”

“감사합니다…….”

나는 힘겹게 가방을 꾸리고는 거의 기다시피 몸을 숙이며 교실을 빠져나왔다. 교실을 나온 나는 곧바로 방향을 휴게실 쪽으로 틀었다.

아니나 다를까, 그 녀석에게 문제가 생긴 뒤였다.

유리벽으로 칸막이가 된 휴게실은 밖에서도 다 들여다보인다. 휴게실에 있는 녀석 앞에 한 남자가 서 있었다. 그 남자가 그에게 무언가를 건네며 설명을 하는 것처럼 보였는데, 그 남자가 건네는 '무언가'가 문제였다. 그것은 다름 아닌 담배였다. 더군다나 녀석은 아주 호기심 어린 눈빛으로 담배를 받아들고는 남자가 하는 말에 열심히 귀를 기울이고 있는 게 아닌가?

담배가 들어오는 건 임진왜란이 끝난 뒤. 게다가 현대식 담배가 나오려면 그로부터 300년은 더 지나야 한다.

나는 금방이라도 쓰러질 듯 후들거리기 시작한 다리에 애써 힘을 주며, 휴게실의 문을 열고 안으로 들어섰다. 갑작스런 나의 등장에 그 녀석과 함께 있던 남자가 나를 돌아보았다.

“그, 그거…… 당장 버려…….”

그 말을 끝으로 나는 의식을 잃어버렸다.

삐삐삐…….

어디선가 들어본 것 같은 기계음을 들으며, 나는 눈을 천천히 떴다.

제일 먼저 보이는 건 새하얀 천장. 누운 채로 시선을 이리저리 돌리자, 앉은 채로 약간 고개를 숙인 채 잠들어있는 그 녀석이 보인다. 그제야 내가 깨어난 곳이 병원이라는 것을 깨달았다. 정신을 잃기 전 담배를 손에 들고 있던 녀석의 마지막 모습을 떠올린 나는 놀라 침대에서 벌떡 일어났다.

"정신이 들었어요?"

지나가던 간호사가 나를 향해 다가왔다.

"네에. 근데 여기가 어디죠?"

"나리대학 병원이요."

나리대학 병원이라면 학원에서 가장 가까운 곳에 있는 병원이다. 아마도 쓰러진 내가 병원으로 옮겨진 모양이었다.

"핸드폰에 있는 보호자에게 전화했는데 전화 연결이 되지 않더라고요. 그래서 병원으로 올 때 함께 온 이……. 쿡."

간호사는 아직 잠에서 깨지 않은 그 녀석에 대해 설명하다가 갑자기 키득거리며 웃었다. 뭐가 웃긴 건진 몰라도 지금 이 녀석의 옷차림만으로도 어느 정도 우스운 건 사실이니까.

"쿠쿡. 미안해요. 이 한복 입은 학생에게 물어봤는데, 말은 할 수 있는 것 같은데 끝까지 입을 열지 않더라고요. 지금이라도 비상연락처를 하나 말해주겠어요? 그래야 퇴원수속을 밟을 수 있을 것 같은데요."

내가 정신을 잃은 동안에도 녀석이 약속을 지켰다는 사실이 매우 놀라웠다.

"저……. 엄마는 안 계시고 아빠와 사는데요. 아빠가 지금 외국 출장

중이세요."

"그렇군요. 그럼 연락할 만한 친척 분은 안 계세요?"

"고모가 한 분 계시기는 한데 외국에 사세요."

"아무래도 퇴원수속을 하려면 어른이 오셔야 할 텐데요."

"아니에요. 제가 혼자 할 수 있어요. 병원비만 내면 되는 거죠?"

"네, 그렇긴 하지만……."

"그럼 퇴원수속 밟을게요. 어떻게 하면 되죠?"

"그럼 퇴원서류를 가져다줄게요. 그리고 나중에라도 아버님과 병원에 내왕하셔서 담당 의사선생님과 상담하세요."

"제가 어디 많이 아픈가요?"

걱정스럽게 묻는 나를 향해 간호사가 활짝 웃었다.

"아니요. 지금은 괜찮아요. 처음 병원에 왔을 때는 열이 삼십구 도가 나왔었어요. 그런데 검사를 끝내고 나니까 체온이 정상으로 돌아왔어요. 검사 결과도 정상이었고요. 그래도 모르니까 나중에라도 담당 선생님과 만나 상담해보시라는 거예요. 지금은 선생님이 퇴근하셔서 진료는 어렵고요. 아참, 그리고 이거……."

간호사가 A4용지 하나를 건넨다. 종이 한가운데에는 한눈에 보아도 삐뚤빼뚤하게 적힌 한자가 쓰여 있었다.

"이게 무슨 글자인지 알아요?"

"네?"

"계속 말을 안 하기에 차라리 종이에 글로 쓰라고 했더니. 참, 펜도 제대로 쥐지 못하더라고요. 그러더니 쓴 게 이 글자인데 한자 같기도 하고……."

나는 간호사의 설명을 듣고 나서야 그 기어가는 듯한 삐뚤빼뚤한 글씨가 태어나 처음으로 펜을 집어 쓴 이 녀석의 글씨라는 걸 알게 되었다. 간호사는 퇴원서류를 가지고 오겠다며 가버리고, 나는 종이에 적힌 한자를 읽었다.

她是我必须在旁边的女人

(내가 옆에 있어줘야 하는 여인입니다)

나는 이제 종이에서 시선을 거둔 채 그 녀석을 쳐다보았다.

조선에서 이 낯선 미래로 온 지 하루. 모든 게 정신없었을 텐데도 불구하고 이 녀석은 충실하게 나와 한 약속을 지켰다. 단 한마디도 하지 않은 채 이런 글 한 줄만 쓴 것이다. 무언가 가슴이 뭉클해지는 느낌.

밖으로 함께 나오는 대신에 내가 내세운 조건을 충실히 따라주길 바란 건 사실이지만, 그렇게 큰 기대는 하지 않았다. 그런데 이 녀석은 신세계나 다름없을 이곳에서도 나와의 약속 때문에 단 한마디도 입을 열지 않았던 거다.

까놓고 보면 정말 별일이 아니었는데 눈시울이 뜨거워졌다. 아빠가 없을 때는 뭐든지 나 스스로 해왔다. 학교를 다니지 않으니 친구 하나 없는 게 당연하다고 생각해왔다. 그런데 지금 내 곁을 묵묵히 지켜주고 있던 녀석을 보니, 가져본 적 없는 친한 친구라도 생긴 것 같은 기분이 든 모양이다.

또르르르.

작은 알갱이 같은 눈물이 내 두 눈에서 뚝뚝 흘러내렸다. 나는 누가 그 눈물을 볼까 봐 서둘러 닦아냈다.

"깨어났구나."

그때 들리는 녀석의 목소리.

"울었느냐? 아직도 아픈 것이냐?"

내가 아프다고 생각한 모양이다. 그 녀석의 손이 내 이마에 닿았다. 따뜻한 온기가 가득한 그 손이 닿자 또르르 떨어지던 눈물은 이제 펑펑 쏟아진다. 당연히 녀석은 당황하며 어쩔 줄을 모른다.

"열은 없는 것 같은데, 왜 우는 것이냐?"

나는 그 녀석 앞에서 눈물을 보인 게 너무나도 부끄러웠다. 난 부끄러움을 감추려 차갑게 응수했다.

"내가 밖에서 말하지 말랬지."

울던 내 입에서 나오는 차가운 말투에 그 녀석은 내 상태가 괜찮다고 판단한 모양이다. 여유까지 부리며 말한다.

"어차피 지금 내 말을 듣는 이는 너밖에 없지 않느냐. 더군다나 넌 밖에서 말하지 말라고 했지, 안에서도 말하지 말라고 한 적은 없지 않느냐? 지금 이곳은 안이다."

나는 약속의 허점을 논리정연하게 짚어내는 녀석을 어이없다는 얼굴로 쳐다보았다. 나와 작은 눈싸움을 벌이던 녀석이 도중에 피식하며 웃음을 흘렸다.

"그렇게 꼬박꼬박 말대답을 하는 것을 보아하니 다 나은 모양이다.

그런데 이곳은 어디냐? 하나같이 아파 보이는 사람들만 한가득이니."

"신경 쓸 거 없어. 그건 그렇고 지금이 몇 시……."

병원이라고 말하면 이어서 병원이 무엇인지도 설명해야 하기에 나는 이번에도 알려주지 않고 말을 돌리고 시계를 찾았다. 내 눈에 들어온 병원 응급실 벽에 걸린 시계바늘은 밤 11시를 향해 달리고 있었다.

"열한 시였어?"

평소대로라면 아빠가 이미 돌아왔을 시간. 아빠는 이 시간까지 돌아오지 않는 나를 걱정하며 엄청 찾고 있을 것이 분명했다. 더불어 아빠가 데려온 이 녀석까지 집에 없으니, 더더욱 난리 아닌 난리가 나 있을 것이다. 나는 허둥지둥 가방을 찾았다. 가방은 침대 옆에 놓인 테이블 위에 놓여 있었다. 가방 안에서 내 스마트폰을 꺼냈다. 하지만 스마트폰의 배터리는 하나도 남지 않은 상태였다. 아빠는 약속대로 저녁 9시에 돌아왔을 테니 나와 이 녀석이 없는 것을 알고는 엄청 걱정하고 있을 것이 분명했다.

"우리 빨리 돌아가자."

급히 침대에서 내려오며 말하자, 그 녀석이 고개를 갸웃거린다.

"어디로 말이냐?"

"어디라니? 집이지!"

"집이라니? 조선으로 가는 것이 아니냐?"

"아이씨! 집에 가면 조선에 갈 수 있어! 이러다 오늘 하루가 다 가겠네! 어서 가자!"

나는 병원 데스크로 달려가 퇴원수속을 하고 병원비를 치렀다. 잠시 쓰러지고 그 때문에 이런저런 검사를 한 것뿐인데 13만 원이라는 큰 금액이 나왔다. 일단 급한 대로 체크카드로 계산한 나는 그동안 아껴 쓴 비상금이 모조리 날아간 것에 잠시 처참한 기분을 느껴야만 했다.

병원을 나선 뒤 녀석과 택시를 탔다. 서울 시내의 밤거리는 온통 네온사인 불빛으로 반짝였다. 두 번째로 택시를 타서 그런지 녀석은 아무런 말이 없었다. 그저 조용히 차창 밖을 내다보며 가만히 앉아있을 뿐이었다. 문득 나는 녀석이 지금 무슨 생각을 하고 있는지 궁금해졌다. 하지만 물을 수는 없었다. 사이드미러를 통해 가끔씩 우리를 신기한 눈빛으로 힐끔힐끔 쳐다보는 기사 아저씨 때문이었다.

내가 사는 아파트 앞에 도착하자, 녀석이 택시에서 내리며 먼저 입을 열었다.

"온통 별들이 가득하더구나."

"별?"

"길에 말이다. 생전 본 적도 없는 엄청난 높이의 집들도 보았다. 이런 나라에 대해서는 일찍이 들어본 적이 없었거늘……."

그는 여전히 이곳을 다른 나라라고 여기는 모양이었다.

"단 하루였지만 내가 보고 들은 것들은 모두 놀라운 것이었다. 대부분 무엇인지 이해할 수 없어 안타깝지만 말이다……."

"그래도 한 가지는 배우고 돌아가게 되었잖아."

"무엇을 말이냐?"

"돌아가서 조선을 위해 열심히 살아야 한다는 거 말이야. 앞으로 조선을 더욱 강하게 만들어야지. 학자가 되든, 관리가 되든 조선을 위해서 사는 거야. 조선을 강하고 훌륭한 나라로 만들기 위해서. 그거 하나는 배웠지?"

내 말에 그 녀석이 환한 미소로 답을 대신했다. 나도 그런 녀석을 보며 웃었다.

"집으로 돌아가면 넌 조선으로 갈 수 있어. 어쨌든 짧았지만 만나서 반가웠어."

난 그에게 손을 내밀었다. 그 녀석은 의미를 모르겠다는 얼굴로 내 손을 물끄러미 쳐다보았다. 난 녀석에게 말했다.

"그냥 잡아. 설명하려면 복잡해지니까."

조선에서, 그것도 양반이 여자와 손을 잡을 수가 없다는 것쯤은 나도 안다. 하지만 여기는 조선이 아니다. 그러니 그에게 '악수'의 의미를 알려줄 수는 없어도 내 식대로 그에게 작별 인사를 건네고 싶었다. 집으로 들어가서 아빠를 만나면 작별의 인사를 할 틈도 없이 녀석이 조선으로 돌아가 버릴지도 모르니까.

녀석은 잠시 머뭇거리더니 결국 내가 내민 손을 잡았다. 나는 그 녀석이 내 손을 잡자마자 기다렸다는 듯이 위아래로 세차게 흔들었다. 당황하는 표정을 보이던 녀석이 조금 뒤 천천히 내 손을 놓으며 웃었다.

"다시는 널 만나지 못하는 것이냐?"

"응."

"너 역시 조선 사람이 아니냐? 그런데 어찌 이런 곳에서……."

"내가 너와 같은 말을 한다고 해서 조선 사람이라고 생각한 거야? 뭐, 엄밀히 말하자면 나도 조선 사람인 건 맞지만."

"혹여 이곳에 포로로 잡혀 있는 것이냐?"

"포로? 하하하."

난 그의 재치 있는 생각에 웃음을 터트렸다.

"난 포로가 아니야. 단지 아빠와 여기서 살고 있고, 아빠 곁을 떠나지 않을 거야."

"여인은 혼인하면 다 부모님의 곁을 떠나는 법이다."

"으~ 그냥 넘어가. 여기서는 혼인해도 부모님과 살 수 있어. 조선도 그런 경우가 있잖아?"

"그건…… 그렇다만."

그녀석이 고심하는 얼굴로 말끝을 흐린다.

"게다가 난 조선에 아는 사람이 단 한 명도 없는걸. 됐다, 그만 이야기하고 어서 들어가자. 너도 빨리 조선으로 돌아가야지."

내가 아파트 입구가 있는 화단 쪽으로 몸을 돌렸을 때였다. 그가 내 손목을 붙잡으며 나를 돌려세웠다.

"내가 있지 않느냐."

"응?"

"내가, 네가 알고 있는 내가 조선에 있지 않느냐. 그러니 이젠 너도 조선에 아는 사람이 단 한 사람도 없다 말하지는 못하겠지."

"그건……."

시간여행. 우리 둘 사이를 가르고 있는 복잡한 개념들. 나는 조금이라도 그것에 대해 설명하려다가 입을 다물었다. 그리고는 내 손목을 잡고 있는 그의 손을 다른 손으로 조심스럽게 밀어 떨어뜨리며 어색한 웃음을 지었다.

"말했잖아. 어쨌든 난 조선에는 안 가. 아빠와 이곳에서 살 거야. 내 가족은 오직 아빠뿐이니까."

이 말을 끝으로 나는 그에게서 돌아섰다.

왜란의 한가운데에서

띠리릭.

"아빠!"

디지털 도어락이 기계음을 내며 문이 열리고, 나는 아빠를 부르며 집 안으로 뛰어 들어갔다. 집은 아침에 내가 이 녀석과 나올 때와 똑같은 상태였다. 불도 하나 켜지지 않은 어두운 집 안. 사람의 기척이라고는 그 어디에서도 찾아볼 수가 없었다. 제일 먼저 거실에 불을 밝힌 후 바로 서재로 향했다. 서재 역시 불이 꺼진 채 아침과 똑같은 상태로 날 맞았다.

단 한 번도 아빠는 이렇게 늦은 적이 없었다. 시간여행을 자주 하는 편이셨지만, 내가 걱정하지 않도록 해가 지기 전에는 반드시 돌아오셨다. 게다가 생각해보니 이처럼 시한폭탄과도 같은 과거의 사람을 한마디 말도 없이, 마치 던져놓듯이 두고 돌아오지 않으신 적은 지금까지 단 한 번도 없었다.

나는 점점 불안감에 휩싸였다. 혹시라도 아빠에게 좋지 않은 일이 생겼을까 봐 두려워진 것이다. 물론 무슨 일이 생긴다고 해도 걱정할 건 없었다. 시간여행자인 아빠는 몸이 묶인 상태이든, 감옥에 갇혔든 언제든지 미래로 돌아올 수 있으니까. 시간여행자는 마법사가 아니니까, 시간여행을 하기 위해 딱히 주문 같은 것이 필요한 것도 아니다. 그러나 단 한 가지, 예외적인 경우가 있다. 미처 피할 새도 없이 위험한 일이 닥쳤을 경우다. 아빠가 돌아올 틈이 없을 정도로 위급한 상황에 놓였다면 이야기는 조금 달라질 수 있다.

"어찌된 일이냐?"

어느새 서재까지 온 그 녀석이 열려있는 문 앞에 서서 나를 부른다. 나는 아무것도 아니라고 얼버무리려고 했다. 그때 내 눈에 서재에 놓여있는 그 녀석의 검이 눈에 들어왔다. 그것을 본 순간, 내 머릿속에 스치고 지나가는 생각 하나가 있었다.

"너 말이야. 조선에서 이곳으로 오기 전에…… 어떤 상황이었어?"

내 물음에 그 녀석은 곰곰이 생각하더니 대답했다.

"그 당시 왜적이 쳐들어와 나라가 혼란하고……."

"왜적?"

그제야 나는 아빠가 임진왜란 시기로 시간여행을 떠났다는 것을 깨달았다.

몇 년 전부터 아빠는 광해군에 대한 연구에 매진하고 있었다. 그 때문에 선조 말기부터 광해군 재위기, 인조 즉위 초기를 아주 바쁘게 돌아다니셨다. 그 덕분에 나는 광해군과 관련한 시기에 관해서만큼은 아빠에게 들어서 아주 생생하게 알고 있었다.

"그래. 왜적. 왜적이 쳐들어오고 얼마 뒤, 내 형님께서 함경도 회령에서 왜적에게 붙잡히셨다는 말을 듣고 급히 그곳으로 향했다. 내가 그곳에 도착했을 때는 내 형님은 다른 곳으로 끌려가신 뒤였지. 엎친 데 덮친 격으로 내가 머물던 마을이 왜적에게 포위되어 사흘간 숨어있는 통에 아무것도 먹지 못했었다."

난 왜 아빠가 함경도 회령으로 갔는지 이해할 수가 없었다. 조선사를 돌아보아도 그 지역은 특별한 곳은 아니다. 내가 머리를 갸웃거리며 기억을 더듬는 사이, 그 녀석의 말이 이어졌다.

"그러던 도중 왜적이 내가 숨어 지내던 마을에 불을 질렀다. 온통 불바다가 되었지."

"부, 불바다? 그래서? 그 다음에는 어떻게 됐는데?"

"숨어있던 곳에서 나와 그 마을을 빠져나가던 중이었다. 어떤 계집아이의 울음소리가 들렸는데……. 그래, 계집아이가 하나 길거리에 앉아 울고 있었다. 그런데 말을 탄 왜놈 하나가 그 아이를 발견하고는 칼을 빼어들고 달려왔지. 나는 그것을 그냥 지나칠 수가 없었다. 그래서 검을 뽑아들고 왜적 앞으로 나섰지."

역사책에서나 보는 이야기가 아닌, 실제 왜란을 경험한 사람의 입을 통해서 듣는 말. 온몸에 소름이 끼치도록 그 상황이 생생하게 그려졌다. 그럴수록 나는 그 시기로 갔다는 아빠가 걱정되었다.

"그 뒤에는?"

"왜적과 검을 몇 번 겨루던 도중 정신을 차리니 이곳에 와 있더구나."

이 녀석이 미래로 온 건 분명 아빠가 보냈기 때문이다. 아빠가 아니라면 과거의 사람을 미래까지 오게 만드는 건 불가능할 테니까. 그런데 왜 아빠는 오지 않은 것일까? 게다가 왜적과 싸우고 있는 이 녀석을 왜 미래에 데려다놓은 것일까?

시간여행자는 과거의 일에 관여하지 않는다. 그것은 오래전부터 내려온 가문의 불문율이라고 아빠는 말씀하셨다.

'경민아, 시간여행자가 아무리 역사를 바꾸려고 해도 한번 정해진 역사는 결코 변하지 않아. 만약 역사를 바꾸려고 시도한다면 역사는 정해진 그 자리를 지키기 위해, 이를 어그러뜨리려는 시간여행자를 죽음으로 내몬단다. 그걸 우리 집안에서는 '소리 없는 죽음'이라고 부르지. 그리고 아무도 모르게 역사는 제자리를 찾아간단다. 지금의 미래가 존재하기 위해서.'

나는 마음속으로 떠오르는 부정적인 생각을 지워버리기 위해 고개를 가로저었다.

이곳으로 저 녀석을 보낸 건 우리 아빠. 저 녀석이 죽어야 할 녀석이었다면, 불에 타서 죽든 왜적과 싸우다 죽든 아빠는 동정심으로라도 이 녀석을 구하려고 하지 않았을 것이다. 왜냐하면 그것은 곧 아빠의 죽음을 의미할 테니까.

무엇보다도 아무런 연관도 없는 이 녀석을 아빠가 구했을 리가 없다. 난 그렇게 생각했다. 그렇게 믿고 싶었다. 어찌되었든 지금은 아빠가 어떤 상태인지를 아는 것이 중요했다. 이 시간까지 돌아오지 않는다는 건, 분명 아빠에게 무슨 일이 생긴 것일 테니까.

나는 그 녀석을 지나쳐 거실로 향했다. 그리고 그곳에서 아빠와 찍은 가장 최근 사진을 가져와 그 녀석의 앞에 내밀며 물었다.

"이것 좀 봐봐! 여기 이 사람! 우리 아빠, 우리 아빠를……. 그때 못 봤어?"

"네 부친을 말이냐?"

"그래!"

"글쎄다……. 기억이 잘 나지 않는구나."

"잘 생각해봐! 네가 왜적과 싸울 때, 우리 아빠가 거기에 있었는지!"

간절하게 묻는 내 얼굴을 슬며시 쳐다본 그 녀석이 다시 사진 속 우리 아빠를 쳐다보며 말했다.

"보지 못했다."

"그럴 리가 없어! 그럴 리가 없다고!"

당장 모든 걸 이 녀석에게 설명할 수 없다는 사실이 억울하기까지 했다. 이 녀석은 정말 모르는 걸까? 이 녀석이 지금 이곳에 나타날 수 있었던 것은, 모두 아빠가 그렇게 했기 때문이었다. 아빠가 분명 이 녀석의 손이든 팔이든 붙잡고 미래로 보냈을 것이다. 그런데 아빠를 보지 못했다니!

나는 결국 울음을 터트리고 말았다.

임진왜란, 불타고 있는 마을, 왜적의 포위. 아빠가 돌아올 수 없었던 상황을 상상하는 것만으로도 끔찍할 뿐이었다. 그때, 울고 있는 나를 물끄러미 바라보던 그가 무언가 생각났다는 듯 말을 꺼냈다.

"혹시……. 아니다."

"뭔데? 뭐 생각나는 거라도 있어?"

그가 무언가 떠올린 게 확실하다는 생각에, 난 눈물을 훔쳐내며 그를 올려다보았다. 그러자 그가 기억을 더듬어가며 말했다.

"네 부친은 조선인이 아니냐."

"아니……. 맞아! 그래, 조선인이야. 그런데?"

"이리도 머리가 짧았다면, 왜적이라고 생각하는 것이 당연하다. 그런데 왜적이 네 부친일 리는 없지 않느냐?"

"아빤 왜적이 아니지! 하지만 머리칼은 짧으셔. 뭔가 생각나는 거라도 있어?"

"내가 왜적을 말 위에서 떨어지게 만들었지. 그 후에 검으로 겨루는 동안 어린 계집아이가 어찌되었는지 울음을 그치더구나. 이상하다 여기어 돌아보았을 때, 왜적 같지만 왜적과는 옷차림이 사뭇 다른 어떤 이가 계집아이를 감싸 안고는 다른 왜적의 칼을 맞고 있었다."

"카, 칼을 맞았다고? 찔렸다는 거야?"

녀석은 내게 답을 주지 않는다. 만약 그 사람이 내 아빠가 확실하다면 내가 받을 충격을 걱정해서일까?

"내가 잘못 보았을 수도 있다."

급히 말을 돌리려는 그를 보며 나는 아빠가 그 곳에 있었음을 확신했다. 그리고 그곳에 가겠다고 마음먹었다. 여자인 이상 혼자서는 돌아올 수 없더라도, 일단 아빠를 만나기만 한다면 다시 이곳으로 돌아오는 것은 문제가 되지 않는다.

울음을 그치고 조선으로 갈 결심을 굳히는 내게 그가 묻는다.

"괜찮으냐?"

"괜찮아. 그리고 조선으로 가야겠어."

"조선으로? 네가 말이냐?"

"응. 아빠가 그곳에 있어. 난 아빠를 찾아야 해. 그리고 너도 조선에 돌아가야 하잖아. 그러니까 나와 함께 가자."

조금 전까지만 하더라도 조선으로 가지 않겠다고 말했던 나였다. 녀석은 그것이 생각났는지 얼떨떨한 표정으로 고개를 끄덕였다.

"알았다. 함께 가자꾸나."

나는 4년 만에 조선으로 가기에 앞서 옷장에서 오랫동안 꺼내지 않았던 엄마의 한복을 꺼내 입었다. 내가 가려는 시기가 임진왜란 도중이라는 것을 의식해서였다. 현대인의 복장으로 갔다가는 왜인으로 몰려 위험에 빠질 수도 있다.

처음으로 입어보는 엄마의 한복은 신기하리만치 내게 딱 맞았다. 머리칼을 땋아 어설픈 댕기까지 매고 조선으로 갈 준비를 끝마쳤다.

날 보는 그 녀석은 매우 놀란 눈빛이었다.

"왜? 이상해?"

"그건 녹의홍상이 아니냐?"

"녹의홍상?"

그의 물음에 난 내가 입은 한복을 살펴보았다. 아빠에게 듣기로는 결혼할 때 맞췄던 한복이라고만 들었을 뿐이었다. 혹시 이 녀석이 온 시기에서는 이런 색의 한복을 입지 않는 걸까?

"그래. 어찌 혼례도 올리지 않은 처자가 그 옷을 입는단 말이냐."

"아……. 맞다. 그랬지."

녹의홍상은 혼례를 마친 신부가 입는 옷. 하지만 내가 입을 한복이라고는 이것 단 한 벌뿐이다.

"지금 그런 걸 따질 때가 아니야. 그리고 이건 내 옷이 아니야. 돌아가신 엄마 거야."

"어머님의 것이란 말이냐?"

이상하게도 재차 확인하는 그 녀석. 나는 고개를 끄덕였다.

"그렇다니까! 일단 급한 대로 입은 거야."

그가 이해했는지 고개를 끄덕이고 갓을 고쳐 잡으며 말한다.

"어찌되었든 잘 어울리는구나. 분명 너는 조선의 여인이 틀림없다."

"그래그래, 난 조선 사람이니까. 더 이상 지체하지 말고, 어서 가자."

난 그를 거실로 이끌었다. 우리 집에서 그나마 가장 넓은 공간이 있는 곳이 거실이기 때문이었다. 나는 그 녀석과 마주선 채로 물었다.

"올해 연호가 어떻게 되지?"

"만력 임진년이다."

만력 임진년이면 1592년. 임진왜란이 발발한 바로 그 해였다.

"그럼 오늘은 그해 몇 월 며칠이야?"

나는 조심스럽게 그에게 물었다. 그가 이곳으로 오게 되었다는 바로 그 날을.

"구월, 열아흐레였다."

'구월 십구일이란 말이지.'

"헌데 그것을 왜 묻는 것이냐?"

시간여행자 집안 여자의 시간여행은 불규칙하다. 지금 무턱대고 임진왜란 때로 가자고 생각하고 갔다가는 왜란이 일어나기 몇 해 전으로 가게 될지, 아니면 몇 년 뒤로 가게 될지도 확신할 수가 없었다. 9년 전에도 그랬다. 무턱대고 세종대왕이 보고 싶다고 생각한 결과 세종조의 시기로 시간여행을 떠날 수는 있었지만, 거의 말년의 세종대왕을 만났다. 그리고 아빠는 나를 찾기 위해 5년 동안이나 생업도 포기하신 채 세종대왕 재위기를 다 뒤지셔야 했다.

하지만 이 녀석처럼 과거의 사람이 있다면, 정확한 시간으로 가는 데 큰 도움이 된다. 아빠가 이 녀석을 보내준 것은 나에게 아빠를 찾아갈 수 있는 열쇠를 준 것이나 다름없었다.

"돌아가야 하니까."

나는 앞뒤 설명 다 빼버린 말로 아주 간단하게 설명하고는 그에게 두 손을 내밀었다.

"자, 내 손을 잡아봐. 아빠야 손을 안 잡아도 가능하시지만 난 어찌 될지 모르고."

그는 잠시 주저하더니 내가 내민 두 손을 잡았다.

1592년 9월 19일. 함경도 회령. 제발 정확히 도착하기만을 바란다.

"나에게 설명해줘."

"무엇을 말이냐?"

"네가 이곳으로 오기 직전의 상황 말이야. 그때 마을이 포위되었다고 했지?"

"그랬다. 왜적이 그곳을 포위하고 불을 질렀다."

그의 설명이 이어지는 동안 나는 이 녀석과 함께 돌아가야 하는 곳을 떠올렸다. 그러자 따뜻한 바람이 조금씩 불어오며 주변을 감싸기 시작했다. 나는 바람을 느끼며 눈을 감았다. 그러자 내 눈에 그가 말한 1592년 9월 19일 함경도 회령의 모습이 들어오기 시작했다.

맞잡은 손 때문인지, 그가 보았던 장면들이 내 눈 앞에 펼쳐졌다. 불바다가 된 마을. 비명을 지르며 뛰어다니는 사람들. 잃어버린 가족을 찾는 사람들. 그리고 곳곳에 말을 타고 달리며 무차별적으로 사람들을 학살하는 왜군들도 있었다. 그것을 본 순간 내 몸에 긴장과 전율이 흘렀다. 그의 손을 잡은 내 손에도 작은 떨림이 일었다. 이것을 느낀 것인지 그가 눈을 감고 있는 내게 물었다.

"헌데…… 네 이름이 무엇이냐?"

그가 말을 덧붙였다.

"지금껏 네 이름조차 묻지 않았구나."

우리 두 사람을 감싼 바람이 내가 지금 보고 있는 곳으로 데려갈 준비를 마쳤다는 것을 깨달은 순간, 나는 입을 열어 그의 물음에 답했다.

"경민이야. 김경민."

"경민이라……."

그의 입에서 내 이름이 나왔을 때였다. 주변을 감싸 안았던 따뜻한 바람이 순식간에 거세지며 우리를 삼켜버렸다.

두들겨 맞기라도 한 듯 온몸이 다 쑤시고 아프다. 어딘가에 누워있는 것 같기는 하다. 내게 무슨 일이 일어난 것일까? 마치 가위에 눌린 듯 몸을 뒤척이는 것조차도 어렵다.

시간이 지나고 천천히 정신이 들 때쯤 천끼리 부대끼는 소리가 들렸다. 나는 그 소리가 무엇인지 확인하기 위해 무겁게 감겨있던 눈에 힘을 주었다.

가늘게 뜬 두 눈에 등을 돌리고 서 있는 누군가의 모습이 희미하게 보이기 시작했다. 겉옷 위에 다홍색의 도포를 걸쳐 입고 있다. 그 외에는 그가 누구인지 알아볼 수가 없었다. 나는 정신을 차리기 위해 애를 썼다. 이곳이 어디든 간에 서둘러 일어나야 한다는 생각만이 내 머릿속을 지배하고 있었다.

그때 밖에서 어떤 남자의 목소리가 들려왔다.

"세자저하, 의녀를 데려왔사옵니다."

'세자……?'

"들어오너라."

"예, 저하."

작은 문고리가 달각거리는 소리와 함께 두 사람이 안으로 들어왔다. 나는 계속해서 감기려는 눈에 힘을 주며 그 사람들의 인상착의를 살폈다. 남자 한 명과 여자 한 명. 그 두 사람은 조선시대에서 흔히 볼 수 있는 평민 복식을 하고 있었다.

"박 의관은 어찌되었더냐?"

다홍색 도포를 입은 이가 들어온 남자에게 물었다.

"박 의관은 왜적에게 끌려갔다 하옵니다. 그나마 의녀가 남아 데려왔사옵니다."

"알겠다. 의녀는 어서 이 여인을 살펴보거라."

"예, 저하."

명을 받은 의녀가 내 쪽으로 몸을 굽혔다. 나는 가늘게 뜬 눈으로 그 의녀와 눈을 맞췄다. 그러자 그녀가 급히 뒤를 돌아보며 말했다.

"정신을 차린 듯합니다."

"정신을 차렸다고?"

그러자 다홍색 도포에 갓을 쓰고 있던 남자가 의녀를 젖히고 내 앞에 얼굴을 보였다. 그제야 나는 그 남자를 알아볼 수 있었다. 그는 다름 아닌 '녀석'이었다. 옷차림이 나와 만났을 때와 달라져 있었다.

"너, 너는……."

그 녀석을 보자마자 나는 아빠를 떠올리며 주변을 둘러보았다. 초가집의 작은 방처럼 생긴 곳. 거기에 녀석을 포함해서 주변에 있는 사람들의 옷차림을 보건대 이곳은 조선이 틀림없었다.

"아빠……!"

나는 아빠를 찾으려는 의지로 몸을 일으켰다. 그러자 그가 내 어깨를 팔로 부축하며 말했다.

"쉬어라. 아직 움직이기에는 이르다."

"안 돼……. 아빠를 찾아야 해. 여기…… 여기가…… 조선이지?"

"조선이다."

"조선이야? 정말로 내가 조선에……. 아빠를 찾아야 해. 아빠를……."

시간여행이 이렇게 힘든 일이었던가? 9년 만에 시도를 한 것이 무리였을까? 아니면 이 녀석을 데리고 온 것이 무리가 된 것일까?

"세자저하. 더 이상 회령에서 지체하실 여유가 없사옵니다. 하루라도 빨리 분조(分朝, 임진왜란 때 선조가 있는 본조정과 별도로 설치한 임시 조정)의 신하들이 기다리는 강원도로 떠나셔야 하옵니다."

들어온 남자가 아까부터 이 녀석을 '세자'라고 부르는 것이 거슬린다. 이 좁은 방 안에는 지금 이 녀석과 나 그리고 두 사람뿐, 세자로 보이는 사람은 없었다. 더욱이 이런 낡은 초가에 세자가 있다는 사실이 더 믿기지가 않았다.

"그만하거라. 그보다 의녀는 어서 이 여인의 상태부터 살펴보거라."

"예에, 저하."

여자가 내 손을 잡더니 맥을 짚으려고 했다. 하지만 난 그 여인의 손을 뿌리치며 그 조선 녀석의 얼굴을 뚫어져라 응시했다.

"너…… 누구야?"

"내가 누구냐니? 무슨 말을 하는 것이냐?"

"너…… 너……."

"이 분은 조선의 세자저하이시오."

방금 전까지 그의 뒤에서 그를 세자라고 불렀던 남자가 내게 대답했다. 나는 놀란 얼굴로 그에게 물었다.

"너, 세자야?"

그제야 그는 내가 놀란 이유를 알았는지 고개를 끄덕인다.

"그래. 내가 바로 이 조선의 세자이다."

쿠쿵!

큼지막한 돌덩이 수십 개가 한순간에 정수리로 와르르 쏟아지는 느낌이 나를 덮쳐왔다. 임진왜란이 일어난 해에 세자라고 불렸던 사람. 분조를 이끌었던 세자. 그건 다름 아닌…….

"광해군?"

나는 나를 부축하던 그를 밀어내며 소리쳤다. 몸을 움직이지도 못하게 만들었던 통증이 모두 잊히는 순간이었다. 나는 내 입으로 그를 향해 광해군이라고 외치고는 스스로 놀라 입을 틀어막았다.

모든 퍼즐들이 하나씩 맞춰지기 시작한다.

먼저 형님이 함경도 회령에서 붙잡혔다는 소식에 그가 회령으로 달려왔다던 말. 그러고 보니 임진왜란 때 광해군의 멍청한 형인 임해군이 함경도 회령에서 관리들을 구타하다가 고을 이방의 배신으로 왜적에게 붙잡혔다는 이야기를 아빠에게 들은 적이 있었다.

"그래, 내가 바로 세자 광해군이다."

나에게 확답을 주는 이 조선 녀석. 아니, 광해군.

그렇다면 아빠가 이 녀석과 얽힌 것도 어느 정도 이해가 된다. 몇 년 전부터 아빠가 연구하던 것은 다름 아닌 광해군에 대해서였다. 하지만 아빠가 이 녀석을 2013년으로 보낸 건 이해가 되지 않았다. 아빠는 절대 그럴 사람이 아니다. 광해군이 왜적과 싸우다가 중상을 입든 죽게 되든 절대 역사에 손을 대실 분이 아니었다. 나에게 누누이 말씀해주신 것이 바로 그것이니까.

하지만 광해군을 미래로 보낸 건 아빠가 확실하다. 어째서 아빠는 오지 않고 이 녀석만 보냈던 걸까?

'맞다! 아빠!'

난 아빠를 찾기 위해 자리를 박차고 일어섰다. 그러자 그 녀석도 나를 따라 자리에서 일어섰다.

"어디를 가려는 것이냐?"

"아빠를 찾아야 해!"

"네 부친 말이냐?"

"맞아. 내가 여기에 온 것도 그것 때문이잖아? 분명 여기 어딘가에 아빠가 계실 거야!"

"내가 찾아주마. 그러니 넌 일단 이곳에서 쉬도록 해라."

"그럴 수는 없어!"

아빠가 돌아오지 못한 이유가 분명 위급상황이 벌어졌기 때문이라고 판단한 나는 걱정으로 인해 잔뜩 흥분해 있었다. 그래서 이 녀석을 향해서 소리친 것인데 오히려 주변에 있던 두 남녀가 기겁한 얼굴로 우리를 쳐다본다.

아, 그랬다. 그는 세자였다. 세자 광해군. 이 조선에서 어떤 여자가 멀쩡한 정신으로 세자에게 큰소리를 칠 수 있을까? 하지만 그런 상황을 생각해볼 여유는 내게 없다.

"내가 직접 나가서 아빠를 찾게 해줘. 아빠를 알아볼 수 있는 건 나뿐이잖아?"

그는 망설이는 표정으로 나를 보고 있었다. 그 정도로 바깥의 상황이 안 좋은 건가? 그렇다면 난 더더욱 나가봐야 했다. 아빠가 이 안 좋은 상황 속 어딘가에 분명히 있을 테니까.

그때 그의 뒤에 서 있던 남자가 나섰다.

"저하, 서두르셔야 하옵니다."

"이 내관."

광해군이 한 손을 들어 그 남자가 말하는 것을 제지했다. 나는 그제야 평복을 입은 그 남자가 내관이라는 걸 알게 되었다.

"예, 저하."

"이 여인에게 군졸 둘을 붙여주게. 부친을 찾을 수 있도록 말이야."

"알겠사옵니다. 허면 저하께서는 강원도로……."

"겨우 불길을 잡았다 하지 않았는가? 이곳의 사태를 수습하고 민심을 안정시킨 후에 떠나겠네."

"아니 되옵니다! 왜군이 이곳을 떠난 지 얼마 되지 않았사옵니다. 북상한 왜군이 언제 다시 이곳으로 남하할지 모르옵니다. 천운으로 저하께서 무사하셨사오니 속히 이 회령을 떠나 강원도로 가셔야 하옵니다."

이 내관이 계속 재촉하자 광해군이 그를 돌아보며 단호한 목소리로 말했다.

"내 세자로서 아바마마의 명을 받아 분조를 이끌게 된 것은 백성을 살피기 위함이네. 그런데 백성들을 두고 도망치듯 떠나라니? 그럴 수는 없네."

"저하!"

"물론 강원도로 갈 것이네. 그러나 지금은 아니네."

나와 동갑이라고는 믿겨지지 않을 정도의 의젓함이었다. 그러나 그런 그의 인품에 감탄이나 늘어놓을 때가 아니었다. 아빠를 찾아야 했다. 난 녀석이 내관과 말씨름을 벌이는 사이 초가를 뛰쳐나왔다.

밖으로 나오자마자 나를 맞이한 것은 하늘까지 덮고 있는 자욱한 연기였다. 그가 말한 대로 불길을 잡은 지 얼마 되지 않았기 때문인지 마을은 온통 연기에 뒤덮여 있었다.

"콜록. 콜록."

기침을 하며 주변을 살폈다. 내가 깨어난 낡은 초가는 마을에서 유일하게 불의 피해를 받지 않은 건물로 보였다. 그 이유로 세자인 그가 이곳에 있었는지도 모른다.

"경민아!"

나를 따라 초가에서 나온 광해군이 날 불렀다.

"아무래도 안 되겠다. 이곳에 머물거라. 내가 찾아주마."

그의 말도 일리가 있었다. 이리도 연기가 자욱하게 깔린 곳에서는 아빠를 찾는 것이 어려워 보였다. 주변에서는 가족을 찾는 사람들의 안타까운 외침이 곳곳에서 들려오고 있었다. 나는 마음을 단단히 먹었다.

"넌 너의 일이 있잖아. 내 일은 아빠를 찾는 거고, 너의 일은 백성을 돌보는 거잖아."

내 정확한 지적에 그가 아무런 대꾸도 하지 못한다. 조금 뒤 그가 고개를 끄덕이며 말했다.

"알았다. 대신 약조해다오. 부친을 찾으면 바로 이곳으로 돌아와야 한다. 알겠느냐?"

"알았어. 약속할게."

나는 그에게 약속하고는 그 자리를 떠났다.

불길이 잡힌 마을은 말 그대로 전쟁의 한복판이었다.

이곳저곳에서 울부짖는 여성들과 아이들. 남은 잔불을 끄기 위해 뛰어다니는 남자들. 어떤 사람들은 가족의 시신을 끌어안고 고통스런 비명을 내지르고, 또 어떤 사람들은 잃어버린 가족을 찾아 이름을 부르며 뛰어다니고 있었다. 태어나서 단 한 번도 겪은 적이 없었던 일들이 바로 지금 이곳에서 모두 벌어지고 있었다.

"콜록콜록."

마을 안으로 들어설수록 안개처럼 자욱이 깔린 연기 때문에 한 치 앞을 내다보는 것도 어려워졌다. 짚은 타면서 연기를 많이 낸다. 민가가 대부분 짚으로 만들어져 있기 때문에 연기가 유독 심하게 나는 것 같았다.

"아빠! 아빠! 콜록콜록."

아빠를 찾아 돌아다니고픈 마음이 간절한데, 연기 때문에 시야가 가로막히는 건 둘째치고 소리를 내려고 할 때마다 기침이 터져 나왔다.

"아가씨."

기침을 하며 숨을 돌리고 있던 내게 광해군이 붙여준 병사 중 한 명이 말을 걸어왔다.

"이렇게 연기 속에서 부친을 찾느니, 우선 시신을 모아둔 곳으로 가 보시지요."

"시신을 모아둔 곳이라니요?"

"관청 앞뜰에 시신을 모아두고 있습니다. 어쩌면 그곳에 아가씨의 부친께서……."

"우리 아빠는 안 죽었어요! 왜 그런 곳으로 가서 찾아야 하는데요?"

내가 버럭 화를 내며 소리치자 병사가 당황하며 말끝을 흐렸다.

"소인의 말은…… 어쩌면 그곳에 계실지도 모른다는 말씀을……."

"우리 아빠는 안 죽었다니까요!"

병사들의 말이 내 마음 속 불안을 부채질했다. 난 그들을 놔둔 채 연기 속으로 몸을 던지듯 뛰어가기 시작했다.

"아가씨!"

당황한 병사들이 나를 부르는 소리가 들렸지만 나는 그들을 외면했다. 그들은 전혀 도움이 되지 않았다. 물론 이런 난리통에 죽은 사람은 많다. 그러나 아빠를 그렇게 죽은 사람들 중의 하나로 여기고 있다는 것 자체가 마음에 들지 않았다. 더군다나 우리 아빠는 나를 두고 죽을 사람이 아니다. 1592년 임진왜란의 한가운데에서는 더더욱!

"아빠! 아빠, 저 경민이예요! 아빠 어디 계세요? 콜록콜록……."

뛰면서 소리칠 때마다 연기가 쉴 새 없이 입 안으로 밀려들어오며 목을 따끔거리게 만들었다. 그러나 내 몸을 돌볼 여유 따위는 없었다.

"인아야! 인아야!"

멀지 않은 곳에서 나와 마찬가지로 잃어버린 가족을 찾는 목소리가 들렸다. 연기 때문에 바로 그 사람을 보는 것은 불가능했지만, 얼마 지나지 않아서 앞길에 갓을 쓰고 흰 도포를 입고 있는 한 남자가 눈에 들어왔다. 그는 지나가던 두 병사들을 붙잡고는 다급히 물었다.

"이보시오! 팔 세 정도의 어린 여자아이를 보지 못하였소?"

"그런 여자아이가 지금 한둘입니까?"

"아니오. 그 아이는 색동 비단저고리를 입었소이다. 이런 작은 마을에서 그런 귀한 옷을 입을 아이가 몇이나 되겠소? 잘 생각해보시구려!"

"색동저고리라……. 아! 기억납니다. 왜적처럼 생겼는데 우리말을 하는 이가 있었지요. 그가 색동저고리를 입은 여아를 구했습니다. 그리고 뭐라더라, 경민인가……. 그 아이를 그리 부르는 것 같던데."

'경민이?'

나는 병사의 말을 듣자마자 그쪽으로 서둘러 뛰어갔다.

"지금 뭐라고 하셨어요? 누가 '경민'이라고 말했다고요?"

그러자 병사가 나와 더불어 갓을 쓴 남자를 번갈아 쳐다보며 말했다.

"그랬던 것 같기도……. 아니었던 것 같기도……."

"지금 그 사람은 어디에 있어요?"

"그 여아가 지금 어디에 있소?"

"저기 앞에 다친 자들만 모아둔 곳이 있소. 아마도 거기에 있을 거요."

"다친 사람들이요?"

"아이가 다쳤소?"

"아 참! 내게 물어볼 시간이 있으면 어서 가서 확인을 해 보십시오. 다쳤는지, 죽었는지……. 우리야 알 길이 없지요."

병사의 무심한 대답이 끝나기도 전에 갓을 쓴 양반이 '인아야'를 외치며 앞으로 바쁘게 달려갔다. 나는 그의 뒤를 바짝 쫓았다. 왠지 '경민이'라고 말했다는 사람이 아빠일 것 같은 느낌이 강하게 들었다.

멀지 않은 곳에 공터가 있었다. 그곳에는 다친 사람들이 가득했다. 그들은 저마다 고통스러운 신음소리를 내며 살려달라고 울부짖고 있었다. 하지만 그들을 돌보거나 치료하는 이는 거의 없었다. 의녀로 보이는 이 두 명 정도가 바쁘게 돌아다니고 있을 뿐이었다.

"인아야! 인아야!"

나보다 한 발 앞서 공터에 도착한 남자는 다친 사람들 사이를 비집고 돌아다니며 어린 딸을 찾고 있었다. 나는 그와는 반대쪽에서 다쳐서 꼼짝 못하고 누워있는 사람들을 일일이 살펴보기 시작했다.

"아빠! 아빠!"

"아이구야……. 아이고……."

"아이고 나 죽네……."

"살려주시오……. 제발 나 좀 살려주시오……. 흐흑."

거의 반죽음에 이른 이들이 상당수였다. 이미 숨이 끊어진 듯한 사람들도 많았다. 나는 그중에서 아빠를 발견하게 될까 봐 겁이 났다.

"경민아!"

그때 내 이름을 부르는 목소리가 들려왔다. 고개를 돌리자 그곳에는 광해군이 병사들과 함께 서 있었다. 그가 왜 지금 여기에 있는지는 중요하지 않았다. 나는 그에게 대답을 줄 새도 없이 다시 다친 사람들에게로 시선을 돌렸다. 아빠를 찾아야 했다.

"아버지!"

사람들의 신음소리를 뚫고 어린 여자아이의 목소리가 들린 건 바로 그때였다.

"인아야!"

"아버지이……."

내가 그쪽을 돌아보자 한 여자아이가 거적을 덮고 누운 남자의 옆에 앉아있다가 벌떡 일어서는 것이 보였다. 그 여자아이는 나와 함께 공터에 도착한 남자에게로 두 팔을 벌려 뛰어가 안겼다.

"아버지! 으앙!"

"인아야! 네 어찌 여기에 있었느냐! 네 어머니를 따라 의주로 가라 하지 않았더냐? 네 어찌……. 아니다. 다행이구나. 다행이야. 무사해서 다행이다."

"아버지이이……."

나는 잠시 부녀의 상봉을 보며 눈시울이 뜨거워졌다. 마치 내가 아빠를 찾은 듯한 느낌을 받아서였다. 그런 내 곁으로 다가온 사람이 있었다. 광해군이었다. 그도 부녀의 상봉을 말없이 바라보더니 내 어깨에 한 손을 올리며 물었다.

"아직…… 찾지 못하였느냐?"

나는 한숨을 내쉬며 못 찾았다고 대답을 하려다가 멈칫했다. 방금 전 여자아이가 일어났던 곳에 누워있는 남자를 보았기 때문이었다.

그는 짚으로 만들어진 거적을 덮고 있었다. 옆으로 누워있어 얼굴을 볼 수는 없었지만, 머리 모양만으로도 그가 이곳의 조선인들과는 다르게 상투를 틀지 않고 있다는 것을 단번에 알아볼 수 있었다.

나는 광해군을 놔둔 채 누워있는 남자를 향해서 천천히 걸음을 떼었다. 그리고 그의 곁에 무릎을 굽혀 앉았다.

"아……아빠?"

그 남자가 덮고 있는 거적을 치우며 아빠를 불렀다. 그러나 답은 돌아오지 않았다. 남자는 마치 죽은 사람처럼 누워 미동조차 없었다. 결국 나는 손을 뻗어 그 남자의 몸을 내 쪽으로 돌렸다.

"……!"

남자의 얼굴을 확인한 순간 나는 바닥에 털썩 주저앉았다. 남자의 얼굴은 온통 말라버린 피로 범벅되어 있었다. 그리고 그는 틀림없는 내 아빠, 김영찬이었다.

"경민아!"

바닥에 주저앉은 나를 보고 광해군이 달려왔다. 그는 제일 먼저 바닥에 주저앉은 나를 부축하더니, 아빠의 얼굴을 쳐다보았다. 그도 이미 사진으로 내 아빠의 얼굴을 본 적이 있었다.

"아빠가…… 아빠가……."

"이 내관! 어서 의녀를 불러오게!"

"예, 저하!"

피를 본 충격에서 곧 벗어난 나는 아빠를 깨우기 위해 아빠의 몸을 흔들며 소리쳤다.

"아, 아빠……. 아빠 안 돼! 아빠! 여기서 죽으면 안 돼! 아빠! 아빠!"

그러나 감긴 아빠의 눈은 떠지지 않았다. 나는 그럴수록 너무나도 겁이 나서 더욱 세차게 아빠의 몸을 흔들며 깨우려고 시도했다. 그러자 광해군이 나를 자신 쪽으로 끌어당기며 내 행동을 막았다.

"진정해라. 진정해라, 경민아."

그는 자신의 손가락을 아빠의 코끝에 갖다 대더니 내게 말했다.

"아직 숨이 끊어지지 않았다."

"죽지 않았어? 아빠가……. 아빠가 죽지 않았어?"

의녀가 우리 쪽으로 다가왔다. 광해군은 나를 부축해 일으켜 의녀에게 자리를 내어주었다. 의녀는 우리가 비켜준 자리에 앉더니 아빠의 맥을 짚었다. 그리고는 이리저리 아빠의 상태를 살펴보고는 말했다.

"칼로 인한 외상으로 피를 너무 많이 흘려 정신을 잃은 듯합니다."

"그래서 어찌 해야 하느냐? 어찌 해야 깨어나느냐?"

"박 의관께서 없으셔서 어찌 해야 할지는 잘 모르겠사오나……."

"어찌해야 깨어나는지 물었다!"

광해군이 의녀를 다그치자, 의녀가 몸을 납작 엎드리며 말했다.

"이, 일단 안정이 필요하옵고……. 피는 멎은 듯하나, 살고 죽는 것은 장담치 못하겠나이다."

"아……."

의녀의 말을 들은 나는 탄식을 내뱉으며 광해군의 품으로 쓰러졌다. 숨을 쉴 수가 없었다. 머릿속은 새하얗게 변해버렸다.

아빠를 살려야 했다. 하지만 이 조선에서 칼에 외상을 입은 사람을 살린다는 것이 어떤 일인지 나는 잘 알고 있었다. 칼로 다친 곳에 응급처치를 한다고 꿀을 가져다 붓던 시대였다. 아빠는 절대 이 시대에서는 치료받을 수 없다.

방법은 하나다. 미래로 가는 것. 내가 온 2013년으로 아빠가 돌아가야 했다. 그래야만 아빠가 살아남을 수 있다고 난 확신했다. 그러기 위해서는 아빠가 깨어나야 했다. 깨어나야 이 시대를 벗어날 수 있었다. 아빠도, 나도.

"경민아? 정신을 차리거라!"

아빠가 다친 충격에 내가 놀라 정신이라도 잃을 것이라고 생각했는지 광해군이 걱정스럽게 물어왔다. 나는 눈을 들어 그를 바라보았다. 그는 '세자'였다. 이 조선시대에서만큼은 세자인 그에게 의지할 수밖에 없었다.

"아빠를 살려야 해. 그전에…… 아빠가 일어나셔야 해. 제발 도와줘. 제발……."

"알았다."

그는 울먹이며 애원하는 나를 부축해 일으켜 세우더니 이 내관에게 명령했다.

"일단 이 자를 초가로 옮겨라. 그리고 의녀는 속히 이 자가 깨어날 수 있도록 최선을 다하거라."

"예, 저하."

광해군의 명령에 따라 아빠는 내가 깨어났던 그 초가로 옮겨졌다. 그곳에서 의녀는 아빠의 상처를 살폈다. 아빠의 상처는 내가 보기에도 너무나 심각했다. 오른쪽 어깨에서부터 시작된 상처는 대각선으로 등을 찢고 지나갔다. 다친 후에 상당히 시간이 지나서인지는 피는 흐르지 않았다. 대신 상처를 따라 곳곳에 핏덩어리가 언제 터질지 모르는 붉은 고름처럼 아슬아슬하게 맺혀 있었다.

게다가 아빠의 안색은 건강한 사람과는 달랐다. 피범벅이 되었던 얼굴을 말끔히 닦아내자, 푸른빛이 가득한 안색이 드러났다. 한눈에 보더라도 숨만 겨우 내쉬고 있는 상태였다.

"아빠아……. 흐흑. 정신 차려요. 돌아가야죠. 여기서는 안 된단 말이에요."

이 세상에 가족이라고는 아빠와 나. 그렇게 단 둘뿐이었다. 나는 지금 이 현실을 믿을 수가 없었다. 아빠는 시간여행자였다. 어떤 위험에 노출되더라도 다른 사람들과 달리 빠져나갈 수 있었다. 그런 아빠가 예상치 못한 곳에서 이런 어처구니없는 위기에 빠지시다니!

"저하. 저하께서 구하신 소녀의 아비가 잠시 뵙기를 청하옵니다. 어찌할까요?"

이 내관의 말에 내 뒤에 앉아있던 광해군이 자리에서 일어서 밖으로 나갔다. 좁은 방 안에는 이제 아빠와 나. 그리고 의녀 한 명만이 남아 있었다.

"깨어나실 수 있을까요? 오늘 안에는 깨어나실까요?"

내 물음에 의녀는 난처한 표정만 지을 뿐, 긍정도 부정도 하지 않은 채 대답을 회피했다. 난 의녀에게서 답을 듣는 것을 포기한 채 아빠의 한 손을 움켜잡고는 눈물만 흘렸다. 그때, 내 눈에서 흐른 눈물 한 방울이 아빠의 손등에 떨어졌다. 그리고 기적처럼 아빠가 눈을 떴다.

"아빠?"

눈을 감았다가 뜨기를 몇 차례 반복하던 아빠의 눈동자가 나를 향했다.

"아빠? 정신 들어요? 나 보여요? 경민이예요!"

"경민아……."

"네! 아빠, 저 경민이예요! 정신이 드세요?"

내 물음에 아빠가 이리저리 눈을 움직이더니 다시 나를 보며 입을 열었다.

"그 아이는……. 여자아이는 무사하니?"

"그 여자아이는 가족을 만났어요. 이제 괜찮을 거예요. 그나저나 아빠! 어쩌다가 이리 되셨어요?"

"글쎄……. 나도 잘 모르겠구나. 그저…… 그 아이의 울음소리를 들었을 때, 구 년 전에 네가 사라졌을 때가 떠올랐다. 어쩌면 그 아이를 보고 널 생각했을지도 모르겠다."

"아무리 그래도 그렇죠! 절대 역사에 관여하면 안 된다고 말해주신 게 아빠잖아요! 게다가 광해군은요? 왜 광해군을 보내시고 아빠가 이렇게 되신 거예요?"

나는 광해군의 이야기를 꺼냈다가 순간적으로 의녀를 의식하고 그녀를 돌아보았다. 그녀도 그것을 느꼈는지 자리에서 일어서며 말했다.

"약재를 구해보겠습니다."

그녀는 우리 부녀만 남겨 놓은 채 밖으로 나갔다. 나는 그녀가 나가는 것을 확인하자마자 아빠에게 말했다.

"어서 돌아가요, 아빠! 가서 병원에 가요. 병원에 가면 다 괜찮아지실 거예요."

"경민아……. 우욱."

갑자기 아빠가 붉은 피를 토해내기 시작했다.

"아빠!"

"난…… 돌아갈 수 없다."

"돌아갈 수 없다니요? 지금 이 상태를 보고 그러세요? 빨리 돌아가요! 빨리 돌아가요, 아빠!"

하지만 아빠는 내 외침을 외면하고는 말을 시작했다.

"네게…… 말하지 않은 사실이 있단다. 네가 스무 살이 되기 전, 내가 죽게 된다는 걸 난 알고 있었다."

"제가 스무 살이 되기 전이라니요? 그게 무슨 말이에요, 아빠?"

"그게 오늘인지를 몰랐을 뿐이지."

아빠는 다시 한 번 검붉은 피를 토해냈다. 나는 더 이상 지체할 수 없다고 여기고는 아빠의 손을 더욱 더 힘주어 잡으며 말했다.

"돌아가요. 제발 돌아가요, 아빠. 네?"

"경민아……. 미안하구나. 지금으로써는 너만 돌아갈 수 있을 것 같다."

하늘이 무너지는 것 같은 말에 난 일순간 할 말을 잃어버렸다. 아빠는 그런 나의 뺨에 손을 올려놓으며 말했다.

"사랑하는 딸아……. 내 죽음에 네가 많이 슬퍼하지 않았으면 좋겠구나……."

"아빠?"

바람이 불기 시작한다. 그것은 시간과 시간을 이어주는 다리와도 같은 것. 지금 아빠는 나를 돌려보내려 하고 있다.

"싫어요. 아빠! 같이 가요! 절대 아빠만 두고 안 갈 거예요!"

"미안하다……."

"아빠! 제발요!"

나는 애원했다. 그리고 혹시라도 아빠를 두고 혼자만 돌아가게 될까 봐 붙잡은 아빠의 손을 절대 놓지 않겠다고 다짐하고 또 다짐했다.

"내 마지막 힘이…… 너를……."

아빠가 말을 끝마치지 못한 채 두 눈을 감았다. 동시에 내 뺨에 닿았던 아빠의 손도 힘없이 바닥으로 떨어졌다.

"아빠아!"

나는 아빠를 깨우기 위해 아빠의 몸 위에 손을 올렸다. 그러나 내 손에는 아무것도 잡히지 않았다. 그제야 나는 내 몸이 점점 투명해지며 점점 거세지는 바람 속으로 말려들어가고 있다는 걸 깨달았다.

"싫어! 아빠만 두고 갈 수 없어! 아빠!"

나의 울음 섞인 비명을 들은 것인지, 문이 열리며 광해군이 안으로 급히 안으로 들어왔다. 그는 싸늘하게 식어가는 아빠의 시신 옆에서 점점 모습이 사라지고 있는 나를 발견하고는 놀란 것 같았다.

"경민아!"

그는 황급히 내 이름을 부르며 내게로 손을 뻗어왔다. 사라지려는 나를 붙잡으려는 듯 보였다. 그러나 그의 손은 허공에서만 허우적거릴 뿐이었다. 내 손이 아빠의 몸에 닿지 못하듯이, 그의 손 역시 나의 몸 그 어디에도 닿지 못했다.

"어떻게, 어떻게 이런 일이……!"

잡히지 않는 나를 향해 그가 안타까운 탄식을 내뱉었다.

난 그런 그를 뒤로 한 채 소용돌이와도 같은 바람 한가운데로 순식간에 말려들어갔다. 애초부터 이 조선에 존재하지 않았던 사람인 것처럼 나는 그렇게 그곳에서 자취를 감춰버렸다.

시간을 넘어서

1592년 9월 19일 함경도 회령에서 내 아버지 김영찬이 죽었다.

"Hello?"

"……."

"Who's there?"

"Hi……. 아니, 저 한국인이세요?"

아빠의 낡은 전화번호부에 있는 이름 '김영아', 나의 고모다. 외국인과 결혼해서 미국에 살고 있다고 이름만 들었던.

"누구……시죠?"

여성이 수화기 너머로 한국어로 내게 답한다.

"아, 안녕하세요. 제 이름은 김경민인데요. 혹시 저를 아시는지 모르겠지만……."

"경민이? 네가 경민이라고? 오빠 딸 경민이?"

다행히도 이야기가 조금 수월하게 진행될 것 같다.

"네에……. 제가 경민이예요. 안녕하세요, 고모."

"그래. 너 어린 시절 사진 한 장 받은 뒤로는 전혀 연락이 안 되어서. 세상에나, 그럼 지금 네가 몇 살이지?"

"열여덟 살이에요."

"우리 애들이랑 같은 나이네. 그래, 무슨 일이니? 오빠가 아니고 네가 다 나에게 전화하고?"

"저, 그게요……."

아빠의 죽음.

"아빠가…… 아빠가……."

최대한 침착하게 소식을 전하려고 했었다. 그런데 막상 아빠의 죽음을 입으로 말하려는 순간, 목이 메어오며 소리가 나오려고 하지 않았다.

"경민아? 무슨 일이니? 응?"

"아빠가…… 돌아가셨어요……."

내가 고모에게 전화를 건 것은 2013년의 가을. 그러나 아빠가 돌아가신 날은 1592년의 가을이었다.

3일 뒤 미국에서 고모가 왔다.

"참, 오빠답네."

고모는 제일 먼저 아빠의 서재를 둘러보며 입을 여셨다.

"그래도 참 깔끔해. 네 엄마가 그렇게 죽고, 갓난아기인 널 어떻게 키

우나 걱정을 많이 했는데 말이야."

서재를 둘러보고 거실로 나온 고모는 나를 보며 말했다.

"너도 고생이 많았겠구나. 네 아빠는 옛날부터 그랬어. 학생 때는 마치 시간여행이 자신만의 특권인 양 내게 자랑하면서 하루가 멀다 하고 이 시대 저 시대를 돌아다녔지. 며칠씩 집에 들어오지 않은 적도 있었는데……. 난 부러우면서도 그게 어찌나 화가 나던지. 너도 우습다고 생각하지 않니? 남자만 가능하다는 게 말이야. 여자는 시간여행을 해도 돌아올 수 없고."

나를 위로하려는 걸까? 아니면 저게 미국식인 걸까? 그 둘도 아니라면 너무 오랫동안 떨어져 살았기에 그다지 슬픔이 느껴지지 않는 걸까. 사실상 나의 유일한 친척인 고모는 아빠의 죽음에도 꽤나 담담한 태도를 보이셨다. 물론 내가 느끼는 슬픔이 고모가 느끼는 슬픔과는 달라서 그렇게 보이는 건지도 모른다.

"커피 드릴까요?"

"아메리카노 있니?"

"그냥 커피믹스인데요."

"그럼 그냥 물이나 한 잔 주렴. 난 단거는 별로 좋아하지 않거든."

보통 이런 상황에서는 주는 대로 먹지 않나? 태어나서 처음 본 고모는 말만 한국말을 할 뿐이지, 행동은 외국인 같이 차갑게 느껴졌다.

"그래, 지금은 어떻게 지내니? 고등학생이니?"

나와 식탁에 마주앉은 고모가 물 한 모금을 마신 후 내게 물었다.

"검정고시 준비하고 있어요."

"그럼 학교를 안 다닌 거니?"

"네에."

"그래? 학교는 언제까지 다녔는데?"

"중학교 학력까지는 인정될 거예요."

"그럼 미국에서 고등학교에 편입하면 되겠네."

"네?"

"네 고모부인 찰리에게도 다 이야기하고 나온 거야. 일단 넌 갈 곳이 없으니까 적어도 고등학교 교육을 마칠 때까지는 우리와 미국에서 지내자. 그 뒤에 대학을 가든 안 가든 그때 문제고. 내가 미국에서 살고 있으니, 네가 영주권 받기도 어렵진 않을 거야. 그러니 고모와 미국으로 들어가자."

"전……."

"왜, 친구들과 헤어지는 게 아쉬워서 그러니?"

'친구…….'

왜 친구라는 고모의 말에 순간적으로 그 녀석, 아니 광해군의 얼굴이 불현듯 뇌리를 스쳐지나간 걸까. 그 녀석과 나는 동갑이지만 친구는 될 수 없었다. 조선시대에서 남녀 간에 친구가 된다는 건 불가능하니까. 하지만 아주 잠깐 머물렀던 임진년의 조선에서 그 녀석은 나를 위해 최선을 다해주었지. 그런 게…… 친구인 게 아닐까?

"아니요. 그건 괜찮아요."

"그럼 잘되었네. 어차피 너희 엄마도 부모님이 일찍 돌아가셔서 혼자라고 들었는데, 혹시 연락하고 지내는 외가 식구라도 있니?"

"외가 식구는 안 계세요."

"그래. 있다고 하더라도 시신도 없는 오빠의 죽음을 이해할 수는 없겠지. 이 세상에서 오로지 나만 빼고 말이다."

고모는 '시간여행자' 집안 출신 치고는 상당히 '시간여행'에 반감을 가진 듯한 태도다. 말투에서 그것이 너무나도 짙게 느껴졌다.

"고모도 시간여행을 하신 적이 있으세요?"

"물론이지. 나에게는 끔찍한 기억이었지만."

'끔찍한……?'

나에게는 익숙하게 느껴지는 단어다. 더불어 그 끔찍함은 최근에도 겪었다. 시간여행에서 아빠를 잃었으니까.

"여자는 갈 수는 있지만 돌아올 수는 없지 않니? 그 때문에 오빠가 어린 시절에 나와 싸우고 토라져서는, 고려시대 어딘가에 날 내버려두고 일주일 만에 찾으러 왔었지. 그때 이후로 난 다시는 장난으로라도 오빠의 시간여행에 따라가지 않았어. 당시 사춘기였는데 고려시대에 버려졌다는 게 얼마나 충격이었던지. 우리 집안의 여자에게 시간여행이란 끔찍한 저주와도 같다고 생각해, 난."

"네에……."

"다행인 건 찰리와의 사이에서 아들과 딸을 두었는데 말이야. 그 두 아이는 시간여행자가 아닌 것 같더라고. 혼혈이라서 그런 건지. 어쨌든 난 그게 참 다행이라고 생각해. 그러니 너도 미국에 와서 새 출발을 했으면 좋겠구나. 아무래도 네 대에서 이 질긴 집안의 운명을 끊으려면 말이다."

"그런데 고모, 그 이야기는 한 번도 들은 적이 없어요. 제가 나중에 결혼해서 아이를 낳으면 그 아이도 시간여행자가 되나요?"

"당연하지. 네 아빠는 대체 지금까지 네게 뭘 가르쳐준 거니?"

도를 넘어선 듯 느껴지는 아빠에 대한 비판에 나는 고모가 싫어졌다. 물론 고모에게 있어서는 시간여행 자체가 매우 끔찍한 기억으로 남아서인 듯하니 머리로는 이해할 수 있지만 말이다.

"제가 궁금해한 것에 대해서만 말씀해주셨어요."

"그래? 어쨌든 모두 잊어버리렴. 그리고 이 집은 전세라고? 내일 나와 집주인부터 만나자. 집도 처분해야 하고. 아니지. 일단 네 아빠를 행방불명으로 신고부터 해야겠다. 그러고 나서 일정기간이 지나면 자연히 사망처리를 할 수 있으니까. 한국도 미국과 법이 같은지는 모르겠지만, 내 아버지 대에는 그렇게 했던 것 같아."

"고모의 아버지라면 할아버지요? 할아버지도 실종되셨어요?"

"실종되기는! 과거의 역사 어느 곳에서 돌아가셨지. 그래서 내가 우리 집안이 저주받았다고 말하는 거란다. 우습지 않니? 역사에 개입을 하지 않으려고 하면서도 결국 어떤 식으로든 개입해버리고……. 그로 인해 죽음으로 대가를 치르잖니. 실제 역사는 하나도 바꾸지 못하면서 말이다. 인간이란 그렇게 멍청하고 어리석은 것일지도 모르겠다. 어쨌든 난 하루라도 빨리 미국으로 돌아가고 싶구나."

그녀는 마지막 말을 끝으로 혼잣말로 중얼거리듯 영어를 몇 마디 내뱉었다. 슬랭인지 나는 뜻을 알아들을 수가 없었다. 그러나 좋은 의미의 말 같지는 않았다.

“난 나리호텔에 머물고 있어. 이건 내 객실 번호. 무슨 일은 없겠지만, 혹시 급하게 연락할 일이 있으면 하렴. 일단 내일 점심때쯤에 다시 오마. 그때 약속이 있는 건 아니겠지?”

“아니요. 집에 있을 거예요.”

“알았다. 그럼 내일 보자꾸나. 문단속 잘하렴.”

고모가 나간 후, 집 안에는 침묵이 흘렀다. 고요함만 가득한 집 안에서 나는 조용히 흐르는 눈물을 재빨리 훔쳐냈다. 그러다 문득 무언가 해야겠다는 생각이 들었다. 무엇이든 간에 말이다.

나는 조금 이른 저녁을 먹기로 했다. 부엌으로 가서는 밥솥을 열었다. 그리고 나서야 나는 깨달았다. 3일 전에 그 녀석이 왔을 때 이후로 집에서 밥을 먹은 적이 전혀 없다는 걸 말이다. 한 끼 정도나 먹었을까? 그것도 밖에서 간단한 패스트푸드로 때웠던 것 같다.

밥을 떠놓고도 도무지 목구멍으로 넘길 기분이 아니어서 나는 밥그릇에 물을 부어넣었다. 엉성한 죽을 만들어서 억지로라도 한 숟갈 뜨려는데, 3일 전에 맞은편에 앉아서 밥을 아주 맛있게 먹던 그 녀석이 떠올랐다.

‘그 녀석은 이 자리에서 부서진 옥패를 소중히 손에 쥐었지.’

어렸을 때 엄마가 돌아가셨다고 했었다. 그래 맞아. 광해군의 모친 공빈 김 씨는 그가 두 살 때 죽었다. 두 살 때라면 그도 나와 마찬가지로 어머니에 대한 기억이 거의 없을 것이다. 나는 그와의 공통점을 찾아가며, 이런 상황에 놓인 나 자신을 위로하기 시작했다.

‘광해군은 인조반정으로 폐위되어 제주도로 유배를 가지. 그곳에서

십여 년을 살다가 그곳에서 죽고. 하지만 죽는 순간까지도 자신이 복위될 거라고 믿었다지.'

그 녀석. 광해군의 인생을 생각해보면 내 인생이 더 나은 건지도 모른다는 생각이 들면서도, 다른 한편으로는 가족이라고 말할 수 있는 사람들과 함께 사는 그의 신세가 나보다는 낫다는 생각도 들었다.

'내가 있지 않느냐.'

그가 내게 했던 말.

'내가, 네가 알고 있는 내가 조선에 있지 않느냐. 그러니 이젠 너도 조선에 아는 사람이 단 한 사람도 없다 말하지는 못하겠지.'

그가 내게 했던 말들.

내가 단지 조선인이었다면, 진짜 그 시대에 살아가는 조선인이었다면……. 차라리 그의 말을 받아들이는 것이 마음 편했을지도 모른다. 그러나 나는 조선인이 아니다. 슬픔도 외로움도 고통도 모두 혼자 이겨내야 한다. 지금도 앞으로도 영원히. 이 시대 이곳에서 살다 죽을 때까지 말이다.

1599년(선조 32년) 봄, 경기도 연천.

"참말이냐? 그것이 참말이냔 말이다."

"예에, 제가 어느 안전이라고 거짓을 아뢸까요. 똑똑히 제 두 귀로 들었습니다요. 세자저하께서 어제 황해도 수안행궁으로 떠나셨으니, 조금 있으면 이 연천을 지나실 것이랍니다요."

"그 먼 황해도까지는 어이하여?"

"아이참, 아기씨도. 수안행궁에 중전마마가 계시잖아요. 중전마마께 뭔 일이라도 생긴 모양인가 보죠."

"그래? 허나, 아버님께 듣기로는 세자저하께서 얼마 전에야 몸이 다 나으셨다는데, 그 먼 길을 또다시 떠나셔야 한다니……."

계집종의 말에 유심히 귀를 기울이고 있는 16세의 소녀. 곱게 땋은 머리칼에 반짝이는 두 눈을 가진 그 소녀는 처녀티가 완연했다. 얼마 전 전라도에서 돌아온 광해군이 황해도 수안행궁에 있는 중전마마를 보러 간다는 말에 그녀는 상당히 들떠 있었다. 출궁해서 도성을 나가는 세자, 광해군을 볼 수 있다는 뜻이기 때문이었다.

"어서 채비하자꾸나."

"네?"

"세자저하를 멀리서나마 보려면 아버님이 안 계신 틈에 나가야 하지 않겠느냐?"

"아기씨! 아버님이야 세자저하께서 연천을 지나시니 그곳으로 벌써 가셨지요. 그나저나 아버님 눈에 안 띄고 세자저하를 뵈올려면 꼭꼭 숨어 눈만 이렇게 빠끔 내놓고 보셔야 할걸요? 그렇게 보아서는 세자저하의 발치나 제대로 볼까 모르겠네. 그러지 마시고 아버님께 부탁해 보셔요. 세자저하의 후궁이라도 될 수 있게 말예요. 아버님이 아기씨를 그리 아끼시니 또 알아요? 오늘 세자저하께 아기씨 이야기를 꺼내실지 말예요."

"남세스럽게……."

양반가의 규수임에도 체면치레 불구하고 문 밖을 나서려는 소녀도, 막상 대놓고 후궁이니 뭐니 하며 말을 꺼내는 계집종 앞에서는 얼굴이 탐스럽게 익은 사과처럼 붉어졌다.

그녀의 이름은 김연아. 연천군수 김제남의 둘째 여식으로, 현재 부친을 따라 임지인 연천군에 머무르고 있었다. 그리고 7년 전. 유모 변씨와 함께 황해도로 피난하던 도중에 회령에서 왜적을 만났던 바로 그 어린 소녀였다.

당시 어린 나이의 그녀였지만 자신을 품에 안고 왜적의 칼을 맞고 죽었던 사내하며, 그 앞으로 검을 들고 나섰던 광해군을 똑똑히 기억했다. 물론 검을 들고 나섰던 사내가 광해군이었다는 사실은 나중에야 부친에게서 듣게 되었지만 말이다.

인아는 늘 몸에 지니고 다니는 작은 비단 주머니를 풀었다. 그 안에서 나온 것은 광해군이 잃어버린 옥패의 부서진 반쪽이었다. 그녀는 마치 그것이 광해군인 양, 아주 조심스럽게 손으로 쓸어보더니 말했다.

"어서 나가자꾸나."

"네, 아기씨."

계집종도 뭐가 신이 났는지, 인아가 쓸 장옷을 챙겨들고는 서둘러 그녀의 뒤를 따라나섰다.

"저하의 말을 듣자하니, 아직도 저하께서는 그 여인을 잊지 못하신 듯합니다."

세자 광해군과 나란히 말을 타고 가며 이야기를 주고받는 이가 있었다. 정원군 이부(定遠君 李琈)였다. 현재 선조가 가장 총애하는 후궁 인빈 김 씨의 셋째 아들이기도 하다. 그는 인빈 김 씨의 소생 중에서 유일하게 광해군과 사이가 좋았다.

"내가 잊지 못하였다고? 그 말은 내가 그 여인을 마음에 품고 있다는 말로 들리는구나."

광해군이 웃으며 정원군의 말을 받았다.

"저하의 말씀대로라면 벌써 오래전 일입니다. 그런데도 마치 저하께서는 어제 있었던 일인 양 그 여인에 대하여 말씀하시지 않으십니까? 그러니 이 아우는 그리 여길 수밖에요."

"글쎄다……. 무탈하게 살아있다면 이미 다른 이의 아내가 되었을 여인인데, 어찌 내가 그런 마음을 품겠느냐."

25세의 광해군은 십대 시절의 마지막을 전쟁 속에서 보내며 더욱 늠름해지고 사내대장부다워졌다. 그에 비해서 선조의 피난길에 동행하며 자란 20세의 정원군은 약골로 보일 정도로 마른 체구였다.

"다른 이의 여인이 되었다 하여 순순히 잊으실 저하로 보이시지는 않습니다만."

"하하하. 그저 어디에서 잘 살고 있는지 그것만이라도 알고 싶구나."

"저는 그 여인이 보고 싶습니다."

뜬금없는 정원군의 말에 광해가 귀를 세운다.

"오오? 너는 어찌하여 그 여인을 보고 싶다 말하느냐?"

"이 아우의 어린 시절부터 저하께 누누이 듣지 않았습니까? 저하께서 세자라는 것을 알고도 그리 소리를 높인 여인에 대해서요. 그러니 호기심이 듭니다."

"그래? 보여줄 수만 있다면 네게 보여주고 싶구나……."

한숨 섞인 목소리로 대답하는 광해의 얼굴을 살피며 정원군이 물었다.

"정말 밤이라는 걸 믿을 수 없을 정도로 밝은 세상이 있습니까?"

광해군은 그것이 자신이 정원군에게 들려주었던 이야기의 일부분이라는 것을 알았다. 하지만 광해군은 바로 확답을 주지 못했다.

"이상하게도 세월이 흘러서인지 그 세상은 잘 기억나지 않는구나. 아마도 그때 별빛을 잘못 본 것이 아닐까 싶다. 그런 밝은 빛을 내던 불들은 그 뒤로 단 한 번도 본 적이 없으니 말이다."

"이젠 잘못 본 것이라 우기시는 것입니까?"

"우기다니?"

"그 나라에서 보았다던 여인에 대해서는 매일같이 이야기를 들려주실 정도로 생생히 기억하시면서, 어찌 그 나라에 대한 것은 잊으셨다 말씀하십니까."

"나도 그것이 이상하다. 아마도 그 놀라웠던 세상은 놀라움으로 그쳤지만……. 네 말대로 그 여인은 내 마음에 남아 오래도록 나를 괴롭혀서 그런가 보다."

"그 덕에 저하의 이야기를 듣고 자란 이 아우에게는, 그 여인이 마치

제 눈앞에 있는 듯 생생하게 느껴집니다."

"허허, 아우가 나를 놀리는구나."

"어찌 감히 신하된 몸으로 형님 저하를 놀릴 수가 있겠사옵니까."

태평하게 말을 받아치는 정원군을 보면서 광해도 뭐가 좋은지 히죽거렸다.

"그런데 저하. 이 아우, 한 가지 청이 있사옵니다."

"무엇이냐?"

"이번에 중전마마를 배알하고 도성으로 돌아온 뒤에 말입니다. 저에게 사냥을 가르쳐주시는 겁니다."

"나에게 무리한 부탁을 하는구나."

광해가 씁쓸하게 웃으며 답했다.

그것도 그럴 것이, 정원군의 모친 인빈 김 씨는 선조의 총애를 등에 업고 사사건건 트집을 잡아 광해를 모함했다. 그러다 보니 도성에 머물 땐 광해군은 죽은 듯이 동궁전에서 거의 움직이지 않았다. 그런데 그런 그가 사냥? 전후 복구에 여념이 없는 도성에서 세자가 사냥을 나간다면 인빈이 이 기회를 절대 놓칠 리가 없었다.

"그래서 제게 가르침을 달라 하는 것이 아닙니까? 걱정 마십시오. 어머님께도 먼저 말씀드리고, 아바마마께는 제가 직접 청을 드려 허락을 받아낼 생각입니다. 그러면 신하들도 감히 왈가왈부하지 못할 것입니다."

"좋다. 그럼 이 일은 수안에 계신 중전마마를 배알하고 돌아온 후에 더 이야기를 나누도록 하자."

"예, 형님. 그럼…… 더 이야기를 해 주십시오."

"무슨 이야기를 말이냐?"

"시치미를 떼시는 것이옵니까? 그 신비한 나라의 이야기 말입니다. 그 나라 여인들은 참말로 그리 사내에게 대든답니까?"

"하하. 아우가 나와 황해도 행을 자처한 이유가 그것이었나? 내게 칠 년 전의 이야기를 듣기 위해서 말이야."

"거짓을 고하진 않겠습니다. 그런 마음도 어느 정도 있었습니다. 하오나 어쩌겠습니까? 저하께 듣는 그 이야기야말로 아무리 들어도 질리지가 않으니 말입니다."

"이것 참, 심심한 여정이 되진 않을 것 같구나."

광해군이 호탕하게 웃었다. 정원군도 그런 광해군을 따라 소리 내어 웃고 있었다. 그런 그들과 함께, 그들을 뒤따르는 수십 명의 병사들 머리 위로 봄의 태양이 따뜻하게 비추고 있었다.

"네 이년! 어서 일어나지 못하겠느냐? 당장 일어나지 않으면 가만두지 않겠다!"

알람은 바뀌지 않았다. 이 알람 소리는 아빠가 재미있어 하시던 거였다. 나는 스마트폰의 알람을 끄고 침대에서 일어섰다. 지난밤의 꿈이 뒤숭숭해서인지 잠을 깊게 자지 못한 것 같았다.

꿈속에서 광해군을 보았던 것 같았다. 그가 누군가에게 웃으면서 나를 만난 이야기를 하고 있었다. 단지 꿈일 뿐이겠지만, 그에게는 나를 만났던 건 재미있는 추억거리로만 남았을 것이다. 그러나 나에게는 현실이다. 난 아빠를 잃었다. 그리고 그 사실을 받아들이는 것이 여전히 힘들었다. 더욱이 방문을 나서면 아빠가 떠났던 그 날 그대로인 집을 보면 더욱 더 아빠가 그리워졌다.

내 방을 나와 아빠의 서재로 들어간 나는 책으로 가득한 방 안을 둘러보며 생각했다.

'내가 만약 미국으로 가면…… 이 집의 물건들은 다 어떻게 해야 하는 걸까?'

앞으로의 일이 까마득하다.

고모에게 전화한 게 잘한 건지 아닌 건지 아직 확신할 순 없다. 그러나 누군가 어른이 챙겨주려고 한다는 건 나쁘지 않다. 그 사람이 나에게는 낯선 친척이라는 점만 제외한다면 말이다.

나는 서재를 둘러보다가 며칠 전 광해군이 쓰러뜨렸던 책들을 묵묵히 정리하기 시작했다. 그러다 광해군에게 건네주었던 정감록을 발견하고는 그것을 들어 올리며 잠시나마 소리 내어 웃었다.

'이런 잡서 따위도 읽지 않으니까, 왜란이나 겪었던 거라고.'

그가 광해군인지도 모르고 그렇게 떠들어댔던 내 자신이 우스워졌다. 그러나 곧 웃음은 눈물로 바뀌어버렸다. 눈물이, 그 어떠한 예고도 없이 찾아왔다.

눈물이 정감록에 떨어지는 것을 보고는 서둘러 책을 높은 곳에 올려놓았다. 그러면서 아빠의 손때가 묻은 책들을 하나하나 살펴보기 시작했다. 그중에는 조선왕조실록도 있었다.

난 사실 역사에는 별로 관심이 없다. 그나마 남들보다 역사를 잘 알고 있는 건 아빠 덕분이었다. 최근 몇 년 동안 아빠는 '광해군'에 관한 연구에만 매달렸다. 정확히는 내가 15살이 되던 어느 날. 문득 광해군에 대한 이야기를 내게 꺼내셨다. 광해군에 대한 이야기의 첫 시작은 인조반정부터였다.

'경민아. 조선시대에는 총 두 번의 반정이 있었지. 연산군 때의 중종반정. 그리고 광해군 때의 인조반정. 이 두 반정의 차이점이 무엇인지 아니? 중종반정 때는 모든 사람들이 연산군의 폭정에 견디다 못해 합심해서 연산군을 폐위시켰지. 그만큼 연산군이 말년에 저지른 죄가 컸으니까. 신하들이 스스로 연산군을 쫓아내고 진성대군을 왕으로 선택해 중종으로 만들어주었지. 하지만 광해군의 인조반정은 다르단다.'

'어떤 게 다른데요?'

'백성들 그 누구도 광해군이 포악하다거나 그가 나쁜 왕이라서 쫓겨나야 한다고 생각하지 않았어. 그저 광해군과 그의 정치적 기반인 북인에 불만을 가진 서인 세력을 인조가 이용한 거야. 인조는 자신이 직접 불만을 가진 서인들을 끌어 모았지. 단 하루만의 일이었다. 단 하루 의 정치적 싸움에서 광해군은 패배한 거야. 그래서 광해군은 제주로 쫓겨나면서도 언젠간 자신이 복위될 거라고 굳게 믿었단다. 죽는 날까지. 하지만 그렇게 되지 못했지. 결국 조선은…… 서인들의 세상이 되었단다. 인조는 자신이 왕이 될 수 있게 편이 되어준 서인을 무시하지 못했

고, 그때부터 조선에 서인독재 시대, 붕당의 시대가 열리는 거란다. 그렇게 조선은 쇠퇴하기 시작한 거지.'

아빠는 광해군 문제에 관해서는 유독 열정적이셨다.

'인조와 서인들이 광해군을 왕위에서 쫓아내면서 갖다 붙인 명목 중에는 광해군이 인목대비를 폐위하고 죽이려고까지 했다는 죄명이 있었단다. 어째서 광해군은 인목대비를 죽이려고 한 것일까? 적어도 그들은 광해군 즉위 초반까지는 정치적으로도 화합하는 분위기였거든. 아무리 자신보다 아홉 살이나 어린 계모라지만 광해군은 왜 그렇게까지 했었을까…….'

'아빠가 그때도 가서 보았어요?'

'그래. 봤단다. 나 역시 인목대비가 폐위되어 서궁으로 불리게 된 그 날에도 궁궐에 있었지. 그리고 그곳에서 지켜보았단다. 광해군은 아주 화가 나 있었어. 신하들이 말리지 않았다면 당장이라도 직접 사약을 들고 인목대비에게 찾아갈 듯이 말이다. 대체 어린 시절부터 역사책을 좋아하고 영민하던 그가 왜 그렇게 변해버린 것인지……. 또 그것으로 자신의 몰락을 가져왔는지…….'

그때 난 어려서 그런지 별생각 없이 아빠에게 이렇게 대답했다.

'그건 아빠가 가서 직접 물어보면 되잖아. 광해군에게.'

그러자 아빠가 웃으며 내게 이렇게 말했다.

'그건 아니야, 경민아. 아빠가 시간을 뛰어넘어 그 시대로 가서 직접 두 눈으로 역사적 사건을 볼 수 있고, 당사자들과도 이야기를 나눠볼 수는 있겠지. 그러나 그 역사 속 인물들의 속마음까지는 들여다볼 수가 없단다. 그것이 바로 시간여행자들이 가진 한계 중의 하나인 거지.'

'시간여행자의 한계…….'

아빠는 대체 무엇을 위해 1592년에서 그런 죽음을 맞이하셔야 했던 걸까?

딩동.

벨소리에 나는 서재를 나왔다. 인터폰을 확인하니 고모였다. 약속한 시간보다도 일찍 찾아오신 모양이었다. 문을 열어드리자 식빵과 잼, 버터 등을 가득 담은 봉지를 들고 들어오셨다.

"아무래도 네가 아침을 잘 챙겨먹지 못할 것 같더구나."

그러더니 식탁에 사온 물건들을 풀어놓으시며 말했다.

"아침에 빵 먹는 건 괜찮니?"

"아, 괜찮아요."

"그래? 다행이네. 그럼 점심은 밖에서 밥을 먹자. 그건 그렇고 오는 길에 구청에서 일찍 네 아빠 실종신고를 했어. 일단 경찰이 조사를 나온다고 하더구나. 요즘은 옛날과 달라서 경찰이 조사도 나오나 봐. 미국도 그러기는 하지만."

"그런데 고모. 어제 말씀하신 거요. 할아버지도 시간여행에서 돌아가셨다고……."

"맞아. 아마 고려시대였을 거야. 고려 후기. 오빠가 그렇게 말했던 것 같아."

"그런데 왜 우리 집안이 저주받았다는 건가요?"

의자에 앉아 식빵에 잼을 바르던 고모가 잠시 움직임을 멈추더니 날 돌아보았다.

"네 할아버지뿐만 아니라 증조할아버지, 고조할아버지도 모두 시간여행을 하던 도중에 죽었기 때문이야."

"그게 정말이에요?"

"그래. 증조할아버지와 고조할아버지에 대한 건 할아버지에게 들었지만 말이다."

"그럼 왜 그 모든 것을 알면서도 아빠는 막지 않았죠? 나중에라도 시간을 거슬러가서 막았으면 되었잖아요."

"네 아빠가 도대체 뭘 말해준 건지. 잘 들으렴, 경민아. 만약 네가 시간여행을 해서 네 아빠가 죽기 전으로 돌아간다면 그 죽음을 막을 수 있을 것 같니?"

"그건……."

"네가 전화로 그랬지? 이미 갔을 때는 오빠가 죽어가고 있었다고. 바로 그거야. 시간여행자는 그 날짜에 갈 수 있지만 시간은 맞출 수 없어. 그리고 자신과 직접적으로 연관 있는 경우는 더더욱 피해가듯이 가게 되지. 마치 어떠한 힘이 작용하듯이. 그래서 넌 오빠가 죽기 직전에야 그곳에 도착한 거야. 오빠의 정해진 인생에 개입하지 못한다는 증거지. 이것 역시 시간여행자의 한계라고 볼 수 있겠네."

"좋아요. 아빠가 죽는 걸 막을 수 없다면……. 아빠를 다시 볼 수는 없을까요?"

"오빠를 보고 싶은 거니? 그건 불가능해."

"어째서요?"

"오빠가 죽은 걸 네가 두 눈으로 확인했기 때문이야. 그런 경우는 네가 시간여행을 하더라도 이미 죽었다는 역사적 '일'을 알고 있는 너는 어떤 식으로든 살아있는 오빠와는 마주칠 수 없어."

"그럼 다시는 아빠의 생전의 모습을 볼 수 없는 건가요?"

내 목소리가 조금 울먹거렸던지, 고모가 타이르듯 말했다.

"아예 불가능한 건 아니지만……. 난 그 방법은 네게 말해주고 싶지 않구나."

"방법이 없는 건 아니군요? 말해주세요!"

고모가 식탁 위에 놓인 유리주전자에서 물을 따라 한 잔 마시더니 말했다.

"내가 알기로는 두 가지 방법이 있어. 하나는 '시간의 뒤틀림'을 이용하는 거지."

"시간의 뒤틀림이요?"

"그래. 아주 우연히 만나는 걸 기대하는 거야. 일 초가 될지 십 분이 될지 모르지만 과거의 오빠가 나타난 그 장소에 네가 먼저 가 있다가, 말 그대로 시간의 뒤틀림을 이용해 '우연히' 만나는 거지. 그럼 아주 잠깐이지만 오빠를 볼 수 있게 될 거야. 하지만 뒤틀림이라는 것이 어떻게 생기는지는 우리 시간여행자들도 몰라. 네가 오빠와 같은 시간, 같은 장소에 있다고 하더라도 뒤틀림이 일어나지 않는다면 만날 수가 없는 거지. 무엇보다도 그러려면 먼저 네가 과거로 가야 하는 건 알지? 더욱이 과거로 간다면 다시 원점인 이 시간으로 돌아오지 않는 이상, 그곳에서는 또다시 시간여행을 하지 못하고 갇히게 되잖니. 오빠는 이미 죽었으니 널 이곳으로 다시 데려올 사람도 없는데. 게다가 고작 그 일 초가 될지, 십 분이 될지 모르는 시간을 위해서 과거로 갈 생각은 아니겠지?"

듣기만으로도 아예 불가능한 방법처럼 보였다.

무엇보다도 아빠가 언제 어디를 다녀왔는지를 나는 알지 못한다. 거기에 나는 정확한 날짜를 맞추어서 시간여행을 할 수 없는 여자로서의 한계를 가지고 있다. 사실상 '시간의 뒤틀림'을 이용해 아빠를 만나는 것은 불가능하다는 것이다.

"그럼 두 번째 방법은요?"

"그건 말이다. 네가 '역사'의 일부가 되는 거야."

"역사의 일부요?"

"그래. 역사를 바꿀 수는 없지만, 역사의 일부는 될 수 있거든. 사실 나도 듣기만 했지 실제로 이게 가능한지는 잘 몰라. 분명한 건 우리 집안의 여자만 가능하다는 거야."

"자세히 말씀해주세요."

난 고모의 맞은편 의자에 앉았다. 고모는 나를 보며 말했다.

"역사의 일부가 된다는 건 말이야. 과거로 돌아간 네가 그곳에서 아주 오랫동안 머무는 거야. 그럼 자연히 역사에 동화가 되지. 간단히 말하면 그래."

"그게 아빠를 만나는 방법이 되나요?"

"맞아. 지금 이 시대에 사는 너는 사라지고, 그 과거에 사는 네가 되는 거니까. 다시 말해 과거의 사람으로 다시 태어나는 거라고나 할까? 그러면 너는 네 아빠의 죽음과도 관련이 멀어지니까, 과거의 사람으로서 시간여행자인 아빠를 만날 수 있는 거야."

"잘 모르겠어요."

내가 어려워하자 고모가 한숨을 쉬며 말했다.

"그럼 보자. 네 엄마가 의료사고로 돌아가신 건 알지?"

"네."

"그 죽음을 막을 수 없었다고 하더라도, 왜 오빠는 과거의 네 엄마를 만나러 단 한 번도 널 데리고 가거나, 돌아간 적이 없는 줄 아니?"

"한 번도 생각해본 적 없었어요."

태어났을 때부터 당연하게 곁에 없었던 엄마. 그 빈자리를 못 느낄 정도로 나에게 많은 애정을 주셨던 아빠.

"그래. 내가 설명해줄게. 오빠가 너에게 알려주지 않았다니, 내가 말해주어야겠구나. 잘 들으렴, 경민아. 넌 지금 열여덟 살이잖니? 네가 태어난 그 날로부터 지금까지 십팔 년이 흘렀지. 넌 그 십팔 년 동안의 어떤 시대로도 시간여행을 할 수가 없어. 동시대에 또 다른 네가 존재하기 때문이지. 같은 원리야. 오빠는 네 엄마가 살아있던 시간으로 돌아가서 보고 싶어도 갈 수가 없어. 그 시간에 또 다른 오빠 자신이 존재하니까 말이야. 그러니 아무리 그리워도 갈 수 없었겠지. 비극적이게도."

고모의 목소리가 퍽이나 슬프게 들렸다. 하지만 내가 궁금한 것은 태어난 이래 사진 속에서만 볼 수 있었던 엄마가 아니었다. 나에게 무한한 애정을 주시며 날 키워주신 아빠. 아빠를 다시 볼 수 있는 방법만이 궁금했다.

"그럼 고모의 말씀은 아빠가 돌아가시기 며칠 전으로 제가 돌아갈 수 없다는 말이네요?"

"맞아. 대신에 네가 태어나기 훨씬 전으로 돌아간다면 이야기가 달라진다는 거야. 최근까지 오빠는 어느 시대를 주로 여행했니?"

"광해군에 관련된 조사를 하셨어요. 그래서 주로 선조 말년부터 광해군 시기와 인조가 재위하던 시대를 다니셨어요."

"그렇다면 선조 말년이 좋겠구나."

"네?"

"그때로 네가 시간여행을 하는 거야. 그 시대에는 네가 존재하지 않잖니. 태어나질 않았으니까. 그러니 네가 그곳에서 살면서 역사에 동화되는 거지. 적어도 십 년 정도는 그렇게 과거에서 살아야 할 거다. 하지만 그렇게 되면 오빠를 만날 가능성이 높아지는 거고. 아니, 내가 지금 무슨 소리를 하는 건지."

고모가 자리에서 일어서려고 했다. 난 그런 고모를 향해 급히 질문을 쏟아냈다.

"그렇게 해서요? 그렇게 해서 아빠를 만나면요?"

"아마도……. 세월이 흘러서 네가 그 시대 역사의 일부가 되었을 테니까, 오빠를 만나기만 한다면야. 오빠는 네가 그곳에 있다는 걸 알고 널 만나러 종종 시간여행으로 찾아올 수가 있게 되겠지."

"아빠를 계속 만날 수가 있다고요?"

며칠 전 아빠를 잃은 충격이 채 가시지 않은 나에게는 아주 솔깃한 말이었다.

"죽음을 막을 수 있다고까지는 장담할 수가 없구나. 그렇게 해서 오빠에게 일어날 죽음을 미리 알린다는 게 어떤 의미인지 너도 알지?"

나는 고개를 끄덕였다. 알고 있다. 상대방이 앎으로써 정해진 역사가 바뀌게 되는 사실을 내가 말한다면, 물리적인 고통이 찾아올 뿐만 아니라 죽음에도 이를 수가 있다는 사실을. 광해군 그 녀석이 담배를 손에 넣었을 때 나에게 가해졌던 고통이 여전히 뇌리에 생생하게 남아 있었다. 고통이 그 이상에 이른다면 정말 죽을지도 모른다는 생각이 들었다.

"과거에 가서도 역사에 순응하며 산다면 문제가 없겠지만, 네 말 한마디로 역사에 영향을 끼치게 된다면? 넌 오빠를 만나기도 전에 죽을 수도 있어. 미래를 알면서도 한마디도 하지 못한 채 지켜보고 또 당해야 한다는 거야. 과거에 가서 그런 세월을 살겠다고? 이미 죽은 오빠를 만나기 위해서? 나는 반대다. 그런다고 꼭 만난다는 보장도 없잖니?"

고모의 반대는 더 이상 내 귀에 들려오지 않았다. 이 순간 나는 아빠가 시간을 거슬러 올라갔던 시기를 떠올리고 있었다. 정확한 날짜는 알 수 없었다. 분명한 것은 최근 몇 년간 광해군 연구 때문에 선조 말년부터 인조 재위기 사이를 계속해서 들락거리셨다는 것만 알 뿐. 정확히 언제 어디를 다녀오셨는지 묻지 않은 것이 후회되지만 이미 늦었다. 지금은 아빠를 다시 만날 수 있는 방법만을 생각해야 했으니까.

아! 기억나는 것이 한 가지 있다.

아빠가 말하기를 인목대비가 경운궁에 유폐되던 날 궁궐에 있었다고 했다. 그렇다면 그날로부터 적어도 10년 전으로 돌아간다면 난 아빠를 만날 수 있었다. 물론 인목대비가 유폐되던 날에 아빠를 만나지 못할 수도 있다. 그러나 아빠가 그곳에 있었던 건 그때만이 아니다. 궁궐에 계속 머물며 살아간다면, 아빠를 다시 만날 기회는 분명 자주 올 것이라는 생각이 들었다.

하지만 10년이라……. 듣기만 해도 엄청 긴 세월이다. 그 긴 세월 동안 나는 궁궐 안에서만 살아야 한다. 그것이 가능할까?

세종대왕 시대에 갔을 때는 우연히 만난 세종대왕의 도움으로 생각시로 궁궐에 있을 수 있었다. 그러나 지금은 그때와 다르다. 궁녀가 되기에는 이미 생각시의 나이를 벗어난 18세. 지금 나이로 내가 궁궐에 남아있을 방법은 딱히 떠오르지 않았다.

'내가 있지 않느냐. 내가, 네가 알고 있는 내가 조선에 있지 않느냐. 그러니, 조선에 아예 아는 사람이 없다 말하지는 못하겠지.'

'광해군이 있었어! 그에게 부탁한다면? 무엇보다 인목대비를 경운

궁에 유폐할 때, 조선의 왕은 바로 광해군이잖아!'

광해군과 나는 안면이 있는 사이다. 그에게 부탁해서 궁궐에 있게 해달라고 한다면 아빠를 만나는 것도 가능할 것 같았다. 게다가 아빠에게 일어날 '죽음'에 대해서도 어떤 암시를 줄 수 있다면…….

'아빠가 죽지 않게 될 수도 있지 않을까……?'

내 이런 속마음을 어느 정도 눈치챈 것인지, 고모가 나섰다.

"헛된 생각을 하는 건 아니겠지? 네가 어려서 이 고모의 말을 다 이해하지 못한 모양인데, 네가 역사가 된다는 것, 그건 오빠를 만나서 나중에 일어난 위험을 알려준다고 해도 넌 그 시대를 벗어나지 못한다는 걸 의미하니까. 내 말이 무슨 말인지 알겠니? 넌 그곳에서 살다 그곳에서 죽어야 한다는 거야."

안다. 어느 정도는 이해가 된다. 그러나 아빠의 죽음을 받아들이고 아빠를 평생 보지 못한 채 홀로 사는 것에 비한다면 차라리 조선으로 가는 것이 훨씬 나았다. 적어도 지금의 내 생각으론 그랬다. 그곳에서 아빠를 만난다면 계속해서 아빠를 만나며 살 수 있다는 것이니까.

'조선으로…… 조선으로 가면……!'

단지 생각뿐이었다. 그런데 내 안에서 무언가 강렬한 반응이 오기 시작했다. 그 반응에 나 역시 당황했다. 그 반응은 따스한 바람이 아닌, 격정적인 바람이 되어 내 몸을 천천히 휘감기 시작했다.

고모가 무언가 눈치챈 것인지 나를 향해 소리쳤다.

"경민아! 너!"

"고모……."

"안 돼! 어리석은 생각하지 마! 그런다고 변하는 건 아무것도 없을 거야! 우리 집안 사람들도 모두 그게 가능하다고 여기다가 모두 실패하고 죽은 거라고! 그러니 어서 멈춰! 멈추라고!"

"하, 하지만……!"

멈출 수 있는 상태가 아니었다. 내 마음 속 깊은 곳에서부터 강렬한 무언가가, 아빠를 다시 보기를 바라는 마음이 나를 어디론가 끌어갈 듯 움직이고 있는 것만 같았다. 그러나 뭔가 이상하기는 이상했다. 나는 어느 시대, 어느 날로 갈지를 전혀 정하지 않은 상태였기 때문이었다.

"김경민!"

고모가 점점 거세지는 바람에 뒤로 밀려나며 내 이름을 외쳤다. 그러나 동시에 눈앞에 보이는 세상이 아주 빠르게 돌아가며 내 정신을 빼앗아버리고 말았다.

보모상궁이 되다

콕콕……. 코코코콕…….

차갑고도 작은 손이 내 볼을 콕콕 찔러대고 있었다.

콕콕…….

"히힛."

중간중간 어린아이의 웃음소리도 섞여있다. 이런 것들이 깊이 잠들어 있던 나를 깨우고 있었다.

코코콕…….

"헤헤."

얼마나 지났을까? 나는 마치 무엇에 홀린 듯 두 눈을 번쩍 떴다. 동시에 네다섯 살로 보이는 남자아이와 눈이 마주쳤다. 아이는 내가 눈을 뜨자, 당황하며 놀란 눈으로 내게서 떨어졌다.

그 아이는 몇 겹이나 된 옷 위에 비단으로 만들어진 두루마기를 걸치고 있어서, 제 몸 하나 움직이는 것도 힘들어 보였다. 거기에 머리에 털모까지 쓰고 있었다.

아이는 내가 깨어난 것을 보자마자, 슬그머니 문 쪽으로 다가가가더니 문을 열어젖히고 밖으로 뛰어나간다. 동시에 나는 놀란 눈으로 문밖을 내다보았다.

눈이, 눈이 내리고 있었다!

언제부터 내린 것인지 소복이 쌓여있는 눈. 마치 낙엽이 떨어지듯 연이어 살랑살랑 떨어지는 눈을 보고 나서야 내가 조선으로 온 것이라는 걸 확신했다. 더불어 나를 붙잡으려고 했던 고모의 목소리가 생생하게 귓가에 들리는 듯했다.

막 밖에서 들어오기 시작한 한기에 이불을 끌어당기다가 깜짝 놀라고 말았다. 한복을 입고 조선으로 온 기억은 없는데, 어느새 하얀 저고리와 치마로 갈아입혀져 있었던 것이다.

대체 여기는 어디일까? 일반 민가는 아니다. 내가 지금 있는 곳은 기와집이 분명했다. 거기에다가 아까 본 아이는 누구일까? 무엇보다도 내가 제대로 된 시기로 온 것이 맞을까?

그때 열린 문 안으로 누군가 들어왔다. 복장으로 보아하니 궁궐의 상궁처럼 보였다. 그녀는 내가 누워있는 이불 발치로 다가와 앉으며 말했다.

"깨어나셨습니까."

"아, 네에……."

"그럼 이부자리를 치우도록 하겠습니다. 먼저 의복부터 갈아입으시지요."

"의복이라니요?"

그녀는 무언가 말하려다가, 그대로 입을 다물었다. 그러더니 원래 하려던 말이 아닌 다른 말을 꺼내려는지 잠시 우물쭈물거렸다.

"소인은 아는 게 없습니다. 소인이 아는 것이라고는, 다른 이들이 알아차리기 전에 궁녀의 의복으로 갈아입으셔야 한다는 것입니다."

"여기가 궁궐이에요?"

"예. 행궁입니다."

행궁이라면 왕이 거둥하는 임시 궁궐을 말한다. 왕이 머물면 사실상 민가라도 행궁이 되는 것이다. 이 건물은 궁궐의 전각이라고 하기에는 일반 양반가 기와집에 가까운 구조를 하고 있었다.

상궁은 내 앞에 옥색 저고리와 남색 치마를 꺼내놓았다. 거기에 당의까지. 전형적인 조선시대 상궁의 복장이었다. 하지만 나는 옷을 입기 전에 묻고 싶은 것이 더 있었다. 분명 조선으로 오게 된 것까지는 알고 있다. 하지만 어떻게 행궁, 그러니까 궁궐 안에서 내가 깨어났단 말인가?

"제가…… 왜 여기에 있는 거죠?"

"먼저 이 옷으로 갈아입으십시오. 곧 사정을 알려주실 분이 오실 것입니다."

이렇게 말한 상궁은 방금 전까지 내가 누워있던 이불을 정리하기 시작했다. 나는 그 사이 그녀의 눈치를 보며 서둘러 상궁의 옷으로 갈아

입었다.

내가 옷을 다 갈아입었을 때쯤, 상궁도 이불을 다 정리하고는 나와 마주 앉았다.

"지금부터 제가 드리는 말씀을 절대 잊지 말고 행하셔야 합니다."

그녀는 꽤나 의미심장한 얼굴이었다.

"이곳은 행궁이지만 주상전하와 중전마마, 세자저하와 세자빈마마를 비롯하여 현재 왕자마마와 그 식솔들이 거주하고 계십니다. 그러니 절대 함부로 돌아다녀서는 안 됩니다. 허락이 있을 때까지 이 방을 나가서도, 이 방 안에서도 소리를 내셔서는 안 됩니다. 만약 다른 이들이 낭자의 존재를 알게 될 경우, 큰 사단이 날 것입니다. 제 말뜻을 아시겠습니까?"

"하지만 제가 왜 여기에 있는지도 모르는데다……."

"어험."

그때 닫힌 문 밖에서 남자의 기침소리가 들려왔다. 그러자 상궁은 곧바로 자리에서 일어서며, 바깥을 향해 공손하게 대답했다.

"들어오시지요."

먼저 일어선 상궁은 나를 향해 눈짓을 보냈다. 나보고도 일어나라는 것 같았다. 뒤늦게 이를 알아챈 나도 그녀를 따라 자리에서 일어섰다. 그러자 문이 열리며, 갓을 쓴 젊은 남자가 안으로 들어왔다. 대략 20세쯤 되었을까. 좀 더 젊게 본다면 나와 동갑인 듯 보이는 남자였다.

그는 추운 밖에서 들어왔기 때문인지 갓 아래에 담비로 만들어진 털모자를 쓰고 있었다. 담비는 조선시대 일반 양반들도 함부로 가지지 못할 정도로 고가품이었다. 이곳이 행궁이라고 했으니, 저 남자는 왕족인 걸까?

내 의문은 옆에 서 있던 상궁이 대신 풀어주었다.

"정원군마마."

그녀가 그에게 올리는 인사말 속에서, 나는 그가 '정원군'이라는 이름의 왕족인 것을 알게 되었다.

정원군은 상궁에게서 인사를 받자, 그 다음으로 나를 바라보았다. 그러나 나와 눈이 마주치자 곧바로 시선을 상궁에게로 돌리며 말했다.

"나가보게. 또한 이 일은 입단속을 다시 한 번 해두도록 하고."

"예, 명 받잡겠나이다."

상궁이 공손히 고개를 숙이며 물러가자, 이제 방 안에는 정원군과 나, 이렇게 단 둘만 남게 되었다. 그는 잠시 동안 내게 무슨 말을 건네야 하는지 고민하는 기색으로 서 있었다. 그러나 언제까지고 서 있기만 할 수 없었는지 내 쪽으로 성큼 발을 내디뎠다. 그리고는 그대로 나를 지나쳐 안쪽에 스스로 방석을 깔고 자리에 앉으며 내게 말했다.

"앉으시게."

나는 그의 발치에서 멀지 않은 곳에 자리를 잡고 앉았다. 무심결에 대충 편할 대로 앉았다가 그의 날카로운 시선이 나를 향하는 것을 느끼고는 뒤늦게 조선 여자들처럼 자리를 고쳐 앉았다.

4년 만이었다. 이런 불편한 자세로 앉아 손을 공손히 모으는 것은 말이다.

"어찌하여 낭자께서 이 행궁에 있게 되었는지 궁금하리라 믿소."

"저를 여기로 데려오신 분이세요?"

그의 말이 끝나기가 무섭게 질문을 내뱉은 나를 보며, 그가 잠시 어이없다는 표정을 지었다. 그러나 곧 시선을 내게서 돌리더니 피식거리며 웃는 게 아닌가? 그의 웃음을 보니, 어디선가 본 듯한 느낌이 든다. 어쩌면 갓 쓴 남자가 웃는 건 그 녀석 이후로 처음이라서 그렇게 생각되는지도 모르겠지만.

그때 그의 시선이 다시 내 얼굴을 향했다.

"그 나라는, 낭자의 나라는 신분 고하에 상관없이 여인이라면 다들 그리도 당돌한 모양이오."

"……!"

나는 그의 말에 놀란 입을 다물지 못했다.

'그 나라'라니? '낭자의 나라'라니? 지금…… 이 사람 내가 다른 곳에서 온 것을 알고 있어? 어떻게?

놀란 내 얼굴을 보며 그가 조금은 굳어진 표정으로 말을 이었다.

"혹시나 해서 짚어본 것인데……. 사실인가."

"무엇을 근거로 그런 말씀을 하시는 거죠?"

'정원군'이라는, 신분을 알게 해주는 이름 때문일까? 아니면 처음부터 정중하게 나오는 그의 태도 때문일까? 나는 평소 내 성격과 어울리지 않는 존칭을 최대한 써가며 그에게 묻고 있었다.

"누군가에게 들은 적이 있소. 그리고 오늘 낮에 사냥터에 갔었는데, 그곳에서 갑자기 세찬 바람이 불었소. 바람이 사라지자 그곳에 낭자가 있었소. 분명, 갑자기 나타난 것이오. 난 그리 보았고, 그리 확신하오.

그런데…… 오래전에 어떤 분께서 바람과 함께 나타나고 사라져야만 볼 수 있는 나라에 대한 이야기를 해 주신 적이 있었소. 그래서 내 짐작해본 것인데…….”

“그분이 누구죠?”

아빠가 아니라면, 이 이야기를 해 줄 사람은 단 한 사람뿐이다.

“그분에 대해서는 내 함부로 입에 올릴 수도 담을 수도 없기에…….”

“광해군인가요?”

그의 말이 끝나기도 전에 내 입에서 나온 ‘광해군’이라는 말에 그가 한쪽 눈을 치켜 올려 뜨며 나를 응시했다. 지금 저 남자의 눈빛이 말하는 건, 내가 정답을 말했다는 걸까?

“그가 지금 여기에 있나요? 그 사람을 만나야 해요! 지금 당장!”

광해군이 있는 곳을 알려주면 당장이라도 이 방을 박차고 나갈 기세인 나를 보며 그는 한참 동안이나 말을 하지 않았다. 아마도 잔뜩 흥분한 내가 어느 정도 진정하기를 기다리는 것 같았다. 이런 부분만 보더라도, 그는 상당히 침착한 성품의 소유자가 분명했다.

“만약 낭자가 찾는 분이 이곳에 없다면, 그래서 만날 수 없다면……. 또다시 바람이 되어 사라질 것이오?”

나는 정원군의 말을 이해할 수 없었다. 그가 나에 대해서 알고 있는 것, 나에 대한 이야기를 해준 사람이 광해군이 아니라는 걸까? 아니면 광해군이 죽은 지 한참 뒤의 시대로 온 것일까? 그런 일은 절대 일어나서는 안 되었다. 아빠를 만나기 위해서는 말이다.

“제가 쓰러져 있을 때 무엇을 보신 건지는 모르겠지만, 다신 그런 일은 일어나지 않을 거예요. 그러니 제발……. 그 이야기를 해준 사람이 광해군이라면, 그 사람을 지금 만나게 해 주세요."

"그분을 어찌 만나려는 것이오?"

"어찌 만나다니요? 왜 만나냐고요?"

"그렇소."

"그건 그 사람을 만나서 직접 이야기하겠어요."

부탁해야 한다. 내가 궁궐에 남아있을 수 있도록. 적어도 날 알고 있을 테니까, 어느 정도 도움은 주겠지. 무엇보다 아빠가 나타나는, 인목대비를 폐궁하는 시기에 그는 조선의 왕이다. 그러니 내겐 전적으로 그의 도움이 필요했다.

"내가 불가하다면."

"네?"

"그것은 불가하오."

"어째서요? 정원군이시라면 왕족 아니세요? 그럼 그를 만나게 해주는 건 어렵지 않으시잖아요? 좋아요. 그럼 제가 여기에 있다고만 전해주세요. 그러면 그가 날 보러 오진 않아도, 나보고 보러 오라고는 말할 테니까요."

"어찌 그리 확신하시오? 그분이 그리 말하실 것이라고 말이오."

"그거야……."

광해군이 말한 대로 우린 친구니까. 아니, 나만 그렇게 생각한 것인지도 모른다. 그러나 지금 이 조선에서 도움을 구할 수 있는 사람은 내게는 광해군뿐이었다.

"그거야…… 내가 그를 만나면 알게 될 거예요."

확신은 아니지만 일단 우기고 보기. 광해군을 만나야 어떤 수가 생기지 않을까?

나의 고집이 담긴 발언에 정원군이 깊은 한숨을 내쉬었다.

"그건 불가하다 하지 않았소."

"어째서죠?"

"먼저 이곳은 행궁이오. 전쟁이 끝난 지 얼마 되지 않아 이 좁은 행궁에 주상전하는 물론이고 많은 종친들이 함께 거주하고 있소. 그런데 신분조차 확실치 않은 그대가 그분을 알현한다는 것은……."

"잠시만요! 전쟁이 끝난 지 얼마 되지 않았다니요?"

광해군이 현대로 왔었던 것은 1592년. 아빠가 함경도 회령에서 돌아가신 것도 1592년이다. 그때는 막 임진왜란이 발발한 해. 그런데 지금 이 정원군이라는 사람은 전쟁이 끝난 뒤라고 한다. 지금이 전쟁이 끝난 뒤라면, 대체 몇 년도라는 거지?

"내가 말한 그대로요. 왜적이 물러간 지 몇 해 되진 않았소만."

"올해가 몇 년도죠?"

내 질문이 의외라는 표정의 정원군.

당연할 것이다. 어디 깊은 산속에서 살다 나온 것이 아닌 이상, 세상 돌아가는 일에 이렇게 무지한 조선인이 있을 리가 없을 테니까. 그러나 그는 내가 '다른 나라'사람이라고 판단했는지, 잠시 고민하더니 입을 열었다.

"만력 이십칠 년이오."

"만력 이십칠 년……."

임진왜란이 일어난 1592년. 막 세자가 된 광해군은 나와 동갑인 만 18세였다. 그러나 정원군의 말대로 지금이 만력 27년이라면 1599년이다. 광해군과 헤어지고 7년이나 흐른 뒤였다. 7년이라니, 1년이나 2년도 아니고 7년이나 흐른 뒤로 와버리다니!

그나마 다행인 건 아직 광해군이 세자라는 것이었다. 그가 왕이 되는 건 지금으로부터 9년 뒤. 아빠를 만날 수 있는 날이 오는 것은 광해군 즉위 후 10년 뒤이다. 시간적으로는 아직 여유가 있다. 문제는 그 시간 동안 내가 궁궐에 있어야 한다는 거지만.

그나저나 광해군은 7년이나 지났는데 나를 기억하고 있을까?

"더 궁금한 것은 없소?"

정원군이 내게 물었다.

"나에 대한 이야기를요, 정말…… 그에게 들었나요?"

"'그분'께 들었소."

'그분'을 강조하는 그의 말투에, 내 신경이 조금 거슬리기 시작했다. 그것도 그럴 것이, 7년 뒤라는 것이 아직 실감나지 않는 나에게 광해군은 그저 나와 동갑이던 모습으로만 남아있기 때문이다. 하지만 지금이 7년 전이라서 그가 나와 동갑이라고 하더라도, 그는 세자다. 지금도 세자이고, 그때도 세자이고. 이 조선시대에서는 누구라도 함부로 입에 올릴 수 있는 사람은 아니겠지.

나는 다시 한 번 여기가 조선시대임을 상기했다. 무엇보다 이 정원군이라는 사람을 잘 이용해야만 일이 쉽게 풀려서 광해군도 빨리 만날 수 있게 될 거라 여겼기 때문이다.

"좋아요, 그분. 어떻게 하면 만날 수 있을까요?"

"지금은 불가하오."

불가, 불가, 불가! 대체 불가 소리만 몇 번을 들었는지 모르겠다.

"그럼 나중에라도 만나게 해 주실 수 있어요?"

"시기를 봐야 할 것 같소만. 약조할 순 없소."

"한시가 급해요! 하루가 급하다고요!"

"그것은 어디까지나 낭자의 사정이오."

무뚝뚝하게 대답하는 정원군이 슬슬 미워지기 시작했다. 마음 같아서는 대놓고 말싸움이라도 해서 광해군을 만나게 해달라고 하고 싶은데, 이성이 겨우 그런 마음을 누르고 있었다.

그랬다. 여기는 조선이다. 그리고 나는 돌아갈 수 없다. 아니, 돌아갈 수 없는 상황에 놓였다. 지금으로써는 일단 광해군을 만나는 게 중요했다. 그를 만난다고 모든 게 해결될 것이라고 생각하지는 않지만, 어느 정도 해결될 것이라고는 믿어 의심치 않았으니까.

"그럼 왜 나를 이곳으로 데려온 거죠? 나를 이곳으로 데려왔다는 건 그가 한 말을 믿고, 그래서 그를 만나게 해주려던 게 아니었나요?"

내 말 중 어떤 말이 그의 정곡을 찌른 게 틀림없었다. 아니면 지금까지 그 어떠한 여자도 그에게 이런 식으로 말을 한 적이 없었든지. 왜냐하면 내 말을 듣는 순간 그의 얼굴에 당황한 빛이 살짝 어린 것이 보였기 때문이다. 그는 잠시 시선을 내게서 거두더니, 닫혀있는 창밖을 한참 동안 응시했다. 그것이 꽤나 긴 시간처럼 느껴졌다.

다행히도 내가 느낀 긴 지루함에 비해 실제 그의 대답은 빨리 나왔다.

"여인에게 사정을 설명해야 할 이유는 없소. 그러나 낭자에게는 설명이 필요할 듯싶군."

"설명이라니요?"

"지금 주상전하를 비롯한 왕실 가족들은 모두 이 좁은 행궁에 머물고 있소. 새 궁궐의 공사는 시작조차 하지 못하였소. 그러니 언제까지 이곳에서 지내게 될지 장담할 수 없소. 그게 무슨 뜻인지 아시오?"

"지금 내가 있는 이 궁에 그도 있다는 거지요."

정원군의 말을 그가 뜻하는 것과는 전혀 다른 방향으로 해석한 나의 발언에, 그가 어이없다는 듯 짧은 웃음을 내뱉으며 말을 이었다.

"궁궐 말에 '낮말은 새가 듣고 밤말은 쥐가 듣는다'는 말이 있소. 그런데 지금은 밤말도 새가 듣고, 낮말도 쥐가 듣소."

"그게 무슨 말이죠?"

"다시 말해서 이 좁은 행궁 안에 궁인들은 물론이거니와 종친들의 식솔과 그 노비들까지 거주하여, 시전만큼이나 혼잡하기 이를 데 없다는 것이오. 이런 데에서는 소문이 나기 쉬운 법이지."

"그 말은……?"

"세자저하를 뵙고 싶소? 낮이든 밤이든 불가하오. 그분은 모든 이들의 주목을 받으시는 분이오. 특히, 그분의 정적들에게는."

지금 정원군의 말은, 광해군을 끌어내리려는 세력들이 많다는 건가? 그리고 그들의 감시의 눈을 피해서 내가 그를 만날 수 없다는 말인가? 하지만 뭐가 그리 복잡한 거지? 나는 그를 만나는데 그렇게 많은 시간이 필요하지는 않단 말이야.

"때가 되면 그분을 만날 수 있게 해 드리겠소. 내 약조하리다. 허나, 그전까지는 불가하오."

또 나왔다. 그 불가라는 말.

"하지만 그때까지 마냥 기다릴 순 없어요. 난 이 조선에서 갈 곳도 없고……. 그리고 정원군께서 말씀하신 대로라면, 궁에 사람이 많아서 나에 관한 소문이라도 나면 어떡하려고요?"

돌이켜보니 아까 그 상궁이 내 존재를 다른 이들이 알면 안 된다고 단단히 주의를 준 이유가 여기에 있었나보다.

"그것은…… 내 생각해둔 것이 있소."

"생각해둔 것이라니요?"

"마침 내 장자의 보모상궁을 두려던 참이었소. 그 아이의 보모상궁으로서 이 행궁에서 머물러 주시면 될 것 같소."

"보모상궁이요? 지금 저보고 애를 보라는 거예요?"

"그렇소."

그는 아주 태연하게 말한다.

'뭐지? 날 언젠간 광해군과 만나게 해주려고 궁궐에 데려온 거 아니었어? 듣고 보자니, 새로운 보모상궁 뽑으려고 날 데려온 거야?'

지금까지 그가 내게 한 말들의 저의가 의심스러워지는 순간이다.

"이곳은 그 아이가 머무는 처소요. 당분간 아이와 함께 이곳에서 머무르면 될 것이오."

"아무리 그래도 아이……. 잠깐, 아이라면 아까……."

나는 장난스럽게 손가락으로 내 얼굴을 쿡쿡 찔러대며 깨우던 어린 남자아이를 떠올렸다.

“지금은 늦은 아침을 먹으러 갔을 거요. 조금 뒤에 이곳으로 돌아올 터이니, 어디에 가지 말고 이곳에서 그 아이를 돌보아주시오. 또한 앞으로 그 아이의 식사는 보모상궁이 챙겨야 할 것이오.”

그는 말을 마치며 자리에서 일어섰다. 나는 황당한 얼굴로 그를 따라 자리에서 일어섰다. 그는 더 이상 내 말은 아무것도 듣지 않겠다는 듯, 서둘러 그곳을 나가려다가 잠시 문 앞에서 멈췄다. 그리고 슬쩍 고개를 돌리며 내게 물었다.

“이름이 어찌 되시오?”

“김경민인데요.”

그때 그의 입가에 보일 듯 말 듯한 희미한 미소가 걸렸다. 그것이 내 또래들에게서 쉽게 볼 수 있는 장난기 어린 미소라는 걸 깨닫는 순간, 그의 입이 열렸다.

“그럼 김 상궁이군.”

말을 마친 그는 나를 이곳에 홀로 둔 채 나가버렸다.

‘내가 보모상궁이라고? 나보고 유모를 하란 말이야?’

한마디로 어이상실이다. 하지만 나에게는 거절할 이유가 없다. 광해군을 만날 때까지 갈 곳이 없는 처지에, 일단 거처 문제가 해결된다. 어디 그뿐인가? 여긴 궁이다. 행궁이지만, 이곳에는 광해군도 살고 있다. 정원군의 말대로라면 행궁이 좁다고 했으니, 만날 기회는 많아진 것이다.

'아이를 꼬여서 궁궐을 돌아다니자고 할까?'

그럼 오늘 안으로 광해군을 만날지도 모른다.

이런저런 방법들을 떠올리며 고심하는데, 갑자기 문이 열리더니 내가 깨어날 때 보았던 그 꼬마 남자아이가 나이 든 상궁의 손을 잡고 들어온다. 나는 나이 든 상궁의 눈초리에 서둘러 자리에서 일어섰다.

"자네가 김 상궁인가?"

상궁이 나에게 말을 걸어왔다. 나는 고개를 끄덕였다. 그러자 그녀는 그것이 못마땅한지, 조금 불쾌하다는 말투로 내게 말했다.

"보모상궁이라 하나, 정원군마마 처소의 지밀상궁인 나보다야 자네는 높지 않지."

"아, 죄송합니다."

나이 든 상궁의 기에 눌린 내가 나름 공손히 고개를 숙이며 대답하는데, 그녀는 내 말투가 썩 마음에 들진 않은 모양이다. 여전히 못마땅한 표정으로 나를 노려보았다. 그러나 어린아이의 시선이 자신을 향한다는 것을 알게 되자 서둘러 표정을 바꾸었다.

"아기씨, 이제 앞으로 김 상궁이 아기씨를 뫼실 것이옵니다."

"할미는? 할미는?"

"쇤네는 쇤네의 일이 있사옵니다."

"그런가?"

의외로 저 조그만 입에서 나오는 목소리가 퍽 귀엽다. 문제는 내가 아기들을 별로 안 좋아한다는 거지. 그러나 네다섯 살 정도로 보이는데다가, 걸음마도 뗀 모양이니 딱히 신경 써야 할 것은 없는 듯했다.

아이는 곧 상궁의 손을 놓고 뚜벅뚜벅 잘도 걸어가더니, 안쪽에 가서 자리를 잡고 앉았다. 아마도 그 자리가 익숙한 자신의 자리였나 보다.

"그럼 쇤네는 이만 물러가겠습니다."

"응."

어디서 본 걸 흉내 내는 것인지, 꼬마는 아빠다리를 하고 한 손바닥으로 자신의 작은 허벅지를 툭툭 내려치며 온갖 폼을 잡는다. 그 모습이 너무 웃겨서 웃음을 터트렸다가 이내 노상궁의 째림에 웃음을 삼켜야 했다.

"어린 아기씨께서 고뿔이라도 드시면 큰일이니, 절대 밖에 모시고 나가지 말게."

단단히 주의를 준 지밀상궁이 나가자 나는 재빨리 꼬마의 앞으로 다가가 앉았다. 꼬마는 또랑또랑한 눈으로 내가 누구인지 탐색하듯이 나를 살펴보기 시작했다. 나는 일단 이 녀석과 친해져야 한다는 생각으로 얼굴에 미소를 잔뜩 머금은 채 물었다.

"너, 이름이 뭐야?"

그러자 나를 바라보던 아이의 얼굴이 슬쩍 당황하는 표정으로 바뀐다. 그래, 그래, 나도 안다고. 지금까지 이런 말투로 너에게 말하는 이가 없었겠지. 좀 전에 그 무서워 보이는 노상궁도 너에게 깍듯하게 대하던데 말이야.

"이름 몰라?"

"아, 알아."

"그럼 이름이 뭔데?"

생전 나와 똑같은 옷을 입은 여인들로부터는 이런 '반말'을 들어본 적 없는 꼬마는 잠시 정체성에 혼란이 온 게 분명했다. 계속 굳은 표정으로 어찌할 줄 모르더니, 천천히 입을 열었다.

"아버님이 함부로 이름 말하지 말랬는데……."

"그래그래, 나도 알아. 근데 난 앞으로 너를 돌봐줘야 하거든? 그럼 네 이름을 알아야 돌봐주면서 잘 지내볼 거 아니야?"

"끄응……."

작은 손을 주먹 쥔 채, 자신의 이마를 슬그머니 문지르는 녀석. 꽤나 당황스럽긴 한가 보다. 이럴 줄 알았으면 처음에는 존대라도 쓸걸 그랬나? 하지만 아무리 조선시대라고 해도 나보다 한참 어린 녀석에게 허리 굽힐 순 없지.

"응? 이름이 뭔데?"

"종이야."

"종? 외자야?"

"외자?"

"이름이 하나뿐이냐고."

"이름은 원래 하나인데."

내가 바보지, 어린아이를 두고 무슨 어려운 말을.

"응응, 맞아. 이름은 하나지."

'정원군의 아들일 테니까 왕족이고. 대부분 직계 왕족은 이름을 한 글자로 지었지. 근데, 아까 그 정원군……. 상당히 젊던데. 벌써 이만한 아들이 있네?'

"몇 살인데?"

"다섯 살."

"그래, 좋아. 앞으로 이 누나와 잘 지내보자."

"누나?"

"응. 누나. 얼마동안은 누나와 지내야 해."

"이름이 누나야?"

"아니, 내 이름은 경민이야. 김경민. 그러니까 앞으로 날 부르고 싶으면 경민이 누나, 이렇게 불러. 알았지?"

"끄응……."

또다시 고민에 빠진 얼굴이 되는 종이. 나와 주고받는 대화가 모두 낯선 모양이다.

"어서, 누나~ 해봐. 누나아~."

"누, 누나아……."

"옳지! 그렇게!"

내가 귀엽다는 듯, 그 어린 녀석의 볼을 살짝 꼬집었다. 그리고 난 후회했다. 내가 꼬집은 게 아팠든 어쨌든 종이의 눈빛이 겁에 질린 눈빛으로 바뀌었기 때문이다.

"미, 미안. 이건 네가 귀여워서 그런 거야! 예뻐서 그런 거라고!"

혹시라도 그 지밀상궁에게 울며 달려가기라도 하는 건 아닐까, 나는 노심초사했다. 그러나 내가 걱정하는 얼굴로 바뀌자마자 그 녀석의 입가에 슬그머니 미소가 걸린다. 그래, 내가 이 미소를 알지. 아까 나를 김 상궁이라고 불렀던 정원군! 넌 분명 그 정원군의 아들이 틀림없어!

"헤헤……."

"이 녀석이……!"

나는 꼬마인 종이에게 당했다는 생각에, 종이의 머리에 꿀밤이라도 줄 생각이었다. 그러나 내가 주먹을 들어 올리는데도 천진난만한 얼굴로 웃고 있는 종이를 보면서, 나는 결국 손을 내리고 함께 웃고 말았다.

종이는 좋은 녀석이었다. 게다가 조그마한 게 눈치는 또 어찌나 빠르던지.

보모상궁은 상전이 식사를 끝마치기 전에는 절대 밥을 먹을 수 없었다. 어디 그뿐인가? 상전이 밥을 먹고 남긴 걸 먹어야 했다. 그러나 첫 식사에서, 내가 종이 앞에 펼쳐진 진수성찬에서 눈을 떼지 못하자 종이는 수라간 궁녀에게 딱 한마디를 했다.

"밥 한 공기 더."

당연히 종이의 명령이니 주저 없이 밥공기를 대령한 궁녀. 종이는 그 밥공기를 나에게 건넸다. 난 처음으로 어린아이도 엄청 영악할 수 있다는 걸 깨달음과 동시에, 이 조그마한 녀석이 좋아졌다. 그렇게 우리는 금세 친해졌다.

눈이 그치고 열흘 뒤, 1600년의 새해가 밝았다. 새해 첫날 선조는 궐에서 망궐례(望闕禮, 특정한 날 천자가 있는 북쪽을 바라보면서 절을 하는 것)를 지냈다. 이 날 내내 종이와 나는 방 안에만 갇혀 지냈다.

그날 나는 이상한 사실을 하나 알아차렸다. 새해인데도 불구하고 종이의 어머니가 종이를 만나러 오지 않는다는 것을 말이다. 지밀상궁에게 듣기로는 셋째를 낳고 몸이 좋지 않아서 외가에 나가 있다고 한다. 그렇다면 종이가 사는 처소와 작은 담 하나를 사이에 둔 처소에는 정원군만 홀로 거처한다는 뜻이었다. 그러나 정원군도 거의 종이를 만나러 오지 않았다. 왕실이라서 그런 걸까? 아니면 왜란 이후에 종친들도 일이 많아졌기 때문일까?

어쨌든 종이의 부모님이 바쁜 것과 관계없이, 종이의 하루 역시 바빴다. 일어나서 아침을 먹고 글공부로 시간을 보낸다. 점심을 간단히 먹으면 홍문관에서 관리가 나와 종이를 가르친다. 보통 왕실의 자제들은 종학에 모여 공부하는 게 일반적이지만, 종이의 나이가 아직 어리기도 했고, 무엇보다 왜란 이후로 종학은 열리지 않았다. 거기에 추운 날씨까지 더해져 굳이 공부하고 싶어 하는 왕실 자제들이 없어 종학이 비공식적으로도 열리지 않고 있었던 것이다.

종이가 아직 어렸기 때문에 하루에 단 한 차례 홍문관 관리가 나와 종이를 가르쳤다. 종이는 천자문을 반 정도 떼고, 바로 소학강해를 하고 있었다. 홍문관 관리는 매정하게도 어린 종이에게 매일 숙제로 자성문을 내주었다. 일과를 마치고, 자신이 하루 동안 잘못한 것을 한 가지씩 글로 적는 것이었다. 종이는 이 자성문을 쓰느라 오후를 다 보냈다. 숙제라 해도 사실상 B4용지 크기의 한지를 반 정도 채울 정도로만 글을 적으면 되는 것이었다. 그러나 하루 종일 방 안에서 시간을 보내는 종이는 그 반을 채우는 것도 힘들어했다. 결국 내가 나섰다.

그날은 눈도 오랜만에 그치고 해서 나는 종이와 함께 처소 밖으로 나와 마루에서 자성문을 쓰는 것을 도와주고 있었다.

"종이야. 넌 아까 편식했잖아."

"편식?"

"수라간에서 가져온 음식을 남겼잖아. 그걸 잘못했다고 적으면 되지 않을까."

"난 그 많은 거 다 못 먹어. 그래서 같이 먹었잖아."

'그런 거였나? 다 못 먹을까 봐 나더러 한 밥상에서 밥을 먹게 한 건가? 요 녀석.'

"그렇게 생각하면 안 되지. 종이야. 지금 전쟁이 막 끝났지?"

녀석은 반쯤 드러누워서 한지를 내려다보며 고개를 끄덕인다.

"전쟁이 끝나면 백성들은 어떨까?"

"좋지."

"뭐, 좋긴 하지. 근데 전쟁으로 인해서 땅을 많이 잃었잖아."

'어린아이니까 최대한 쉽게 가르쳐야지.'

"응."

내 어설픈 설명이 먹혔는지, 종이가 연신 고개를 끄덕인다.

"그러면 백성들은 어떨까?"

"슬프겠지."

"그거 말고! 우리도 물론이지만 백성들은 땅에서 곡식을 얻잖아. 그 곡식이 무엇이 되지?"

"밥."

"그래! 밥이야! 그런데 땅을 잃으면 밥을 얻을 수 있을까? 없을까?"

종이는 고민하다가 결국 고개를 들어 날 올려다보며 대답했다.

"없어. 그러면 밥 못 먹어."

"그래, 맞아. 그런데 종이는 매일 밥을 먹니? 안 먹니?"

"먹는데. 그것도 아주 많이."

"그런데 백성들은 못 먹는 밥을, 많이 먹는 종이가 남겼어. 그건 잘한 일이니?"

종이의 표정이 심각해진다. 이 녀석과 같이 지낸 지 거의 보름. 표정만 보면 대충 이 녀석의 속내를 읽을 수 있다. 지금 건 뭔가 잘못을 깨달았을 때의 표정인 것이다.

"종이가…… 밥을 남긴 건……."

"응응."

"잘못했어."

"왜 그렇다고?"

"백성들은 밥을 못 먹는데, 종이는 많이 먹을 수 있는데, 종이는 남겼으니까."

"그래! 아이구 똑똑해라! 바로 그걸 쓰는 거야!"

내가 나름 분명한 결론을 내린 종이의 머리를 쓰다듬어주며 칭찬했다. 종이는 헤벌쭉 입이 벌어져서는 날 보고 웃었다. 이 녀석, 칭찬이 너무 고팠는지, 내가 머리를 쓰다듬어주며 칭찬해주는 걸 아주 좋아한다. 이것도 알게 된 지 얼마 안 되었다.

"어험."

갑자기 들려온 헛기침 소리에, 종이와 나의 시선이 마루 밖을 향했다. 그곳에는 왕자의 의관을 차려입은 정원군이 서 있었다. 종이는 정원군을 보자마자 누워있던 자세에서 서둘러 일어섰고, 나도 그런 종이를 따라 자리에서 일어섰다.

"아버님."

종이가 조그마한 손을 모으며 정원군에게 인사하고, 나는 그런 종이를 물끄러미 쳐다보다가 눈치껏 고개를 숙이며 정원군에게 인사했다.

"정원군마마."

그는 우리의 인사에 대답하지 않은 채 마루 위로 올라섰다. 그리고는 방 안으로 먼저 들어갔다. 종이는 자신이 혼날 것이라고 여겼는지, 내 손을 움켜잡으며 나를 올려다보았다.

"종이 혼나는 걸까?"

"왜?"

"아버님도 스승님도 공부할 때는 바른 자세로 앉아서 하랬는데, 종이는 누워있었어."

"아니야, 괜찮아. 혼내지 않으실 거야. 만약 혼내시면, 다시는 안 그러겠다고 하면 돼."

"누나도 내 옆에 있을 거지?"

"응."

그때 방 안의 정원군이 들어오라는 신호라도 보내는 건지, 다시 한 번 헛기침을 했다. 그제야 종이는 내 손을 놓고는 안으로 들어갔다.

처소 가장 안쪽자리에 앉아있는 정원군의 바로 앞으로 종이가 쪼르르 가서 앉았다. 나는 잠시 당황했다. 종이의 옆자리는 내가 앉아야 할 자리다. 그런데 조금 전 종이와 처소 밖으로 나올 때까지는 놓아두지 않았던 방석이 내가 앉아야 할 자리에 놓여 있었다. 이상하다는 생각이 들었지만, 나는 방석이 놓인 자리에 가서 다소곳이 앉았다.

종이는 방금 전 자신이 누워서 떠들던 모습을 정원군에게 들켰다는 생각에 좌불안석인 모양이었다. 고개를 숙인 채 조심스런 시선으로 정원군의 눈치만 살핀다. 그런 종이를 보며 나는 정원군이 꽤나 아이에게는 엄한 아버지인가 보다고 생각했다.

"종이야."

"네, 아버님."

"방금 전까지 무엇을 하고 있었느냐?"

정원군의 물음에 종이가 또박또박한 목소리로 답했다.

"소자, 자성문을 썼어요."

"자성문? 그래. 오는 길에 홍문관 관원에게 들으니 네 자성문이 썩 훌륭하다고 하더구나."

꾸짖음이 아니라 칭찬의 말이 나오자 종이도 긴장을 풀고는 고개를 들었다. 그때 웃는 얼굴로만 보이던 정원군이 내 쪽으로 시선을 돌리며 말을 이었다.

"그런데 이제 보니 네 자성문은 네 머릿속에서 나온 것이 아니었던 모양이구나."

그의 화살이 나에게로 향했다. 말은 그래도 여전히 입가에는 분명 희미하지만 미소를 짓고 있는 정원군이었다. 대체 그의 속을 알 수가 없었다. 칭찬인지, 꾸짖음인지.

그가 나를 바라보는 시선을 거두지 않은 채 말했다.

"난 보모상궁을 들였던 것으로 기억하는데, 알고 보니 종이에게 스승을 붙여준 셈이었군."

조선시대 돌려 말하기는 참 수법도 다양한 듯싶다. 정원군은 지금 나를 칭찬하고 있었다.

"아, 예에……."

"아녀자의 몸으로 소학을 배운 적이 있소?"

그의 말은 단순한 질문이었지만, 나는 지금까지 그가 나의 수준을 어느 정도 낮춰 보고 있었다고 판단하고는 주저 없이 대답했다.

"천자문은 물론이고 소학, 사서삼경까지 배웠습니다. 굳이 아녀자임을 강조하신다면 아버님께 내훈은 물론이고 규중요람까지 가르침을 받았고요."

"내훈은 그렇다 치더라도 퇴계의 저서까지 읽었단 말이오?"

"예."

정원군은 적잖이 놀란 얼굴이었다.

"정말 놀랍소. 난 그대가 이방에서 온 여인이라고만 생각했는데, 어찌 조선의 규방여인들이 익히는 교양들은 물론이고 규중요람까지 익힐 수 있었단 말이오?"

"제 설명을 믿으실지 모르겠지만……. 저도 조선 사람이에요. 단지, 조선에서도 좀 외진 지역에 살았다고 해두죠."

"그런 건가……. 그래서 형님도……."

그는 무언가 혼잣말을 중얼거리다가 내 시선에 급히 말을 돌렸다.

"어찌되었든 앞으로 종이를 잘 부탁하겠소."

"정원군마마께서도 제 부탁을 들어주신다면요."

광해군을 만나는 것.

정원군의 표정이 다시금 어두워졌다. 그는 우리 사이에 앉아있는 종이를 의식했는지, 낮은 목소리로 조심스럽게 내게 말을 건넸다.

"지금은 불가하다고 하지 않았소."

"알아요. 그래서 잠자코 기다리고 있잖아요. 종이와 지내면서."

난 내 주장을 말 속에 단단히 박아 정원군에게 전했다. 사실상 조선의 여인이라면 감히 할 수 없는 말투였다. 돌려 말하는 것이 미덕인데다가, 무엇보다 여자가 감히 왕족에게 이럴 수는 없을 테니까.

나도 안다. 하지만 지금 내 발등에 불이 떨어진 것과 마찬가지인데, 가만히 기다리고만 있을 순 없었다. 그것도 그 넓은 행궁에서도 가장 외진 이곳에서, 언제인지 모를 광해군과의 재회를 기다리며 지내는 건.

"최대한 시일을 맞춰보겠소. 그러나 그전에 함부로 행궁 안을 돌아다니거나 한다면……."

"알아요. 이곳에 종이와 가만히 있을게요. 나도 어느 정도는 안다고요. 지금 그가, 아니 그분이 얼마나 큰 위험 속에 놓여 있는지를요."

16년이란 시간을 세자로 보냈던 광해군. 명나라에서는 그가 즉위한 후에도 그의 등극을 인정하려 하지 않았다. 거기에 몇 년 뒤에는 적통 영창대군이 태어난다. 그로 인해 그는 서출이라는 꼬리표를 달고 왕위에 오르게 된다. 보통 탈상을 한 뒤에 등극하는 관례를 모두 무시하고, 선조가 죽은 다음날 급히 즉위식을 치러야 했을 정도로 광해군의 위치는 위태로웠다. 내 입장에서는 그가 무사히 왕이 되고 인목대비를 경운궁에 유폐하는 사건이 일어나야만 아빠를 만날 수가 있다.

"약속할게요. 가만히 기다릴게요."

"정말이오?"

"정말이에요."

마음 같아서는 손가락이라도 걸자고 하고 싶지만, 조선시대에서는 단단히 다짐하는 태도를 보이는 수밖에 없다. 정원군은 나의 다짐과 같은 약속을 받고 나서야 깊은 한숨을 내쉬었다. 그때 밖에서 상궁의 목소리가 들렸다.

"정원군마마. 유 상궁이옵니다."

"들어오게."

"예."

유 상궁은 다름 아닌 그 노상궁. 그녀는 내가 정원군을 비롯하여 종이와 꽤나 가까운 자리에 '방석'을 깔고 앉아있는 것을 알고는 날 향해 찌푸린 인상을 숨기지 않은 채 들어와 말했다.

"중전마마께서 아기씨를 보고 싶다고 하십니다."

"중전마마께서 말인가?"

"예에."

지금의 중전이라면 의인왕후다. 그녀는 평생 아이를 낳지 못했지만, 광해군과 그의 친형 임해군을 직접 키웠다. 또한 광해군을 양자로 맞아들여 그를 세자로 옹립하는데 힘을 보태준 여인이기도 하다. 광해군에게는 거의 친어머니와 같은 존재였다. 하지만 내 기억이 맞는다면 그녀는 몇 년 안에 죽을 것이고, 훗날의 인목대비가 되는 김 씨가 선조의 두 번째 중전이 되는데……. 그건 아직도 먼 훗날의 이야기인가?

"알겠네. 나는 주상전하를 알현하러 가야 하니, 유 상궁이 종이를 데려가게나."

그때 종이가 벌떡 일어서더니, 내 뒤로 몸을 숨기는 게 아닌가.

"안 갈래요."

중전은 종이에게 할머니가 된다. 그런데 종이의 지금 태도는 상당히 할머니를 싫어하는 것 같이 보인다.

"종이야."

"종이, 안 갈래요. 안 갈래요, 아버님."

이유야 모르겠지만 중전이 부르는데 안 갈 수는 없는 노릇이었다. 정원군의 얼굴에서 난처함을 읽은 내가 몸을 돌려 종이의 손을 잡았다.

"종이야. 중전마마께서 부르시잖아."

"싫어. 종이 안 갈래."

고개를 저으면서까지 말하는 거 보니, 진짜 가긴 싫은 모양이다. 왜 그런담?

"그럼 나와 같이 갈까?"

그냥 해본 소리였는데, 종이의 두 눈이 반짝인다.

"정말? 누나도 같이 갈 거야?"

"응. 같이 갈게."

그러자 유 상궁이 지적하며 나섰다.

"보모상궁은 중전마마께서 계시는 전각에 '감히' 들어갈 수 없소."

'이 할머니야, 일단 애부터 달래야 할 거 아니야? 내가 들어가고 안

들어가고는 나중 문제고!'

"그럼 종이도 안 가."

아니나 다를까, 유 상궁의 말에 종이가 안 가겠다며 바닥에 주저앉았다. 결국 정원군이 골치 아프다는 듯, 한 손으로 자신의 머리를 짚으며 내게 말했다.

"다녀오게."

중궁전 앞은 칼바람이 불었다. 그랬다. 나는 새해가 밝았음에도 아직 겨울이라는 사실을 망각했다. 중궁전 밖에 서 있는 나인들은 모두 토시에 두 손을 넣고 있었다. 그것도 모자랐는지, 목에 목도리도 두르고 있었다. 그들과는 달리 지금까지 뜨뜻하기 그지없던 처소 안에서만 지내다가 급하게 종이를 따라온 나는 아무것도 걸친 게 없었다.

"여기서 기다리시게."

유 상궁은 추위에 코끝까지 딱딱해져오는 나를 향해 매정하게 말하곤 종이의 손을 잡고 중궁전 안으로 들어갔다. 종이는 싫은 표정만 잔뜩 짓고서도 아까와는 다르게 나도 들어가야 한다고 고집 부리지는 않았다.

난 중궁전 앞에 도착한 순간 종이가 왜 중궁전에 오고 싶어 하지 않았는지를 알아챘다. 엄청 독한 한약 냄새가 중궁전 안에서부터 흘러나오고 있었던 것이다. 밖에서 느끼는 것이 이 정도인데, 안에는 얼마나 냄새가 가득할까. 어린아이에게는 고역일 것이다.

'중전이 많이 아프다는 거겠지?'

경동시장 구석 수십 년 된 한의원에서 나는 것보다도 더 진한 한약 냄새에, 나는 중궁전의 작은 열기를 받기 위해 전각 가까이로 다가가는 것을 포기했다. 냄새가 안 나는 곳까지 멀찍이 물러서서 추위를 참기로 결심한 것이다. 새삼스럽게 종이의 따뜻한 처소가 그리워졌다. 그곳이 천국과도 다름없다는 것을 제대로 깨닫는 중이었다.

그러던 중 중궁전 앞에 서 있던 내관이 나에게 다가와 말을 걸었다.

"새로 왔다던 정원군마마님 처소의 보모상궁이시오?"

"예에. 그런데요?"

나는 추위로 굳어가는 두 손을 싹싹 비벼가며 대답했다. 그러자 그 내관은 추위에 떠는 내 모습이 안쓰러웠는지, 중궁전을 담벼락처럼 둘러친 작은 건물 쪽으로 오라고 손짓했다. 내가 그 내관을 따라가자 살짝 열려있는 문이 있었다. 내관이 그 문을 열고 안으로 먼저 들어갔다. 그 안에는 작은 주방이 꾸며져 있었고 궁녀 몇 명이 모여 수다를 떨고 있었다. 그녀들은 내관의 등장에 급히 자리에서 일어섰다.

"뭣들 하는 것이냐."

"소, 송구하옵니다."

내관은 그녀들을 한번 노려보며 일일이 눈길을 주고는, 다시 나를 돌아보며 그녀들에게 소개했다.

"정원군마마 큰 아기씨의 보모상궁이시다. 큰 아기씨께서 중전마마를 뵙고 나오실 때까지 이곳에 계실 것이다."

"예에……."

내관의 말이 끝나자마자 내 눈가에 고마움의 눈물이 다 맺힐 뻔했다. 안에는 딱히 앉을 만한 곳은 없었지만, 늘 불을 피워놓는지 한증막처럼 따뜻했다.

내관이 나가고 다시 문이 반쯤 닫히자 기다렸다는 듯이 궁녀들의 수다가 시작되었다. 많아 보았자 십대 중반에서 후반 정도의 그녀들은 처음 보는 나에 대한 호기심을 드러냈다.

"마마님은 언제 궁에 왔어요?"

"와, 피부 곱다. 얼굴에 뭘 바르나요?"

"마마님은 큰 아기씨만 돌보시나요? 다른 아기씨들은 돌보지 않으시나요?"

"아마 그럴걸. 정원군마마와 싸우시고 군부인이 홧김에 친정으로 가신 거잖아. 행궁이 사람 많다는 핑계로."

쏟아지는 질문 속에서 나는 처음으로 본 적도 없는 정원군 부인에 대한 이야기에 귀를 기울였다.

"싸우시다니, 두 분이?"

싸움과는 거리가 먼 듯 보이던 정원군의 얼굴을 떠올리면, 더욱 더 상상이 가지 않는다.

"어머, 모르셨어요?"

질세라 이야기를 시작하는 궁녀. 역시 여자는 뒷말하는 재주는 타고난 모양이다.

"두 분이 원체 사이가 안 좋으셔요. 뭐, 싸운다기보다는 신경전이랄까. 주변에 있는 나인들만 죽어나는 거죠. 그런데 전하께서 집수리가 덜 끝났다는 명목 하에 두 분을 궐에 붙잡아 놓고 있으니……. 그 좁은 처소 안에 두 분을 가둬놓은 것이나 마찬가지 아니겠어요?"

"그.래.서. 군부인께서 산후 요양을 핑계로 어린 아기씨들을 데리고 친정으로 가신 거고요."

"근데 왜 종이, 아니……. 큰 아기씨는 안 데려가셨어요?"

"그거야 당연하죠!"

궁녀 하나가 자랑스럽게 목소리를 높였다.

"큰 아기씨가 얼마나 특별한데요. 전하의 첫 손자이신데, 부르실 때마다 전하를 뵈려면 궁에 남아있어야지요."

"전하의 첫 손자……?"

나름 머리를 굴려보았다.

전하의 첫 손자라……. 근데 이 말이 상당히 거슬린다. 뭔지는 몰라도 내 기억 속 어딘가에 꼭꼭 감춰두었던 무언가가 마치 똬리를 틀고 고개를 들어 올린 듯하다. 바로 인조가 선조의 첫 손자였다는 사실. 그래서 어린 시절 선조에게 가장 많은 사랑을 받았다고 전해진다.

'그럼 종이가…… 먼 훗날의 인조? 에엑!'

종이가 인조라는 것을 알게 되자, 막혔던 물꼬가 트인 듯 나머지 기억이 술술 떠오르기 시작했다. 내가 정원군의 이름을 듣고도 기억하지 못한 것. 그것은 정원군의 이름을 모른다기보다는, 그의 이름을 다르게 알고 있었기 때문이었다.

원종(元宗). 그는 훗날 인조에 의해 왕으로 추존된다. 즉, 죽어서 왕이 되는 사람이다. 광해군이 조선왕조가 멸망할 때까지도 왕으로 기록되지 못한 것에 비한다면, 정원군과 광해군은 전혀 다른 길을 걷는 사람들이다.

그럼 나는 지금 훗날 인조가 되는 종이의 보모상궁인 거야?

"근데 큰 아기씨를 군부인께서 싫어하시는 이유가 돌아가신 신성군 마마를 닮아서라는 말도 있던데? 그래서 큰 아기씨가 곁에 오는 것조차도 싫어하신대."

신성군. 그는 인빈 김 씨의 아들이다. 임진왜란이 발발하기 전까지 선조가 광해군보다 앞서 세자 후보로 생각했던 사람이었다. 신성군은 살아생전 선조에게서 광해군보다 훨씬 더 많은 총애를 받았던 왕자였기 때문이다. 그러나 1592년 임진왜란이 발발한 해에 병으로 죽었다.

신성군과 정원군의 모친은 인빈 김 씨. 속칭 양화당이라고 불리는 사람이며, 그녀는 광해군의 어머니 공빈이 죽은 뒤에 선조의 사랑을 독차지한 여인이다.

'그러나 장남…… 누구더라? 인빈의 장남이 죽고 나서 차남인 신성군이 유력한 세자 후보로 거론된 것도, 모두 선조가 인빈을 총애해서였어. 만약 신성군이 죽지 않았다면 세자는 광해군이 아닌 그가 되었겠지만.'

어쨌든, 일어나지도 않은 역사에 대해서 가설이나 세우고 있을 때가 아니다.

"큰 아기씨가 신성군마마를 닮아요?"

"저희도 신성군마마를 뵌 적이 없어서 몰라요. 상궁마마님께 들은 적이 있어서요. 원래 정원군부인께서는 신성군마마의 양첩이 되실 분이셨는데, 병판대감께서 유독 아끼는 여식이라는 걸 아신 전하께서 정원군마마와 맺어주셨대요. 물론 궐내에만 도는 소문이라 정확하진 않지만 다들 그리 말하던데요?"

"병판대감이시라면 지금 좌찬성 대감이시지?"

"맞아."

"어머? 그래서야? 그래서 두 분 사이가 안 좋은 거야?"

"아니면 애초에 정원군마마를 싫어하시나보지."

"와! 말도 안 돼. 정원군마마와 같으신 멋지신 분을 어찌 싫어할 수가 있단 말이야? 내가 듣기로는 인빈마마 소생 왕자님들 중에서 가장 잘생기셨다고 하던데!"

"그거야 이미 앞서 두 분이 돌아가셨으니, 우리가 알 턱이 있나."

"뭐, 이러나저러나 역시 행궁에서 가장 잘생기신 분은……."

그때 반쯤 열린 문틈으로 시선을 주던 궁녀 하나가 소녀다운 비명을 질러댔다.

"세자저하다! 세자저하께서 오셨어!"

'세자? 광해군?'

세자가 나타났다는 말에, 불가에 옹기종기 모여 앉아있던 궁녀들이 모두 일어섰다. 그것은 나도 마찬가지였다. 나는 몇 달 만에 보는 그 녀석의 얼굴을 보려 궁녀들을 젖히고 문틈으로 밖을 내다보았다.

하지만 이내 나는 당황하고 말았다. 내가 알던 광해군이 아니었다. 이곳에서의 시간은 그와 헤어진 후 8년이나 지난 뒤였다. 내가 알던 소년 태가 나던 광해군은 온데간데없고, 8년 전보다도 더욱 키가 크고 의젓해진 그가 세자의 흑색 용포를 입고 당당히 서 있었다.

"어마마마의 환후는 어떠하신가?"

"아침에 어의가 다녀갔사온데, 어의의 말로는 크게 나아지지 않은 것 같다 하였사옵니다."

"알겠네."

나는 그가 내가 알던 광해군이라는 것을 도저히 믿을 수가 없었다. 8년이라는 시간의 차이가 이 정도일 것이라고는 난 상상조차 하지 못했다. 그는 변했다. 나는 그대로였다. 몇 달 전에 그와 처음 만났을 때와 마찬가지로 말이다. 이곳에서 새해를 맞이하긴 했으니 한 살을 더 먹었다고는 할 수 있겠다. 하지만 지금 내 눈앞에 있는 광해군은, 올해 25살, 아니 26살인가?

"백부님!"

그때 중전을 만나고 나온 종이가 광해군을 부르며 힘차게 뛰어가기 시작했다.

"뛰시면 안 됩니다!"

유 상궁이 종이를 붙잡으려 했지만 결국 놓치고 말았다. 다행인 것은 종이가 광해군의 품 안으로 털썩 날아서 안겼다는 거다.

"하하, 잘 지냈느냐?"

"네! 백부님도 잘 지내셨어요?"

한눈에 보더라도 사이가 좋은 큰아버지와 조카 사이다. 그러나 이 둘이 23년 뒤에 왕의 자리를 뒤바꾸게 되겠지. 한 사람은 새롭게 왕이 된 이 앞에서 무릎을 꿇게 될 것이다. 권력이란 그렇게 매정한 것일까? 저리도 사이가 좋던 시절을 까맣게 잊어버릴 정도로 말이다.

"그래. 한번 동궁전에도 놀러오지 그러느냐."

"아버님이 행궁에는 사람이 많아서, 함부로 돌아다니면 안 된다고 했어요."

"그래?"

광해군에게 대충 인사를 끝낸 종이가 그의 한 손을 붙잡은 채 주변을 두리번거리기 시작했다. 나는 본능적으로 종이가 나를 찾는 것임을 알아차렸다. 광해군이 종이를 향해 물었다.

"누굴 찾느냐?"

"누나요."

자랑스럽게 대답하는 종이.

"누나?"

"분명 나랑 같이 여기에 왔는데……."

종이가 열심히 나를 찾기 시작하자, 유 상궁이 중궁전 앞에 서 있는 내관에게 물었다.

"보모상궁은 어디에 갔소?"

"날이 추워 퇴선간에서 기다리라 하였습니다."

"퇴선간에?"

유 상궁의 시선이 반쯤 문이 열린 퇴선간을 향하고, 이 말을 들은 광해군의 시선도 그를 따라 내가 있는 퇴선간을 향했다. 나는 조그마한 문틈으로도 광해군의 눈에 띌까 봐 서둘러 돌아섰다.

"마마님을 찾나 봐요. 어서 가보세요."

"그게…… 그러니까……."

광해군을 만나고 싶었다. 그에게 할 말도 있고, 부탁할 말도 있었으니까. 그러나 내가 상상했던 것 이상으로 성장한 그는 더 이상 동갑내기 친구의 기분으로 만날 수가 없었다. 더군다나 그에게 있어 나를 만난 것은 8년 전 일. 지금 그의 모습을 보니 그가 나를 기억하지 못한다고 말할 것 같았다. 아니, 아주 매정하게 나를 모른 척할 것 같았다.

하지만 정원군이 나를 알고 있었던 것은 광해군에게 들었기 때문이었다. 그 말은 광해군이 나를 기억하고 있다는 말이기도 했다. 그렇다면 그 기억에 기대어서 아주 반갑게 뛰쳐나갈까? 아니, 그럴 수 없다. 중궁전의 나인들이 한가득인 중궁전 앞뜰. 퇴선간에 나와 함께 있는 궁녀들. 거기다가 유 상궁, 종이까지. 이들 앞에서 광해군에게 마치 어제 일인 양, 반말을 툭툭 던지며 나갈 순 없었다. 그대로 세자 모독죄로 끌려 나가 목이 잘리지만 않아도 다행이다. 그래서 정원군은 내가 광해군을 만나서는 안 된다고 말했는지도 모른다.

나는 지금의 광해군이 너무나도 낯설게만 느껴졌다.

"누나가 저기에 있어?"

아무것도 모르는 종이가, 퇴선간 쪽을 향한 시선을 의식했는지 환한 얼굴로 주변에 서 있는 나인들에게 묻는다. 그러자 나인들도 일심동체가 되어 퇴선간을 바라본다.

'아윽!'

퇴선간에는 내가 도망칠 다른 문이 없었다. 지금 문을 열고 나간다면 광해군과 정면으로 부딪히게 된다. 왠지 나는 그것을 피하고 싶었다. 왜일까? 그가 나를 못 알아본 척할까 봐서? 아니면, 예전 모습을 찾아보기 어려울 정도로 변한 그가 낯설어서?

결국 종이가 광해군의 손을 잡아 퇴선간 쪽으로 이끌었다. 어린아이의 행동인지라, 그 누구도 하지 말라고 나서는 이가 없었다. 광해군과 종이의 걸음이 그 누구의 제지도 받지 않은 채, 내가 있는 퇴선간 가까이로 향하고 있었다.

"누나 여기 있어?"

재롱을 잔뜩 부리는 나이답게 귀엽기만 한 종이의 말투도 지금은 전혀 귀엽지 않다. 종이가 벌인 일로 내 심장은 마치 도둑질 하다가 걸린 어린아이처럼 콩닥콩닥 거리고 있으니까.

광해군과 종이가 직접 움직이자 주변의 나인들은 그 누구도 나서서 그들을 제지하지 않았다. 마치 그들이 날 발견하는 것이 당연하다는 듯이 말이다.

"여기냐?"

광해군이 내가 있는 퇴선간 앞에 서서 중후한 목소리로 내관에게 물었다. 그러자 뒤늦게 내관이 앞으로 달려 나와 퇴선간의 문을 열려고 했다. 그러자 광해군이 말로 그의 행동을 막았다.

"내가 하겠다."

생글거리는 종이. 그리고 손을 뻗어 퇴선간의 문고리 쪽으로 손을 옮기는 광해군. 난 콩닥거리는 가슴을 안고선 문 하나를 사이에 두고 그와 서 있었다.

"형님!"

그때였다. 누군가의 목소리가 광해군의 손을 퇴선간 문고리에서 떨어지게 만들었다. 정원군이었다. 분명 임금을 만나러 간다고 했던 그가, 아주 빠른 걸음으로 중궁전 앞에 나타난 것이다.

"아버님!"

종이가 잡았던 광해군의 손을 놓고는 정원군이 있는 곳으로 반갑게 뛰어갔다. 광해군 역시 정원군이 있는 쪽으로 돌아서 천천히 걸음을 옮기기 시작했다.

"휴우……."

십년감수했다는 소리가 바로 이럴 때 사용하는 말인가 보다. 나는 거의 쓰러지다시피 바닥에 주저앉으며 깊은 한숨을 내쉬었다. 그러자 내 주변에 있던 궁녀들이 모두 이상하다는 눈빛으로 나를 바라본다.

"아기씨께서 찾으시는데 왜 안 나가세요?"

나는 입을 열어 말할 힘조차 남아있지 않았다. 대신 손을 까딱거리며 그녀들에게 가만히 있으라고 하고는 다시 열린 문틈으로 시선을 돌렸다.

"조금 전 네 처소에 갔었다. 네 처소 상궁이 말하길, 아바마마께서 부르셔서 편전으로 갔다 하더구나."

"예, 그랬습니다."

"아버님! 백부님이요, 소자가 저기서 이렇게! 뛰었는데요. 들었어요! 소자를 들었어요, 번쩍!"

종이가 조금 전 있었던 일을 정원군에게 흥분된 얼굴로 설명했을 때였다. 정원군의 얼굴이 어두워지며, 엄한 불호령이 떨어졌다.

"백부님이라니! 종이야. 내 분명 세자저하라고 호칭해야 한다, 그리

이르지 않았느냐?"

"아버님……."

평소와는 다르게 정원군답지 않은 불호령에 종이의 기가 팍 죽었다. 그도 그럴 것이, 정원군은 어지간해서는 큰 목소리를 낼 사람이 아니다. 세자인 광해군 앞에서는 더더욱 그럴 것이다. 그런데 광해군 앞에서 어린 아들을 저렇게 엄하게 꾸짖다니…….

광해군이 호탕하게 웃으며 정원군에게 말했다.

"자신이 저지른 실수는 모르고 불쌍한 종이만 꾸짖는구나."

"예?"

"조금 전, 네가 나를 '형님'이라 부르지 않았더냐? 하하하."

"아……. 신이 그랬사옵니까."

"신이라니. 비록 중궁전 앞이라 많은 나인들이 있다지만, 우리 둘만 이렇게 있을 때는 예전처럼 나를 형님이라 불러줬으면 좋겠구나."

정원군은 광해군의 말에 아무런 대답을 하지 못했다. 광해군이 저렇게 말할 정도라면 그가 광해군을 '형님'이 아닌 '세자저하'라고 부른 지는 오래된 모양이었다.

"그나저나 너답지 않게 이리도 급하게 중궁전 앞으로 달려온 이유가 무엇이냐? 중전마마를 뵈려는 것이냐?"

"아, 아닙니다. 조금 전 아바마마께서 세자저하를 찾으신다 하여, 이를 전해드리기 위해 왔사옵니다……."

"급한 일이더냐?"

광해군의 표정이 조금 어두워졌다.

"급한 일은 아니옵니다……."

"그러나 네 행동으로 보아서는 급한 일로 느껴지는구나. 알았다. 지금 바로 가마."

광해군이 나인들을 이끌고 중궁전을 떠나자 이번에는 종이가 정원군을 물끄러미 쳐다본다. 이 어리고 영악한 것이, 자신만큼 정원군도 실수했다는 것을 알아차린 모양이다. 정원군은 그런 종이에게 눈길 한 번 주지 않고는 내가 있는 퇴선간 쪽으로 걸음을 옮겼다.

곧 정원군이 직접 퇴선간의 문을 열었다. 그 안에 있던 궁녀들은 어찌할 줄 몰라 우왕좌왕하다가 공손히 고개를 숙이며 물러섰다. 이제 그녀들 사이에 남은 건 나뿐이었다. 그는 퇴선간 안에 있는 나를 물끄러미 쳐다보더니, 돌아서며 딱 한마디만을 건넸다.

"나오시게."

밤이 찾아왔다.

오늘 낮, 정원군에게 꾸지람을 받았던 종이는 어느새 그 모든 걸 다 잊은 채 세상모르고 잠들어 있었다. 나는 혹시라도 어디선가 들어올 한기로 인해 종이가 감기라도 들까, 이불을 더 올려 덮어주다가 피식 웃고 말았다.

아이를 낳아본 적도 없는데 왠지 엄마가 된 기분이랄까?

"쿠우우울……."

자그마한 콧소리까지 내며 깊은 잠에 빠져있는 종이. 나는 그런 종이의 이마를 한번 쓸어주다가 낮에 있었던 일들을 하나씩 떠올렸다.

종이가 잠들 때까지 워낙 정신이 없었기 때문에 미뤄두었던 생각들이, 고요한 밤이 찾아오자 밀물처럼 내 머릿속에 밀어닥친 것이다.

'광해군.'

그의 모습은, 몇 달 만에 보는 그의 모습은 내 기억속의 그 녀석이 아니었다. 그렇다고 역사서에 남겨진 광해군도 아니었다. 그저 세자였다. 한 나라의, 조선이라는 나라의 세자. 하나도 꿀릴 게 없는 먼 훗날에서 온 내가 기가 팍 죽을 정도의 위엄이 그에게서 느껴졌다.

나에게는 몇 달.

그에게는 몇 년.

그 사이에 임진왜란이 본격적으로 벌어졌고, 그는 그 임진왜란에서 전국을 돌며 활약했다. 그 활약으로 성장한 부분도 있을 것이다. 그는 그때 분조를 이끌며 지지를 얻었고, 세자의 지위를 어느 정도 굳혔다.

그 정도까지가 내가 아는 지난 몇 년간 그에게 있었던 전부다. 어느 역사책에서 단 몇 줄로 끝나는 설명이 다인 것이다. 하지만 한 사람의 분위기가 저렇게 달라졌다면, 분명 그 사람에게는 많은 일들이 있었을 것이다. 그렇게 생각한다. 문제는 내가 지금 이 시대에서 아빠를 만날 때까지 도움을 받을 사람은 그밖에 없다는 거다. 결국 한 번은 만나서 말을 주고받아야 한다는 건데…….

몇 달 전과는 상황이 달라져도 한참은 달라졌다. 몇 달 전, 그가 조선에서 현대로 왔을 때는 내가 그보다 우위에 있었다. 그에게는 모든 것이 낯선 세상이 나에게는 모든 것이 익숙한 세상이었기 때문이다. 그래서 그는 오로지 나만 의지해야 하는 입장에 놓여 있었다. 그러나 여기는 조선이다. 이 시대가 어떻게 돌아간다는 것쯤은 알지만, 임진왜란 이후에 조선에서 살아가는 여자의 운명이 어떤지 또한 잘 알고 있다. 거기에 궁 밖의 세상이 얼마나 위험한지도 말이다.

무엇보다 난 광해군을 제외하고는 이 조선에서 아는 사람이 단 한 사람도 없었다. 그러니 무조건 궁에 남아있어야 했다. 보모상궁이든 궁녀든 상관없었다. 아빠를 다시 만나기 위해서라면, 내가 이름 한 줄 남지 않는 궁녀로 살다 죽게 된다고 하더라도…….

"휴우……."

한숨이 늘었다. 이 한숨은 언젠간 눈물로 바뀌게 될까?

'눈물'이라는 단어를 떠올린 순간, 마치 기다렸다는 듯이 두 눈에서 눈물이 주르륵 흘러내렸다.

'울었느냐? 아직도 아픈 것이냐?'

지금의 광해군은 그때의 광해군이 아니다. 기회가 생겨 그와 다시 만나게 된다면 몇 달 전처럼 그를 대해서는 분명 안 될 것이다. 그를 세자로서 아주 정중하게 그리고 공손하게 대해야만 할 것이다.

"어험."

그때 문 밖에서 정원군의 헛기침 소리가 들려왔다. 나는 서둘러 눈물을 훔쳐내고는 대답했다.

"네."

내 대답이 나오자마자, 문이 열리며 한기가 밀려들어왔다. 나는 재빨리 종이가 덮은 이불을 더 끌어올려주고는 자리에서 일어섰다. 정원군이 안으로 들어와 문을 닫고는 잠든 종이의 머리맡에 자리를 틀고 앉았다. 난 그런 정원군과 떨어져 종이의 발치 가까운 곳에 앉았다.

정원군은 한동안 자고 있는 종이의 얼굴을 쳐다보았다. 그동안 방 안에는 침묵만 감돌았다. 그가 오늘 낮에 중궁전에서 있었던 일로 할 말이 있다는 걸 짐작하고 있었다. 그때 광해군이 나를 찾기도 전에 내가 문을 열고 나갔더라면? 방법이 어찌되었든 나는 광해군과 다시 만날 수 있었다. 그러나 나는 종이가 찾는데도 불구하고 퇴선간 밖으로 나가지 않고 있었다. 그는 내가 왜 광해군을 만날 기회를 스스로 놓쳤는지를 묻고 싶은 것일까?

아니나 다를까, 한참 동안 잠든 종이를 바라보던 그의 입에서 나온 첫 마디가 바로 그것이었다. 내 예상이 맞아 떨어진 것이다.

"어찌하여 세자저하 앞에 나서지 않았던 것이오?"

나는 오랜만에 보았던 광해군의 위엄에 눌렸다는 것을 이유랍시고 말할 순 없었다. 현대에서 온, 아니 그들에게는 미래에서 온 여성으로서의 자존심이 무너지는 말 따위는 하고 싶지 않았다. 결국 나는 막 나를 돌아본 그의 시선을 회피하며 대답했다.

"정원군마마께서 때가 되면 만나게 해주신다고 약속하셨잖아요."

내 마음에도 없었던 발언에 그는 조금 당황한 듯하다. 내가 약속을 지키지 않을 것이라고 여겼던 걸까? 하지만 그렇게 생각했다면 그는 지금 자신의 실수를 깨달았을 것이다. 겉보기에는 내가 광해군 앞에 나타나지 않음으로써, 그와의 약속을 지킨 꼴이 되어버렸으니까.

"내가 그 약조를 지킬 것이라 믿고, 세자저하 앞에 나서지 않았단 말이오?"

'그럼? 약속 안 지킬 생각이었어?'

그런데 그의 표정이 조금 이상하다. 당황하기보다는 감동한, 어쩌면 기쁜 표정에 더 가까운 얼굴이다. 게다가 이러한 나의 추측이 맞은 것인지 점점 그의 표정이 밝아지고 있었다.

"약속, 아니 약조…… 안 지키실 생각은 아니셨겠죠?"

"아니오, 지킬 것이오. 지킬 것이니……."

그가 한층 밝아진 표정으로 말한 바로 그때였다. 아무런 예고도 없이 문이 열리며 누군가 안으로 들어섰다. 여자였다. 그녀는 발소리도 거의 내지 않고 빠른 걸음으로 우리의 곁으로 다가왔다.

궁궐의 나인들과 다른 옷차림만으로도 그녀가 누구인지 짐작을 했어야 했지만, 나는 별 생각 없이 그녀가 다가오는데도 가만히 바라만 보고 있었다. 그래서일까? 그녀의 등장과 더불어 바로 종이에게 고개를 돌려버린 정원군의 행동 속에서 그 여인이 누구인지 눈치챌 수 있는 기회를 잃어버렸다.

"궐 밖에서 보모상궁을 들였다 하여 꽤나 나이 든 여인일 것이라 여겼던 소첩의 생각이 짧았군요."

'소첩?'

정원군에게 소첩이라고 말한다면 그의 부인일 것이다. 뒤늦게 그녀가 누구인지 깨달은 나는 자리에서 일어서야 하는지를 고민했다. 그러나 정원군은 서 있는 그녀를 올려다보지도, 그렇다고 나에게 나가라는 말도 하지 않았다. 그는 그녀를 쳐다보는 것도 싫다는 듯이 세상모르고 잠들어있는 종이의 얼굴만 쳐다보고 있을 뿐이었다.

"이젠 소첩의 얼굴도 보기 싫으신 것이옵니까?"

직접적인 그녀의 발언에 드디어 정원군이 고개를 들어 자신의 부인의 얼굴을 보았다. 그러나 마치 남을 쳐다보듯이 차가운 눈빛이었다.

"앉으시오. 밖에 날씨가 춥소."

그녀는 잔뜩 인상을 쓴 채로 그의 가까운 곳에 조심스럽게 앉았다. 아이를 셋이나 낳은 부부 사이치고는 냉랭하기 그지없는 분위기였다. 그제야 나는 중궁전 퇴선간에서 만난 궁녀들이 한 말이 이해가 가기 시작했다.

자리에 앉은 그녀는 거의 마주앉은 거리에 앉아있는 나를 한번 노려보더니, 잠든 종이의 얼굴을 바라보며 입을 열었다.

"아이가 아픈 곳은 없답니까?"

"아프다면 기별을 보냈겠지."

돌아오는 것은 퉁명스럽기 그지없는 답변.

"소첩이 너무 오래 행궁을 떠나 있었던 게 아닌가 싶습니다."

그녀는 방금 전 스스로가 만들어놓은 분위기를 풀어보려고 한 모양이다. 말투가 조금 부드러워져 있었다. 그러나 돌아오는 정원군의 답변은 여전히 딱딱했다.

"이번에는 또 얼마나 머무르다 나가실 예정이시오?"

조금씩 풀리던 그녀의 얼굴이 순식간에 딱딱하게 굳어버렸다. 슬슬 그들 부부 사이에 낀 내 자리가 불편해지기 시작한다. 그녀가 자리를 박차고 일어서며 또랑또랑한 목소리로 정원군에게 말했다.

"중전마마께서 부르셔서 온 것입니다. 며칠 안으로 다시 퇴궐할 것이니, 소첩에 대해선 신경 쓰지 마십시오."

그러더니 휑하니 밖으로 나가 버렸다. 정원군과 남겨진 나만 어색하게 된 상황. 그때 정원군이 잠든 종이를 바라보며 내게 말했다.

"미안하네만 당분간은 다른 처소에서 쉬도록 하게. 내가 종이와 함께 이곳에서 지낼 것이니."

"아, 네에……."

그제야 나는 눈치껏 자리에서 일어나 종이의 처소를 나왔다.

밖은 눈이 그쳤지만 쌀쌀하기 그지없는 날씨였다. 나는 이미 알고 있는 유 상궁의 처소를 찾았다. 다행히 유 상궁은 아직 잠들기 전이었는데, 그녀는 정원군이 한 말을 내게 듣자마자 길게 한숨부터 내쉬었다. 아마도 정원군과 군부인의 사이를 떠올린 것이 분명했다.

그녀는 나에게 빈 처소가 하나 있다면서, 대신 오랫동안 사용하지 않아서 불을 때는 데 시간이 걸릴 거라고 말했다. 아마도 불을 때고 나서 방이 후덥지근해지기까지 좀 걸린다는 말 같았다. 그때까지 자신의 처소에 있으라는, 평소에는 듣기 힘든 제안까지 했다. 하지만 방이 따뜻해질 때까지 유 상궁과 마주앉아 있고 싶은 마음은 눈곱만치도 없었다. 나는 정중히 사양하고, 내가 머물 처소의 위치를 물어본 다음에 그냥 미리 가서 있겠다고 말했다. 유 상궁은 굳이 나를 붙잡지는 않았다.

내가 머물 임시 처소로 가보니 무수리 두 명이 뛰어다니며 불을 지피느라 고생깨나 하고 있었다. 그녀들을 돕고 싶은 마음도 있었지만,

불을 피우는 그녀들의 얼굴에 까만 무언가가 잔뜩 묻어있는 것을 보고는 그냥 웃으며 그곳을 지나갔다. 냉기가 가득한 방에 들어가는 것도 잠시 보류했다.

얼마만의 자유인가? 정확히는 처음이었다. 한밤중에는 늘 종이가 잠들기를 기다렸다가 같이 그 옆에서 잠들고는 했으니까. 그럼 오늘 종이는 아빠와 함께 자는 건가? 내일 아침에 일어나면 좋아하겠지? 아니면 오늘 낮에 혼난 일로 긴장할지도 모르겠다. 어쨌든 그들 부자는 며칠간은 다정하게 함께 지낼 분위기다. 그럼 나도 좀 한가해지려나?

담을 따라 어딘지도 모르는 길을 마냥 걸었다. 추위에 점점 손발이 시려오는 것이 느껴졌지만 이런 자유를 놓치고 싶진 않았다. 눈도 그친 지 오래되어 하늘에는 구름도 없었고, 달만 밝았다. 그 달이 내뿜는 노란 빛을 의지 삼아 나는 그렇게 계속 걸었다.

이곳은 행궁이다. 세종대왕 시대에는 존재조차 하지 않았던 곳이었다. 이곳은 나중에 경운궁으로 이름이 바뀌고, 인목대비가 유폐된 뒤에는 서궁으로 불린다. 마지막으로 고종 때에는 덕수궁으로 이름이 또 한 차례 바뀌게 된다.

이 궁, 그러니까 이 행궁은 왜란으로 인해 의주로 피난 갔던 선조가 돌아왔을 때, 궐이 모두 불타 임시로 머물게 되면서 궁이 된 곳이다. 원래는 성종의 어머니인 인수대비가 남편인 도원군이 죽자 궐 밖에 나가 살면서 지은 저택이었다. 그리고 성종이 왕이 되어 인수대비가 궐로 들어가게 되자, 이 집은 자연히 인수대비의 큰아들이자 성종의 형인 월산대군의 집이 되었다. 사실 그 시대에도 이름만 집이고, 궐보다는 지붕이 좀 낮았을 뿐이지, 사실상 '궁'으로 불렸다.

어쨌든 내가 5년간 지냈던 세종조에는 이곳에는 아무것도 없었을 것이다. 아니면 민가가 있었든지……. 경복궁이 복원되는 건 그로부터 한참 뒤였던 것 같다. 흥선대원군 때인가? 창덕궁이 먼저 복원된다는 것까지는 기억나는데……. 그 외에는 잘 기억나지 않는다. 듣긴 들었던 것 같다. 뭐였더라, 광해군이 폐위된 이유 중의 하나가 무리한 궁궐 복원공사 때문이라는 것. 뭐, 그 정도는.

'또 잊고 있었던 거지만, 이 궁 어딘가에 광해군이 지내고 있구나.'

같은 궁에서 지내는데도 마음 편히 만나러 가지도 못하니, 이 시대가 조선시대인 것은 분명한 것 같다. 이제 와서 이런 말을 하는 내가 우습지만.

"어머……. 어머머!"

그때 귀에 한 소녀의 탄성이 걸린다. 고개를 들어 올리자, 내가 따라 걷고 있던 담 앞쪽 담에 어떤 궁녀가 까치발을 든 채로 담 너머를 응시하며 얼굴을 붉히고 있는 것이 보인다. 나도 자연히 그녀의 시선을 따라 담 너머를 쳐다보았다. 단순한 호기심이었다. 그러나 곧 나 역시 그 궁녀와 마찬가지로 담에 찰싹 붙어서고 말았다.

담 너머에서 멀지 않은 곳에 광해군이 있었다. 사색에 잠긴 듯 이리저리 걸어 다니며 달 아래 서성이는 광해군이 그곳에 있었던 것이다.

이 추운 날, 그가 달을 감상하러 나온 게 아닌 것은 분명해 보였다. 땅만 보고 걸었으니까. 땅에 뭐가 있는지 확인하며 걷는 폼은 아니었다. 무언가 깊은 생각에 잠겨있다. 고민……인 걸까?

그는 지금 혼자 있었다. 그럼에도 나는 그에게 다가가 몇 달 전처럼 마음 놓고 말을 붙일 용기가 나지 않았다. 아니, 말 붙이는 게 애초부터 용기 따위가 필요했던 일이었던가?

게다가 엄밀히 말하면 그는 혼자 있지만, 혼자 있는 게 아니었다. 이렇게 그의 추종자처럼 보이는 궁녀가 멀리서 몰래 지켜보고 있으니. 나 역시 궁녀가 지켜보는 것을 빤히 알면서도 그에게 나설 수는 없겠지.

"마, 마마님!"

뒤늦게 나를 발견한 궁녀가 서둘러 몸을 사렸다. 그러고 보니 보모 상궁임에도 내 옷차림은 일반 상궁들과 같은 옷이었다. 그러니 궁녀가 이를 보고 당황한 듯싶었다.

"아, 아니야. 괜찮아."

추워서가 아니라, 좋아서 얼굴이 빨개진 궁녀를 보고는 난 더 봐도 된다는 식으로 모른 척하고 재빨리 지나가려고 했다. 그때였다.

"거기 누구냐?"

광해군의 목소리였다. 이에 나는 물론이고 궁녀도 화들짝 놀라고 말았다. 제일 먼저 반응한 것은 나였다. 뛰어난 운동신경으로 곧바로 서 있던 자리에 주저앉은 것이다. 이런 나의 모습을 본 그 궁녀도 나를 따라 담 아래로 몸을 숨겼다. 우리는 머리를 맞댄 채, 숨소리조차 내지 않으려고 애를 썼다.

"무슨 일이시옵니까, 저하!"

그때 군관인 듯한 목소리가 가까운 곳에서 들려왔다. 아마도 광해군의 목소리를 들은 세자의 호위 익위사인 모양이었다.

"저쪽에서 무슨 소리가 들린 듯싶었네."

"확인해보겠사옵니다!"

호위군관의 목소리에 나와 궁녀의 마주친 눈이 크게 떠졌다. 우리는 누가 먼저 말할 것도 없이, 그 순간만큼은 마음이 하나가 된 것이다. 그녀와 나는 담벼락을 따라 몸을 굽힌 채로 재빨리 그곳을 빠져나왔다.

얼마나 달렸을까? 사람들이 하나도 없는 곳에서 우리는 거친 숨을 내쉬었다. 그녀는 난생 처음 달리기를 한 것인지 매우 힘들어 보였다. 한참 만에 숨을 가라앉힌 그녀와 나는 다시 눈이 마주쳤다.

"하하하."

"하하……."

우리는 방금 전 딱히 말을 주고받지 않았는데도 함께 도망친 것을 상기하며 소리 내어 웃었다.

"마마님, 잘 뛰시던데요? 소인이 수없이 뛰어보더라도 절대 그렇게는 뛰지 못할 것입니다."

"항아님도 꽤 하시던데요?"

"아이고, 항아님이라니요. 말씀 낮추세요."

하지만 그녀는 나와 별로 나이 차이가 나지 않아보였다.

"올해 몇 살인데요?"

"열여덟이에요."

"나보다 한 살 어리네. 편하게 불러요. 편하게."

"어찌 감히 상궁마마님께……. 소인은 절대 그럴 수 없습니다."

"아이, 괜찮아요. 나 처음부터 상궁 아니었으니까. 그리고 보모상궁이에요, 나."

"보모상궁이시라면……. 정원군마마의 큰 아기씨를?"

"맞아요. 잘 아네."

"이번에 정원군마마 처소의 보모상궁마마님이 나이가 어리신 분이라는 이야기를 들어서요. 그런데 소인보다도 겨우 한 살 많으신 줄……. 아이참, 이런 말실수를……. 용서해주세요."

"아니에요. 아니지, 대신 편하게 '언니'라고 불러요."

"언니요?"

"네. 그리고 말도 좀 놓고. 어차피 지금은 둘만 있는데다가, 보시다시피 나이 차이도 한 살밖에 안 나는데 뭘."

"정말요? 그럼 앞으로 '언니'라고 부를게요. 언니."

활짝 웃는 그녀를 보니 나도 덩달아 기분이 좋아졌다.

"그래 동생. 근데 이름이 뭐야?"

"제 이름은 이미영이에요."

"어디 처소에 있는데? 우리 날 밝으면 다시 만나서 수다 떨자."

"수다?"

"아, 그러니까, 날 밝으면 다시 만나서 이야기하자고."

"하지만 날이 밝으면 어려울 거예요. 제가 일하는 곳은 매일 같이 손님이 끊이지 않아서 바쁘거든요."

"손님이 끊이지 않는다고? 행궁에 손님이 찾아오는 거야? 그럼 전하가 계시는 전각에서 일하니?"

"아니요. 전 임해군마마 처소 소속 나인이에요."

임해군이라면 광해군의 형이다. 그도 지금 이 행궁에서 살고 있는 모양이었다.

"임해군마마의 처소에 손님이 많이 오시니?"

"아무래도 임해군마마께서 종부시 도제조이시니까요. 오시는 방계 왕족 분들이 많으세요."

종부시는 왕실의 족보를 제작하거나 종친들을 관리하는 관청이다. 도제조는 그 종부시의 가장 높은 관직. 선조 때 임해군은 종부시 도제조를 맡았었다. 그 때문에 도제조이던 그와 친하게 어울리던 종친들이 훗날 광해군이 즉위하고 임해군의 옥사가 일어나자 죄다 끌려가 고초를 겪게 된다.

"그런데 임해군마마의 처소가 여기서 가깝니? 왜 여기에 있었어? 더군다나 이 늦은 시간에."

내 말에 그녀의 얼굴이 홍당무처럼 빨개졌다.

"지금 이 시간이 아니면 세자저하를 뵐 수 있는 기회가 없거든요."

내 예상대로 그녀는 광해군에게 반한 모양이었다. 그 재미없던 녀석도 8년이나 지나니, 궁궐 최고 인기남이 되어 있는 모양이지?

"그래도 추운 날인데……."

"그 정도 추운 것쯤은 괜찮아요. 사실 거의 매일 세자저하께서 동궁전 앞뜰에 나와 계시거든요."

"거의 매일? 겨울에도?"

"네에. 그 때문인지 고뿔드신 적도 있으셨어요. 그래도 거의 매일 나오세요."

고뿔에 걸릴 정도였는데도 불구하고 나온다는 건 그만큼 답답한 고민이 있다는 것일까. 그때, 미영이가 하늘에 떠 있는 달을 한번 보더니 내게 말했다.

"그럼 보모상궁마마님."

"언니라고 했잖아."

"후후. 네 언니. 그럼 낮에 시간이 나면 제가 먼저 찾아뵐게요."

"그래, 미영아."

"네."

그녀는 끝까지 내게 공손히 두 손을 모으며 인사를 하고는 가버렸다. 나는 그녀를 다시 만나게 되면, 손을 흔들며 하는 인사를 반드시 가르쳐줘야겠다고 마음먹었다.

다음날부터 종이의 태도가 조금 달라졌다. 엄마가 행궁에 와 있기 때문인 듯싶었다. 종이는 엄마가 자신을 찾아오지 않는다는 것을 알아서인지, 일부러 춥고 좁은 마루에 나와 글을 소리 내어 읽었다.

정원군의 처소와 종이가 머무는 처소는 작은 담을 하나 사이에 두고 있었다. 정원군 부인, 그러니까 연주군부인 구 씨는 아들의 글 읽는 소리가 찬바람을 타고 분명 처소에 전해졌음에도 불구하고 모습을 비추지 않았다.

차라리 추위를 핑계로 처소 안에만 있는 것이면 못 들었다고 생각할 수도 있겠다. 하지만 그녀는 막 걸음마를 시작한 막내아들, 그 위로 있는 둘째 아들과 함께 종종 처소 앞에서 산책을 즐겼다. 처음에 종이는 그런 동생들 틈에 끼어 엄마 곁에 가고 싶어 하는 것 같았다. 하지만 종이를 보자마자 그녀는 아주 매정한 목소리로 "지금은 학문을 익힐 시간이 아니오?"라며, 종이를 그의 처소로 내쫓아버린 것이다. 엄마가 그리운 어린 종이의 마음은 나도 아는데, 나보다 네 살 많다는 부인은 정말 모르는 걸까?

결국 종이는 마루에 앉아 어린애다운 관심 끌기를 시도했다. 즉 소리 내어 글을 읽기 시작한 것이다. 아마 종이가 바라는 것은 어머니가 지나는 식으로라도 찾아와서 '글 읽는 실력이 많이 늘었구나.'라는 칭찬 한번 듣는 게 다일 것이다.

나는 이런 종이의 마음을 백 번 이해했다. 그래서 추운데 들어가자는 말도 하지 않고, 종이의 곁을 지키며 궁녀들이 가져다준 작은 화롯불만 열심히 쑤셔댔다. 조금이라도 더 열기가 나서 어린 종이가 따뜻하라는 배려였다. 그러나 구 씨는 끝끝내 종이의 처소 쪽에는 눈길조차 주지 않았다.

해가 지기 시작하고, 낮 동안 신나게 놀았던 두 아이를 재우려는 것인지 구 씨가 건물 안으로 사라지자 종이의 글 읽기도 끝났다. 코끝이 빨개지도록 마루에서 하루 종일 글만 읽던 종이는 평소와 다르게 말이 없었다. 장난기 섞인 온갖 영악스러운 모습도 없고, 특기 같은 재롱도 부리지 않았다.

나는 구 씨의 처소 불이 일찍 꺼진 것을 물끄러미 쳐다보는 종이의 머리를 부드럽게 쓰다듬어주며 말했다.

"들어가자. 저녁 먹어야지."

종이는 고개를 한 번 끄덕였을 뿐, 그날 하루가 다 갈 때까지 아무런 말이 없었다.

그날 밤, 종이가 잠든 후에도 한참이 지나서 정원군이 돌아왔다. 그가 하루 종일 행궁 안 어디에 있었는지는 모르지만 난 그가 자신의 부인을 피하기 위해 홀로 종이를 내버려뒀다는 생각을 지울 수가 없었다. 그간 종이와 정이 든 것도 있고 해서인지, 나는 정원군을 보자마자 심통이 났다.

"대체 하루 종일 어디를 다녀오신 거예요?"

인사부터 건네야 할 첫마디가, 사납게 날이 선 말로 나와 버린 것이다. 이런 나의 태도에 정원군도 적지않이 당황한 기색이었다. 당연했다. 내가 누구이든 간에 표면상 보모상궁인데, 감히 왕족에게 성질을 부리다니.

"무슨 일이 있었소?"

"있다마다요. 종이가 하루 종일 혼자 있었는걸요!"

"보모상궁인 그대가 아이와 함께 있지 않았단 말이오?"

그가 나에게 되물었다. 나는 슬슬 화가 머리 꼭대기로 치솟는 것을 느꼈다.

"저야 당연히 함께 있었죠. 하지만 종이는 부모님을 만나지도 못하고 하루 종일 혼자 글만 읽었다고요."

"난 일이 있었소."

내 맹렬한 기세에, 변명할 처지가 분명히 아닌 정원군이 변명한다.

하지만 지금 내 귀에 정원군의 변명이 제대로 들릴 리가 없었다.

"군부인은 두 아드님과 시간을 보내시느라 바쁘시던데요? 종이가 소학을 배울 정도로 총명하다지만 아직 어린아이잖아요. 그런데 부모님 중 누구도 아이와 시간을 보내주지 않는 건 훈육에 좋지 않다고요!"

보모상궁이 얼마나 잘난 자리인지는 몰라도 감히 왕족의 교육에 이래라저래라 할 처지가 아닌 건 분명히 안다. 하지만 이제 나는 종이를 생각하면 가슴 한구석이 아려올 정도로 정이 들었다. 물론 매정한 엄마라도 살아있는 엄마를 가진 종이가 나보다 훨씬 낫다고 볼 수도 있었다. 하지만 이건, 부부싸움에 애만 죽어나는 걸로 보이니!

나의 신랄한 비판에 정원군은 당황한 건지 아무 말도 못하고 벌린 입도 다물지 못한다. 솔직히 그 정도로 당황하는 정원군을 보자니, 행궁에서 쫓겨나기라도 할까 봐 슬쩍 겁도 났다. 그러나 진심은 통했겠지. 내가 종이를 위하는 마음 말이다.

"아……. 알았소."

그가 무언가를 말하려다가 말을 바꾸어 알았다고 대답하더니 말을 이었다.

"가서 쉬시오."

그것이 다였다.

정원군도 뭔가 깨닫는 바가 있는 걸까? 부디 그러길 바랄 뿐이다.

정원군을 뒤로하고 내 처소에 도착하니 이미 무수리가 불을 때 방이 훈훈했다. 훈훈하지만 텅 빈 방. 갑자기 이 처소보다도 훨씬 큰 처소에서 홀로 지내는 종이를 떠올렸다. 지금 모습으로는 훗날의 역사책 속의 인조를 떠올리는 것은 거의 불가능했다. 지금은 그저 작고 귀여운 아이, 동정심이 가는 어린아이일 뿐이다.

"어휴……."

대체 정확히 뭐 때문에 그들 부부는 그렇게 살벌한 불꽃이 튀는 사이가 된 걸까? 정말 궁녀들이 말한 대로 정원군 부인 구 씨가 그의 형인 신성군과 관련이 있어서 그런 걸까? 뭐, 어느 것이 맞든 이 시대에서는 중요하지 않을 것이다. 이미 그들은 부부가 되었으니까.

똑똑.

그때 문을 두드리는 소리가 들렸다.

처음엔 바람이 문을 흔드는 것이라고 생각했다. 종이의 처소에서도 가끔 듣는 소리였기 때문이었다. 하지만 이어서 들려온 목소리에 나는 그것이 바람이 만든 소리가 아니라는 걸 깨달았다.

"언니. 언니이."

미영이였다. 나는 서둘러 문을 열어 그녀를 맞았다. 그녀는 손에 작은 바구니를 들고 있었다.

"어서 와! 어떻게 알고 온 거야?"

"언니가 보모상궁이시잖아요. 행궁은 좁아서 보모상궁마마님의 거처 정도는 쉽게 알 수 있어요."

이제 보니 꽤나 영특한 애인 것 같다.

"근데 그건 뭐야?"

내가 그녀가 들고 있는 바구니를 보며 물었다.

"이거요? 보세요!"

그녀가 덮인 바구니의 뚜껑을 열자, 그 안에서 인절미가 모습을 드러냈다.

"어디서 났어?"

나는 인절미를 보자마자 얼른 하나 들어 올리며 물었다.

"오늘 임해군마마를 뵈러 오신 손님상에 나갔던 거예요. 남은 건 다 궁녀들 차지가 되거든요. 그래서 언니가 생각나서 가져왔어요."

"고마워. 나 이거 완전 좋아해!"

"완전?"

"정말……. 정말 좋아한다는 말이야. 하하하."

웃으며 한입 깨무는데, 떡이 찬 곳에 놔뒀었는지 딱딱하다. 내 표정이 굳는 걸 본 미영이가 서둘러 내 손에 들린 나머지 떡을 가져가 바구니에 넣으며 말했다.

"딱딱할 거예요. 바로 드시면 안 돼요."

"하지만 마땅히 다른 방법도 없고, 그냥 먹어야지 별수 있겠어?"

"어머? 궐이라고 방법이 없을까 봐요?"

그녀는 뚜껑을 닫은 바구니를 방에서 가장 뜨뜻한 곳에 놓더니, 이불로 그 위를 덮었다. 나는 열기로 떡을 데우려는 것을 알고는 웃으며 말했다.

"그러면 금방 떡이 쫄깃해지겠네."

"호호. 조금만 있으면 돼요."

"그래, 근데 이 시간에 여기 와 있어도 돼?"

"오늘 당직도 아닌걸요. 그래서 오는 길에 슬쩍 세자저하를 뵐 수 있을까 해서 동궁전도 가봤죠."

세자라는 말에 나는 귀가 솔깃해졌다.

"그래서?"

"오늘은 못 뵈었어요. 뵙는 날이 있으면 못 뵙는 날도 있는 거죠. 그저 멀리서 보는 거지만요."

"왜 그렇게 그 녀석, 아니 세자저하가 좋은데?"

"잘생기셨잖아요."

생각해보니 잘생기긴 했다. 8년 전에도, 지금도. 지금은 좀 더 남자다워졌다, 랄까?

"그건…… 그렇지. 또?"

"예전에 임해군마마께서 술을 드시고 궁녀들을 막 때리신 적이 있어요."

"뭐? 정말?"

"네. 그때 제가 뭐가 밉보였는지, 아니면 가장 가까운 곳에 있어서인지 정말 딱 죽을 만큼만 맞았어요. 제대로 서 있을 수 없을 정도였어요. 그때 전 '여기서 죽는구나' 싶었어요."

"괜찮니? 요즘도 그래?"

"요즘은 눈치껏 피해요. 호호."

"그랬구나……."

"네에. 그런데 그때 그 소식을 들은 세자저하께서 친히 납시셔서 임해군마마를 말리셨어요. 그 덕에 전 보시다시피 이렇게 무사할 수 있었고요."

"그 뒤로 좋아진 거야?"

"그전에는 단지 늠름하시고 잘생기셔서 좋았는데, 그 후로는 그분의 인품에 넋이 나간 거죠, 뭐……."

미영이는 자신의 두 손을 맞잡으며, 붉어진 얼굴을 숨기지 않았다.

"그분이 곧 왕이 되시겠지요? 그런 분이 왕이 되신다면, 전 세자저하를 위해서 죽어도 여한이 없을 것 같아요! 물론…… 이런 말은 어디 가서 함부로 할 말은 아니지만요."

"걱정 마. 절대 어디 가서 말 안 할 테니까."

친구와 비밀이야기를 하듯이, 나는 미영이와 이야기하며 기분이 좋아졌다.

"떡이 다 됐겠어요."

미영이가 덮어놓았던 이불을 치우고 인절미를 가져왔다. 그녀의 말대로 인절미는 말랑말랑해져 있었다. 우리는 그날 날이 새는지도 모르고 밤새 웃고 떠들었다.

전날 미영이와 늦게까지 떠든 여파로 나는 아침 일찍 일어나지 못했다. 정확히 종이의 아침 식사 시간이 막 시작했을 때 깬 것이다. 뒤늦게 허둥지둥 자리에서 일어나 옷을 입고 종이의 처소로 달려갔다. 그곳에서는 정원군과 종이가 나란히 한 밥상을 두고 식사를 하고 있었다.

정원군은 종이만 있을 것이라고 생각하고 허겁지겁 뛰어온 나를 한번 쳐다보더니 말했다.

"동무라도 생겼소?"

지나가는 식으로 한 말이지만, 괜히 그 말에 당황해 서둘러 둘러댔다.

"보모상궁은 궁에서 동무를 만들면 안 되나요?"

"그건 아니오. 단지, 조금 전 유 상궁이 밤새 그대의 처소에서 웃음 소리가 들려 잠들기가 어려웠다고 말하더군."

내가 늦는 사이에 정원군 앞에서 내 뒷담을 하고 있었을 유 상궁을 떠올리며 부득부득 이라도 갈려고 하는데, 행복한 얼굴로 정원군과 식사 중이던 종이가 나에게 묻는다.

"누나는 밥 먹었어? 여기 와."

종이의 말 한마디에 내 얼굴이 싸늘하게 식었다. 아무리 내가 보모상궁이라지만 종이는 내 상전이었다. 누나라는 말을 평상시에도 이처럼 자연스럽게 사용하고 있다는 것을 정원군이 알아서 좋을 게 없었다. 그런데 바로 눈앞에서 들었음에도 정원군은 별 반응이 없다. 그는 묵묵히 식사를 계속하면서 내게 다시 말을 던진다.

"급히 온 것을 보아하니 아직 식전인가 보오."

"예, 아직요. 곧 먹을 거예요."

원래는 종이와 같이 먹었다. 그 때문에 수라간 궁녀들도 종이가 먹을 밥공기와 더불어 내 밥공기를 꼭 올렸는데……. 오늘은 정원군이 먹는 밥공기가 원래 내 밥공기인 모양이다. 어쩔 수 없지만, 수라간을 찾아가서 밥을 얻어먹어야지 뭐.

그때였다. 정원군이 안쪽으로 놓아두었던 작은 반상을 슬쩍 들더니 내가 서 있는 쪽에 내려놓았다. 그리고 그 반상을 덮고 있는 보자기를 치웠다. 그 안에서 등장한 것은 내 전용 밥공기와 수저였다.

"그건……!"

"종이가 챙겨야 한다더군."

"헤헤."

'누나, 나 잘했어?' 눈빛으로 나를 보며 웃는 종이. 나는 그 녀석을 향해서 눈웃음 짓다가, 다시 나를 돌아본 정원군과 시선이 마주치자 곧바로 정색했다. 정원군은 나의 그런 급격한 표정 변화에도 담담한 표정으로 말했다.

"어서 와서 드시오."

"네?"

나는 내가 잘못 들었나 싶어서 되물었다. 그것도 그럴 것이 아버지와 아들. 그것도 그냥 아버지와 아들이 아닌, 정원군. 즉 왕자와 그 아들이 밥을 먹는 자리였다. 거기에 끼라는 정원군의 말에 놀란 것이다.

"누나, 어서 와."

게다가 종이는 나에게 손짓까지 한다. 정말 이들 부자사이에 보모상궁의 신분인 내가 끼어서 함께 식사를 해도 되는 건지 모르겠다는 생각을 잔뜩 안은 채 나는 그들이 식사 중인 밥상으로 다가갔다.

내가 다가가자 정원군이 자리를 조금 옆으로 옮긴다. 종이도 이를 보더니 옆으로 옮겨가고. 결국 나는 종이를 가운데 두고 정원군과 마주앉게 되었다.

정원군은 그런 내 앞에 반상에 있던 밥공기를 옮기더니 직접 놓아주었다. 수저도 마찬가지였다. 그러나 나는 여전히 정원군과 감히 겸상

해도 되는지에 대한 생각에 수저를 들지 못하고 있었다. 그 사이 이런 데에서는 눈치 없는 종이가 끼어들었다.

"누나. 누나가 좋아하는 고기는 내가 다 먹었어."

평상시에 고기를 내가 선점해서 당당히 먹은 사실이 만천하에 드러나는 순간이었다. 먹을 것에 그다지 욕심이 없는 종이는 내가 고기를 좋아한다 하자 두말없이 늘 고기를 내게 주었었다. 종이도 아이이니 고기를 좋아했음에도 불구하고 말이다.

"으응……. 그래. 잘했어. 앞으로도 종이가 고기 다 먹어."

나는 종이의 머리를 살짝 쓰다듬어주었다. 어쨌든 종이는 이런 식으로 해야 진짜 칭찬을 한 것이라고 여기는 어린아이니까 말이다. 그런데 그런 나와 종이를 정원군이 물끄러미 바라본다. 나는 감히 왕자의 아들의 머리를 쓰다듬는 죄를 저지른 하찮은 궁녀가 된 기분이라, 서둘러 숟가락부터 들어 올렸다.

정원군이 내게 말했다.

"언제부터 종이의 이름을 부른 것이오?"

종이의 이름을 부른 게 거슬린다는 말일까? 아무리 보모상궁이라도 지밀상궁인 유 상궁도 어린 종이에게 깍듯이 대하는데……. 나 같은 게 이름을 부르는 건 안 될 일이겠지.

"그게……."

"처음부터요. 종이는 처음부터 종이였어요."

또다시 정원군과 나 사이의 대화에 자랑스럽게 나서는 종이. 그러나 정원군의 얼굴은 화난 얼굴이 아니었다. 그는 별로 상관없다는 듯 내게 말했다.

"종이에게는 부를 이름이 따로 있소. 아바마마께서 지어주신 이름이오. 단지 그 이름을 좋아하는 사람이 별로 없어서 다들 안 부르는 것이지만."

"이름이 또 있어요?"

원래 이름과 부르는 이름이 따로 있는 건, 조선시대에 흔히 있던 일.

"천윤이야."

그때 종이가 말했다. 나는 그제야 인조의 또 다른 이름에 얽힌 이야기를 떠올렸다. 이천윤(李天胤). 해석하자면 하늘이 정한 장자라는 것이다. 선조가 그 만큼 첫 손자를 예뻐했다는 증거였겠지만 말이다.

"그럼 앞으로 천윤이라고 불러도 되나요?"

"난 종이가 좋은데."

종이의 말에 정원군이 종이를 보며 말했다.

"천윤은 할바마마께서 지어주신 이름이다. 그러니 어디 가서라도 그 이름이 싫다고 해선 안 된다. 알겠느냐?"

"네, 아버님."

약간 혼내는 말투 같은데도 종이가 웃으며 곧장 대답하는 거 보니, 내가 들어오기 전부터 부자의 식사 분위기가 좋았던 모양이다. 어쨌든 그들 부자가 좋든 말든 난 지금 불편하다는 거지!

이런 내 속마음을 읽기라도 했는지 정원군이 그 특유의 헛기침 소리를 냈다. 늙은이 흉내를 낸 것이다. 그리고 그는 일찍 밥상에서 일어섰다.

'알고 보니 나보다 겨우 두 살 많으면서, 폼은!'

이건 어디까지나 내 속마음이다.

"식사가 끝나면 종이와 함께 나갈 채비를 하시오."

"나가요? 어디 가나요?"

"오늘도 하루 종일 일이 있으니, 종이를 그곳에 데려갈 생각이오."

"저는 굳이 안 가도 되지 않을까요……?"

그 순간 나는 내게 어제 그에게 했던 말을 떠올렸다.

'군부인은 두 아드님과 시간을 보내시느라 바쁘시던데요? 종이가 소학을 배울 정도로 총명하다지만 아직 어린아이잖아요. 그런데 부모님 중 누구도 아이와 시간을 보내주지 않는 건 훈육에 좋지 않다고요!'

'설마…… 내가 어제 했던 말 때문일까?'

나의 추측에 대한 확신은 정원군의 이어진 다음 말에서 나왔다.

"내가 일부러 종이와 시간을 보내지 않는다고 여기는 것 같으니, 직접 확인할 기회를 주려는 것이오."

나는 정원군에게 단단히 찍힌 게 확실한 것 같다.

오랜만에 아빠와 나들이를 나선다고 신난 종이. 난 그런 종이와 한 가마 안에 타고서 조선에 온 후 처음으로 궐 밖을 나섰다. 정원군이 앞서서 말을 타고 가고 나와 종이가 탄 가마가 그 뒤를 따랐다.

전쟁이 끝난 직후인지라 도성 안은 어수선했다. 곳곳에 병사들이 깔려 있었고, 순시하는 포졸들도 눈에 띄었다. 나는 구경하고 싶은 게 많아서 종이와 가마 창문 하나를 두고 티격태격했다. 왠지 볼거리는 오른쪽 창문 밖에 많은데, 종이도 오른쪽 창문을 고집하는 것이다.

결국 가마 안에서 가만히 있으라는 나의 명에 종이가 큰 소리로 반발하면서 사태가 커졌다. 말을 타고 가던 정원군이 우리의 목소리를 들은 것이다. 정원군이 말머리를 돌려 우리가 탄 가마 쪽으로 오자, 이를 알아챈 종이가 조용히 자세를 고쳐 앉았다.

"무슨 일이오?"

정원군이 가마 밖에서 물었다. 나는 종이의 천방지축 행태를 꼬집어서 보고할 마음이었다. 종이가 아빠인 정원군을 좋아하지만 다른 한편으로는 무서워하기도 하니까 말이다. 그러나 한 손가락을 입에 갖다 댄 종이가 '쉿'을 연발하며 절대 아빠에게 말하지 말라는 귀여운 얼굴을 했고, 결국 그런 종이를 보며 웃음을 터트렸다.

대답 대신 가마 밖으로 나의 웃음소리만 흘러나오자, 정원군이 다시 한 번 내게 물었다.

"무슨 일이오?"

"아무 일도, 아무 일도 없어요."

아무 일도 없다는 내 말 끝에도 웃음소리가 이어지고, 웃는 나를 보며 종이도 웃음을 터트렸다. 웃음소리 때문인지 정원군도 더 이상 아무 말 없이 다시 가마를 출발시켰다. 그러나 그가 볼 수 없는 가마 안에서, 나는 종이의 볼을 살짝 잡아당겨 귀에 대고 속삭였다.

"넌 왼쪽. 내가 오른쪽이야."

정원군이 일터라고 우리를 데려간 곳은 다름 아닌 창덕궁이었다. 정확히는 '창덕궁터'지만. 불에 탄 창덕궁은 복원공사가 한창이었고, 그는 왕족으로서 이 일에 참관을 하고 있었던 것이다. 물론 이 일에 하루 종일 시간을 보낼 정도는 아니었다. 둘러보고 어떻게 되어가는지 살피는 정도의 일처럼 보였다. 하지만 좁은 처소에서 지내며 겪어야 하는 냉랭한 부부사이를 피해 도망칠 핑계로는 안성맞춤이었다.

정원군이 궁궐도감(宮闕都監, 궁궐의 건축과 수리를 맡은 임시관청)의 관리와 이야기를 나누는 동안, 종이는 지루한지 계속해서 궁궐터를 돌아다니려고 움직였다. 결국 내가 정원군에게 가서 허락을 맡았다.

"종이와 둘러보고 올게요."

"알았소."

정원군의 허락이 떨어지자마자 내가 그에게서 돌아섰을 때였다. 나를 지나쳐 정원군에게 다가가는 한 관리가 있었다. 그가 정원군에게 건넨 첫 마디가 내 귀에 들려왔다.

"어제 잡은 새끼 호랑이들의 어미를 아직도 잡지 못했습니다."

'호랑이?'

기억을 되새겨보니, 왜란 이후에 불탄 창덕궁에 북쪽 북악산과 서쪽 인왕산에서 호랑이가 내려와 새끼를 치고 살았다는 이야기를 아빠에게 들은 것 같다. 그 때문에 도성 민가에서 백성들이 기르던 개가 호랑이에게 물려간 일도 종종 있었다고 한다. 아빠는 당시 이 이야기를 내게 들려주면서 '호랑이와 곶감' 이야기가 바로 이때부터 생긴 것일지도 모른다고 하셨다.

"누나!"

어느새 나보다도 앞서서 창덕궁 후원 쪽으로 달려간 종이가 어서 쫓아오라며 내게 손을 흔들었다. 종이는 사람의 발길이 닿지 않아 아직 녹지 않은 눈 위를 이리저리 뛰어다니는 것이 매우 즐거워 보였다.

'진작 이럴 것이지.'

아빠와 함께 있지 않아도, 일터에 함께 있는 건 나쁘지 않은 것 같았다. 거기에 종이는 오늘 공부를 하지 않아도 된다. 그러니 이만큼 신나는 일이 어디에 있을까?

"요 녀석! 잡기만 해봐라."

나는 아직 녹지 않은 눈을 모아 눈덩이를 만들어서는, 웃으며 달려나가는 종이의 뒤를 쫓기 시작했다. 종이는 그런 나를 피해서 더욱 더 후원 깊숙이 들어가 버렸다. 아직 꼬마라고 한눈을 팔았더니 종이는 순식간에 내 앞에서 사라져버렸다. 처음에는 어딘가에서 바로 나타나, 나를 부를 것이라고 생각했다. 그러나 종이가 쉽게 나타나지 않자 나는 들고 있던 눈덩이도 내던진 채 종이를 찾기 시작했다.

"종이야! 종이야!"

창덕궁 정문을 비롯한 주요 건물 공사장에만 인부들이 몰려 있다 보니, 후원은 한산하다 못해 대낮인데도 스산한 기운이 감돌고 있었다. 가끔 하늘 위로 지나가는 까마귀인지 까치인지 모를 새의 지저귐뿐 종이의 웃음소리는 더 이상 들리지 않았다.

"종이야!"

왠지 점점 불안해지는 이 기분. 게다가 정원군 옆에서 들었던 호랑이 이야기가 계속 거슬렸다.

내가 살아온 21세기에서 호랑이는 오직 동물원 우리 안에서만 볼 수 있는 맹수였다. 그러나 조선시대에서는 다르다. 적어도 일제 강점기까지도 산 속에 호랑이가 살았을 정도로 한국에는 호랑이가 많았다. 괜히 한반도가 호랑이 형태를 가지고 있다고 주장할 수 있는 게 아니다. 호랑이가 그만큼 많았기 때문이다. 더불어 아빠가 들려주었던 창덕궁 호랑이 이야기가 계속 내 신경을 긁었다. 나는 더욱 큰소리로 종이를 찾았다.

"종이야! 어디 있니? 종이야!"

얼마나 종이를 부르며 황량하기만 한 창덕궁 후원을 돌아다녔을까. 어디선가 작은 울먹임이 들려왔다.

"흐흑. 흐끄윽~ 누나아아……. 누나아……."

그것이 종이 목소리라고 확신한 나는 안심하며, 목소리가 들리는 나무숲 사이로 들어섰다.

"이 녀석, 내가 널 얼마나 찾아 다녔는지……!"

말이 끝나기도 전에 나는 멈춰섰다. 울먹이며 서 있는 종이에게서 멀지 않은 곳에 커다란 호랑이 한 마리가 으르렁거리며 종이를 마주보고 있었다. 종이는 호랑이의 강렬한 눈빛에 꼼짝도 못하고 한자리에 서서 작은 소리로 울먹이고 있었던 것이다.

"괜찮아. 괜찮아. 거기 가만히 있어."

나도 무서웠다. 당장에라도 도망치고 싶은 마음이 굴뚝같았다. 그러나 내가 무서우면 어린 종이는 얼마나 더 무서울까?

나는 일단 종이를 안심시키려고 노력했다. 한눈에 보아도 흥분해 있는 호랑이 앞에서 목소리 높여봤자 좋을 건 없으니까. 그런데 이 호랑이는 나의 등장에도 오로지 어린 종이를 향해 커다란 눈동자를 번뜩이고 있었다.

"누나아……. 흐흑. 종이 무서워……."

"괜찮아, 종이야. 잘 들어. 지금 누나가 그쪽으로 갈게. 그러면 누나 손을 잡고 뛰는 거야. 알았지?"

"무서워……. 무서워, 누나……."

멧돼지는 앞으로만 뛰면 안 된다고 했던 것 같다. 아니 곰인가? 호랑이는 어떻게 해야 하지? 호랑이 경우에는 어떤 대비책이 있더라?

"종이야, 누나가 방금 뭐라고 말했지? 누나가 종이에게 가서 어떻게 한다고 했지?"

나는 최대한 침착하게 종이에게 내가 했던 말을 되새겼다. 종이는 울먹이며 호랑이를 바라보면서도, 천천히 내가 했던 말을 다시 읊기 시작했다.

"종이 손을 잡을 거야……."

"그리고?"

"뛰, 뛰자고……."

"그래, 맞아. 누나가 종이한테 지금 갈 거야. 그럼 종이는 누나 손을 잡고……."

"뛸 거야……."

"그래, 종이 똑똑하네."

나는 덜덜 떨리는 발을 떼어 천천히 종이에게로 옮기기 시작했다. 그것은 다른 말로 호랑이에게 가까이 다가가는 것이었고, 또 다른 말로는 호랑이의 공격범위 안에 스스로 걸어 들어간다는 것이었다.

종이는 내가 자신에게로 다가가는 것을 보자, 더는 도저히 혼자 서 있지 못하겠는지 내가 도착하기도 전에 나에게로 뛰어왔다.

"누나아!"

그러더니 뛰자고 했던 말을 완전히 잊어버렸는지, 그저 내 품에 두 팔을 벌리며 안겨들었다. 그 순간 호랑이가 우리가 있는 쪽을 향해 사납게 울부짖으며 달려오기 시작했다. 나는 종이의 손을 잡고 앞쪽으로 뛰려고 했다. 그러나 겨우 6살밖에 안 된 아이와 이런 위기상황에서 발을 맞춘다는 것은 사실상 불가능했다. 결국 종이는 내 손을 놓친 채 바닥에 미끄러져 넘어졌다.

"종이야!"

"누나아!"

그래, 딱 1초. 아니 0.1초 정도 망설였던 것 같다. 그러나 나는 종이를 버리지 않았다. 달려드는 호랑이도 아랑곳하지 않은 채 넘어진 종이에게로 달려간 것이다. 그리고 종이를 두 팔로 안고는 몸을 웅크렸다. 그때 호랑이가 나를 덮쳤다. 순간 어젯밤 미영이와 밤새 주고받았던 이야기가 떠올랐다. 딱 죽을 만큼만 임해군에게 맞았다는 미영이의 말. 그리고 그때 '여기서 죽는구나' 싶었다는 말. 지금 내 심정이 바로 그것이었다.

미영이에게는 그때 광해군이 있었다. 그러나 호랑이에게 물려죽게 생긴 나는 대체 누가 구해주겠냐고!

"악!"

호랑이가 날 물었다고 느꼈다. 그런데 내가 종이를 껴안고 웅크리면서 호랑이의 공격범위에서 약간 비켜났던 모양이다. 덕분에 왼쪽 어깨를 호랑이의 날카로운 발톱에 긁히고 말았다. 아니, 긁혔다는 표현은 너무 호랑이 편에 서서 변호해주는 것 같으니 말을 정정해야겠다. 찢겼다. 어깨가 호랑이의 발톱에 찢긴 것이다.

"아흑……."

추위 때문은 결코 아니겠지만, 그 순간 코끝이 찡해지면서 찔끔 눈물이 났다. 그러나 크게 울음을 터트리지도, 그렇다고 해서 악 소리를 내며 정신을 놓고 비명을 내지르지도 않았다. 어린 종이를 보호해야 한다는 마지막 이성을 인식하고 있었기 때문이었다.

"으아아앙!"

종이가 목청이 찢어져라 울어대고 있었다. 그 와중에도 난 호랑이의 발톱에 찢긴 왼쪽 어깨에서부터 찌릿하고 따스한 느낌이 점차 퍼져나가는 것을 느꼈다. 그리고 그것이 피라는 것도 알았다.

크르르르릉…….

단번에 날 물지 못한 호랑이는 더욱 흥분한 상태로 멀지 않은 곳에서 두 번째 공격을 준비하고 있었다. 나는 방금 전의 충격에 정신을 잃을 것 같은 어지럼증을 느꼈다. 이런 최악의 사태를 버틸 수 있는 건, 오직 종이 때문이었다.

어느 샌가 이마에 땀이 송골송골 맺혔다. 나는 울고 있는 종이를 꼭

껴안고, 다시 우리를 향해 달려올 기세인 호랑이를 쳐다보았다. 이젠 두려움 따위는 없었다. 난 정말 그 순간, 내가 죽게 될 것이라고 거의 확신했던 것 같다. 그저 종이만이라도……. 종이만이라도 도망칠 수 있다면……!

충격으로 파르르 떨리고 있던 내 눈꺼풀이 서서히 내려앉기 시작했다. 나는 눈꺼풀이 완전히 내려앉는 순간, 내가 죽든지 아니면 기절하게 될 것이라고 여겼다. 바로 그때였다.

피유우웅.

크앙!

호랑이의 등허리 쪽으로 화살이 날아와 박힌 것이다. 곧바로 다음 화살이 이어 쏘아졌다. 이번에는 호랑이의 몸통, 정중앙에 깊숙이 박혔다. 그러자 호랑이는 펄쩍펄쩍 뛰면서 우리에게서 시선을 뗐다.

이런 상황에서도 내게 도망쳐야 한다는 정신이 남아있었던 모양이다. 아예 주저앉아 우는 종이의 손을 잡아당기며 그 자리를 떠나려고 시도했다. 그때, 멀지 않은 곳에서 익숙한 목소리가 창덕궁 후원을 쩌렁쩌렁하게 울려왔다.

"가만히 있으시오!"

정원군이었다. 그가 멀지 않은 곳에서 병사들과 함께 나타났다. 그의 손에는 활이 들려있었다. 나는 호랑이가 맞은 화살이 그가 쏜 것이라는 걸 알게 되었다.

이제 화살을 맞은 호랑이는 정원군과 병사들이 있는 쪽을 향해 맹렬히 달려들었다. 이를 본 병사들도 당황해서 흩어지기 시작했다. 그들

중 일부는 정원군을 향해서 피하라고 소리쳤다. 정원군도 바로 자신을 향해서 달려오는 호랑이를 보고서는 놀란 표정을 지었다. 그러나 곧 뒤쪽에 서 있던 병사가 든 검을 빼앗아 들었다.

"아버님!"

내 품에서 울고만 있던 종이도 뒤늦게 정원군을 발견하고는 소리쳤다. 나는 그가 검을 들고 흥분한 호랑이와 마주하려는 것을 알았다. 그리고 순간적으로나마 그가 다치게 될지도 모른다는 생각도 들었다. 그렇다면 종이에게 그런 모습을 보이고 싶지 않았다. 나는 몸을 비틀어 종이가 앞을 보지 못하도록 끌어안았다.

크아아아앙!

목구멍이 찢어지는 듯한 호랑이의 포효가 들려왔다. 그 소리를 마지막으로 나는 그대로 정신을 잃었다.

"꺼억……. 누나아, 누나아……."

숨이 넘어갈 정도로 울고 있는 종이의 목소리가 내 귓가에 들렸다.

"그만 울지 못하겠느냐."

"흐흑, 꺼억……. 아버님, 누나가 죽었어요?"

"유 상궁은 뭣 하는가? 어서 종이를 데려가게."

"싫어! 여기에 있을래요! 종이는 누나 옆에 있을래요! 흐흑……."

"허 어의. 왜 아직도 깨어나지 않는 것인가? 분명 침을 놓으면 정신을 차릴 것이라고 하지 않았는가?"

"곧 깨어나실 것이옵니다. 그러니 조금만 더 기다려주십시오."

답답한 듯 연거푸 한숨을 내쉬는 정원군의 목소리도 가깝게 들린다. 그리고 코가 마비될 정도로 지독한 고약 냄새. 천천히 정신을 되찾던 나는 고약 냄새에 두 눈을 번쩍 뜨고 말았다.

내가 제일 먼저 눈을 뜨자마자 본 것은 흰 수염이 희끗하게 나 있는 할아버지였다. 나는 그가 왕을 전담하는 어의 허준이라는 걸 알고 있었다. 행궁 생활을 오래 하다 보니 그의 명성도 들었고 우연히 지나가면서도 얼굴을 몇 번 본 적이 있었기 때문이었다. 그런데 왕의 어의인 그가 왜 이곳에 있는 것일까?

"이제 정신이 드신 모양이십니다."

"어디 보게."

곧 정원군의 얼굴도 보였다. 나는 그곳에서 유일하게 누워있는 사람이라는 것을 깨닫고는 서둘러 일어서 앉으려고 했다.

"아악……."

동시에 느껴지는 어깨의 통증. 뒤이어 내 한쪽 어깨가 드러나 있는 것을 보고는 서둘러 이불을 끌어올렸다. 겨우 어깨 좀 드러낸 것 같고 예민한 반응을 보인 것은 아니었다. 그저 지금 이 안에 있는 사람들은 의관을 모두 갖추고 있는데, 나만 누워서 어깨를 보인 것이 조금 민망해서였다.

내 행동은 전혀 예상 밖의 반응을 가져왔다. 그제야 정원군이 또 그 특유의 헛기침을 하며 내게서 급하게 고개를 돌린 것이다. 그러나 허준은 아니었다. 그는 막 일어서 앉은 나로 인해 어깨에 올려둔 고약이 떨어져 내리자 다시 그것을 올려주며 말했다.

"한동안은 누워서 지내는 것이 좋을 것입니다."

"아, 네에……."

허준을 비롯하여 의녀로 보이는 여인들 두 명. 유 상궁과 정원군 처소의 지밀나인 한 명. 그리고 정원군과…… 종이!

"종이야!"

"누나아!"

종이가 나와 눈을 마주치자마자 큰소리로 울음을 터트린다. 정원군은 종이에게 엄한 주의를 주었다.

"계속 울었다가는 이곳에서 내보낼 것이다."

정원군의 아버지다운 협박에 종이는 울음을 억지로 삼키며 내가 누워있는 이불 위로 올라오려고 했다. 그러나 정원군이 즉각 종이를 강제로 끌어 자신의 옆에 앉혔다. 종이는 나에게 오려는 것을 저지당하자 또다시 울음을 터트리려고 했다. 그러나 정원군의 화난 눈초리를 보게 되자, 더 이상 찍소리도 하지 못했다.

"상궁께서 깨어나셨으니 소인은 이만 내의원으로 돌아가도록 하겠습니다."

허준이 자리에서 일어서자 그가 가져온 물건들을 의녀들이 정리하기 시작했다. 정원군도 일어서서 허준과 대화를 주고받았다.

"여기까지 와 주어서 고맙소."

"별일은 아닙니다. 허나 정원군마마, 상처가 낫더라도 흉터가 남을 듯싶습니다."

허준의 말에 나는 창덕궁 후원에서 있었던 일들을 하나씩 기억해내며, 종이를 돌아보았다.

"종이야, 괜찮니? 괜찮아?"

이런 상황에서도 유 상궁은 내가 종이의 이름을 부른 것이 마음에 안 드는지, 헛기침을 해댔다. 그러나 지금 그런 유 상궁의 헛기침 소리가 내 귀에 들릴 리가 없었다.

"으응. 종이는 괜찮아."

"정말? 정말 괜찮은 거야?"

내가 내 다친 상태도 잊고 얼마나 부산을 떨었던지, 정원군과 대화하던 허준이 나를 돌아보며 말했다.

"큰 아기씨께서는 다치신 곳이 한 곳도 없으십니다. 그러니 안심하시지요."

"아, 네에……."

허준의 확인에 나는 일단 안심했다. 그러나 종이가 괜찮다는 것을 알게 되자, 어깨가 아픈 것이 제대로 느껴져 인상을 쓰고 말았다. 허준이 이를 보고는 내게 말했다.

"통증을 가라앉혀주는 약을 보내드리겠습니다. 상처가 다 나으실 때까지는 꾸준히 복용하시는 것이 도움이 될 것입니다."

그러더니 허준은 정원군에게 정중히 인사를 하고는 물러갔다.

정원군이 허준을 배웅하는 사이 궁녀가 다가와 어깨에 가볍게 걸칠 옷을 덮어주었다. 나는 그 옷을 혼자 여미려고 하다가 다친 어깨 때문에 한동안은 한 손만 사용할 수밖에 없다는 걸 깨달았다.

고약이 붙여져서 상처를 제대로 보진 못했지만, 허준의 말에 의하면 흉터가 남는다고 했다. 이 시대의 명의 허준이 저리 말했으니, 미래에서 성형외과 의사를 모셔오지 않는 이상은 어쩔 수 없는 일일 거다. 이러나저러나 조선시대에서 비키니 입고 수영장 갈 것도 아닌 이상에야, 다른 사람들에게 보일 일 없는 어깨 다친 것쯤은 크게 상관없지만…….

허준이 나가자 정원군이 유 상궁에게 명했다.

"종이를 군부인에게 데려가게. 당분간 그곳에서 지내게 하라는 내 말도 전하고."

"예?"

정원군의 말에 유 상궁이 당황한다. 나는 그녀가 당황한 이유를 알아차렸다. 여기는 종이의 처소였다. 다쳤든 안 다쳤든 깨어난 나는 내게 주어진 작은 처소로 가야 했다. 그런데 정원군의 말은 다친 나 때문에 종이를 내보내라는 소리와 같았다.

"뭐 하는가? 내 말이 들리지 않는가?"

"하오나 정원군마마. 보모상궁 김 씨는 당분간 아기씨를 뫼시지 못할 것이니, 다른 처소로 옮기게 하는 것이 옳을 듯싶습니다."

"유 상궁은 지금 내 말이 들리지 않는가 물었네."

정원군의 입에서 나오는 같은 말. 그러자 유 상궁은 머리를 조아리며 종이 곁으로 다가왔다. 종이는 별로 자신의 처소를 떠날 생각도 나랑 떨어질 마음도 없어 보였다. 그것을 아는 나는 종이를 타일렀다.

"어머니한테 가는 거야. 누나도 금방 나아서 종이한테 갈게."

어린 종이는 잠시 고민하다가 고개를 끄덕이고는 자리에서 일어섰다. 그리고는 유 상궁의 손을 잡고는 처소를 떠났다. 이제 나를 돌보는 한 명의 의녀를 제외하고는 종이의 처소 안에 정원군과 나뿐이었다.

의녀는 소리를 내지 않고 망부석처럼 가만히 앉아 있었다. 정원군도 시선을 자꾸 다른 곳으로 돌리며 입을 열지 않으니 어색한 분위기만 감돌았다. 원래대로라면 그는 나에게 쉬라는 말 한마디만 하고 나가면 그뿐이었다. 그런데 나가지 않고 침묵만 지키고 있다는 건……. 내게 무언가 할 말이 있다는 걸까? 그렇게 생각한 나는 먼저 말문을 열었다.

"밤인가요?"

닫힌 창호지 밖이 새카만 것을 보고 꺼낸 나의 첫마디에, 정원군이 나와 시선을 맞췄다.

"해가 진 건 얼마 되지 않았소."

대답은 돌아왔다. 그러나 다시 찾아온 침묵. 대체 그는 내게 무슨 말을 하려는 걸까? 혹시 종이를 잘 돌보지 못한 것으로 인해서 보모상궁에서 해고한다는 걸까? 그러면 안 되는데! 그럼 궁 밖으로 나가라는 말이나 다름없으니까 말이다. 지금으로써는 이 행궁을 나간다면 나는 갈 곳이 없다.

"저……. 낮의 일은……."

"미안하오. 종이의 일로, 자꾸 미안한 일만 생기는 것 같아서."

그는 사과의 끝을 어색한 헛기침으로 마무리했다. 나는 일단 안심했다. 궁을 떠나라는 말은 아닌 것 같으니까 말이다.

"이 상태로는 당분간 종이를 돌보지 못할 것 같아요."

나는 이런 상황에서도 혹시라도 그가 보모상궁 일을 그만두게 하고 궐 밖으로 내쫓지 않을까 걱정했다. 이런 내 마음을 아는지 모르는지 정원군이 말했다.

"그건 걱정 마시오. 다른 궁녀들에게 종이를 돌보라고 할 터이니. 몸조리나 잘하시오."

"그럼 제가 나으면 다시 종이와 지낼 수 있는 건가요?"

정확히는 '종이를 돌볼 수 있는 건가요?'가 맞는 질문인 것 같다. 그러나 불쑥 튀어나온 말이 어쩌다가 그렇게 되어버렸다. 의미는 같지만 말이다. 그런데 그 말에 날 바라보는 정원군의 시선이 달라졌다. 크게 달라진 것 없지만, 뭔가 다르다. 무언가, 아직 내게 말하지 못한 무언가가 더 있는 눈빛임에는 분명한데…….

내가 그의 시선에서 답을 읽어내려는 듯 집요하게 그의 시선을 쫓기 시작했을 때였다. 그가 나에게서 시선을 거두며 대답을 주었다.

"얼마든지."

"정말요?"

나는 너무 기뻤다.

"사실, 종이와 정도 많이 들었고……. 궐 생활도 이제 잘 적응해나가고 있거든요. 다, 정원군마마 덕택이에요."

내가 너무 밝게 웃으며 답했던 걸까? 정원군이 그런 나를 보며 슬그머니 미소를 지었다. 마치 내가 웃는 것을 보고 따라 웃는 것 같은 그의 표정에 왠지 모를 부담감이 불쑥 내 마음 안에서 치고 올라왔다.

정원군이 다시 걱정스러운 목소리로 내게 말했다.

"흉터가 남게 될 거라더군."

이제 그의 시선은 겉옷을 걸친 내 어깨 위를 향해 있다.

"아, 괜찮아요. 어느 정도 다쳤는지는 나중에 봐야겠지만……. 뭐, 여기서 어깨를 드러내고 다닐 일도 없잖아요. 제 어깨에 관심 있는 사람도 없고요."

그런 의미는 아니었는데, 이어진 정원군의 말이 내 입을 닫아버렸다.

"내게 있어선 관심 있는 문제요."

그의 말 한마디에 방 안에는 다시 어색한 분위기가 감돌기 시작했다. 나는 이러한 분위기를 벗어나고자 소리 내어 웃었다.

"신경 쓰지 마세요. 전 정말 괜찮아요. 죽지 않은 게 어디예요?"

"만약……. 만에 하나라도 그런 일이 일어났다면, 나는……."

분위기가 점점 이상하게 꼬여가는 것 같다. 내가 이러한 분위기를 어떻게든 바꾸어보려고 말문을 다시 열었을 때였다. 갑자기 문이 열리며 누군가 성큼 안으로 들어섰다. 그 사람은 다름 아닌 정원군의 부인 구 씨였다. 그녀의 한 손에는 거의 끌려오다시피 한 종이가 매달려 있었다.

그녀는 방 안으로 들어오자마자 종이를 방구석으로 내팽개치고는 우리가 앉아있는 곳으로 다가왔다. 그리고는 날 향해 소리쳤다.

"신분도 모르는 천한 계집 따위가 어디 상전의 자리를 꿰차고 앉은 것이냐? 당장 네 자리로 돌아가지 못하겠느냐?"

"그게……."

"오늘 낮에 있던 일은 내 들었다. 그래도 종이의 목숨을 살리기 위해 몸을 던졌다 하여, 내의원 의원까지 불러들인 일을 묻지 않으려 했다. 허나 상전의 자리를 빼앗다니. 이런 요망한 것을 보았나!"

"부인."

정원군은 구 씨와 최대한 마찰을 피하려는 듯, 아니면 주변에 있는 의녀와 구 씨를 따라 들어온 상궁과 궁녀들 때문인지 아주 침착한 목소리로 그녀를 불렀다. 그러나 구 씨의 눈에는 정원군은 이 자리에 없는 듯 보였다. 끓어오르는 분노를 숨기지 않은 눈빛으로 오직 나만을 쳐다보고 있었으니까.

"당장 이곳에서 나가지 못하겠느냐? 아니면 오늘 궐에서 내쫓기고 싶은 것이냐?"

"부인, 그만하시오."

"아니요. 소첩은 그럴 수 없습니다. 이 하찮은 계집 따위가 대체 무엇이라고 종이의 처소에 두신단 말입니까? 이런 하극상은 듣도 보도 못했습니다. 웃전께서 아시기 전에 당장 궐 밖으로 내쫓아야 합니다."

"부인!"

결국 정원군이 소리를 치며 자리를 박차고 일어섰다. 이런 정원군의 행동에 나도 놀랐지만, 그 누구보다도 놀란 것은 구 씨였다. 구 씨는 단 한 번도 정원군이 목소리를 높이는 걸 본 적이 없는 듯한 얼굴이었다. 그게 아니라면 적어도 이런 일에 정원군이 목소리를 높일 것이라곤 상상도 하지 못했든지.

"체통 없이 이게 무슨 짓이오! 썩 물러가시오."

구 씨 부인은 금방이라도 입에 거품을 물 것처럼 정원군에게 대들었다.

"웃전께서 계시는 이 행궁에서 그 누구보다도 몸가짐을 바로하시는 대감께서 지금 소첩에게 어인 말씀이십니까?"

"듣지 못하였소? 물러가라 했소."

"종이의 처소입니다. 어미인 소첩이 나가야 할 이유가 없습니다. 나가야 한다면, 이 신분도 모르는 천한 계집이 나가야지요."

"부인!"

난생 처음으로 터진 부부의 싸움에 놀란 건 종이다. 얼떨결에 엄마 손에 이끌려 구석으로 내팽개쳐진 종이는 또다시 큰 소리로 울음을 터트렸다. 잠시 찾아온 침묵 사이에 종이의 울음소리가 커져가던 그때였다. 구 씨가 다시 나에게로 시선을 돌렸다.

"상전이 앉아있지도 않은데 어디 자리를 깔고 앉은 것이냐? 당장 일어나거라!"

말리는 사람이 없으면 달려들어서라도 날 끌어낼 기세였다. 그때 종이가 우리 쪽으로 달려왔다. 그리고 곧장 내가 있는 이불 위로 뛰어올라오더니, 그대로 내 품에 안겨 펑펑 울음을 쏟아내기 시작했다.

"안 돼요. 안 돼요! 흐흑! 누나는 여기에 있어야 해! 나랑 있어야 해! 흐흑……. 어머님, 누나 쫓아내지 마요. 누나 안 돼요……. 누나 아파요. 종이 때문이에요. 종이가 그랬어요. 종이가 후원에서 호랑이 만난 거예요. 으흐흑……."

어린애의 통곡에 정원군은 구 씨에게서 돌아섰다. 그러자 구 씨도 할 말은 잃은 표정으로 나와 종이를 물끄러미 쳐다보더니 처소를 떠났다. 나는 구 씨 부인에게 험한 말을 들은 것보다도 어린 종이가 너무 불쌍해서 견딜 수가 없었다.

그날 밤, 종이는 내 어깨에 붙인 고약 냄새에도 아랑곳없이 내 손을 붙잡은 채 자신의 처소에서 잠들었다.

다음날 구 씨 부인은 종이를 제외한 두 아들을 데리고 행궁을 나갔다. 다시 친정으로 간 것이다. 정원군은 또다시 궁궐도감 감독하는 일에 매달렸고, 행궁 내 정원군의 거처는 조용해졌다.

나는 임시처소였던 내 처소로 자리를 옮겼다. 당분간 몸이 아파서 종이를 돌보지도 못할뿐더러, 내가 종이의 처소에 머무르는 것이 구 씨의 말대로 이 조선에서만큼은 '상전을 능멸'하는 것이 되기 때문이었다. 그건 종이에게도 정원군에게도 도움이 되는 일이 아닐 것이다.

내가 다른 곳으로 처소를 옮겼음에도 종이는 홍문관 관리와 공부하는 시간을 제외하고는 하루 종일 좁은 내 처소를 찾아왔다. 며칠간은 유 상궁의 반대를 뿌리치고 먹고 자고를 반복하더니, 나중에는 아예 눌러앉았다.

덕분에 홍문관 관리는 종이를 가르치려 내 처소를 찾아야 했다. 결국 홍문관 관리와 공부하는 그 시간만큼은 내가 밖에서 기다려야 하는 일까지 생겼다. 상처도 서서히 아물던 터라 난 크게 신경 쓰지 않았다. 그러나 유 상궁은 달랐다. 따뜻한 봄이 찾아오고 내 팔이 어느 정도 제 기능을 되찾았다고 여겼는지, 자꾸 종이의 처소로 돌아오라고 압박을 해오는 것이다. 그래야 종이도 자신의 처소로 돌아올 것이기 때문이었다. 그러나 난 일단 보류했다. 아직 고약을 계속 붙이고 통증을 완화시켜주는 한약을 달고 살기 때문이었다.

"희한해요."

늦은 밤, 종이가 내 좁은 처소 안에서 잠든 후 찾아온 미영이의 말이었다. 미영이의 시선은 잠든 종이의 머리를 쓸어주고 있는 날 향하고 있었다.

"뭐가?"

"정원군마마의 큰 아기씨가 약 냄새가 싫어서 중궁전에 가기 싫어하는 건 행궁 사람 모두가 아는 사실이거든요. 근데 언니도 지금 아파서 약을 달고 살잖아요. 이곳 처소도 약 냄새가 진동을 하는걸요. 그런데도 불구하고 큰 아기씨가 여기에 눌러 앉으셨으니……."

"그래?"

약 냄새가 싫을 법한 어린아이인데도 불구하고 나 좋다고 쫓아온 종이의 이야기는 듣기 좋은 소리다. 그때 미영이가 내 옆으로 바짝 붙더니, 내게 속삭이듯 말한다.

"저도 만져보아도 돼요?"

"뭘 만져?"

"아기씨요."

나는 그렇게 말하는 미영이의 속내는 몰랐지만, 순순히 자리를 내주었다. 그러자 미영이는 떨리는 손으로 잠든 종이의 이마를 슬쩍 쓸어보면서 감탄했다.

"정말 따뜻하네요."

"사람은 다 따뜻해."

"아이는 모두 다 너무 예뻐요. 나도 아이를 낳을 수 있으면 얼마나 좋을까……."

종이를 보며 하는 미영이의 말에 나는 조금 가슴이 답답해졌다. 아이를 낳을 수 있으면 좋겠다니……. 왕의 승은을 입지 않는 이상 평생을 외롭게 살아야 하는 궁녀들의 일반적인 바람이 이것일까?

"그래도 언니가 너무 부러워요. 아기씨를 돌보시니 아이를 키워볼 수 있잖아요. 아이를 낳을 수 있는 기회는 얻지 못하더라도, 아이를 키워볼 수만 있어도 얼마나 좋을까……!"

그녀는 마치 엄마 따르듯 날 따르는 종이를 보며 나를 부러워하고 있었던 것이다.

그 뒤로 미영이는 두어 번 정도 종이의 이마를 쓸어보고는 더 이상 만지지는 않았다. 대신 색색거리며 잠든 종이의 숨소리를 들으며, 붉게 상기된 얼굴로 매우 신기해했다. 나는 그런 미영이를 보다가, 그녀를 위해 남겨두었던 귤을 꺼냈다.

"이거 먹어."

"황감이네! 어디서 났어요?"

"낮에 정원군마마께서 보내주셨어. 종이와 먹으라고."

"지금은 황감이 나는 계절이 아니잖아요. 그래서 전하께서도 세자저하와 정원군마마께만 내려주셨다고 들었어요. 그 일로 임해군마마께서 심통이 나 계시고요."

"그래?"

"네에. 고작 황감 몇 개이지만 총애와 관련 있으니까요. 세자저하야 전하 다음으로 높으신 분이니까, 어쩔 수 없이 내리셨다고 한다면…….

정원군마마는 지금 전하께서 그 누구보다도 총애하시는 인빈마마의 큰아드님이시니까요."

정원군의 두 형이 죽었기 때문에, 실상 그는 선조와 인빈 사이의 장자가 되는 것이다.

"전하께서 정원군마마를 총애하셔?"

그녀는 아무도 없는 주변을 한번 둘러보더니 한층 작아진 목소리로 내게 말했다.

"어지간한 궐 사람들은 다 아는 사실일걸요. 원래 세자저하의 자리도 신성군마마의 것이었잖아요. 하지만 신성군마마가 왜란 때 돌아가셨으니까요."

선조와 인빈 사이의 둘째 아들 신성군. 그는 왜란 때 죽었다. 그의 형이었던 의안군은 이미 12살의 어린 나이에 죽었고. 그렇지 않았다면 광해군은 세자가 되지 못했을 것이라는 게 후대의 역사학자들의 일반적인 견해이다. 그 정도는 나도 어느 정도 들어서 알고 있지만…….

"와, 정말 다네요! 저 황감은 태어나서 처음 먹어봐요! 어머? 향기도 좋네."

"그 껍질로 차를 우려먹으면 좋아. 그러니까 껍질은 여기에 두고 가. 다음에 내가 차로 만들어줄게."

"진짜요? 정말 그런 귀한 걸 저 같은 궁녀가 마셔도 되는 거예요?"

"이미 먹고 있잖아. 후후."

"그러네요. 호호."

그 해 늦봄. 내 팔의 상처가 완전히 나았다. 비록 어의 허준의 말대로 어깨에는 흉터가 남았지만 그렇게 큰 흉터도 아니어서 크게 마음 쓰지는 않았다. 나는 팔이 낫는 대로 종이의 처소로 돌아왔고, 종이도 그런 나를 따라 돌아왔다.

그해 5월에 들어서 종이는 소학을 끝냈고, 할바마마인 선조에게 큰 칭찬과 선물을 받았다. 그러나 그 다음 달, 중전 박 씨가 오랜 병환을 이기지 못하고 끝내 행궁에서 승하했다.

간택령

선조의 정비 의인왕후 박 씨가 승하하고 궁궐은 국상 준비에 들어갔다. 동시에 광해군의 세자 책봉을 허락받으러 명나라로 출발하는 신하들과 선조 간의 알력 이야기가 궐 안에 쭉 퍼졌다.

명나라는 왜란 이후로 지난 8년간, 매년 두 차례 이상씩 '광해군 세자책봉'을 허락받으러 오는 주청사(奏請使, 중국에 보내는 사절)의 요청을 광해군이 장자가 아니라는 이유로 거절하고 있었다. 그런데 올해도 어김없이 명나라로 보내는 책봉허락 교서 내용을 살펴보던 선조가 신하들에게 뜬금없이 이런 소리를 한 것이다.

"그대들은 세자책봉은 중히 여기면서, 어찌하여 새 중전을 뽑는 일에 대해서는 교서에 언급하지 않은 것인가?"

이것은 선조가 재혼 의사를 공식적으로 밝힌 것이며, 더불어 의인왕후의 삼년상이 끝나기도 전에 간택령이 내려지는 직접적인 계기가 되었다.

"간택?"

"네에! 그렇다니까요."

종이와 한가로운 낮 시간을 보내는 날 찾아온 미영이의 말이었다.

내가 팔을 다쳐 다른 처소에 머무르는 동안 그곳을 드나들며 종이와도 친해진 미영이는 이제 낮에도 종종 종이의 처소를 찾아왔다. 나와 지내며 순순해진 종이는 미영이에게도 간식을 나눠주는 사이가 되어 있었다.

"벌써 세 명으로 좁혀졌대요. 아직 중전마마 안장도 끝나지 않았는데 말이에요."

종이는 달달하고 바삭한 매작과를 씹어먹으며 글짓기에 열심이었다. 덕분에 미영이는 크게 목소리를 낮추지 않고 나에게 나름 위험한 말을 하고 있었다.

"전하께서는 춘추가 있으신데, 왜 많은 왕자님들을 낳으신 빈 마마들을 그대로 두시고 어린 새 중전마마를 맞이하려 하시는 걸까요?"

젊은 새 부인을 공식적으로 들일 기회를 싫어할 남자는 없다. 그것이 선조라고 해서 다를까.

"듣자하니 새 중전마마가 대군 아기씨라도 생산하시면, 궁에 피바람이 불 거래요."

"피바람?"

가만히 글쓰기에 열중하는 듯하던 종이가 고개를 든다. 나는 미영이에게 눈짓을 주고는 환하게 웃으며 종이에게 말했다.

"아무것도 아니야. 종이 다 썼어? 어디 볼까?"

종이가 글짓기한 한지를 내게 자랑스럽게 내밀었다.

好像看黄色的东西象黄金可是好甜的柿子

(보기 좋은 금색이라 황금인 줄 알았더니, 먹어보니 달달한 것이 황감이었네)

"잘 썼네!"

나는 종이의 머리를 쓰다듬어주며 물었다.

"황감 먹고 싶어?"

종이가 고개를 끄덕인다.

"근데 어쩌지? 아직 황감 나올 철이 아닌데……. 몇 달 더 기다려야 해."

종이는 다시 고개를 끄덕이더니 이내 글짓기에 열중한다. 나는 그때서야 다시 미영이를 돌아보았다.

"말조심해. 종이는 아직 어리잖아. 어디 가서 네가 한 말을 흘리기라도 하면 어쩌려고?"

"네. 언니 말대로 조심해야겠어요. 언니와 아기씨가 너무 가까우시니까 종종 이런 실수를 한다니까요. 그런데 언니. 어차피 지금 간택령이 내려져도 국혼은 두 해 뒤에 하잖아요. 그 뒤에 대군 아기씨가 태어나시면, 세자저하는 어찌되시는 건가요?"

광해군은 인목왕후를 폐위시키고, 그녀가 낳은 영창대군을 죽이게 된다. 영창대군의 공식적인 사인은 병사이지만, 인조시대에 남겨진 야사에는 어린 영창대군을 방 안에 가둬놓고 불을 때 잔인하게 죽였다고 전해진다. 그것이 사실이든 아니든 영창대군은 광해군의 왕권에 위협이 되는 존재였다. 그나저나 영창대군은 죽을 당시 지금의 종이와 비슷한 또래였다.

"글쎄……. 그건 나도 모르겠어."

아무리 미영이와 친하다고 해도, 그녀에게 아직 일어나지 않은 이야기를 해줄 순 없다. 내 몸이 아파질지도 모르기 때문이기도 하지만, 앞으로 일어날 일을 내가 어느 정도 알고 있다고 해서 함부로 말하고 다닐 권한이 있는지도 알 수 없으니까…….

"아참, 늦겠네. 그만 가 볼게요."

미영이가 급히 일어나자, 종이가 고개를 들어 그녀를 쳐다보았다.

"어디 가?"

"오늘 세자저하께서 효경전으로 떠나시는 날이에요."

"그게 오늘이었어?"

"네."

효경전은 돌아가신 의인왕후의 신주를 모시는 사당의 이름이다. 이 사당은 곧 의인왕후의 시신이 안장될 경기도 구리의 건원릉(태조 이성계의 묘)에 지어졌다. 광해군은 의인왕후의 양자가 되었기 때문에 상주로서 만 2년간 그곳의 재실에서 머물며 상을 치러야 한다.

"백부님이 오늘 떠나?"

종이가 말을 가려듣고는 내게 묻는다. 하지만 나도 몰랐던 일이라 종이에게 바로 답을 주지 못했다. 결국 대답은 미영이가 했다.

"네. 그래서 조금 있다가 임해군마마와 정원군마마께서 행궁 정문으로 배웅을 나가실 거예요."

"나도 갈래!"

종이가 자리에서 일어서며 외쳤다. 나는 잠시 고민했다. 왜 정원군이 오늘 배웅 사실을 말하지 않았는지를 깨달았기 때문이었다.

종이는 광해군을 잘 따른다. 그가 어디론가 떠난다고 하면, 어디를 가든지 일단 어린 마음에 자기도 배웅을 나가고 싶을 것이다. 문제는 보모상궁인 내가 종이와 함께 배웅을 나가면 광해군을 만날 수 있다는 것이다. 그리고…… 정원군이 이를 원하지 않는다. 미영이를 포함한 궁궐 사람이 다 아는 일을 당일에서야 미영이의 입을 통해서 내가 알게 된 이유가 바로 그것인 것이다.

그럼에도 나는 이를 감추고 있는 정원군에게 화가 나지는 않았다. 이 조선시대에서 살기 시작한 지 반년. 나는 하루하루가 지날수록 광해군과 나의 격차를 온몸으로 느끼고 있었다. 그저 적당한 때에 정원군이 그를 만나게 해준다면, 옛일을 추억하는 건 고사하고 아빠가 나타날 그때까지 궁궐 안에서 지내게만 해달라고 정중하게 부탁해야 할 처지였다. 내가 광해군에게 용건이 있다면 단지 그것뿐이었다.

"언니?"

미영이야 짝사랑하는 광해군의 얼굴을 멀리서나마 보러 가고 싶을 것이다. 그러나 난 입장이 다르다. 마냥 광해군을 보겠다고 나서는 종이의 손을 잡고 나갈 수가 없는 처지다.

"누나아?"

어느새 방긋 웃으며 내 앞으로 다가온 종이의 볼을 난 살짝 꼬집으며 미소 지었다.

"가자."

종이만 광해군 앞으로 내보내고 난 뒤에 멀찍이 서서 숨어있으면 걸리진 않을 테니까.

미영이가 앞서 행궁 정문으로 가고, 나는 광해군을 보겠다며 재촉하는 종이의 옷을 일부러 천천히 갈아입혔다. 덕분에 옷을 갈아입은 종이와 내가 행궁 정문 앞에 도착했을 때는 이미 늦고 말았다. 광해군이 말을 타고 떠난 뒤였던 것이다. 임해군과 정원군도 말을 타고 광해군을 배웅하러 함께 떠났다 했다. 그들이 떠나고 나인들이 막 흩어지기 시작한 정문 앞. 종이는 내 한 손을 붙잡고 서서는 나를 올려다보며 물었다.

"백부님은?"

나에게는 다행이었지만 종이의 두 눈에는 섭섭함이 가득했다. 그때 똑같이 하얀 상복을 입어서 누가 누구인지 모르는 나인들 틈에서 미영이가 불쑥 나타났다.

"이제 오셨어요?"

그녀는 주변 나인들의 시선을 의식한 듯, 나와 종이에게 정중하게 물어왔다. 종이는 그런 미영이를 보자마자 울먹이며 그녀에게 말했다.

"미영아, 백부님은? 백부님은?"

"조금 전에 떠나셨어요."

"히잉……."

울먹이는 종이가 안타까운영, 미영이가 쭈그리고 앉아 어린 종이와 시선을 맞추며 말했다.

"그래도 가깝게 볼 수 있는 곳이 있어요. 가실래요?"

"진짜? 백부님 볼 수 있어?"

"네에! 세자저하는 물론이고 정원군마마도 보실 수 있어요!"

"갈래! 종이 갈래!"

얌체 같은 종이가 얼른 날 잡은 손을 놓고는 미영이의 손을 잡았다. 난 종이의 손을 잡아주는 미영이를 보며 물었다.

"거기가 어딘데?"

"어디긴요, 행궁 서쪽 끝 담벼락에 가서 보면 되죠."

"말을 타고 가셨다며?"

"많은 호위무관과 나인들이 함께 가기 때문에 행렬이 느린걸요. 지금 가시면 따라잡을 수 있을 거예요. 자, 아기씨. 어서 저와 함께 가요."

"응!"

미영이가 종이의 손을 잡고는 앞장서서 빠르게 걷기 시작했다. 나는 그런 그들과 달리 천천히 발걸음을 옮겼다.

미영이의 말대로 건원릉을 향해 출발하는 행렬은 많은 인원수로 인해 더뎠다. 우리가 서쪽 끝 담벼락에 도착도 하기 전에 행궁 밖 담을 따라 가고 있는 광해군의 행렬을 따라잡은 것이다.

"저기예요! 저기 세자저하도, 정원군마마도 계시네요!"

미영이는 광해군을 보아서 좋았고, 종이는 그의 백부님은 물론이고 아버님까지 보이니 덩달아 신난 모양이었다. 하지만 담에 가까이 다가 갈수록 어린 종이의 시야는 줄어들었다. 결국 미영이가 행렬보다 조금 앞서가더니, 전각 위 돌담으로 종이를 올려주었다.

눈치 없는 종이가 담 밖을 향해 소리쳤다.

"백부님! 아버님!"

담 하나를 사이에 둔 행렬과 종이의 거리는 어린아이의 소리도 아주 잘 들릴 정도로 가까웠다. 종이가 광해군을 부르자마자 천천히 말을 몰고 가던 광해군이 고개를 돌려 종이를 발견했다. 그것은 함께 가던 임해군도, 정원군도 마찬가지였다.

나는 돌담 위로 올라간 두 사람과 어느 정도 거리를 두고 서 있었기 때문에 왕자들의 시선은 받지 않았다. 그럼에도 불구하고 나는 담벼락 안쪽에 바짝 붙어서 그들 행렬이 날 보지 못하게 숨었다. 그러나 내 귀에는 담 밖에서 왕자들이 주고받는 대화가 똑똑히 들려왔다.

"종이인가."

임해군의 목소리.

"송구스럽습니다, 형님. 저 아이가 왜 이곳에 있는 것인지……."

조금 당황한 기색이 실린 이 목소리는 정원군의 목소리.

"종이에게 내가 가는 것을 알리지 않았느냐?"

이 목소리는 광해군이다. 담을 하나 사이에 두었을 뿐이다. 지난 번 중궁전 퇴선간에서 문 하나를 사이에 두고 마주한 뒤로 가장 가까운 곳에서 난 그의 목소리를 들었다. 목소리까지 달라졌다. 무게감 있고. 그리고 중후하게.

내게는 고작 1년 전의 일이었지만 그에게는 8년이라는 시간이었다.

그에게는 가장 중요했을 그 8년의 시간. 그동안 변화된 그의 모습들을 하나씩 알아차리게 될 때마다, 그와 나 사이의 거리감을 느낀다.

"종이야."

갑자기 더 가깝게 들리는 광해군의 목소리에 나는 깜짝 놀라고 말았다. 그가 말을 끌고 내가 몸을 숨기고 있는 담벼락 앞까지 온 모양이었다. 그는 담 하나를 사이에 두고 전각 돌담 위에 올라선 종이를 부르고 있었다.

"백부님!"

"내가 없는 동안, 학문을 게을리해서는 안 된다."

"예!"

"그만 네 처소로 돌아가거라."

멀지 않은 곳에서 이어지는 정원군의 꾸지람. 종이는 순식간에 시무룩해져서는 미영이의 손을 잡고 전각의 돌담을 내려오기 시작했다. 그리고 광해군이 탄 말도 돌담에서 멀어지는 소리가 막 들리던 그 순간이었다.

"누나! 경민이 누나!"

돌담에서 채 내려오기도 전에, 종이가 담벼락 아래 숨듯이 몸을 웅크리고 있는 날 향해 방긋 웃으며 손을 흔들었다. 동시에 급히 말고삐를 잡아끄는 소리가 들렸다.

"워워……."

이제 돌담 아래로 완전히 내려온 종이는 날 향해 두 팔을 벌린 채 뛰어왔다.

"경민?"

담벼락 바로 너머에서 들려오는 내 이름. 내 이름을 부르는 목소리의 주인은 분명 광해군이 확실했다.

"헤헤."

아무것도 모르는 종이는 백부인 광해군은 물론이고 아버지와도 '특별하게' 인사했다는 사실에 신나 있었다. 하지만 나는 나에게 뛰어온 종이를 안아주는 순간에 담 너머에서 들려온 내 이름에 가슴이 뛰기 시작했다. 마치 그와 마주서서 대면한 듯한 기분을 안은 채.

그가 내 이름을 중얼거린 건 단지 종이의 말을 듣고 따라한 것일까? 아니면 날 기억하고 있기 때문일까. 그에게는 나를 만난 지 8년이라는 시간이 지난 지금까지 말이다.

"저하."

정원군의 목소리.

"돈의문에서 삼정승이 기다리고 있습니다. 서두르셔야 합니다."

"알았다."

광해군의 말발굽 소리가 조금씩 멀어지기 시작했다.

"왜 그러십니까, 세자저하. 그리 사색이 된 얼굴로 말입니다."

비아냥거리는 듯한 임해군의 목소리도 이어졌다.

"아무것도, 아무것도 아닙니다. 형님."

광해군은 세자임에도 불구하고 깍듯하게 임해군에게 대답했다.

광해군이 건원릉으로 떠나고 몇 달 지나지 않아 가을이 찾아왔다. 아직 행궁의 나인들은 상복을 다 벗지 않았는데도 간택에 뽑혔다는 세 명의 아가씨가 입궐했다.

소문에 의하면 이번 간택은 모든 조선의 처자들이 기피했다고 한다. 세자가 이미 광해군으로 정해진 지 한두 해도 아니고 곧 10년이었다. 이런 마당에 언제 죽을지 모르는 임금의 새 왕비가 된다는 건 자녀를 낳아도 피바람을 겪을 것이고, 안 낳고 살아도 반평생 이상 수절해야 한다는 것을 의미했다. 당연히 고위 관리들은 딸을 내놓지 않았고, 딸을 간택에 내놓은 이들도 혹시나 딸이 왕비로 간택이 되면 관직이 조금 올라갈까 기대한 이들이 대부분이었다. 훗날 인목왕후가 된 김 씨가 이 세 명 중의 하나로 뽑혔다는 것도 어지간한 집안에서는 딸을 내놓기 싫어한다는 것을 뜻했다.

"원래 김 씨는 왕비가 될 수 없잖아요."

임해군이 왕족들을 이끌고 사냥을 나간 사이에 놀러온 미영이의 말.

"김 씨가 왕비가 될 수 없다니?"

"어머, 모르세요? 국법으로 정해진 건 아니지만요. 뭐라더라, 어디서 주워듣기로는 김 씨가 이 씨에게 해롭대요. 그래서 김 씨는 왕비가 될 수 없대요. 인빈마마가 중전마마가 되지 못하신 이유도 그거래요."

앞뒤가 잘 맞지 않는 미영이의 설명을 듣고 나서야 나는 오래전에 아빠에게 들었던 이야기가 떠올랐다.

조선 왕실의 이(李) 씨 안에는 나무 목(木) 자가 들어있다. 주역의 음양오행에 따르면 쇠 금(金)이기도 한 김 씨는 나무 목 자가 있는 이 씨에게 해롭다. 이 때문에 조선 건국 후부터 인목왕후 김 씨가 왕비가 되기 전까지, 조선 역사에 김 씨 왕비는 없었다. 후에 학자들은 인목왕후가 그런 역사적 전통을 깨고서 조선의 왕비가 될 수 있었던 것은 임진왜란 이후 사람들이 미신 같은 주역을 신뢰하지 않게 되면서부터라고 주장하기도 했다.

뭐, 아이러니하게도 인목왕후 이후로 조선의 왕비 자리는 대부분 안동 김 씨의 차지가 되어버리고, 김 씨의 세도정치 시대가 열린다. 흥선대원군이 이를 개혁하려고 노력했음에도 조선은 멸망의 길로 서서히 들어섰으니……. 그럼 틀린 말은 아닌 셈인가?

그런데 정원군의 모친인 인빈 김 씨도, 광해군의 모친인 공빈 김 씨도 둘 다 김 씨다. 혹시 그래서 신하들이 인빈을 왕비로 세우지 않은 건지도 모른다. 그렇게 보면 선조가 마음에 들어하던 여자들은 희한하게도 김 씨가 많았다. 덧붙이자면 인빈이 왕비가 되지 못했던 것은 그녀의 신분의 한계 때문이었다. 결코 그녀가 부족해서가 아니라.

그건 그렇고, 인목왕후는 김 씨인데도 어떻게 중전으로 뽑힌 걸까?

"한번 보러 가실래요?"

"어딜?"

이번에도 눈치 빠른 종이가 나선다. 종이 이 녀석, 글 읽는 척하면서 만날 우리 이야기를 엿듣고 있는 게 아닌가 모르겠네.

"간택이 끝나고 나오는 처자들이요. 언니, 우리 내기해요. 누가 될지."

그 내기라면 보지 않고도 나의 승리였다. 난 인목왕후가 될 김 씨 성을 가진 아가씨를 정확하게 집어낼 테니까. 잔뜩 기대하고 있는 미영이의 얼굴을 보자니 웃음부터 나오려는 걸 꾹 참았다. 절대 그녀가 이

길 수 없는 내기이기 때문이다. 그녀는 절대 '김 씨'인 처자는 찍지 않을 것이다.

"언니이~ 가요. 네? 아기씨도 가고 싶어 하시잖아요."

미영이의 말에 종이를 쳐다보니, 이 어린 녀석. 벌써부터 미영이와 마찬가지로 두 눈이 반짝거린다. 의외로 이 둘이 죽이 잘 맞는 것 같다. 가운데 낀 나만 제외하고 말이다.

"그럼, 가볼까?"

내 허락이 떨어지자마자 미영이가 환호의 박수를 쳐대기 시작했고 종이도 이를 따라했다.

"그때 임해군마마께서 들어오셨는데요. 세상에나……!"

임해군 처소에서 일어난 일을 내게 들려주며 걷던 미영이가 소스라치게 놀라며 자리에서 멈춰 섰다. 종이의 손을 잡고 걷던 나도 미영이의 시선을 따라 앞쪽으로 고개를 돌렸다. 그곳에는 광해군이 있었다. 그는 언제 입궐했는지 비어있는 중궁전 앞을 서성이고 있었다.

아마도 죽은 의인왕후를 그리워하고 있는 것인지도 모른다는 생각이 들었다. 정치적인 목적이 있었긴 하지만 그를 어린 시절부터 돌보아주었고 무엇보다도 양자로 맞아들여 그가 세자의 위치를 지난 8년간 지킬 수 있도록 도와주었던 사람이었으니까.

그때 뒤늦게 광해군을 발견한 종이가 한 손을 높이 들며 소리쳤다.

"백부니……!"

종이의 말이 끝나기도 전에, 나는 종이의 입을 한 손으로 틀어막으며 바닥에 주저앉았다.

"쉬이이이이잇!"

"우읍……. 읍…!"

"조용히 해! 조용히 해, 종이야!"

종이는 내 손에 입이 단단히 봉해진 상태에서 눈만 동그랗게 뜨고 날 쳐다본다. '왜?'라는 눈빛이다. 이어 우리와 함께 몸을 숙인 미영이가 물었다.

"왜 그러세요, 언니?"

"너도 가만히 있어봐."

나는 미영이에게도 주의를 준 뒤, 중궁전 담벼락 옆으로 기어가듯이 종이를 끌고 갔다. 미영이도 그런 내 뒤를 따라 몸을 숙인 채 따라왔다. 나는 담벼락 아래에 잔뜩 몸을 엎드린 채, 종이에게 설명했다.

"지금 숨바꼭질 놀이를 하는 거야."

"으웁?"

"절어어얼대~ 백부님 눈에 띄면 안 돼. 아직은. 알았지?"

"으웁?"

"종이야, 놀이하는 거야. 놀이. 누나 말, 무슨 말인지 알지? 소리 내면 지는 거야."

영문은 모르겠지만 광해군에게 들키면 안 된다는 건 알았다는 얼굴이다. 하지만 어린아이의 마음은 언제 뒤바뀔지 모른다. 나는 이 중궁전을 벗어날 때까지 종이의 입을 단단히 봉해버릴 묘책을 생각해냈다.

'어제 수라간에 귤이 들어왔다던데…….'

"종이야, 황감 좋아하지? 황감?"

황감 소리에 어린 종이의 눈이 비상하게 빛을 발한다. 나에게 여전히 입을 틀어막혀서도 고개를 아주 크게 끄덕인다.

"오늘 종이는 야참으로 황감을 먹어야겠네."

"웁웁!"

내 말에 동의하는 얼굴로 연신 고개를 끄덕이는 종이. 나는 곧바로 종이의 입을 막았던 손을 놓아주었다.

"종이야, 어서 백부님 몰래 여기를 지나가야지?"

"응!"

"언니 왜 그러세요? 아기씨도 있겠다, 이참에 세자저하께 인사나 올리면 좋으련만."

"말이 되는 소리를 해. 게다가 너 임해군마마 처소 소속이잖아. 근데 종이 주변에 붙어있는 걸 세자저하가 아시면 뭐라고 생각하시겠니?"

"아……. 그렇지. 너무 자주 정원군마마 처소에 와서 그런지, 제 소속도 잊어버리겠어요."

미영이까지 설득 성공.

더 말할 것 없이 담을 타고 그 곳을 도망치듯 빠져나가려는 바로 그 때였다.

"이곳이 중궁전입니다. 어머머! 세자저하!"

"자네는 아바마마의 지밀상궁이 아닌가?"

"예에, 저하."

"무슨 일로 이곳에 있는 것인가?"

"그것이……. 오늘 간택을 끝내신 세 분의 처자 분들을 뫼시고 퇴궐하던 길이었습니다."

지밀상궁의 말이 끝나자마자, 나는 담벼락 위로 조심스럽게 고개를 들었다. 중궁전 앞뜰에는 세자인 광해군을 비롯하여 대전의 지밀상궁과 머리를 땋은 세 명의 규수들이 서 있었다.

"퇴궐하는 길은 이쪽이 아닌 것으로 아네만."

"아, 처자들이 중궁전이 행궁 어디에 있는지를 묻기에……."

지밀상궁의 변명이 광해군의 심기를 건드린 것이 분명했다. 아직 상중에 간택령을 내린 것은 부왕인 선조가 그랬으니 어쩔 수 없다 치자. 하지만 자기들 중 누군가가 들어앉게 될 중궁전 구경에 나선 처자들을 광해군이 좋은 시선으로 볼 리가 만무했다. 광해군의 표정이 굳어졌다. 지밀상궁도 이를 눈치챘는지, 광해군의 앞에 납작 엎드렸다.

"화, 황공하옵니다! 아, 아니! 소인이 죽을죄를 지었습니다! 죽을죄를 지었습니다, 세자저하!"

아무리 죽을죄를 지었다고 하더라도 임금의 지밀상궁을 세자가 함부로 꾸짖을 수도, 벌을 줄 수도 없는 노릇. 광해군은 영 못마땅한 얼굴로 엎드린 지밀상궁을 가만히 내려다보았다.

문제는 지밀상궁의 뒤를 따라 나선 세 명의 처자들이었다. 그녀들도 지밀상궁의 모습을 보며 꽤나 당황한 얼굴들이었다. 나는 그 세 명의 처자들의 얼굴을 살피며, 누가 훗날의 인목왕후 김 씨인지 찾아보기 시작했다.

다들 한눈에 보더라도 어린 티가 나는 귀여운 소녀들이었다. 그런데 유독 그중 한 명, 마치 어른인 양 신경 써서 화장한 티가 나는 소녀가 있었다. 소녀라기보다 이제 막 여인이 되었다고 해도 부족함이 없어 보였다. 내 시선이 유독 그녀에게 끌리던 바로 그때였다. 바로 그 소녀가 지밀상궁의 앞으로 나섰다.

"이 모든 것이 소녀의 잘못입니다. 소녀의 죄를 벌하여주십시오. 세자저하."

똑 부러지는 말투. 나는 왠지 모르게 직감적으로 그녀가 훗날의 인목대비 김 씨일 것이라고 확신했다.

"그게 무슨 말이오?"

되돌아오는 광해군의 말투가 차갑다.

그녀는 시선을 땅에 두고서 차근차근 말을 늘어놓았다.

"소녀들은 오늘 모두 처음으로 입궐하였습니다. 하여 궐의 곳곳이 신기하여 둘러보고 싶은 마음이 굴뚝같았으나 감히 청하지 못했습니다. 그러나 소녀가 나서서 청하여 이 일을 벌여놓았으니, 이는 상궁마마님의 잘못이 아니라 일을 벌인 소녀의 잘못입니다."

자신의 잘못이라고 인정한 그녀의 태도 때문일까? 아니면 한 치의 흔들림도 없이 말을 하는 그녀의 기개가 마음에 든 것일까? 광해군의 굳었던 표정이 조금씩 풀리는 것이 보였다.

"허나, 특별히 중궁전을 찾은 데에는 다른 이유가 있습니다."

그녀의 말은 아직 끝나지 않았다.

"그 이유가 무엇이오?"

"나라의 영으로 치러진 간택으로 인해, 승하하신 중전마마의 상이다 끝나지 않았음에도 입궐하게 되었습니다. 이에 무거운 참회의 마음을 지울 수가 없는지라 아직 중전마마의 넋이 머무르고 있을 중궁전에 와서 중전마마께 인사를 올리고 싶었습니다."

이제 더 이상 광해군은 할 말이 없게 되었다. 말 하나로 그녀는 이 상황을 휘어잡은 것이다. 그런데 보아하니 말은 잘해놓고 저 처자, 숙이고 있는 고개 아래로 눈꺼풀이 심하게 떨리는 것이 담벼락 너머의 내 눈에도 분명히 보였다.

하기는, 일국의 세자 앞이었다. 제정신을 가지고서는 안 떨리는 게 이상한 거지.

"상궁은 일어나게."

"예에, 세자저하……."

"어서 규수들을 모시고 가게."

"화, 황공하옵니다. 저하!"

지밀상궁이 서둘러 손짓하며 규수들을 이끌었다. 광해군도 그대로 그곳을 지나가려고 했다. 그런데 그에게 말을 올린 그 여인이 다른 규수들을 따라 움직이지 않고 그대로 그 자리에 서 있는 게 아닌가? 꽁지 빠지게 도망친 지밀상궁과 규수들은 이미 멀어지고 있었다. 덕분에 중궁전 앞에는 광해군과 규수만이 남게 되었다. 광해군도 이를 이상하게 여겼는지 걸음을 옮기다 말고 그녀에게 물었다.

"가지 않으시오?"

"소녀. 감히, 감히 세자저하께 한 말씀 더 아뢰어도 되옵니까?"

광해군은 영문을 모르겠다는 듯 물었다.

"무슨 말이 더 남아 있소?"

"그것이……. 혹시라도 세자저하를 뵈오면, 올리고 싶은 말씀이 있었사옵니다."

"규수가? 나에게 말이오?"

"예에……."

"난 규수를 알지 못하오. 그런데 규수가 나에게 할 말이 무엇이 있단 말이오?"

"저하께서…… 소녀를 기억하지 못하시더라도, 소녀는 저하를…… 기억하고 있었사옵니다."

"나를?"

'뭐지? 이 분위기는?'

"언니, 무슨 일이래요?"

담벼락 아래에서 듣고 있던 미영이가 담벼락 너머를 쳐다보고 있는 나에게 묻는다. 마찬가지로 종이가 내 치맛자락을 잡아당겼다.

"누나. 종이 뒷간 갈래."

결국 난 광해군과 그녀의 대화를 모두 듣지 못한 채 그곳을 빠져나와야만 했다.

최종 간택에 올랐던 세 명의 아가씨가 행궁에 입궐한 그 다음 해 첫날. 새 왕비 간택에 관한 정식 교지가 내려졌다. 새 중전마마로 올해 만 16세인 김제남의 딸 김 규수가 간택된 것이다. 동시에 국혼 날짜도 정해졌다. 의인왕후의 삼년상이 모두 끝나는 내년 초여름이었다.

그녀가 정식으로 간택되자, 삼간택의 뒷이야기가 행궁 안을 한참 돌아다녔다. 이야기의 내용은 대부분 그 처자가 불쌍하다는 것이었다. 물론 앞으로 왕비가 되어 누릴 권세에 대한 부러움 섞인 말들도 있었다. 하지만 아버지보다도 나이가 많은 임금과 결혼하는 어린 아가씨에 대한 동정여론이 나인들 사이에서는 더 강했던 듯싶다. 거기에 그녀의 부친이 권세에 목이 말랐다느니 하는, 부친 김제남을 비하하는 발언도 몇몇 있었다.

그런데 좀 의외의 소문이 하나 끼어 있었다. 그것은 그녀가 최초로 김 씨 성을 가진 왕비라는 것 때문에 시작된 소문인 듯싶었다.

애초에 최종 간택에 그녀의 이름이 올랐음에도, 선조는 주역에 충실했는지 그녀를 뽑을 생각이 없었다고 한다. 한마디로 그녀는 들러리였던 것이다. 그런데 막상 발을 내려놓고 보니 어디선가 아주 좋은 향기가 났다고 한다. 선조가 무슨 향기냐고 묻자, 그 김 규수가 자신의 향기라고 나섰다. 문득 얼굴이 궁금해진 선조가 발을 치우라고 명했다.

발이 치워졌을 때 규수들은 죄다 고개를 숙이고 앉아 있었다. 그런데 고개를 숙여도 김 규수는 너무 예뻤다고 한다. 다른 규수들은 선조의 눈에 띄지 않으려고 안 꾸미고 왔는데, 그녀는 유독 아름답게 단장한 채 앉아있었다 하니 말이다.

사실 선조도 바보가 아닌 만큼, 장성한 세자도 있는데다가 다 늙은 자신에게 딸을 시집보내고 싶지 않은 신하들의 마음이야 잘 알고 있었다. 그러니 꽃단장하고 설레는 마음으로 입궐하는 규수들을 만날 생각은 하지 않았던 모양이다. 그런데 그중에 좋은 향기에 예쁜 외모, 화장까지 곱게 한 소녀가 있으니 노년의 나이에 들어선 선조의 마음이 흔들린 것이다. 비록 그녀가 들러리로 최종 간택에 올라온 '김 씨' 처자라도 말이다.

이런 가운데 그 누구보다도 위치가 불안할 광해군은 별다른 반응을 보이지 않았다. 그저 몇 달에 한 번씩 궐에 들려 부왕에게 인사하고 건원릉으로 돌아가 돌아가신 중전의 상을 치르는 데만 열중했다. 하지만 이 조선의 사람들이 모두 알고 있듯이, 나도 알고 있었다. 지금 그 누구보다도 속이 새카맣게 타들어가는 것은 광해군이란 걸.

"누나!"

정원군의 손을 붙잡고 할바마마를 알현하고 온 종이의 손에는 연이 들려 있었다. 며칠 전 할바마마를 생각하며 쓴 시를 들고 갔다가 상으로 받았다고 한다.

"연 날리자! 연!"

정원군은 흥분한 종이의 이야기를 듣더니 곧바로 반대하며 나섰다.

"지금은 상중이다. 그런데 연을 날리다니?"

그러나 요즘 부쩍 아버지와 친해진 종이는 쉽사리 기가 죽지 않는다.

"할바마마가 날리라고 주신 거예요, 아버님."

종이 이 녀석은 나이를 먹을수록 더 영악한 모습이 늘어가는 것 같다.

"그래도 안 된다. 자중하거라."

"히잉……. 할바마마가 허락하신 건데……."

정원군의 대답에 울먹이기 시작한 종이를 보며 내가 나섰다.

"괜찮지 않을까요? 상감마마께서 허락하시고, 또 직접 상으로 내려주신 것이잖아요."

"안 될 말이오. 지금은 상중이오."

으으! 이 고지식한 사람!

"상중에 간택도 하는데, 연을 날리지 못할 이유는 더더욱 없죠."

나름 이유랍시고 꺼냈는데, 적절한 비유는 아닌 듯싶었다. 정원군이 급히 주변을 살피더니 호통쳤다.

"지금 이 말이 얼마나 대역무도한 말인지 알고 하는 것이오? 누가 듣기라도 했다가는……."

"죽기밖에 더 하겠어요?"

물론 난 죽고 싶은 마음 따위는 전혀 없다. 그러나 정원군과 이 정도 농담을 건넬 사이는 되었다고 생각한다. 정원군 입장에서는 전혀 아니겠지만. 적어도 나는 그의 성격을 간파했다. 그는 좋은 사람이다. 문제는 부인과 자식에게는 그런 그의 좋은 점이 잘 드러나지 않는다는 것이지. 그래서 내가 도와주겠다는 거고.

"종이야."

"응, 누나."

정원군에게 눈웃음을 흘리며, 난 종이에게 물었다.

"할바마마께서 연을 날려도 된다고 허락하실 때, 아버님도 그 자리에 계셨니?"

"응. 계셨어."

고개를 끄덕이며 확인시켜주는 종이. 나는 그런 종이를 보란 듯이 정원군을 돌아보았다. 그러자 그가 포기했다는 듯 입을 다물고 숨을 크게 내쉬더니 말했다.

"좋소. 허락하리다."

행궁의 정중앙에 위치한 넓은 마당.

며칠 전 내린 눈으로 하얀 눈 세상이 되어 있었지만, 궐의 나인들이 지나다니는 길만큼은 깨끗이 치워져 있었다. 종이와 나는 바로 그곳에 섰다.

"나도 진짜 오랜만에 하는 거라서……."

일단 연을 하늘에 띄워주는 것은 내 몫으로 떨어졌다. 종이는 금방이라도 내가 하늘 높이 연을 날려줄 것이라고 믿고는 눈을 반짝이며 쳐다본다. 하지만 나는 좀 당황스럽다. 바람은 적당해 보이지만, 과연 연이 제대로 날 수 있을까? 종이가 실망하는 건 싫은데 말이다.

연을 들고 뛸 준비를 하는 나를 보며 정원군이 걱정스러운 표정으로 묻는다.

"연을 날려본 적이 있소?"

"그럼요. 매년 겨울마다 아빠랑 연을 날렸는걸요."

물론 궁궐에서가 아닌, 한강 고수부지 같은 곳에서였지만.

"빨리! 빨리 누나!"

정원군이 뒷짐 진 채 나를 주시한다. 난 단번에 성공시킬 마음으로 자신 있게 연줄을 잡고 달리기 시작했다. 그러나 연은 내 무릎 높이까지만 바람을 타고 떴다가, 땅에 끌리기를 반복했다. 그러면 그럴수록 더욱 힘차게 이리저리 달리며 용을 썼지만, 연은 쉽사리 하늘 높이 날지를 못했다.

그때마다 웃었다 찡그렸다를 반복하던 종이는 결국 실망하는 표정까지 보였다. 그 얼굴에 마당을 몇 바퀴나 돌았는지 모른다. 그러다 지친 나는 잠깐 바닥에 주저앉아 쉬려고 했다. 그때 정원군의 한마디가 내 신경을 자극했다.

"힘들면 내관에게 시키도록 하지."

"바람 탓이에요. 이제 조금 있으면 바람이 바뀔 거고, 그러면 연은 바로 뜰 거예요."

'도와주지도 않았으면서.'

내 눈에 정원군은 왕족의 체통을 지키기 위해 뛰는 것 따위는 절대 안 하는 사람으로만 보였다. 물론 그런 게 당연한 시대라는 건 안다. 양반이 뛴다는 건 조선사회에서는 천지개벽할 일이니까 말이다. 하지만 아무리 그래도 그렇지, 내가 힘들게 뛰어다니는 걸 구경만 하다가 하는 소리가 그만두라는 말이라니! 난 심통 난 얼굴로 지금껏 사람들이 다닌 길이 아닌, 눈밭 위로 뛰기 시작했다. 보란 듯 연에 매단 실을 잡은 팔을 이리저리 위아래로 흔들면서 말이다.

'제발……! 빨리 좀 뜨라고!'

나의 애타는 마음도 모른 채, 연은 좀처럼 하늘로 날아갈 것 같지 않았다. 바로 그때였다. 팔을 너무 흔들었던지, 예전에 호랑이에게 다친 쪽 팔이 아려오기 시작했다. 처음에는 추위 때문이라고 생각했는데 시간이 지날수록 그것은 분명한 통증으로 느껴졌다.

"아악!"

자잘한 통증이 큰 통증으로 찾아왔을 때, 나는 잠시 걸음을 멈추고 주저앉았다.

"무슨 일이오?"

이를 지켜보던 정원군이 당황하며 내 쪽으로 걸어왔다. 그의 시선도 자연히 내가 예전에 다친 어깨에 향해 있었다. 나는 연 때문에 잔뜩 실망한 표정을 짓고 있는 종이를 보고, 다시 일어서며 외쳤다.

"아무것도 아니에요!"

그런데 갑자기 뛰려고 한 탓인지, 나는 선 자리에서 그만 미끄러지고 말았다.

"조심하시오!"

어느새 가깝게 다가온 정원군이 손을 뻗었다. 그러나 그가 내 옷자락을 잡는 순간, 우리는 동시에 같이 밀려 넘어지고 말았다.

우당탕!

연은 바닥으로 처박혔고, 넘어지며 놀란 나는 두 눈을 감았다. 연이 망가지기라도 했는지, 멀지 않은 곳에서 종이가 큰소리로 울음을 터트렸다. 그 소리에 내가 눈을 뜨자 바닥으로 넘어진 내 몸 위에 정원군이 있었다. 그가 위로 덮치듯 넘어진 것이다.

"괜찮소?"

그가 나를 내려다보며 물었다. 그러니 내 몸이 괜찮고 안 괜찮은지 따위가 문제가 아니었다. 너무나도 가깝게 붙어버린 그와 나의 자세가 더 문제였으니까.

"저……. 저……."

여전히 나를 걱정하는 얼굴의 정원군은 아직 뭐가 문제인지 깨닫지 못한 표정이었다.

"추워요……."

그를 일단 내 몸 위에서 비키게 하기 위한 핑계. 일단 난 등을 땅에 대고 누운 상태니, 등이 차가워지기 시작한 건 사실이었다. 내 말을 들은 정원군의 얼굴이 새빨개졌다. 그는 곧바로 자리에서 일어서더니, 내게서 등을 돌렸다.

"미, 미안하오!"

"아, 아니요. 괜찮아요. 전 괜찮은데……."

나는 치마에 잔뜩 눌어붙은 눈을 털어내며 자리에서 일어서려고 했다. 뒤늦게 이를 본 정원군이 넘어진 나에게 손을 내밀었고, 난 그의 손을 잡고 자리에서 일어섰다.

여전히 종이의 울음소리는 그치지 않았다. 그리고 난 보았다. 연은 완전히 망가져 있었다.

"어떡하죠? 전하께서 하사하신 건데."

"놀다보면 망가질 수 있지. 그건 걱정하지 마시오."

"그래도 종이가……."

내가 서럽게 울고 있는 종이 쪽을 바라보며 걱정스럽게 입을 열었을 때였다.

"대체 이게 무슨 난장판이란 말입니까."

울고 있던 종이의 울음소리가 거짓말처럼 딱 그쳤다. 종이의 울음마저도 단번에 그치게 할 수 있을 정도의 사람이라면 이 세상엔 단 한 명

뿐이다. 바로 정원군부인 구 씨. 그녀가 예고도 없이 궐에, 그리고 지금 이 자리에 모습을 드러낸 것이다.

"부인……."

정원군이 그녀를 부르며 인사를 대신한다. 그러나 두 명의 궁녀를 대동하고 나타난 그녀는 곧장 종이 쪽이 아닌 내 쪽으로 다가왔다. 나는 괜히 죄를 지은 듯한 기분에 고개부터 숙였다. 솔직히 내가 잘못한 것은 아니다. 그녀가 어디서부터 보았든, 정원군은 넘어지려던 나를 잡아주려다가 함께 넘어진 것뿐이니까.

"아니, 이거. 종이의 보모상궁이 아닙니까?"

웃는다. 그녀가 웃는다. 아주 무섭게.

"소첩이 멀리서 보아하니 곱게 생기셨기에 항아님인 줄 알았습니다."

이런 걸 웃지만 웃는 게 아니라고 누군가 말했지.

"무슨 일로 궐에 오셨소?"

그녀가 정원군의 말에 돌아보며 반문했다.

"무슨 일이라니요? 소첩의 지아비와 소첩의 아이가 이곳에 있는데……. 어디 그뿐입니까? 아바마마께서도 이곳에 계시지 않습니까? 그러니 당연히 소첩이 있어야 할 곳은 이곳이지요."

전쟁이 일어나기 직전의 싸늘한 분위기가 흐르고 있었다.

구 씨가 저리 웃으며 정원군과 대화를 주고받는 사이가 아니라는 것은 이 궐의 사람들이라면 모두 아는 사실이다. 아니지, 주상전하는 모를지도 모른다. 어쨌든 그녀가 화를 참고 있는 건 어디까지나 자신의 뒤에 서 있는 궁녀들 때문인지도 모른다. 주변 사람들의 시선을 의식해서 참는 것이다.

"그래서, 아바마마는 뵈었소?"

"예. 뵈었지요. 아바마마께서 오늘 종이에게 연을 내려주셨다고 하시더군요. 그래서 그 연이나 직접 볼까 하여 종이의 처소로 갔더니, 종이가 없지 않겠습니까? 대감이야말로 궁궐도감의 일로 창덕궁에 가신 줄만 알았습니다만."

"며칠 전 눈이 많이 내려 당분간 공사가 중지되었소."

"그렇습니까?"

여전히 웃고 있다. 하지만 살기가 느껴질 정도의 미소다.

"그랬군요. 아참, 그리고 대감. 소첩의 아버님께서 한번 뵙고 싶다고 하셨습니다. 궁궐도감의 일로 바쁘신 것은 알지만, 너무 오랫동안 뵙지 못해 아쉽다 하셨습니다."

"알았소. 수일 내로 찾아뵈리다."

"그러지 마시고 오늘 소첩과 함께 퇴궐하시지요. 마침 일도 생겼으니 말입니다."

"일이라니?"

"새 보모상궁 때문에 말입니다. 종이도 오늘 소첩과 함께 퇴궐할까 합니다. 그러니 함께 가시지요."

새 보모상궁? 정원군과 구 씨 사이에는 아들이 셋이다. 둘째아이가 젖을 뗐다면, 이제 유모 대신에 보모상궁을 붙일 것이다. 그런데 아무리 생각해도 지금 그녀가 말하는 보모상궁은…….

"새 보모상궁이라니?"

"안 그래도 이미 아바마마께 허락을 받았습니다. 그러니……."

구 씨가 나를 돌아본다.

"김 상궁은 오늘 안으로 퇴궐하게. 그간 종이를 돌보느라 수고 많았네. 내 섭섭지 않게 대우해주지."

구 씨가 말하는 보모상궁은 바로 종이의 새로운 보모상궁이었던 것이다. 그녀는 지금 내게 종이의 보모상궁을 그만두고 궐 밖으로 나가라고 통보한 것이다.

아마도 내가 궁을 나가는 날을 손꼽아 기다린 건 이 사람이 첫 번째가 분명하다. 바로 유 상궁. 처음부터 나를 마음에 들어 하지 않았던 유 상궁은, 내가 퇴궐한다는 소식을 어디서 들은 것인지 기다렸다는 듯 보따리를 하나 들고 나타났다.

"상궁의 의복은 더 이상 필요 없을 것이니 고이 벗어 이 보따리에 넣게. 대신 그 안에 있는 옷을 입도록 하고. 미안하네만, 그 안에 든 옷은 겨울옷은 아니네."

마구마구 노려봐주고 싶지만 일단 쫓겨나게 생긴 일 자체가 발등에 불 떨어진 격이라 딴 생각은 할 수가 없었다. 나는 유 상궁이 던져준 보따리를 집어 들었다. 그러자 그 옆으로 휙 하며 던져지는 작은 주머니.

챙챙.

대충 소리만 들어도 알 수 있다. 그것이 확실하게 돈이라고 생각한 나는 냉큼 집어 주머니를 열었다. 그런데 들어있는 건 돈이 아니었다. 옥처럼 보이는 것도 있었지만, 대부분 노리개처럼 생긴 장신구들만 잔뜩이었다.

"이건……."

"군부인께서 특별히 보내시는 것이네."

아직 화폐가 유통되기 이전의 시대. 이 물건들이 조선에서 얼마의 가치를 지닌지는 전혀 알 수 없었다. 나는 고민에 빠졌다. 유 상궁은 이런 나를 보며 혀를 찬다. 냉큼 주머니부터 챙긴 행동부터가 그녀의 마음에 안 든 모양이었다.

"이렇듯 천한 것이 그간 우리 귀한 아기씨를 돌보다니……."

또 그 말은 내 귀에 아주 잘 들려온 터라, 나는 돈주머니에서 시선을 떼고 유 상궁을 노려보았다. 그러나 궁에서 잔뼈가 굵은 유 상궁은 지지 않고 나를 노려보며 물었다.

"할 말이 더 있는가?"

"아.니.요. 그만 옷 좀 갈아입게 나가주시죠."

"알았네. 정리할 일이 다 끝나면 말하시게. 바로 궐 밖으로 내보내줄 터이니."

유 상궁이 나가자 나는 힘없이 자리에 주저앉았다. 나오는 건 한숨뿐. 앞으로가 막막하다.

낮에 나타난 정원군부인 구 씨. 정원군은 그녀의 말을 듣자마자 어디론가 가버렸다. 아마도 구 씨가 벌인 일을 수습하러 간 모양이었다. 그 사이 구 씨는 종이의 손을 끌고 가버렸다. 퇴궐한 것이다. 종이는 그것이 나와 마지막인지 아는지 모르는지, 그저 얼떨결에 엄마의 손에 이끌려 가버렸다. 그리고 마지막, 종이가 나를 부르던 목소리.

'누나아……!'

가슴이 아프다. 그간 종이와 정이 많이 들었는데……. 물론 언젠간 헤어질 날이 있을 것이라고는 생각했다. 하지만 이렇게 갑작스럽게 찾아올 줄은 미처 예상하지 못했다.

이제 어쩐담. 이 작은 행궁에서 1년이 넘게 지내는 동안 광해군과는 끝내 만나지 못했다. 물론 보기야 많이 봤다. 그러나 내가 용기 있게 그의 앞에 나서지 못하는 동안 쓸데없는 시간만 흘렀다. 결국 이렇게 갑자기 궁 밖으로 쫓겨나게 된 건 모두 내 탓이라는 거다. 눈물이 날 것 같았다.

나는 돈주머니를 풀어보았다. 얼마의 가치를 지닌 물건들인지는 모르지만 몇 개인지 세어보기라도 할 참이었다. 궐 밖으로 나가면 이 주머니에 든 물건들로 생활을 시작해야 했다. 아니면 궁녀가 아닌 다른 직업을 찾아봐야 한다.

조선시대 여성의 전문직은 크게 두 가지다. 의녀와 기생. 의술의 '의'도 모르는 내가 의녀가 될 수는 없는 노릇이고, 기생이라……. 기생이면 기적에 이름을 올린다. 어디 그뿐인가? 사내를 상대하는 일. 나는 고개부터 저었다.

'주막이라도 차려야 하나…….'

하지만 주막을 차릴 땅이나 집은 어떻게 구할 것이며, 계약은 어떻게 하고 지불을 어떻게 한단 말인가? 무엇보다 이 물건들을 가지고 뭘 할 수 있는지 감도 제대로 잡히지 않았다.

주르륵.

어떻게든 살 길을 궁리해보는 와중에 눈물부터 쏟아졌다. 눈물을 급히 훔쳐내느라 몸을 뒤척이는데, 방에 하나뿐인 기름등잔이 흔들린다. 아니나 다를까, 어지간해서는 절대 꺼질 리가 없는 기름등잔이 훅 하니 꺼져버린다.

불까지 나를 무시한다는 서러운 마음에 결국 울음이 터지고 말았다.

정말 막막했다. 왜 이 궐에 있는 동안, 궐 밖으로 나가게 될지도 모른다는 생각을 단 한 번도 하지 못했던 것일까? 왜 궐 밖으로 나가게 된다면 어떻게 살아야 할지 생각하지 않았던 것일까?

핑계 댈 것은 많다. 너무나도 갑작스럽게 궐에서 깨어났고, 일이 주어졌다. 그리고 종이와 하루하루 지내며 정이 들어가는 동안 나는 너무 자연스럽게 궐에 살고 있었다. 만약 오늘과 같은 일이 일어나지만 않았다면 난 군이 광해군 앞에 나설 생각도 하지 않은 채, 종이의 보모로서 궐에서 살려고 했을 것이다. 아빠를 만날 때까지.

결국 이 모든 건 내 잘못이다. 정원군이 말리든 말든, 광해군의 달라진 모습이 어쨌든 난 광해군을 만나야 했다. 그의 앞에 나섰어야 했다. 광해군이 날 만나서 모른 척을 하거나 외면했더라면 더 일찌감치 다른 살 길을 찾으려고 '시도'는 해 봤을 테니까…….

"흐흑……. 으흐흑……."

이제 모든 건 끝났다. 난 진짜 낯선 조선으로 나가야만 한다. 그리고 그곳에서 살아야만 했다. 나는 막막함에 바닥에 엎드려 한참이나 눈물을 쏟아냈다.

그렇게 얼마의 시간이 흘렀을 때였다. 누군가 바깥 마루 위로 급히 뛰어올라오는 소리가 들렸다. 난 고개를 들어 문 쪽을 바라보았다. 거의 동시에 닫혀있던 문이 열렸다. 겨울의 한기와 환한 달빛이 쏟아져 들어왔다. 그리고 그 달빛을 등에 지고 한 남자가 서 있었다. 나는 직감적으로 그가 정원군이라는 것을 알아차렸다.

"흡……!"

갑작스런 그의 등장에, 난 울다가 놀라 딸꾹질을 하고 말았다. 정원군도 내 딸꾹질 소리를 들은 건지, 아니면 내가 앉아있는 곳까지 희미하게 들어오는 달빛으로 나를 본 것인지 깊은 안도의 한숨을 내쉬며 말했다.

"아직 떠나지 않았군……."

그가 천천히 불 꺼진 방 안으로 걸어들어왔다. 그가 왜 여기에 왔는지를 물어보려고 했지만, 그전에 딸꾹질을 멈추어야 했다. 그 사이 내 앞까지 바짝 다가온 정원군이 내 쪽으로 몸을 굽혔다. 나는 그가 나와 마주앉으려고 굽힌다고 생각했다. 그러나 이런 내 생각은 반은 맞고 반은 틀린 것이었다.

그는 앉기 전에 한 손을 뻗더니, 딸꾹질을 멈추려고 입을 틀어막고 있던 내 한쪽 손의 손목을 붙잡았다. 예상치 못한 그의 돌발 행동에 당황할 틈도 없이, 그의 다른 한 손이 내 뺨을 감쌌다. 내 딸꾹질이 잠시나마 멈춘 것은 두말할 필요도 없었다.

"울었소……?"

촉촉하게 젖어있는 내 뺨을 조심스럽게 쓸며, 어둠 속에서 정원군이 물었다.

"그게……."

민망하게 궁을 나가기 싫어서 울고 있었다고 말하기는 싫은 상황. 나는 다른 변명거리를 끄집어내기 위해서 말을 끌었다. 그러면서 그에게서 떨어지려 몸을 뒤로 빼려던 바로 그때였다. 그가 잡았던 내 두 손을 놓더니, 곧바로 나를 자신의 품으로 끌어안았다.

"저, 정원군마마?"

"떠나지 마시오. 이곳에 있으시오. 내가 그대를 보호해 주리다."

나는 그의 품 안에서 빠져나오기 위해 슬쩍 몸을 비틀었다. 하지만 그러면 그럴수록 정원군의 강한 두 팔이 나를 더욱 세게 끌어안았다. 그런 정원군의 품 안에서 쿵, 쿵, 쿵 거리며 뛰는 그의 심장소리를 들었다. 이런 건 태어나서 처음 겪는 일이었다. 그래서일까? 내 가슴이 이유 없이 쿵쾅거리며 뛰기 시작했다.

'이 사람……. 나를 좋아하는 건가?'

가깝게 들리는 정원군의 숨소리. 내 가슴만큼이나 빠르게 뛰는 그의 가슴. 난 더 이상 이 상태로 있어서는 안 된다는 강한 압박을 받았다.

"놓아주세요."

그의 가슴 안에 감기듯 갇혀있던 팔로 그를 밀어내며 말했다. 그도 그런 나를 잠시 놓아주는 것 같았다. 내가 그대로 그에게서 떨어지려는 바로 그때였다. 정원군이 자신의 입술을 내 입술에 갖다 댔다. 입술이 닿는 순간 딸꾹질은 완전히 멈췄다.

난 두 손으로 있는 힘껏 그를 밀어냈다.

대체 언제부터일까, 대체 언제부터 이 사람이 날 좋아하고 있었던 걸까? 아무리 조선시대라고 해도, 양반은 좋든 싫든 겉으로 드러내지 않는 게 당연하다고 해서, 이렇게 될 때까지 그의 마음을 모르고 있었다니……!

"저, 그게……. 그게 그러니까요……."

왕자를 싫다고 할 여자는 이 조선 땅에는 없을 것이다. 그것도 아버지가 왕인데다가, 아들 역시 왕이 된다. 덧붙이자면 본인 역시 죽어서 왕이 된다. 정원군은 그런 남자였다. 하지만 엄밀히 말하자면 난 조선시대의 여자는 아니다.

정원군도 꽤나 충격을 받은 것 같다. 밀려난 상태에서 한동안 꿈쩍도 안 하고 있었으니 말이다. 침묵을 깨고 숨을 가다듬은 정원군이 기름등잔에 불을 붙였다. 방 안이 불빛으로 환해졌다. 나는 그 빛에 의지해 정원군을 바라보았지만, 정원군은 아니었다. 그는 날 보고 있지 않았다. 그의 시선은 자신의 주먹 쥔 손을 향해 있었다.

"저……. 정원군마마."

내가 조심스럽게 입을 열었을 때였다. 그가 말했다.

"미안하오. 내가 잠시 예를 잊었소."

그가 고개를 들어 올려 나를 바라보았다. 기름등잔의 불빛 때문일까? 슬픔은 가득 담은 것 같은 눈망울로 그가 나를 응시하며 말을 이었다.

"그대에게는 미안한 일만 생기는구려."

"예?"

"정식으로 예를 갖추어 맞이하고 싶소."

나는 그가 한 말을 곧바로 이해하지 못했다. 그런 내 얼굴을 본 그가 잠시 망설이더니, 다시 입을 열어 말했다.

"나의 첩이 되어주겠소?"

"네?"

정원군이 나에게 청혼했다. 정확히는 첩이 되어달라는 것이지만. 다시 말해서 '그의 여자'가 되어달라는 말이다.

"첩이라니요? 제가 마마의? 전 한 번도 생각해 본 적이 없어요. 아니, 무엇보다 그렇게 갑작스럽게……. 그러니까……."

너무나도 갑작스러워서 도무지 머릿속이 정리되지 않는다. 이제 내 머릿속을 가득 채운 주제는, '언제부터 정원군이 날 좋아하게 되었을까?'에서 '그의 첩이 되느냐 마느냐'로 가는 중간 과정에 있었다. 아니, 이런 중간 과정 자체가 있어서는 안 된다.

"내 첩이 되어주겠다면 앞으로 종이의 양육을 계속 그대에게 맡기겠소."

직격탄을 맞은 기분이다. 그의 첩이 되면 종이의 양육을 내게 맡기겠다니? 그것만이 종이와 계속 함께 지낼 수 있는 방법인 걸까?

하지만 나는 곧 깨달았다. 선조가 가장 총애하는 인빈 김 씨의 아들 정원군. 그의 첩이 되어달라는 말보다도 종이 곁에 있을 수 있다는 말이 더 끌린다는 사실에서 답을 찾은 것이다.

정원군은 좋은 사람이었다. 그러나 나는 그를 사랑하지 않는다. 오히려 난 종이가 더 좋았다. 종이와 함께 지낼 수 있다는 말에 순간 혹하고 말았을 정도니.

"죄송해요."

이번에는 내 입에서 사과의 말이 나왔다.

"제가 정원군마마의 첩이 되다니, 말도 안 돼요. 전 그저……. 궐에 남고 싶어서 보모상궁이 된 거였어요."

거짓말이었다. 이제는 처음의 이유를 잊어버릴 만큼 난 종이와 정이 들었다.

"그리고 아시잖아요, 제가 왜 궁궐에 있고 싶어 했는지……."

광해군을 만나기 위해서.

"이제 와서 이런 말을 하는 게 어이없게 들리시겠지만, 약조를 지켜 주실 수 있나요?"

광해군을 만나게 해 주겠다는 약속.

나는 그 약속에 대해서 아주 조심스럽게 정원군에게 말을 꺼냈다. 그러자 정원군이 내게서 시선을 돌려버리는 게 아닌가?

나는 그것을 그의 거부 표시로 보았다. 좋아한다는 고백을 거절하자마자 다른 남자를 만나게 해달라고 말한 상황이 되어버렸으니. 상황파악도 못하고 말을 꺼냈다는 걸 나 스스로도 잘 알았다. 하지만 한시가 급했다. 난 오늘 밤 안으로 궐을 떠나야 한다.

다르게 보자면 내가 정원군이 첩이 된다면 궁궐에 계속 남아있을 수 있다. 광해군을 만나는 것도 더 쉬워질 것이다. 정원군의 첩으로서 만난다면 광해군에게 어떤 위해가 가해지는 것이 아닐 테니까. 하지만 그렇다고 사랑하지도 않는 사람의 여자가 될 순 없었다.

"미안해요. 이런 말씀을 드려서요. 역시 안 되겠죠?"

나는 한숨을 삼키며 최대한 분위기를 바꿔보려고 노력했다.

"더 이상 보모상궁이 어렵다면, 궁궐에 남을 수 있는 다른 방법이 없을까요? 이제 와서 말씀드리는 건데, 제가 요리를 좀 잘하거든요. 수라간에서 일을 도운 경험도 있어요. 아주 오래전이지만요."

두서없이 늘어놓는 내 말을 끊으며 정원군이 묻는다.

"어째서요?"

"네?"

"세자저하를 만나기 위해서요?"

그가 다시 나를 돌아보았다. 그런데 이제 그의 눈빛은 조금 전과는 완전히 달라져 있었다. 화가 난 것 같이 보였다.

"그건 예전에 말씀드렸잖아요. 세자저하를 만나야 한다고요……."

"내게 그 이유를 말하지 않았소. 지금이라도 말해 줄 수 있소?"

정원군에게 말해도 그는 이해할 수 없다. 적어도 광해군처럼 미래에 온 적이 있는 것도 아닌데다가, 무엇보다 그는 광해군과 내가 겪은 일에 대해서 그저 옛날이야기처럼 들었을 것이다. 아무리 머리로 이해하려고 한다 해도 언제 어디서 어떻게 나타날지 모르는 아빠를 만나기 위해 궁궐에서 머무르겠다는 나의 주장을 그가 그대로 믿어줄지도, 또 이뤄질 수 있게 도와줄지도 미지수였다. 그러니 지금으로써는 그런 모험을 할 수가 없었다.

"세자저하를 만나기만 하면 돼요. 만나고 나면 그때 말해드릴게요. 그러니까……."

또다시 반복되는 나의 설명에 그가 아랫입술을 살짝 깨물더니 내게 소리친다.

"저하는 그대를 잊었소!"

정원군의 말이 마치 검이 되어 내 몸을 찌르는 듯한 기분이 느껴졌다. 직접 광해군이 나를 보고 기억나지 않는다고 말한 것도 아닌데도, 그에 상응하는 기분이었다. 그만큼 내가 정원군의 말을 신뢰하고 있기 때문인지도 모른다.

"아, 그렇겠죠……? 아마 절 기억하지는 못할 거예요. 아주 오래전이니까요."

눈물이 날 것 같다. 어째서?

"내가 저하께 그대의 이야기를 들었던 것은 사실이오. 그러나 저하께서는 마치 어린 시절의 이야기를 추억하시는 듯 이야기하셨지. 그것도 아주 오래전에 단 한 번뿐이었소. 난 그 이야기가 매우 신기하여 기억하고 있었던 것이고."

"그러셨군요……. 쉽게 잊을 만한 이야기는 아니죠."

눈물이 나오려는지 따끔거리며 눈가가 아파오는 것을 느끼며 고개를 천천히 숙였다. 그러나 정원군의 시선이 그런 내 얼굴을 집요하게 떠나지 않고 있다는 것을 알고 있었다.

"그런데도 궁궐에 남아있겠단 말이오? 나인으로 궁궐에 남아 있으려 한다면 평생 이곳을 떠날 수 없단 말이오."

"알아요. 평생 떠날 수 없다는 거. 그래도 궁궐에 남아있고 싶어요."

거의 기어가는 듯한 목소리로 또다시 내 주장을 펼쳐보였을 때였다.

"어찌하여! 어찌하여 사실대로 말하지 않는 것이오?"

화난 정원군의 목소리에 난 급히 고개를 들었다.

"세자저하를 마음에 두고 있소?"

뜬금없는 정원군의 말에 난 놀란 입을 다물지 못했다.

"그래서 그분을 만나려 그토록 궁에 남으려 하는 것이오?"

어째서 정원군은 그런 오해를 하고 있는 걸까? 혹시 내가 정원군의 첩이 되는 걸 거절한 이유가 광해군을 마음에 두고 있어서라고 생각하는 걸까? 그렇다면 나는 아니라고 말할 생각이었다. 하지만 내 대답이 나오기도 전에, 그는 나에게 화를 낸 것에 스스로 자책감이 들었는지 자리에서 벌떡 일어섰다. 나도 그를 따라 자리에서 일어서려고 했지만 그의 움직임이 더 빨랐다.

그는 재빨리 문 쪽으로 걸어가더니 문을 열기 전 잠시 그 자리에 멈춰 섰다. 그리고 내가 있는 쪽을 향해 돌아보지 않은 채 입을 열었다.

"오늘 밤 궁궐을 떠날 필요는 없소. 그대가 궁궐에 남아있을 다른 방도를 알아보리다."

당장 나가지 않아도 된다는 말에 나는 방금 전까지 그가 내게 했던 말들을 모두 잊어버렸다. 내 마음 안에는 오로지 당장 궁궐을 떠나지 않게 해준 정원군에 대한 고마움만 남았다.

"고마워요."

내 인사에 나가려던 정원군이 멈춰 섰다. 그는 살짝 고개를 틀어 나를 보려는 듯했다. 그러나 무엇 때문인지 그는 끝내 나를 보지 않고 처소를 떠났다.

수라간 생활

종이와 헤어지고 사흘이 흘렀다. 나는 그동안 호랑이에게 다쳤을 때 머무르던 좁은 처소에서 지냈다. 그런데 눈칫밥이라고 해야 하나? 종이가 없으니 사실상 아무런 할 일이 없는 내가 궁궐에 머물며 하루 세 끼를 꼬박꼬박 먹는 게 유 상궁에게는 상당히 불만이었던 모양이다. 그러나 정원군이 무슨 지시라도 했는지, 내게 눈치만 줄 뿐 다른 말은 하지 않았다.

거취가 정해지지 않은 불안한 상태에서 나는 이런저런 생각을 많이 했다. 그중 하나는 더 이상 광해군을 만나는 것을 미뤄서는 안 된다는 것이었다. 정원군의 말대로 그가 날 잊었는지, 안 잊었는지는 직접 확인해 봐야 했다. 안타깝게도 날 잊었다고 하더라도 우선은 그를 만나 봐야 그 다음 계획을 세울 수 있을 것 같았다. 사흘간 고민 끝에 내린 결론은 바로 이것이었다.

그러나 지금 광해군은 궁궐에 없었다. 의인왕후의 삼년상이 끝나는 내년 봄이 되어야만 궁궐로 돌아올 터였다. 그 사이에 비정기적으로 궁궐에 들르러 오긴 하겠지만 그게 언제인지 나인의 신분인 내가 알 수 있는 방법은 없었다.

"김 상궁, 안에 있는가?"

유 상궁의 목소리였다. 나는 자리에서 일어서며 대답했다.

"예."

"들어가겠네."

유 상궁이 안으로 들어왔다. 그녀는 일어서서 그녀를 공손히 맞이하는 나를 유심히 본다. 예전에는 유 상궁이 들어오든 말든 종이를 돌본다는 핑계로 자리에서 절대 일어난 적이 없던 나였다. 그런데 눈칫밥 사흘 만에 공손해졌으니, 그녀의 눈에는 신기한 모양이었다.

"날 따라오게."

"어디를 가는데요?"

"양화당께옵서 자네를 보자 하시네."

양화당이라면 인빈 김 씨의 처소를 부르는 말이다. 인빈 김 씨를 높여 부르는 말이기도 하다. 그리고 인빈 김 씨는 정원군의 생모다.

"뭣 하는가? 어서 서두르지 않고."

난 재촉하는 유 상궁을 따라 행궁의 서쪽으로 향했다.

행궁 동쪽에 주로 세자를 비롯한 왕자들의 처소가 모여 있다면 서쪽은 여인들의 공간이다. 중궁전을 비롯하여 후궁들의 처소가 모여 있었다. 양화당 인빈 김 씨가 머무르는 처소는 그곳에서도 중궁전 바로 옆에 있었다. 현재 후궁의 실세는 그녀라는 것을 뜻했다.

"마마, 유 상궁이 왔습니다."

"들라 하게."

얼핏 들어서는 이십 대의 목소리로 들릴 만큼 젊은 여자의 음성이 안에서 들려왔다. 문이 열리고 유 상궁이 앞장서서 안으로 들어가고, 내가 그 뒤를 바짝 좇았다.

가장 안쪽에 한 여인이 앉아 있었다. 그녀는 얼굴의 네 배에 달하는 큰 가체를 하고 있었는데, 한눈에 보아도 비싸 보이는 장신구들이 잔뜩 달려있었다. 나는 그 가체로 그녀가 인빈이라고 확신했다.

"인빈마마께 인사 올리옵니다."

유 상궁이 먼저 인사하고 나도 얼떨결에 고개를 숙이며 인빈에게 인사했다. 인빈은 마치 약에 취한 것처럼 아주 힘없이 눈을 가늘게 몇 번 떴다 감았다 반복하며 나와 유 상궁을 번갈아 쳐다보았다.

"앉으시게."

"예, 마마."

유 상궁이 먼저 앉았다. 나는 유 상궁의 옆에 나란히 앉아야 하는지 아니면 뒤쪽에 앉아야 하는지 한참을 망설였다. 결국 유 상궁이 자신의 뒤에 앉으라고 작게 속삭인 뒤에야 내 자리를 찾을 수 있었다. 이처럼 당황하는 내 모습을 인빈은 유심히 지켜보고 있었다.

"이상하구나. 궐의 예법도 잘 모르는 듯하니……."

"송구하옵니다. 마마. 그것이……. 궐 밖에서 온 이라……."

천하의 그 잘난 유 상궁도 친절하게까지 들리는 인빈의 목소리에 잔뜩 겁에 질린 듯 보였다. 나는 이 이상한 분위기에 적응하지 못한 채, 인빈과 유 상궁이 대화를 주고받는 사이에 그녀의 얼굴이라도 볼 겸 시선을 들었다가 인빈과 눈이 정면으로 마주치고 말았다.

바로 그때였다. 인빈이 나를 보며 큰소리로 호통을 쳤다.

"허락도 없이 어딜 보는 것이냐!"

나는 인빈의 확 달라진 태도에 놀라 급히 고개를 숙였다. 그러나 나보다도 더 놀란 것은 유 상궁이 분명했다. 그녀는 원래 숙이고 있던 고개를 바닥에 닿을 정도로 낮추며 인빈에게 빌었다.

"요, 용서하여주십시오! 뭐하느냐, 어서 빌지 않고!"

나 역시 다시 고개를 숙이며 유 상궁이 시키는 대로 용서를 구했다. 그러자 신기하게도 인빈의 목소리가 다시 나긋나긋하게 변했다.

"앞으로 이 궁궐에서 지내려면 예법을 잘 배우고 지켜야 할 것이야. 그리고 유 상궁은 나가서 기다리게. 이 아이에게 따로 할 말이 있으니."

"예, 마마……."

유 상궁은 인빈의 말을 듣자마자 아주 빠른 속도로 그녀의 처소를 나가버렸다. 이제 인빈과 정면으로 마주앉은 나는 태어나 처음으로 내 머리의 무게가 느껴질 정도로 고개를 조아리고 있었다.

인빈이 입을 열었다.

"정원군은 내 아들이지만 매사가 조심스럽고 제 속을 남에게 잘 내보이는 이가 아니지. 상과 벌에 있어서도 그러하여 누구를 잘 치하하지 않음에도 희한하게 널 칭찬하더군. 종이 그 아이도 많이 유순해진 것 같아 내 진작 네 덕이 있었음을 알았다만……. 헌데 정원군은 너를 궐에 남아있게 해 달라 하고, 며늘아기는 너를 궐 밖으로 내보내라고 했단 말이야. 부부의 마음이 이처럼 다르다니 이상한 일이지."

순간 나는 찔끔했다. 양화당 인빈이 어떤 사람인가? 광해군의 모친 공빈 김 씨가 죽은 뒤로 선조의 가장 많은 총애를 입었던 여인이었다. 얼마 전 죽은 중전보다 후궁에서 권세를 휘두르고, 선조의 수많은 후궁들 위에 군림한 그런 여인이었다.

"정원군은 너를 내 곁에 두라고 하더군. 그러나 난 그럴 생각이 없다. 무엇보다 상궁은 더 이상 필요치 않아. 또한 난 내 며늘아기가 마음에 들어. 그러니 며늘아기의 마음을 상하게 하고 싶지도 않지. 그렇다고 해서 정원군이 내게 처음으로 부탁한 것을 거절하고 싶지도 않아. 그래서 너를 수라간 궁녀로 보낼 생각이다."

갑작스런 수라간 궁녀라는 말에 난 고개를 들었다. 그러나 인빈의 날카로운 시선과 마주치자 다시 머리를 숙였다.

"정원군이 말하기를 네가 음식에 재주가 있다더구나. 그러니 그곳에서 증명해 보거라. 까다로운 전하의 입맛을 사로잡을 음식도 선보이고 말이야."

이 말을 끝으로 침묵이 이어졌다. 나는 그것이 그만 나가보라는 것인지, 아니면 내가 눈치껏 대답을 하기를 기다리는 것인지 몰라 잠시 허둥댔다. 그러나 나가라는 말이 아직 없었다는 것을 깨닫고 조심스레 입을 열었다.

"고맙습니다……."

내 인사에 그녀가 말을 다시 시작했다.

“출신도 모르는 천것인 네게 내 어찌하여 이런 은덕을 베푸는지 알겠느냐?”

부드럽게 묻고 있지만, 언제 변해버릴지 모르는 ‘마녀 인빈’. 그런 그녀의 어울리지 않는 친절한 물음에 나는 아무런 대답도 하지 못했다.

“죽은 공빈도 수라간의 궁녀였지. 그저 평생을 수라간에 처박혀 눈에 띄지 않게 살았으면 좋았을 것을…….”

그녀가 왜 광해군의 모친인 공빈 김 씨를 이 상황에서 언급하는지 이해할 수 없었다. 하지만 공빈과 그녀의 사이가 좋지 않았다는 사실이 떠올랐다. 공빈이 선조의 후궁이 되지 않았다면 선조의 장자를 낳은 것은 공빈이 아니라 인빈, 바로 그녀가 되었을 것이다. 더불어 광해군이 아니라 인빈이 낳은 아들들 중 한 명이 세자가 될 가능성이 더 높았을 것이다. 선조는, 아니 역사는 광해군을 선택했지만.

“그만 물러가거라. 수라간은 하루 종일 바쁜 곳이라 들었으니.”

나는 인빈의 그 말을 마지막으로 양화당에서 물러나왔다.

치익, 치익.

뚝딱뚝딱뚝딱

탁탁탁탁탁.

화르르르륵.

시끄러운 소리와 맛있는 냄새가 가득한 곳.

나는 곳곳에서 퍼지는 달달하고 기름진 냄새에 정신을 차릴 수가 없었다. 하지만 앞장서서 걷는 유 상궁은 달랐다. 그녀는 별다른 곳에 시선을 고정시키지 않은 채 곧장 앞으로만 걸어갔다.

"강 상궁은 어디 있는가?"

유 상궁이 지나가던 궁녀를 하나 붙잡고는 물었다. 그 궁녀가 안내한 곳에는 막 오십 줄에 들어선 수라간 최고상궁, 강 상궁이 있었다. 그녀는 수라시간에 맞추어 음식을 만드느라 바쁜 하루를 보내고 있었다.

"아니, 정원군마마를 모시는 유 상궁이 아니십니까."

"오랜만에 뵙습니다, 강 상궁마마."

똑같이 상궁인데 한 명이 최고상궁이고, 한 명은 후궁 소생 왕자의 지밀상궁이라 그런지 유 상궁이 더 나이가 많은데도 불구하고 깍듯하다. 그런데 이 강 상궁, 어디서 본 얼굴이란 말이지. 성이 같아서 그런가? 세종 때 수라간에서 날 엄하게 훈육했던 그 '강 상궁'이 떠오르네.

"이 아이가 그 아이입니까?"

"예, 강 상궁마마님."

"어찌하여 나인이 상궁의 당의를 입고 있답니까."

강 상궁이 날카롭게 지적한다. 그러자 유 상궁이 자신보다 못해도 10년은 어려보이는 강 상궁에게 공손하게 대답했다.

"당의는 곧 벗도록 할 것입니다."

"그래요?"

이제 강 상궁의 시선이 내 얼굴을 향했다.

"보모상궁이었던 자가 수라간 궁녀가 된 걸 보면 웃전에 아주 밉보인 모양입니다."

음식재료를 들고 분주히 지나가던 궁녀들의 시선이 모두 날 향한다. 곧바로 시작되는 속삭임들. 아마 '웃전에 밉보였다'는 강 상궁의 말이 오늘 안으로 수라간에 퍼질 듯 보인다.

"오히려 은혜를 입은 것이라 할 수 있지요. 원래는 궁 밖으로 나가야 할 아이였습니다."

"그래요? 어쨌든 수라간이 만만치 않은 곳이란 걸 잘 알아야 할 텐데 말입니다. 상궁에서 나인이 되었다 하니, 이곳에서도 일을 잘하지 못하면 이젠 무수리가 되어야 하지 않겠습니까?"

"그저 강 상궁마마님의 뜻대로 하시지요."

유 상궁의 말은 날 무수리로 만들어도 신경 쓰지 않겠다는 것으로 들린다. 물론 난 더 이상 정원군 처소의 보모상궁이 아니니, 내가 무수리가 되든 궐 밖으로 쫓겨나든 유 상궁은 아무런 상관이 없긴 하지만 말이다.

유 상궁의 말에 강 상궁이 코웃음을 치더니 지나가던 어린 생각시를 하나 불러 명한다.

"이 항아님을 처소로 모셔다드려라. 의복을 갈아입으신 후에는 나에게 데려오고."

"네. 강 상궁마마님."

어린 생각시의 뒤를 따라 간 곳은 수라간에서 멀지 않은 곳이었다. 그곳에는 나인들의 처소로 보이는 건물들이 빼곡히 늘어져 있었다. 그러나 생각시가 나를 데려간 곳은 그 건물들 중 한 곳이 아니었다. 그곳도 한참 지나 외진 데 위치한 독립된 작은 건물이었다. 작은 방이 한

개. 그리고 방과 연결된 작은 부엌이 딸린 건물이었다. 오랫동안 아무도 쓰지 않아서인지 한눈에 보더라도 버려진 태가 역력했다. 나는 처소 앞에 있는 감나무를 물끄러미 올려다보다가 생각시에게 물었다.

"내 처소가 여기니?"

"네."

생각시가 고개를 끄덕이며 대답했다. 그때였다. 처소의 문이 열리며 남청색 옷을 입은 여자가 걸레와 물이 담긴 대야를 들고 나왔다. 그녀는 나와 생각시를 발견하자마자 고개를 숙여 인사를 올렸다.

"상궁마마님. 애기항아님."

나는 그녀의 옷차림만으로 그녀가 무수리임을 알아차렸다.

"이른 시간에 무슨 일이세요? 한창 수라간이 바쁠 때가 아닌가요?"

"강 상궁마마님께서 오늘 새로 오신 항아님을 처소에 모셔다 드리라 하셨어."

"새로 오신 항아님이요? 어디 계세요?"

그녀는 내가 아닌 다른 곳을 둘러보며 새로 오는 항아를 찾고 있었다. 아마도 내 옷차림이 아직 상궁의 옷차림이라서 그런 모양이었다. 결국 내가 나섰다.

"나예요. 내가 새로운 항아예요."

"상궁마마님이 아니신가요?"

"상궁이었는데, 오늘부터는 항아가 됐어요."

"예? 아, 예에……."

그녀가 당황해하며 나에게 인사를 다시 올렸다.

"소인은 이 처소 소속의 무수리입니다. 앞으로 항아님을 곁에서 모시게 되었어요."

"반가워요. 이름이 뭐예요?"

"운영이예요."

"몇 살인데요?"

"올해 스물넷이요."

"그럼 앞으로 운영 언니라고 부를……."

내 말이 끝나기도 전이었다. 운영이 사색이 된 얼굴로 두 손을 내저으며 소리쳤다.

"아이구야, 그런 말도 안 되는 소린 마십시오. 소인은 천것입니다. 어찌 말씀을 높이려 하십니까. 그저 운영이라고만 불러주세요."

"하지만 저보다 나이가 많잖아요."

"아이고! 안 됩니다. 혹여 다른 항아님들이나 상궁마마님들께서 이 사실을 아시면 전 궐에서 쫓겨납니다. 그러니 절대! 절대 안 됩니다! 제발 소인 좀 살려주십시오."

"알았어요. 그럼 운영이라고 부를게요."

그때까지 나와 운영의 대화를 바라보던 생각시가 내게 말했다.

"어서 준비하시고 수라간으로 가셔야죠."

"알았어. 그럼 옷을 갈아입고 나올게."

난 처소로 들어가서 들고 온 보따리를 풀었다. 당장 나가봐야 할 것 같아서 당의를 벗어 임시로 보따리 안에 넣어둘 생각이었다. 그런데 보따리를 풀자마자 내 눈에 들어오는 것이 하나 있었다.

종이가 그린 그림. 삐뚤빼뚤. 만화라고 하기에도 뭐한, 붓으로 그린 내 얼굴. 종이의 처소를 나올 때 유일하게 챙겨 나온 것이었다. 앞으로 종이를 만날 기회가 있을까?

괜히 종이를 만나겠다고 정원군의 처소에 갔다가 정원군부인이라도 만나면 이번엔 진짜로 궐에서 내쫓길 수도 있다 싶었다. 그런 의미에서 인빈이 내게 말했던 공빈에 관한 이야기는 많은 것을 시사했다.

수라간에서 조용히 살 것.

하지만 난 그럴 생각은 절대 없었다. 수라간에서야 열심히 주어진 일을 할 생각이지만, 내년 봄에 광해군이 궁궐로 돌아오면 한밤중에 동궁전 담을 타고 넘어가는 한이 있더라도 그를 만날 생각이었다.

만약 그렇게 해서 만난 광해군이 내게 도움을 주지 못한다면? 날 모른 척한다면? 그렇게 된다면 난 일평생 수라간 궁녀로서 사는 길밖에는 없을 것이다.

"아구구구구……."

삭신이 다 쑤신다. 장난꾸러기 종이를 쫓아다니던 시절에도 이처럼 몸이 쑤셨던 적은 없었던 것 같다. 수라간에서의 생활 첫날이었던 오늘 나는 똑똑히 깨달았다. 나는 수라간에서 단단히 찍힌 게 분명했다.

수라간 최고상궁은 물론이고 수라간 궁녀들은 모두 나를 싫어했다. 당연하다고 생각한다. 생각시 나이에 입궁해 온갖 잡일을 다 하며 그 자리에까지 오른 그들이었다. 웃전에 밉보여서 쫓겨났든지, 아니면 잘 보여서 오게 된 것인지는 몰라도 갑자기 그들의 공동체에 끼어든 내가 마음에 들 리는 없었을 것이다. 한마디로 난 조선시대에서 왕따가 되어버렸다.

오늘은 하루 종일 수라간에서 파를 씻었다. 물에 씻고, 또 씻고. 아무리 궁에 '파'를 먹을 사람이 넘쳐나도 그렇지, 이건 아무리 생각해도 너무하기는 했다. 마치 1년 동안 두고두고 먹을 파를 나 혼자 다 씻은 기분이었다. 서서도 아니고 앉아서 파를 씻는 게 뭐가 힘드냐고 말할 수도 있을 것이다. 그러나 아직 계절은 겨울. 추운 밖에 쭈그리고 앉아서 하루 종일 찬물에 손을 담가 파를 씻었으니 얼마나 힘들었던지.

"주물러드릴까요?"

내가 고생한 걸 어디서 들은 모양인지 운영이 친절히도 묻는다.

"아니에요, 괜찮아요."

"아이고, 계속 그리 말 높이시면 제가 힘듭니다. 말씀을 낮추세요."

"그러면…… 그럴까?"

내가 말을 높이고 낮추고의 문제는 아닌 듯싶었다. 다른 이들이 보고 고자질이라도 했다가는 운영은 궁궐에서 해고될 테니까.

"네에, 그리 해주세요."

"알았어. 그런데 출궁하기에는 늦은 시간 아니야?"

"아직 반 시진 정도 남았어요. 그 시간만 안 넘기면 돼요."

"매일 출궁해?"

"열흘에 사흘은 출궁해요. 세 살밖에 안 된 막내아들 녀석이 제 출궁하는 날짜는 어찌나 귀신같이 아는지, 그 날은 꼭 늦게까지 안 자고 소인을 기다려요."

"아들이 있어?"

"네. 둘이요. 막내 놈은 세 살이고, 큰놈은 여섯 살이에요."

"그렇구나……."

무수리의 일부는 혼인한 경우도 있다. 대부분의 무수리들은 관노(官奴, 관아에 소속된 노비) 출신으로 특별히 뽑혀서 궁궐에 들어와 일을 한다. 궁궐에서 일하는 여인들 중에서는 최하위에 속한 여인이며 상궁과 궁녀들, 생각시들이 하지 않는 온갖 잡일과 궂은일을 도맡아 한다.

"그럼 소인은 먼저 물러가겠습니다. 내일 아침에 일찍 올게요."

"응. 수고했어."

문을 열고 나가려던 운영이 갑자기 소스라치게 놀란다.

"에구머니나!"

무슨 일인가 싶어 내가 문 밖으로 고개를 내밀었을 때였다. 익숙한 헛기침 소리. 다름 아닌 정원군이다.

"뉘, 뉘신지요? 여기는 항아님들의 처소이온데……."

차라리 그가 관복이라도 입고 있었다면 운영은 높은 신분이라고 치부하고 조용히 물러가기라도 했을 것이다. 그러나 정원군은 어디에 갔다 오는 길인지 갓에 도포차림이었다. 나는 운영의 목소리가 더욱 커지기 전에 나섰다.

"정원군마마셔."

"정원군마마……. 인빈마마의? 어머나. 소인이 아무것도 모르고……. 아이고, 용서해주세요. 몰라 뵈었습니다."

"어험. 그만 물러가라."

"예에."

운영이 서둘러 가버리자, 나는 방문을 닫고 마루로 걸어 나왔다. 그가 주변을 잠시 살피는 듯싶더니 좁은 마루의 끝에 앉는다. 나는 그와 어느 정도 거리를 두고는 그가 앉은 마루의 반대쪽 끝에 앉았다.

"여긴 어떻게 알고 오셨어요?"

"찾는 건 어렵지 않았소."

조금은 어색하게 시작된 대화.

"잘은 모르지만 아무리 행궁이라고 해도 이렇게 궁녀들이 있는 처소에 오셔도 되는 거예요?"

지적하려던 것은 아닌데 그가 애꿎은 헛기침만 한다. 이를 본 나는 웃음을 터트렸다. 그러자 그가 묻는다.

"왜 웃소?"

"그냥요. 아무 이유 없이요."

그는 내 말 뜻을 이해하지 못한 것 같았다. 자신의 헛기침이 내 웃음을 자아냈다고는 생각하지 못한 모양이었다.

"수라간 일이 힘들지는 않소?"

"힘들죠."

종이가 떠난 그날 밤 이후로 처음 만나는 그에게, 나는 마치 오랜 친구와 만나 느끼는 어색한 기분을 해소하듯 장난스럽게 답했다. 그러나 그는 당황한 얼굴이다.

"힘들다면 내 다른 곳이라도……."

"그런 말뜻이 아니고요. 첫날이니까 힘들다고요. 그래서 힘든 거죠.

익숙해지면 덜 힘들겠죠."

"그런 뜻이었나."

뒤늦게 내 말의 의미를 알아차린 그가 어색하게 웃는다. 나는 그런 그를 보며 다시 한 번 고마움을 표했다.

"고마워요."

"무엇이 말이오?"

"궁궐에 남을 수 있게 해주셔서요."

"궐에 남게 된 것이 그리 좋소?"

"그게 제가 조선에 있는 첫 번째 의미거든요."

"난 잘 모르겠군……."

그가 그만 가려는지 앉아있던 마루에서 일어섰다. 그러더니 나를 돌아보며 말을 이었다.

"날이 춥소. 그만 들어가시오."

그러면서도 그는 바로 그곳을 떠나지 않았다. 그가 내가 먼저 들어가기를 기다린다는 생각에 앉았던 자리에서 일어섰다. 그것을 보고 돌아서려던 그가 내게 말을 꺼냈다.

"그대만 괜찮다면 가끔씩 찾아와 말을 나누고 싶은데……."

"친구로라면 언제든지요."

활짝 웃으며 답하는 나를 바라보는 정원군의 얼굴이 슬프게 느껴진다. 그는 분명 지금 입가에 미소를 띠고 있는데도 말이다.

그가 내 말에 고개를 살짝 끄덕이다가 어렵사리 말을 꺼낸다.

"마음만이라도…… 내게 줄 수는 없는 거요?"

"미안해요……."

내 사과를 받은 그는 조용히 돌아서서 달빛 아래로 사라졌다.

그는 좋은 사람이었다. 내가 그의 마음을 거절했음에도 내가 궁궐 안에 남을 수 있도록 그의 어머니 인빈에게 부탁까지 했었으니까. 그래서인지 이젠 나를 향한 그의 마음에 미안함만이 남았다.

그 누구도 내게 이야기해주지 않았지만, 아마도 내 담당은 야채 씻기로 굳어진 듯하다.

첫날 파를 시작으로 그 다음날부터 온갖 야채 씻는 건 모두 내 몫으로 떨어졌다. 게다가 대부분의 생각시가 자기가 모시는 항아님의 일을 돕는 것과는 달리, 나에게는 생각시가 없었다. 이렇게 한 달쯤 지나자 궁궐에서 소비되는 모든 야채가 내 손을 거쳐 가는 기분이었다. 그러나 오기가 생겼다. 절대 여기서는 무너지지 않겠다는 일념 하에, 나는 꿋꿋이 내게 주어진 야채 씻기에 몰두했다.

이듬해 봄. 날이 서서히 풀리기 시작하자 내게 배정된 일은 바뀌었다. 이번에 내가 하는 일은 완성되어 그릇에 담긴 음식을 순서대로 상에 올리는 일이었다. 처음 야채 씻기에서 해방된 나는 만세를 불렀다. 그러나 그 만세는 오래 가지 못했다. 상에 음식을 올리는 일은 결코 쉬운 일이 아니었다. 하루 종일 누구의 처소로 가는지도 모르는 상들이 수없이 내 손을 거쳐 갔다. 허리 한 번 제대로 펴지 못한 채 음식의 순서를 맞추느라 머리가 깨질 듯이 아파왔다. 무심코 실수로 숟가락 하나 잘못 놓았다가는 곧바로 강 상궁의 불호령이 떨어졌다.

강 상궁이 내게 주로 내리는 벌은 밥 한 끼 굶기기였다. 말이 굶기는 거지 이건 거의 고문이었다. 하루 종일 일만 하다가 한 가지 실수 때문에 저녁을 굶는 일이 허다했다. 체중계가 없어서 몸무게를 잴 수 없어서 그렇지, 수라간에 들어온 지 한 달 만에 5kg은 빠진 것 같았다. 이러다가 조선왕조 역사상 최초로 수라간에서 굶어죽은 나인으로 이름을 올리게 될지도 모른다는 두려움까지 들었다.

하루빨리 광해군을 만나야 했다. 그러나 지금 그는 건원릉에 있고, 그가 돌아오기까지는 반년의 시간이 더 남아있었다.

그러던 어느 날이었다. 반찬 하나를 잘못된 위치에 놓았다는 이유로 벌을 받아 저녁을 굶게 되었다. 하지만 수라간 나인 생활 한 달. 굶으라고 순순히 굶을 내가 아니었다. 나는 한밤중 처소를 나와 수라간으로 향했다. 낮에 엄청난 양의 시루떡을 만들었던 것을 떠올린 것이다. 옹주마마 탄신일을 맞아 내일 아침 왕족들에게 나눠주기 위해 만든 시루떡이었다. 양이 상당했기 때문에, 내가 그 떡을 조금 먹는다고 해서 알아차리는 사람은 없을 것이라고 생각했다.

"어머, 넌……."

수라간에 도착하자 평상시에는 나에게 관심조차 보이지 않는 수라간 나인 두 명이 나를 보고는 웃음을 터트렸다.

"밤에 보니 너도 딱 거지꼴이구나."

"오늘도 저녁 못 먹는다며?"

그녀들과 마주친 순간부터 난 이미 시루떡 먹기는 글렀다는 생각에 내 처소로 발길을 돌리려고 했다.

"두고 간 게 있는 것 같아서……. 그런데 와보니 없네. 그럼 이만."

그런데 낮에는 아는 척도 안 하는 그녀들이 갑자기 친한 척을 하며 내게 다가왔다.

"그러고 보니 네가 인빈마마의 추천으로 수라간으로 온 궁녀잖아?"

"네 음식 실력이 사실은 엄청 뛰어나다며?"

수라간에 온 뒤로는 농담으로라도 들어본 적이 없는 칭찬들이 그녀들 입에서 쏟아졌다.

"갑자기 왜들 그래?"

"왜 그러긴."

"우린 동무잖아. 도움 좀 구하자. 응?"

슬슬 본론이 나온다.

"방금 양화당에서 야참을 들이라고 명이 떨어졌어. 근데 재료가 몇 개 없단 말이야."

"너 인빈마마께서 추천하신 나인이니까, 인빈마마가 어떤 야참을 좋아하시는지 알지 않니?"

그녀들의 말을 듣고 보니, 왜 나에게 친한 척을 해온 건지 어느 정도 이해가 갔다. 인빈마마의 야참을 무엇으로 해야 할지 고민에 빠져있던 중에 내가 그녀들의 눈에 띈 모양이었다. 어쨌든 표면상 난 인빈마마의 추천으로 수라간에 들어온 나인이니까.

"글쎄, 그건 나도 잘 모르겠는데."

내가 인빈마마 나인도 아니었는데, 그걸 어떻게 알아.

"간단하게라도 뭘 좀 만들면 될 것 같은데 말이지."

"지금 이 시각에 상궁마마님들 깨우면 난리 나거든. 그런 것도 너희들이 알아서 못하냐고."

"그래?"

"만약 주상전하의 야참이었으면 이야기가 다르지. 하지만 인빈마마이시니까, 굳이 상궁마마님들을 깨우지 않아도 될 것 같아. 그래서 그런데, 네가 우릴 도와주지 않을래?"

사실 남을 도와주는 데는 흥미가 없었다. 무엇보다도 나는 그녀들과 친한 사이가 아니었기 때문이었다. 그러나 한 궁녀의 말이 저녁을 굶어 배가 고픈 내 마음을 흔들었다.

"야참 만드는 김에, 재료가 남으면 우리 나눠먹자."

"강 상궁마마님이 나는 오늘 저녁 굶으라고 하셨는데?"

"네가 우리를 도와준다면야 눈 한번 못 감아주겠니?"

"그래?"

내가 배가 어지간히 고프긴 고픈 모양이다. 평상시에는 얄미웠던 애들이 일순간 천사로 보이니 말이다.

"어때? 우리를 도와줄래?"

꼬르르륵…….

입에서 대답이 나오기도 전에 뱃속에서 먼저 답을 하고 말았다.

"알았어."

나는 고개를 끄덕이며 물었다.

"재료가 뭐가 있는데?"

"닭고기와 계란, 그리고 현구자(懸鉤子, 산딸기)가 조금 있어."

내 머릿속에서 스치고 지나간 요리 하나.

"그거면 충분해."

나는 자신해서 음식을 만들어주겠다고 나섰다. 그런 내가 한 가지 망각한 사실이 하나 있었다. 궁궐에서 평상시에 친절하지 않았던 사람을 도와주는 것이 얼마나 위험한 일인지를 말이다.

그날 밤 궁녀들을 도와주고 그 대가로 나는 현구자 하나만큼은 실컷 먹을 수 있었다. 그러나 그 다음날 아침. 수라간은 발칵 뒤집어졌다.

"어젯밤에 인빈마마의 처소로 야참을 들인 이들이 누구냐?"

수라간 최고상궁인 강 상궁이 이른 아침부터 수라간 나인들을 모두 모아놓고 호통치고 있었다. 그런 강 상궁의 양옆으로는 생전 수라간에서 본 적이 없는 내관들과 병사들이 서 있었다.

"어서 나서지 못하겠느냐!"

강 상궁의 이어진 호통에 어젯밤 그 궁녀 두 명이 쪼르르 앞으로 나와 엎드렸다.

"경민입니다. 경민이가 인빈마마 처소로 야참을 만들어 보냈습니다."

"경민이? 아니, 인빈마마께서 보내셔서 온 아이 말이냐?"

나는 사태가 어떻게 돌아가는지도 모른 채 천천히 앞으로 나섰다.

"제가 만들기는 만들었는데요……."

"저 아이입니다."

강 상궁은 내 변명도 듣지 않은 채, 자신의 옆에 서 있던 내관에게 말했다. 그러자 그 내관이 나를 가리키며 다른 내관들에게 소리쳤다.

"저 아이를 잡아라!"

"네?"

나는 달려든 내관들에게 꼼짝없이 두 팔이 붙들렸다. 당황한 나는 강 상궁을 향해 소리쳤다.

"대체 무슨 일인데요? 영문이나 알아야지요!"

"네 이년! 어제 인빈마마의 처소에 주상전하께서 납시셨다는 걸 알고 있느냐? 네년이 주상전하께서 드실 야참에 독을 넣지 않았느냐!"

"독이라니요? 제가 어찌……. 말도 안 돼요! 절대 그럴 리가 없어요!"

"상선영감."

강 상궁도 뭔가 미심쩍은지 내관을 향해 말문을 열었다.

"저 아이는 인빈마마의 추천으로 수라간에 들어온 아이입니다. 그런 아이가 인빈마마의 처소로 독이 든 야참을 들이다니요. 조금 이상하지 않습니까?"

"그것은 조사해보면 알 일이네. 분명한 사실은 전하께서 어제 그 야참을 드시고 밤새 기침하시다, 오늘 아침에 각혈을 하셨다는 것이네."

독이 들고 안 들고를 떠나서 왕이 피를 토했다고 하니, 이보다도 더 명백한 증거가 없었다.

"어서 끌고 가라!"

내관의 엄명이 떨어지자, 나는 그대로 내관들에게 끌려가고 말았다.

감옥에 갇힌 지 반나절. 어느새 밤이 찾아왔다.

감옥이라는 곳에 처음 갇히고 보니, 좋은 점이 하나 있었다. 밥은 준다는 것이다. 물론 수라간에서 먹는 좋은 음식이 아니라 콩나물국밥

같은, 딱 감방 스타일이라는 게 다른 점이지만. 그래도 난 배가 무지하게 고팠던지라 그 콩나물국밥을 아주 맛있게 먹었다.

하지만 아무리 생각해도 이해가 가지 않았다. 선조가 피를 토했다는데, 애초에 인빈마마가 드실 줄 알고 만들어드렸던 음식을 선조가 먹었다는 것도 좀 당황스럽기는 했다. 그러나 그 음식 재료들은 나도 먹었다. 만약 독이 들었다면 나도 피를 토해야 맞고, 함께 먹었던 궁녀들도 피를 토해야 했다.

내가 인빈에게 만들어준 것은 닭 가슴살 산딸기 샐러드……라고 말하기에는 재료가 여러 가지로 부실해서, 이것저것 새로운 양념을 만들어 사용하긴 했다. 일단 야참이니까 살찌는 음식보다는 가볍게 먹을 수 있는 음식이 좋을 것 같다는 내 나름대로의 기준도 세웠었다.

그나저나 선조의 상태가 위급한지도 궁금하다. 역사에 따르면 아직 선조는 죽을 때가 아니다. 인목왕후랑 재혼도 안 한데다가 영창대군도 태어나지 않았는데 죽을 리가 없다.

'그럼 내가 죽는 거야? 난 이대로 죽을 수 없다고!'

울컥하는 기분을 달래려 애를 쓰는데 벽 너머로 작은 목소리가 들린다.

"언니이……."

'미영이?'

나는 자리에서 일어서 내 키보다도 높은 곳에 위치한 작은 창문 가로 다가갔다. 그러나 창의 높이 때문에 바깥에 있는 미영이의 얼굴은 볼 수 없었다. 대신 나는 창문 밖으로 손을 내밀었다.

"여기야, 미영아."

"언니!"

내가 내민 한 손을 누군가 두 손으로 움켜잡았다.

"언니 왜 여기에 있어요?"

"어쩌다 보니까 그렇게 됐어. 넌 어떻게 여기에 온 거야?"

"궁궐 안에 소문이 퍼진걸요. 전 언니가 궐을 떠난 줄만 알았어요. 그런데 수라간에 있을 줄은……. 왜 말 안 했어요?"

"워낙 일이 바빠서 수라간을 벗어날 틈이 없었어. 미안해."

"아니에요. 그보다 정말 독을 넣은 건 아니죠?"

"날 못 믿는 거야?"

"아니요! 하지만 모두 언니가 독을 넣었대요."

"난 여기에만 있어서 잘 모르겠어. 대체 무슨 일이 벌어진 거야?"

"소문으로 듣기론 전하께서 언니가 만든 음식을 다 드시고 밤새 기침을 하셨대요. 그러다가 오늘 아침에 기침하시던 도중에 피를 토하신 거죠. 아주 난리도 아니었어요. 지금 계속 어의가 살피고 있다는데……. 그 외에는 모르겠어요."

"미영아, 나 진짜 독 안 넣었어."

"알아요. 언니 말 믿어요. 다 괜찮아질 거예요. 걱정 마요."

미영이의 울먹이는 소리가 벽 너머로 들려온다.

그 울음소리만으로도 결코 상황이 쉽게 괜찮아질 것 같지 않다는 생각이 든다. 하지만 이 순간만큼은 미영이에게 너무나도 고마웠다. 진짜로 억울하다고 펑펑 소리 내어 울고 싶은 것은 난데, 내 손을 붙잡고 내 대신 울어주는 미영이가 너무나도 고마웠다.

그날 밤 취조가 시작되었다.

행궁의 마당에 추국청이 설치되고, 난 그 한가운데의 의자에 앉혀졌다. 달아날 생각이 없는데도 불구하고 내 팔과 다리가 나무의자에 꽁꽁 묶였다. 곳곳에 놓여 활활 타오르고 있는 화롯불이 내 신경을 자극했다. 심문이 한밤중에 열린 것도 험악한 분위기를 조성하는 데 한몫하고 있었다.

"어험!"

관복을 입은 남자들이 헛기침을 하며 하나둘씩 추국청으로 들어왔다. 그들은 내 앞쪽에 놓인 하나의 의자를 중심으로 양옆으로 줄지어 섰다. 왼편으로 세 명. 오른편으로 세 명. 그들이 누구인지는 모르지만 관복이 붉은색이라는 것과, 중년 이상은 넘겨 보이는 나이대로 미루어 높은 관직의 사람들임은 추측할 수 있었다.

"죄인의 이름이 김경민이 맞는가?"

나는 대답하지 않으려고 했다. 내 이름 앞에 붙은 '죄인'이라는 말을 인정하는 게 될까 싶어서였다.

"대답하라!"

내가 대답을 주저하자, 멀찍이 서 있던 병사 한 명이 내 옆으로 다가왔다. 병사에 손에 들린 몽둥이처럼 생긴 나무막대에 내 시선이 쏠리는 바로 그때였다.

"정원군마마 드십니다."

맨 마지막으로 추국청에 들어선 사람은 다름 아닌 정원군이었다. 그는 상당히 긴장한 얼굴이었다. 하지만 내 얼굴은 거의 사색에 가까웠을 것이다. 그는 추국청에 들어서자마자 잠시 내 얼굴을 응시하더니, 곧 가운데에 빈자리로 남아있던 의자에 앉았다. 그러자 그의 왼편에서 있던 한 대신이 정원군을 향해 공손히 고개를 숙이며 말했다.

"심문을 시작하시지요."

그때 정원군의 오른편에 서 있던 덩치 큰 남자가 목소리를 높였다.

"이름을 묻는 말에조차 답을 하지 않는 것을 보니, 주리를 먼저 틀어야겠소!"

그러자 정원군이 그 남자 쪽을 돌아보며 입을 열었다.

"병판대감. 아직 혐의만 있을 뿐이오."

"혐의라니요? 증거도 있사옵니다."

"증거라니요?"

"전하께서 피를 토하신 것이 증거가 아니고 무엇입니까? 곧 독이 어떤 독인지 밝혀진다면, 저년도 굳게 입을 다물고만 있지는 못할 것이옵니다."

당장 날 죽일 듯이 기세등등하게 말하는 저 남자가 바로 병조판서였다. 정원군은 더 이상 병조판서와 말씨름을 하는 것을 포기하고는 한 손을 들었다. 그러자 다시 심문이 시작되었다.

"죄인의 이름이 김경민이 맞는가?"

나는 긴장한 채 정원군의 얼굴을 똑바로 응시하며 대답했다.

"김경민은 맞아요. 하지만 죄인은 아닙니다."

"허허! 저 계집이……!"

또다시 나서는 병조판서.

"어제 양화당에 야참을 만들어 올린 이가 맞는가?"

다시 심문이 이어진다.

"네. 제가 만들었습니다."

"음식에 들어간 재료는 무엇이었는가?"

"닭고기와 삶은 계란. 현구자 열 몇 알 정도입니다. 거기에 간장과 들기름. 소금을 사용해서 소스를 만들었는데……."

"소스라니?"

"아, 소스는 양념이에요."

"저거요, 저거! 저 소스라는 것이 독의 이름이 틀림없소!"

정원군이 흥분한 병조판서를 제지하지 않았다면, 그가 직접 나서서 나를 고문이라도 할 분위기였다.

심문관의 질문은 계속 이어졌다.

"수라간에서는 어떤 일을 맡고 있는가?"

"전 수라간에 들어온 지 몇 달 되지 않아서 주로 잡일을 합니다."

"잡일을 하는 나인이 어찌하여 전하께서 드실 야참을 만들었단 말이냐?"

"그날 전하께서 양화당에 계신 줄은 몰랐어요. 저는 인빈마마께서 드시는 야참인 줄 알고 만든 것입니다."

"아무리 전하께서 계시는 줄 모르고 만들었다고 하나, 어찌하여 수라간 상궁에게 고하지 않고 독단적으로 행하였는가?"

"그건……."

제일 먼저 나인들을 떠올렸다. 나에게 야참을 만들어달라고 부탁했던 그녀들을 말이다. 그녀들은 전하가 인빈마마의 처소에 왔다는 것을 알고 있었을까? 몰랐을 수도 있고, 알았을 수도 있다. 그러나 순전히 나를 골탕먹이기로 작정하고 이 일을 벌였다면 남은 음식을 함께 먹으며 수다나 떨다가 갔을 리는 없다. 죄가 없는 그녀들까지 이 일에 연관시킨다면 일이 커진다.

나는 잠시 눈을 감았다. 눈을 부라리고 있는 대신들을 바라보면서 대답하기가 어려웠기 때문이었다.

"어서 바른대로 대답하지 못할까!"

병조판서의 다그침에 놀란 나는 눈을 번쩍 떴다. 바로 내 앞에 걱정스러운 듯 심각한 얼굴로 나를 쳐다보는 정원군이 있었다. 그는 아마도 나를 도와주기 위해 이곳에 왔을 것이다. 그러나 도와주기에는 내 억울함이 풀릴 만한 증거가 현재로써는 한 가지도 없었다.

"전 인빈마마의 은덕으로 수라간 나인이 되었습니다. 그래서 인빈마마의 총애에 보답하고자 늘 기회를 바라고 있었는데……. 어제 인빈마마께서 야참을 드시고 싶다 하셔서, 보은을 할 마음에 상궁마마님들의 허락도 받지 않고 직접 만들었습니다."

"거짓이오. 거짓이 분명하오!"

"허허, 병판. 아직 허 의원의 진맥 결과가 나오지 않았소. 그러니 섣부른 판단은 맙시다."

"우상대감!"

병조판서와 우의정. 거기에 종친인 정원군까지 참석한 추국청이었다. 나는 보통 사태가 아니라는 걸 감지하고는 뒤늦게 몸을 떨었다.

"정원군마마. 죄인에게 형벌을 가하셔야 합니다. 그래야 저 죄인이 입을 열 것입니다."

우의정에게 밀린 병조판서가 정원군에게 말했다. 지금 여기에 모인 그들로서는 왕이 피를 토한 이유를 찾아내야 했고, 어떤 결과를 얻어야 했다. 그리고 혐의를 가진 사람은 나 하나뿐이었다. 그러니 나를 어떻게든 쥐어짜내 답을 찾으려는 듯 보였다.

정원군의 얼굴에 초조한 기색이 가득하다.

"그럼, 형을 내리겠사옵니다."

병조판서가 독단적으로 나섰다.

"저 죄인의 주리를 당장 틀어라!"

병조판서의 명령이 떨어지고, 곧바로 내 양옆으로 병사들이 지렛대로 보이는 나무를 들고 다가왔다. 난 나에게로 다가오는 병사들을 둘러보며 소리쳤다.

"전 독을 넣지 않았어요!"

내 말이 끝나기도 전에 병사들이 묶인 내 다리 사이로 지렛대를 집어넣었다. 또 다른 병사는 내 무릎 위에 묵직하고 납작한 돌덩이를 올려놓았다. 아마도 주리를 틀 때 다리가 움직이는 것을 막기 위한 장치로 보였다.

양옆에 선 병사들이 바깥쪽으로 지렛대를 잡아당기려고 했다. 나는 차마 보지를 못하고 두 눈을 질끈 감으며 고개를 옆으로 돌렸다. 바로 그 순간이었다.

"멈추시오!"

"멈춰라!"

정원군의 목소리와 함께 어디선가 들어본 목소리가 들려왔다.

"하아……. 하아……."

고문이 막 시작되려는 순간에 멈춰진 여파로 나는 놀라 거칠어진 숨을 내뱉으며 눈을 떴다. 추국청 안으로 누군가 급하게 들어오고 있었다. 바로 허준이었다. 정원군 역시 앉아있던 의자에서 일어서 있었다. 그는 허준이 오는 것을 보고는 다시 자리에 앉았다.

"허 의관. 전하의 곁에 있어야 할 그대가 왜 여기에 있는 것이오?"

우의정이 허준을 향해 물었다. 그러자 허준이 우의정에게 공손히 인사를 하더니 정원군에게 말했다.

"독이 아니었습니다. 독이 아니었습니다, 정원군마마."

"독이 아니라니? 그것이 정말이요?"

"예. 정원군마마."

"독이 아니라니? 그럼 어찌 전하께서 피를 토하셨단 말이오!"

병조판서가 날카롭게 물었다. 그러자 허준이 병조판서를 돌아보며 대답했다.

"피를 토하시게 된 것은 밤새 기침하신 것과 연관이 있습니다. 전하께서는 원래 밤에 기침이 잦으십니다. 특히 지금은 날이 추워지는 시기라 더욱 기침을 조심하셨어야 했는데, 어젯밤 야참으로 찬 성질이 강한 음식을 드시고 기침을 하시게 된 것입니다. 여기에 양화당의 나인이 불을 때는 것을 잊었다 합니다. 날이 추운데다가 불을 때지 않은 곳에서 머무시다 보니, 찬 기운을 잔뜩 머금은 옥체가 병이 나고 말았던 것입니다. 다행히도 지금은 약을 드시고 많이 나아지셨습니다."

"그 말은…… 아바마마께서 괜찮으시다는 것이오?"

정원군이 확인하듯 재차 허준에게 물었다. 그러자 허준은 고개까지 끄덕여 보이며 대답했다.

"예."

허준의 입에서 왕이 괜찮다는 확인까지 나오자, 나는 눈물이 핑 돌았다. 나는 무죄였다. 선조는 나이가 많이 들었고 평소 기침이 잦다. 그런데 하필 어제 먹은 찬 음식에 불까지 때지 않은 방에 머무르다가 기침이 심해졌고, 그 결과 피를 토하게 된 것이다.

"아무리 그래도 찬 음식을 올린 저 죄인을……."

"병조판서 대감. 전하께서 대감을 찾으십니다."

허준의 말에 병조판서가 하던 말을 멈추고는 급히 추국청을 빠져나갔다. 그를 따라 우의정과 병사들이 하나둘씩 빠져나가고, 내 옆에 서 있던 병사들도 내 무릎에 올려놓은 돌을 치우고 지렛대를 빼냈다.

"인빈마마께서 정원군마마를 찾으십니다."

허준이 작은 목소리로 정원군에게 말했다. 그러나 정원군은 여전히 의자에 묶여있는 나를 바라보고 있었다.

"알겠네. 곧 가지."

뒤늦게 허준에게 대답을 준 정원군이 천천히 내 쪽으로 걸어왔다. 그는 내 바로 앞에서 멈춰 서서 주변의 병사들을 모두 물렸다.

이제 추국청에는 의자에 묶여있는 나와 정원군뿐이었다. 정원군은 당장에라도 울 것 같은 표정으로 나를 보더니, 몸을 굽혀 의자에 묶인 내 발과 손의 줄을 풀어주었다. 날 자유롭게 풀어준 뒤에도 정원군은 굽힌 몸을 펴지 않았다. 그는 여전히 고개를 숙인 채 아무런 말도 하지 않고 있었다.

"정원군마마……?"

내가 미동도 하지 않는 그를 내려다보며 조심스레 불렀을 때였다.

"내 탓이오……."

"네?"

"내가 그대를 수라간으로 보내라 어머님께 그리 부탁드렸소. 그래서 그대가……."

그는 차마 말을 잇지 못했다.

그는 자신으로 인해 내가 이런 고초를 당했다고 여긴다. 하지만 수라간이 아니라 침방으로 갔었더라도, 난 궁궐에 남아있게 된 사실 하나만으로 기뻤을 것이다. 그랬기에 그의 죄책감을 덜어주려 서둘러 위로의 말을 늘어놓았다.

"아이참, 그거랑은 관계없어요. 제가 운이 나빴던 거죠. 사실 전 남을 도와주는 거랑은 절대 안 어울린다니까요. 이제 와서 이야기하는 건데, 어제 수라간 궁녀들이 갑자기 제게 부탁하더라고요. 인빈마마 야참을 좀 만들어달라고요. 거기에 괜히 잘난척한다고 나섰다가 이런 꼴을 당한 거죠."

"경민……."

그제야 정원군이 고개를 들어 나를 바라본다.

"그러니까! 이번에는 제게 미안해하지 마세요. 정원군마마."

정원군이 내게 미안해할수록, 이상하게 내 마음에는 부담감이 커진다. 아마도 나를 향한 그의 마음을 알면서도 받아들일 수 없기 때문일 것이다.

선조의 '각혈' 사건 이후 나는 수라간에서 쫓겨났다. 그렇다고 해서 바로 처소를 옮기지는 않았다. 수라간을 떠난 내가 갈 곳이 정해지지 않아서라기보다는 좁은 행궁에서 마땅한 새 거처를 찾아주기 어려워서인 듯 보였다. 어쨌든 그 덕에 수라간 소속 무수리로 들어온 운영도 계속해서 날 모실 수 있었다.

추국이 있었던 그 다음 날 아침. 인빈이 날 불렀다.

"널 수라간에 보내고서 밤잠을 설친 것이 다 이유가 있었구나."

'마녀 인빈'의 앞으로 불려간 나는 혹시라도 그녀의 비위를 거스를까, 고개를 숙인 채 숨소리조차 내지 않으려고 무던히도 애 썼다.

"다행히도 전하께서 어제의 일을 내 소관으로 내려주시어 잘 수습되었다만, 네년이 추국청에서 입을 잘못 놀렸다가는 나뿐만 아니라 정원군까지 다칠 뻔했다."

인빈의 말을 난 이해하지 못했다. 난 인빈의 추천으로 수라간으로 들어갔으니, 내가 독살사건과 연루되면 인빈이 골치 아파지는 건 분명하다. 그러나 정원군은 왜 다칠 뻔했다는 것일까? 밀려오는 궁금증에 시선을 들어 올리던 나는 인빈과 시선이 마주치자 재빨리 눈을 내리깔았다. 인빈이 그런 나를 향해 말했다.

"정원군 그 아이가 전하께, 자신이 추국하여 일을 소상히 밝히겠다고 주청을 드렸다. 어미와 자식이 서로 이 일을 자신이 처결하겠다며 나서는 꼴이라니. 사헌부에서 우리 모자에게 누명을 씌우기에 딱 좋은 먹잇감을 만들어준 셈이지."

어머니인 인빈과 아들인 정원군이 서로 나서서 사건을 해결하겠다고 말한 것. 다른 관점에서 이를 본다면 인빈이 전하를 시해하려고 작정한 것을 정원군이 감추기 위해 나선 것으로도 해석될 수 있다는 것이다. 만약 그렇다면 정원군이 이 일에 관련이 되었든 되지 않았든 어머니의 죄를 덮기 위해 아버지를 죽음으로 내몰았다는 죄가 추가될 수도 있었다. 이제야 인빈의 말이 이해가 되었다.

"고개를 들어라."

인빈의 명이 떨어지자 나는 고개를 들었다. 그러나 내 시선은 여전히 바닥을 향해 있었다. 그녀와 눈이 마주치는 것은 왠지 소름끼치게 싫었다. 정원군은 그토록 착하고 좋은 사람인데, 어머니인 그녀는 정원군과 전혀 달랐다. 둘이 모자사이라는 게 의심스러울 정도로 말이다.

"수라간에서 고생깨나 해서 죽을상이 된 줄 알았더니……. 여전히 반반하구나."

그녀가 나를 보며 비웃었다.

"널 아직 나인 명부에 이름을 올리진 않았지. 아마도 이런 날이 올 것이라 여기고 있었기 때문인지도 모르겠다. 그러나 수라간에도 더 이상 둘 수 없는 일. 그래서 네게 선택할 권한을 주마."

그제야 난 인빈과 시선을 맞췄다.

“내 아들 정원군이 널 위해 그리 나서는 걸 보니, 네가 단단히 마음에 든 모양이다. 그간 며늘아기 때문에 내 아들의 원을 풀어줄지 고민했기에, 널 나인 명부에도 올리지 않았던 것이다. 그런데 어제 일로 이 고민은 계속할 수 없게 되었구나. 네 이름이 경민이라고 했느냐?”

“예에, 마마.”

“널 내 아들의 첩으로 주고자 하는데, 넌 어떠하냐?”

나는 뜬금없는 인빈의 말에 놀란 얼굴로 그녀를 보았다. 그녀는 놀란 내 얼굴이 신기하다는 듯 바라보았다.

“평생 구중궁궐에서 사내의 손도 닿지 못한 계집으로 죽느니, 네게는 그 편이 낫겠지.”

“그게…….”

“오오? 싫으냐?”

“그게 아니라……. 제가 감히, 어찌 감히 정원군마마의 첩이 될 수 있겠습니까…….”

“의외로구나. 너 같은 계집이 주제를 알고 거절하다니? 아니면 속내는 다른 것이냐? 말로만 거절하는 것이야?”

“전…….”

“정녕 싫다면, 이제라도 네 이름을 나인 명부에 올려 정식 나인으로서 궐에서 지내게 해주마. 그리되면 죽기 전에는 궐을 떠나지 못할 것이야. 그래도 상관치 않겠다는 것이냐?”

죽기 전까지는 궁궐을 떠날 수 없다고 말하는 인빈. 그러나 아빠를 만나고, 그전에 한 번이라도 광해군을 만나기 위해서라도 나는 궁궐에 남아야만 했다. 더욱이 이 조선시대에서 궁궐을 떠나 살 수 있는 방법은 하나도 떠오르는 것이 없었다. 각오한 나는 인빈을 향해 또박또박 답했다.

"예. 전 나인이 되고 싶습니다. 나인이 되어 이 궁궐에서 살고 싶습니다. 마마."

그러자 인빈이 웃음을 터트렸다. 한참을 웃던 인빈이 말했다.

"좋다. 정 상궁, 거기 밖에 있는가?"

"예, 마마."

인빈의 말에 바깥에서 중년의 상궁이 재빨리 들어와 몸을 숙였다.

"앞으로 이 아이를 양화당에 두게. 그전에 제조상궁에게 이 아이가 내 오라버니의 사가에서 보내온 아이라 말하고 나인 명부에 이름을 올리라 전하게. 그럼 알아서 조치해줄 것이야."

"예, 마마."

"그러나 이 반반한 얼굴을 보고 싶지는 않아. 그러니 적당히 안 보이는 곳에 두고 일을 시키게."

"예, 명 받잡겠사옵니다."

말을 마친 인빈이 내게서 고개를 돌리자 정 상궁은 나에게 눈짓으로 따라 나오라는 신호를 보냈다. 나는 인빈에게 인사를 하고는 정 상궁을 따라 인빈의 처소를 나왔다.

정 상궁은 밖으로 나오자마자 나를 매서운 눈으로 돌아보며 말했다.

"네가 수라간 궁녀였다지?"

"네. 상궁마마님."

"어제 그 사단을 만들었던 것도 네가 맞느냐?"

이번 질문에는 대답하지 않았다. 어차피 대답하지 않아도 그녀의 눈초리는 이미 모든 것을 들어 알고 있다고 말하고 있었으니까.

"좋다. 마마께서도 네 얼굴을 보기 싫다 하시니, 앞으로 양화당 퇴선간에서 일하거라."

퇴선간. 음식이 들어가고 빠지는 중간과정에 있는 곳이다. 모든 전각 구석에 하나씩 있는 공간이기도 한데, 작은 부엌이라고 생각하면 된다. 수라간에서 만들어진 음식이 먼저 퇴선간에 도착하고, 그곳에서 상전이 식사를 하기 전까지 대기하게 된다. 그때 식은 음식은 그곳에서 살짝 덥히기도 하기 때문에, 작은 아궁이가 딸려 있는 게 대부분의 퇴선간 구조다. 조선에 와서 처음 광해군을 보았던 곳도 다름 아닌 중궁전 퇴선간에서였다.

보통 퇴선간에서는 수라간에서 음식을 가져온 궁녀들이 대기하며 상전이 식사를 하기 전까지 음식을 관리한다. 그런데 그 일이 양화당 소속 궁녀가 된 내게 내려졌다는 것은, 하루 종일 아궁이 곁을 떠나지 말고 처박혀 있으라는 소리와도 같다. 인빈은 정말로 내가 보기 싫은 모양이다. 어차피 나도 '마녀 인빈'과 마주치는 곳에서 일을 하고 싶진 않았다. 그러니 퇴선간은 듣기에는 별로지만 앞으로 양화당에서 일하게 될 내게는 최선의 일터가 되어줄 거라고 생각했다. 그리고 내 생각은 정확히 맞아 떨어졌다.

그해 11월, 도성에 첫 눈이 내렸다. 갑작스런 첫눈에 방한 준비를 못한 양화당의 나인들이 이리저리 뛰어다니는 사이, 나는 내 일터인 퇴선간을 지켰다. 아궁이가 있는 퇴선간은 항시 불을 때놓아야 하기 때문에 언제나 훈훈하고 따뜻함이 감도는 공간이었다.

양화당의 궁녀들은 내가 인빈에게 단단히 찍혔다는 걸 이미 아는지, 내 주변에 오는 것을 꺼렸다. 그러다 보니 퇴선간에 따뜻한 아궁이가 있다는 것을 알면서도 나를 찾아오려고 하지 않았다. 덕분에 조금 심심하기는 했다. 그래도 미영이가 종종 이런 나를 찾아와주었다. 첫눈이 오던 그 날도 마찬가지였다.

"언니!"

양화당 퇴선간은 양화당 안에서도 외진 곳이었다. 미영이가 들락거리기에는 수월했다.

"아직 안 바쁘죠?"

"응. 아직 인빈마마 점심수라 전이라 한가해. 그리고 마마는 이 시간에는 수라보다 다과를 드시니까 난 이때는 할 일이 거의 없거든. 넌 어떻게 왔어?"

"오늘 임해군마마께서 사냥을 가셨거든요. 그래서 왔어요."

"사냥?"

"네. 첫눈이 내릴 때 사냥을 나가면 아주 큰 암사슴을 잡으실 것 같다나?"

"아직 중전마마의 국상이 다 끝나지 않았는데?"

"뭐, 임해군마마가 언제 그런 걸 신경 쓰시는 분인가요, 뭘. 그건 그렇고 언니. 이거…….”

미영이가 조심스럽게 내미는 건 계란이었다.

“웬 계란이야?”

오랜만에 보는 계란을 반갑게 받아드니 꽤나 묵직하다. 삶은 계란인 듯싶었다.

“하나 받았어요. 언니 주려고 가져왔죠.”

“넌 안 먹어?”

“전 계란을 받을 기회가 많은걸요.”

“임해군마마 처소에 소속되어서 좋은 점도 있구나.”

“네. 후훗. 선물로 음식이 많이 들어오니까요. 그리고 이건 비밀인데, 임해군마마가 몰래 사재감(司宰監, 궁에서 쓰이는 생선, 고기, 땔감 등을 관리하던 관청)에서 음식들을 빼돌리시는 경우도 많아요. 덕분에 나인들이 호강하지만요.”

“그러다가 걸리면 큰일 나는 거 아니야?”

“글쎄요……. 상궁마마님 말로는 전하께서도 다 아신대요. 그런데 임해군마마가 원래 그런 분이니까, 눈감아 주시는 부분도 있대요.”

“그래?”

그녀에게 받은 계란을 까다보니 갑자기 생각나는 것이 있었다.

“내가 신기한 거 보여줄까?”

“신기한 거요?”

“응. 조금만 기다려봐.”

난 계란의 껍데기를 모두 벗겨낸 뒤, 하트 모양으로 만들기 위한 작업에 들어갔다. 미영이가 하트의 의미를 알 리는 없겠지만, 계란의 모양이 변하는 것을 보면 좋아할 것 같아서였다. 나는 퇴선간에 있는 젓가락과 실 조각들, 그리고 얇은 대나무 껍질을 이용해서 틀을 만들고 그 안에 껍질을 벗긴 계란을 집어넣었다.

"뭘 만드시는 거예요?"

"조금만 기다려봐. 시간이 지나야 하거든."

그때였다. 퇴선간 문이 열리며 정 상궁이 모습을 드러냈다.

"아니, 넌 누구냐?"

"소인은 임해군마마 처소의 나인입니다."

"임해군마마의 처소 나인이 왜 여기에 있는 것이냐?"

난처해하는 미영이를 보면서 내가 나섰다.

"제 동무예요."

"동무?"

동무라는 말이 어느 정도 설명이 되었는지 정 상궁은 고개를 끄덕였다. 하지만 이어서 나온 말은 우리를 배려해주는 말은 아니었다.

"아니, 양화당 퇴선간이 나인들의 놀이터인 줄 아느냐. 어서 썩 물러가거라."

"예에, 예에……. 마마님."

정 상궁에게 쫓겨 미영이는 아무런 말도 하지 못하고 퇴선간을 떠났다. 미영이가 가버리자 이번에는 정 상궁의 눈초리가 나를 향했다.

"뭘 꾸물대고 있는 것이야. 곧 수라간에서 수라가 도착할 터인데."

"정 상궁마마님, 인빈마마께서는 이 시간에는 주로 생과방에서 올린

다과를 드시잖아요."

말대꾸를 하려는 건 아니었다. 하지만 인빈의 그런 습관 덕분에 하루 중 유일하게 널널한 때인데, 오랜만에 놀러온 미영이가 쫓겨났으니 나도 기분이 썩 좋은 건 아니었다.

"그래서? 네 할 일이 없는 듯싶으냐?"

역시 돌아오는 건 싸늘한 꾸짖음.

"송구하옵니다……."

"어서 채비하거라. 오늘은 정원군마마와 수라를 드실 듯하니."

퇴선간의 문을 닫고 나가며 정 상궁이 말을 던진다.

정원군이 온 것일까? 퇴선간은 워낙 양화당의 구석에 박힌 곳이라 누가 드나드는지 전해 듣지 않으면 전혀 알 수가 없다.

이 퇴선간으로 온 지도 한 달이 다 되어간다. 그런데 정원군을 본 적이 없다. 그가 가끔씩 어머니 인빈을 만나러 양화당을 드나든다는 것은 알고 있었다. 그는 내가 이 퇴선간에서 일한다는 걸 알고나 있는 걸까? 적어도 그가 내 처소를 다시 한 번은 방문할 거라고 여겼다. 그러나 오지 않았다. 어째서일까? 내가 인빈에게 그의 첩이 되지 않겠다고 한 것이라도 들은 것일까?

이런저런 생각이 들었지만 정원군이 와서 인빈과 식사를 같이 한다고 하니, 일단 그것부터 신경 써야 했다. 나는 서둘러 퇴선간 아궁이의 불을 살리기 시작했다. 음식이 온다면 때에 맞추어 나가기 위해서라도 아궁이의 온도를 높여놔야 하기 때문이었다.

한참 불을 쑤시고 있는데, 퇴선간의 문이 열리며 수라간 궁녀들이 들어선다. 그녀들은 푸짐하기 이를 데 없는 상을 세 개나 들고 들어왔다. 나는 오랜만에 퇴선간이 가득 차는 느낌에 수라간 궁녀들에게 물었다.

"인빈마마도 정원군마마도 많이 드시는 편이 아닌데, 왜 이렇게 음식이 많아요? 또 왜 상이 세 개예요?"

종이가 오는 걸까? 지금으로써 생각나는 건 종이뿐이었다. 종이와 헤어진 후 벌써 한 해가 다 지나가고 있었다. 인빈과 정원군은 내가 양화당 퇴선간에 있다는 사실을 종이에게 말하지 않았을 것 같았다.

종이는 자라면서 날 잊게 될 것이다. 섭섭하지만 아이들의 기억력은 짧다. 나도 종이만 했던 시절의 기억이 잘 나지 않는데 종이라고 어련할까. 종이도 그렇게 날 잊어갈 것이다. 하지만 만약 종이가 왔다면 몰래라도 가서 보고 싶다. 많이 자랐을 텐데…….

"너 아직 모르는구나?"

"퇴선간에 박혀 지내는 애가 뭘 알겠어."

"오늘 세자저하가 오셨어."

나는 내 귀를 의심했다.

아직 건원릉에 있는 광해군이 갑자기, 그것도 인빈 처소에 올 이유가 없기 때문이다. 물론 광해군은 새해와 같은 특정한 날에는 행궁으로 돌아와서 선조를 뵙고 인사를 올렸다. 그렇다고 해서 그가 중전도 아닌 인빈을 만나러 양화당까지 올 이유는 없었다.

"세자저하가요?"

"그래. 근데 세자저하께서는 인빈마마 처소에서는 물 한 모금도 안 드시거든."

"독이 있다고 생각하시는 모양이지."

그런데 심각한 이야기를 주고받는 수라간 나인들이 킥킥거리며 웃음을 터트린다.

"인빈마마가 수라를 잘 안 드시는 건 우리들도 알아."

"정원군마마도 많이 드시는 편은 아니시지. 여기에 세자저하께서 납시셨으니 음식은 아주 깨끗하게 남을걸?"

상전이 남긴 음식은 모두 수라간 궁녀들의 것이다. 그리고 인빈과 정원군, 광해군이 합석한 자리는 결코 화기애애한 식사자리가 될 수가 없었다. 그 누구의 손도 타지 않은 채 이 많은 음식은 그대로 남을 것이다. 그런 형식상의 자리를 위해 준비된 푸짐한 음식들. 이 음식들은 모두 수라간 나인들의 차지가 될 것이 분명했다.

"그렇다고 빼돌릴 생각 마. 네가 손대면 우리도 다 아니까."

"퇴선간 나인이나 주려고 반나절이나 공들여 준비한 음식이 아니란 말이야."

상을 모두 퇴선간에 내려놓고 도도한 얼굴로 사라지는 수라간 나인들. 그녀들이 나가자마자 정 상궁이 다시 들어왔다. 그녀는 푸짐한 상을 한번 둘러보더니 말했다.

"지금 수라를 올릴지 여쭙고 오마. 설마하니…… 독을 넣을 생각은 아니겠지?"

이 아줌마는 유 상궁보다 고단수다. 내가 임금 독살설에 휘말렸던 나인이라는 것을 자주 상기시켜준다. 이럴 때 톡 쏘는 말로 반기라도 들고 싶다. 하지만 그랬다가 양화당에서 쫓겨나면 정말 갈 곳이 없을지도 모른다.

'내가 참자, 참아.'

정 상궁이 사라지고 나는 여전히 뜨끈한 김이 올라오는 수라상을 가만히 바라보았다.

광해군이 자신과는 상극이라면 상극일 인빈과 식사를 함께 하려는 이유는 알 수 없다. 수라간 궁녀들의 말에 의하면 어디까지나 형식적인 자리인 듯하다. 어쨌든 퇴선간에 하루 종일 처박혀 지내는 내가 광해군과 잠깐이라도 만나는 건 불가능하다.

더욱이 그에게는 나와 만났던 그때의 일이 이젠 10년 전의 일이 되었다. 10년 전의 일을 꺼내 궁궐에서 지내는데 도움 좀 받겠다는 건, 애초부터 말도 안 되는 일이었는지도 모른다. 더욱이 난 아직 십대이지만 그는 이미 어른이 되었으니까…….

적어도 오늘은 아니라는 생각에 나는 단념한 채 자리에서 일어섰다. 그때 미영이가 주고 간 계란이 눈에 들어왔다. 어느 정도 시간이 지나 뭉툭하게 변한 계란이 광해군을 처음 만났던 그 날을 상기시켰다. 순간 어쩌면 저 계란이 그가 나를 만났던 날을 기억하고 있는지 확인해 볼 수 있는 방법 되지 않을까 싶었다. 실패하더라도 손해 보는 일은 아니라고 생각했다. 결심한 나는 계란을 들었다.

"역시나!"

상을 치우기 위해 나타난 수라간 나인들은 손을 댄 흔적이 전혀 없는 상을 내려다보며 만족스러운 표정들이었다. 그러나 나는 아니었다. 하트 모양의 계란이 내가 올려놓은 그대로 접시에 놓여 있었기 때문이었다. 광해군을 제외한 다른 이들의 눈에 띄어서는 안 된다고 생각했기 때문에, 색색의 전들 사이에 장식처럼 끼워놓기는 했다. 모르는 사람들이 본다면 삶았는데 모양이 뭉개진 계란 정도로 보이도록.

광해군 역시 이 계란을 뭉개진 것으로 취급한 걸까? 아니면 상에는 시선조차 주지 않은 걸까? 어쨌든 수라상은 들어간 지 얼마 되지 않아 도로 나왔다.

"그럼 우린 갈게. 수고해."

수라간 나인들이 상을 도로 가지고 나가자 난 그대로 힘없이 주저앉았다. 기대를 안 했다고는 말할 수 없지만, 일단 일을 벌인 것치고는 상당히 후회스러운 결과였다. 길게 한숨을 내쉬며 반쯤 열린 퇴선간 문밖을 내다보았다. 밖에서는 여전히 첫눈이 내리고 있었다. 시간이 갈수록 눈은 쌓여가고 내 마음에도 눈이 조금씩 쌓여가고 있었다.

다른 기회가 또 찾아올 거라고 스스로를 위안해 보면서도 고작 계란 하나로 날 떠올려주길 바란 게 우습다는 생각도 들었다. 그것도 그에게는 10년 전에 딱 한 번 먹어본 계란이었는데 말이다. 그렇지만 그는 그때 그 계란을 엄청나게 칭찬했었다. 그 칭찬에 기댔던 걸까…….

그날 저녁, 인빈의 저녁수라가 끝난 후 광해군에 대한 소식을 조금 들을 수 있었다.

갑작스런 광해군의 양화당 방문은 다름 아닌 인빈이 먼저 청한 것이었단다. 인빈의 입장에서는 내년 봄 의인왕후의 국상이 끝나고 치러질 새 중전을 맞아들이는 국혼을 앞두고, 수라를 핑계로 세자인 광해군의 동향이나 살필 생각이었던 듯하다. 광해군도 현재로써는 궐에서 가장 높은 권력을 휘두르는 여인인 인빈의 청을 거절할 이유가 없었다. 게다가 인빈은 혹시라도 광해군이 자신의 청을 거절할까, 아들인 정원군까지 직접 보내 데려오게 했다 한다. 결국 광해군은 양화당에 와서는 먹는 둥 마는 둥한 식사를 마치고 곧바로 행궁을 떠나 건원릉으로 떠났다.

퇴선간 아궁이의 불을 모두 끈 다음에야 나는 처소로 발길을 돌렸다. 하지만 평상시보다도 더 기운이 나지 않았다. 내가 대체 뭘 기대하고 있었는지를 스스로 자문하면서 더욱 기분은 울적해졌다. 어쩌면 이게 시작일지도 몰랐다. 그가 나를 기억하지 못하고 있다는 증거들을 하나씩 알게 되는 그 시작.

'저하는 그대를 잊었소.'

정원군의 말대로 광해군은 날 잊었을 것 같았다. 아니, 잊은 게 당연하다. 그에게는 10년 전의 일이다.

"휴우……."

평소와 다르게 긴 한숨을 내쉬며 퇴선간의 일이 처음으로 힘들다고 느낀 바로 그때였다. 내 처소가 있는 건물 앞 감나무 옆에 한 사람의 그림자가 진 것이 보였다. 갓에 도포 차림을 한 인영에 정원군이라고 생각했다. 그가 이 시간에 왜 여기에 온 것일까?

감나무 아래에서 서성이던 이가 갑자기 고개를 들었다. 마침 감나무에 아슬아슬하게 매달려 있던 이파리 하나가 그의 갓 위로 떨어진 것이 그 이유인 듯싶었다. 아니면 아침부터 내리는 눈 때문인지도 모른다. 나는 그가 고개를 든 순간, 걸음을 멈추고 숨을 크게 들이쉬었다. 그러나 숨은 도로 내쉬어지지 않았다. 그는 정원군이 아니었다.

'광해군…….'

그는 인빈을 만난 후 바로 행궁을 떠났다고 했다. 그러니 지금쯤 건원릉으로 가고 있어야 할 터였다. 그런 그가 지금 여기에 있다. 바로 내 처소 앞에 말이다. 그가 왜 여기에 서 있는지, 왜 그게 하필 내 처소 앞인지는 궁금하지 않았다. 그토록 만나고 싶었던 그가 바로 내 눈앞에 있다는 사실만 중요할 뿐이었다. 더욱이 그는 혼자 있었다. 이것은 내가 지난 2년간 궁궐에서 지내며 무엇보다도 바라던 바로 그 기회였다. 비록 양화당의 정식 나인이 되면서 조금 퇴색한 이유이기는 하지만 말이다.

나는 한동안 멈춘 그 자리에 서서, 그에게 소리 없이 더 다가가야 할지 아니면 소리를 내고 다가가야 할지를 고민했다. 그러나 다음 순간 밟고 있던 낙엽이 바스러지는 소리를 냈다.

그 소리에 그는 즉각 반응했다. 고개를 돌려 내가 서 있는 방향을 돌아본 것이다.

세상이 은은한 푸른빛으로 뒤덮인 눈이 내리는 밤. 누가 갖다놓았는지 모를 제등(提燈) 하나가 그의 발치에서 빛을 내고 있었다. 그는 그

빛에 의지해서 내 얼굴을 바라보았다. 그와 시선이 마주치자 나는 두 말할 것도 없이 그를 향해 한 발 한 발 걸음을 내딛기 시작했다. 그는 무표정에 가까운 얼굴로 자신에게로 다가오고 있는 나를 가만히 응시하고만 있었다.

나는 문득 그가 나를 못 알아본 것이 아닌가 하는 생각이 들었다. 그도 그럴 것이, 나는 지금 옷도 머리도 모든 것이 그저 평범한 나인의 모습을 하고 있었다. 어쩌면 그는 나를 나인이라고 생각하고 보고 있는지도 몰랐다.

이런 생각이 들자 그에게 무슨 말을 먼저 꺼내야 할지가 고민된다. 그를 세자라 칭하며 고개를 숙여 인사를 올려야 할지, 아니면 그를 처음 만났던 그 순간과 다름없는 태도로 거리낌 없이 말을 건네야 할지 말이다.

나의 이러한 고민이 쓸데없는 것이었다는 사실은 곧바로 판명 났다. 그의 앞에 다가서자, 나를 바라보는 그의 얼굴에 서서히 미소가 번져가는 것이 내 눈에 똑똑히 보였기 때문이었다. 그는 내가 누구인지 알고 있었다. 그는 나를 기억하고 있었다.

그에게는 10년이라는 시간이었다.

나에게는 2년이라는 시간이었다.

그 시간의 차를 뛰어넘어서 그는 나를 기억하고 있었다. 그의 얼굴을 가득 채운 웃음이 나를 반기고 있었기에…….

웃음으로 그에게 인사를 건네려다가 문득 생각나는 것이 있었다.

"쓥!"

그가 하얀 이를 드러내며 웃는다. 아니, 소리 내어 웃음을 터트렸다. 나도 한참을 그와 함께 소리 내어 웃었다. 정말 특별한 느낌이었다. 임진년인 1592년에 그와 헤어진 이후로 10년이 지난 지금, 그가 나를 잊었을지도 모른다는 두려움은 일순간에 날아가 버렸다.

정원군의 말도 사실이 아니었다.

광해군 이혼(光海君 李琿). 그는 나를 기억하고 있었다.

그의 웃음이 먼저 그치자 나는 한 손을 그에게로 내밀었다. 지금으로부터 먼 미래였던 2013년, 내가 그에게 마지막 인사로 내밀었던 바로 그 손을 말이다.

"기억나?"

내 물음에 그가 잠시 당황한 표정으로 내가 내민 손을 물끄러미 쳐다본다. 하지만 그도 곧 그때를 기억했는지 내 손을 잡았다. 난 잡은 손에 힘을 주어 위아래로 흔들었다.

"내게 물었었지? 이게 무슨 의미냐고 말이야."

"그랬다."

그의 입이 처음으로 열렸다.

"내가 살았던 곳의 인사야. 만났을 때, 그리고 헤어질 때 하는 인사."

"만났을 때와 헤어질 때라. 그럼 지금 하는 인사는 어떤 의미냐?"

나는 두 눈에 웃음을 가득 담고 그에게 답했다.

"다시 만났을 때, 만나서 반가울 때. 그때 하는 인사야."

"경민아……."

10년 전과는 다르게 중후하게 변한 그의 목소리가 내 이름을 부른다. 하지만 내 눈앞에 서 있는 그는 여전히 18살, 동갑이었던 때 만났던 바로 그 녀석이었다.

"다시 만나서 반가워, 세자저하."

1601년 겨울, 첫눈이 내리던 어느 날. 나는 광해군과 재회했다.

세자와 궁녀

“다시 만나서 반가워, 세자저하.”

2년 전 처음 손을 잡았을 때보다, 지금 잡은 그의 손은 더욱 크고 단단하다.

그는 내가 이곳에 있다는 것을 어떻게 안 것일까? 궁금증을 가득 담은 눈으로 올려다보는 날 향해 그가 먼저 입을 열어 답을 주었다.

“그리 희한하게 생긴 계란을 만들 수 있는 건, 이 조선에선 오직 너 하나뿐일 것이다.”

“계란을 본 거야? 단지 그걸로 내가 여기 있는 걸 안 거야?”

“처음에는 긴가민가하였다. 하여 수라간으로 동궁전 내관을 보내 그 계란을 만든 이를 찾아보게 했지. .”

“그런데?”

난 수라간 궁녀가 아니다. 양화당 퇴선간 궁녀이지.

"찾지 못하였다. 그런데 수라간으로 보냈던 내관의 말로는 수라간 최고상궁이 희한한 짓을 벌였던 한 궁녀의 이야기를 꺼냈다더구나. 김경민이라는 이름의."

수라간 강 상궁! 그녀는 날 찾으려고 광해군이 수라간으로 보낸 내관에게 선조의 각혈 사건을 들먹거렸는지도 모른다. 내가 없는 곳에서 세자인 그가 알게 될 정도의 뒷담화를 했다는 사실에 얼굴이 화끈거렸다. 덕택에 그는 수라간에서 쫓겨난 문제의 나인, 김경민의 이름을 듣고 자신의 짐작이 틀리지 않았음을 확인하게 된 것 같지만.

"그래서?"

"효경전으로 돌아가는 일이 시급했기 때문에 너를 찾으러 올 수가 없었다. 그래서 수행원들을 먼저 보내고 바로 이곳으로 온 것이다."

"그러면 지금 효경전으로 가야 하는 거 아니야?"

"갈 것이다."

그런 문제는 걱정 말라는 듯이 말하는 광해군. 웃어 보이는 게 자신만만해 보이기까지 한다.

나는 그때까지도 그에게 잡혀 있던 손을 슬그머니 빼내려고 했다. 그러나 그것을 알아챈 광해군이 내 손을 힘주어 잡아당겼다. 나는 그의 행동에 놀라 광해군을 바라보았다. 그는 씨익 웃더니 잡았던 손을 놓아주며 말한다.

"십 년 만이다."

그의 장난에 당황함을 감추려 내 목소리만 커졌다.

"정확히는 구 년 만이거든. 더 정확히는 칠 년 만이고."

그때 그가 의아하다는 듯 묻는다.

"칠 년 만이라니?"

"사실 나…… 궁궐에 들어온 지 거의 이 년이 다 되어가."

"이 년이나? 이 년이나 이 행궁에 있었단 말이냐?"

그의 눈썹이 일그러진다. 그 때문에 2년 가까이 이 행궁에 머물면서도 그 앞에 나서지 않은 것에 대한 죄책감이 생기려고 해 나는 급히 말을 돌렸다.

"아, 아니! 사실은 일 년 조금 넘었나?"

"어찌하여 내게 알리지 않은 것이냐?"

그의 목소리가 약간 화가 난 듯 들린다.

"그건 말이야……."

"언제부터 궁녀였던 것이냐? 언제 궐로 들어온 것이냐?"

그의 질문이 쏟아졌다. 나는 이젠 화가 난 게 분명한 광해군을 진정시키기에 들어갔다.

"하나씩! 하나씩 물어봐. 다 대답해 줄테니까. 일단 진정해."

"진정하라니? 어찌 진정하라는 것이냐? 네가 이토록 나와 가까운 곳에 있었음에도, 내가 알지 못하였는데!"

"그건 내가 일부러 나타나지 않았으니까 그랬던 거고."

"일부러 그리하였다니?"

"왜냐하면 넌 세자잖아. 세자저하. 그리고 난 궁녀고. 알겠지만 궁녀와 세자저하는 신분이 많이 다르다고. 궁녀인 내가 널 안다고 막 네 앞에 나타나서 아는 척을 할 순 없잖아. 내 말 무슨 뜻인지 알지?"

내 어쭙잖은 설명이 그를 어느 정도 이해시킨 건 확실하다. 그가 입을 다물더니 무언가 생각하는 표정을 짓는다.

"그래도 고마워. 날 잊지 않은 모양이네? 거의 십 년이나 지났는데 말이야."

나에게는 2년도 되지 않은 시간이었지만.

"그래서 난 네가 나를 잊었을 거라고 생각했거든."

정원군이 내게 말했던 것처럼 말이다.

내 말을 잠자코 듣고 있던 그가 눈을 힘주어 뜨고는 날 바라보며 한 치의 흔들림도 없는 목소리로 말한다.

"단 하루도 너를 잊어본 적이 없었다. 너를 어찌 잊겠느냐? 그리 바람처럼 내 눈앞에서 홀연히 사라진 너를!"

"그날을 아직도 기억해? 조금 특이하긴 했지. 그런데 앞으로 그렇게 사라질 일은 없을 거야. 그때 단 한 번 뿐이었거든."

그가 조금은 어색하게 다가왔다. 2년 전보다 훌쩍 자라 버린 그의 키와 달라진 목소리 때문일지도 모른다. 그게 아니라면 시간여행으로 인해 달라진 그와 나의 나이 차이 때문일 수도 있다. 그는 이제 어른이 되었다. 무엇보다 그는 세자다. 세자 광해군이다. 그럼에도 그는 나를 마치 어제 헤어진 친구처럼 대해 주려는 것 같다. 하지만 언제까지 세자인 그와 편하게 말을 주고받을 수 있을까?

"내 말을 믿지 않는구나."

"응?"

"내가 너를 잊지 않았다는 말을 믿지 않는 것 같단 말이다."

"아니야, 믿어. 오래 전이라 날 기억하고 있을지 좀 의문이 들긴 했는데, 지금 이렇게 만나니까 네가 날 기억하고 있었다는 걸 알겠어."

"내 말을 믿지 않는구나."

그가 두 번씩이나 강조한 말은 사실 틀리지 않다. 지난 2년간 그가 나를 잊었다고 생각하고 얼마나 조바심을 냈었던가. 그러면서 그와 마주치는 것을 은근히 피했다. 지금 그의 눈동자는 이런 나의 속을 빤히 들여다보는 것 같다. 그가 다시 입을 열어 말했다.

"나와 갈 곳이 있다."

"어딜?"

내 물음에 그는 대답 대신 내 왼쪽 손목을 붙잡더니 어디론가 끌고 가려고 했다.

그때였다. 광해군이 잡았던 내 손목을 놓는다. 그가 누군가를 의식해서 그런 행동을 했다는 것을 깨달은 나는 그의 뒤에 서서 그가 바라보는 곳을 쳐다보았다. 그곳에는 정원군이 서 있었다.

"부야."

광해군이 정원군의 이름을 불렀다. 건원릉으로 떠났어야 할 광해군이 세자로서 있을 만한 곳이 아닌 여기에 있는 것을 보고서도 정원군은 놀란 기색이 아니었다. 그는 침착하게 광해군에게 인사를 올렸다.

"저하, 이곳엔 어인 일이시옵니까?"

"너는 여기를 어찌 알고 온 것이냐?"

"동궁전 최 내관을 만났습니다. 저하께서 이곳으로 가셨다 하여 왔습니다. 하온데 저하, 효경전으로 가셔야 할 저하께서 어찌 이곳에 계신 것이옵니까?"

정원군의 물음에 광해군은 밝은 목소리로 말했다.

"부야, 그녀를 찾았다. 그녀를 찾았어."

광해군이 지금 말하는 '그녀'는 분명 나일 것이다. 그런데 나를 찾아 기뻐하는 광해군을 보는 정원군의 표정은 어둡기만 하다.

"너는 내가 그녀를 찾지 못할 것이라고 했다. 왜란 중 앓았던 내가 헛것을 본 것일 수도 있다 말했다. 그런데 보거라. 그녀를 찾았다."

자랑스럽게 말하는 광해군을 보면서도 정원군의 표정은 밝아질 기미가 전혀 보이지 않았다. 그런 정원군의 얼굴을 보며 한 가지 의문이 들었다. 정원군이 광해군에게 날 찾을 수 없을 거라고 말했다는 것에 대해서 말이다.

"감축드리옵니다. 저하."

인사를 하는 정원군의 시선은 광해군과 함께 있는 날 향하고 있었다.

"네게 하례를 받기에 앞서 부탁할 일이 있다."

광해군의 말에 정원군이 나에게서 시선을 떼고 다시 광해군을 돌아보았다.

"이 아이가 지금 양화당 퇴선간 나인으로 있다고 하더구나. 그러나 오늘 하루 이 아이는 출궁을 해야 한다. 그러니……. 옳지, 좌찬성 댁에 갔다고 하는 것이 좋겠구나. 그리 해줄 수 있겠느냐? 내 이 아이와 볼 일이 끝나면 좌찬성 댁으로 보내마."

좌찬성은 정원군의 부인 구 씨의 친정아버지인 구사맹을 가리키는 말이다. 광해군은 내가 정원군의 사돈댁에 간 것으로 하라고 말한 것이다. 그리고 당연히 자신의 말을 그대로 따를 것이라고 여겼는지, 정원군에게서 대답이 나오기도 전에 다시 내 손목을 잡고 가려고 했다. 그러나 정원군이 광해군의 앞길을 막아섰다.

"저하, 저하께서는 지금 속히 효경전으로 돌아가셔야 하옵니다. 헌데 어디를 가시려는 것이옵니까?"

"나중에 말해주마. 길이 급하구나."

광해군은 더 이상 할 말이 없다는 듯 내 손을 잡아끌며 그를 지나쳤다. 정원군은 그 자리에 그대로 서서 광해군에게 이끌려 가는 나를 가만히 바라보았다.

광해군의 손에 이끌려 도착한 곳은 행궁의 여러 뒷문 중 한 곳이었다. 평소 그곳은 밤낮으로 두 명의 병사들이 지키고 서 있었는데, 오늘 밤은 아무도 없었다. 광해군은 아무렇지도 않은 듯 익숙하게 문을 열고 뒷문을 나오더니 그제야 잡고 있었던 내 손을 놓아주었다.

뒷문 밖에는 사복 차림을 한 내관이 광해군을 기다리고 있었다. 그는 광해군에게 인사를 올리고 말 한 필을 건넸다. 광해군은 주저 없이 그 말 위에 가볍게 올라타더니, 서 있는 나를 향해 한 손을 내밀었다. 함께 말을 타자는 의미임은 알았지만 나는 그 손을 잡을 수 없었다.

"나는 말을 탈 줄 몰라."

"그래서 나와 함께 타자는 것이 아니냐."

"어디를 가려고 그러는데? 걸어가면 안 될까?"

그사이, 광해군이 내관에게 눈짓을 보냈다. 그러자 내관은 우리 사이로 들어와 엎드렸다. 나는 처음에 내관이 왜 엎드렸는지를 알지 못했다. 그 순간, 광해군이 내 팔목을 잡아 자신 쪽으로 끌어당겼다. 난 얼떨결에 내관의 등을 밟고 말 위에 올라타고 말았다.

"어머!"

두 다리를 한쪽으로 모은 채 그의 앞자리에 앉은 나는 갑자기 높아진 시야에 탄성을 내질렀다. 그는 그런 나를 보는 게 재미있는지 히죽거리며 웃었다. 그 웃음이 신경 쓰이려는 참에 그가 잡고 있던 말의 줄을 잡아당기며 말했다.

"꽉 잡거라."

그는 능숙하게 말을 몰기 시작했고, 속도는 계속해서 빨라졌다. 깊은 밤, 지나가는 이 하나 없이 텅 빈 도성의 밤거리를 그는 누구의 제지도 받지 않은 채 전속력으로 말을 몰았다. 덕분에 난 금방이라도 말 위에서 떨어질 것 같은 기분이었다.

"제발! 천천히 가줘!"

"그러기에 꽉 잡으라 하지 않았느냐!"

내가 무서워하는 걸 알자 그의 목소리는 신이 난 듯 커졌다. 나는 결국 두 팔로 그의 넓은 가슴을 감싸 안으며 매달렸다.

달리는 도중에 말에게 물을 먹이러 두 번쯤 쉰 것 빼고는 그는 속력을 거의 늦추지 않고 계속 북쪽으로 향했다. 밤인데다가 주변에 빛이라고 할 만한 것은 아무것도 없어서 나는 그가 어디로 가는지 방향조차 알 수 없었다.

한참을 달린 말이 지쳐서인지 그가 속도를 조금 늦췄다 싶을 무렵, 피곤에 지친 나는 그의 가슴에 기대어 잠에 빠져든 채였다. 그도 내가 잠든 것을 아는지 속도를 더욱 늦추었다.

얼마나 그렇게 그의 품 안에서 잠들었던 것일까? 막 떠오르기 시작한 햇빛이 눈부셔 눈을 떴을 때, 말은 아주 느린 걸음으로 어느 낮은 언덕을 오르고 있었다.

"일어났느냐?"

그는 품안에서 눈을 비비며 일어나는 나를 보고 물었다. 밤새 말을 달렸을 그가 피곤해하지 않는 것을 신기해하며 나는 쏟아지는 하품을 감추기 위해 입을 가렸다. 곧바로 그가 말을 멈추더니 말 위에서 가볍게 내리며 내게 말했다.

"이제는 걸어가도 되겠구나."

그가 날 어디로 데리고 온 것인지는 중요하지 않았다. 아직은 덜 깬 잠과 밤샘 승마로 인한 피곤함에, 눈이 앞으로 뒤집어지는지 뒤로 뒤집어지는지도 알 수 없는 지경이었다. 그나마 말 위에서 조금이라도 잘 수 있었던 게 다행이었다.

말에서 먼저 내린 광해군을 향해 손을 뻗었다. 그러나 그는 잡아달라고 내민 내 손을 잠시 바라보더니, 두 손으로 내 허리를 잡고는 가볍게 들어 올려 땅에 내려주었다. 바닥에 발을 디딘 나는 주변을 한번 둘러보았다. 떠오르는 태양. 언덕. 멀지 않은 곳에 우거진 숲. 막 아침이 되어 깨어난 새들의 지저귐. 또 사람이 개간한 것 같은 밭도 간간이 보였다.

"여기가 어디야?"

"도착하면 알게 될 것이다."

그의 눈빛에 밴 무게감. 다르게 보자면 슬퍼 보이기까지 한다. 나는 여전히 영문을 모른 채로 그와 함께 언덕길을 오르기 시작했다. 그렇게 말없이 십여 분. 어쩌다가 하게 된 아침 산보 덕에 완전히 잠에서 깨어났을 때쯤 언덕의 꼭대기에 다다랐다. 나는 그곳에 호젓이 자리를 지키고 있는 무덤 하나를 발견했다. 그 앞에는 비석도 세워져 있었다.

"여기에 날 데리고 온 거였어? 누구 무덤인데?"

그는 여전히 답을 주지 않은 채 먼저 그 비석 앞에 다가가 섰다. 나는 호기심을 가지고 그의 옆으로 바짝 다가섰다. 그리고 무덤 앞에 놓인 비석을 보았다. 비석에는 세로로 딱 한 줄, 고인이 누구인지 알려주는 글이 새겨져 있었다.

무명김씨지묘(無名金氏之墓)

'김 씨인데 이름이 없는?'

비석에 새겨진 글을 읽는 순간, 목이 턱하니 막히는 느낌이 몰려오며 내 머릿속은 백지 상태가 되어버렸다.

"미안하구나……. 이름을 알지 못하여 이리 비(碑)를 세울 수밖에 없었다. 매년 기일에 사람을 보내어 제를 지내게 했지만, 그때도 이름을 올린 신주(神主)를 사용할 순 없었다."

무덤의 주인은 다름 아닌 내 아버지 김영찬이었다.

1592년 임진왜란이 발발했다. 아빠는 그때 함경도 회령에서 돌아가셨다. 그리고 돌아가시기 직전, 나를 미래로 돌려보내셨다. 덕분에 겨우 임종은 지킨 게 되었지만, 결과적으로 아빠는 미래에서는 실종으로 남아야만 했다. 그랬던 아빠였다. 그랬던 아빠가 지금 이곳에 계신다.

광해군의 설명이 이어졌다.

"두 해 전, 회령에서 장사지냈던 시신을 다시 이곳으로 옮겼다."

그의 말을 듣는 내 눈에서 눈물이 뚝뚝 떨어졌다. 나는 그대로 힘없이 무덤 앞에 주저앉았다. 광해군이 나를 부축하려는 듯 손을 뻗었지만, 난 그가 내민 손을 조용히 밀어냈다.

"아빠……. 흐흑……."

나는 이미 터져버린 눈물과 함께 흘러나오는 울음소리를 참아 보려 입술을 깨물었다.

미래에서는 실종으로 처리되었지만, 아빠의 존재를 잊었던 것은 아니었다. 아빠는 내가 온 이 조선에 있었다. 나는 다짐했었다. 반드시 아빠를 만나서 미리 위험을 알리겠다고 말이다. 그것은 내겐 목숨을 담보로 해야 할 정도로 위험한 상황을 부를지 모른다. 그러나 지금의 나에게는 그런 나중의 일은 중요하지 않았다.

굳게 다짐하며 울음을 토해내는 내 어깨 위에 광해군의 따스한 손이 닿았다.

해가 중천에 뜰 때까지 얼마나 울었는지 눈이 퉁퉁 부어올랐다. 부어오른 두 눈은 심하게 따끔거리며 아파오기까지 했다. 이런 눈 상태를 광해군에게 보이고 싶진 않았다. 고개를 푹 숙인 채 따끔거리는 눈을 만지작거리며, 그를 뒤따라 언덕을 내려가다가 그만 발을 헛딛고 말았다.

"으악!"

분명 나보다도 한 걸음 앞서서 걷고 있던 그였다. 그런데 내가 발을 헛딛는 순간 기다렸다는 듯이 돌아서 나를 붙잡아준다. 그 덕에 간신히 구르는 건 면할 수 있었지만, 퉁퉁 부은 눈을 들키고 말았다.

원래도 울면 눈이 잘 붓는 편인데, 아빠는 그때마다 '개구리 눈'이라 부르면서 놀리셨다. 광해군도 내 눈을 보고 웃음을 터트릴 거라 생각했다. 그러나 광해군은 웃지 않았다. 그는 내 얼굴을 유심히 쳐다볼 뿐이다. 뒤늦게 퉁퉁 부은 눈을 감추려 고개를 숙이자 그가 손을 뻗어 내 턱을 살며시 들어 올린다. 난 고집스레 시선을 그에게 맞추지 않으려 하고 있었다.

그는 아무 말도 하지 않았다. 웃지도, 그렇다고 해서 눈이 괜찮은지도 묻지 않는다. 그렇게 내 얼굴을 살피던 것도 잠시, 그는 내 턱에 갖다 대었던 손을 거두고 다시 앞장서 길을 내려가기 시작했다.

그가 아버지 무덤 앞에서 통곡한 딸을 보고 웃거나 놀리는 말을 할 리는 없다. 그렇지만 적어도 괜찮은지 묻는 말 한마디 정도는 해줄 수 있을 텐데, 왜 내 얼굴만 보고는 다시 돌아선 것일까?

그때였다. 그가 잡고 있던 말의 고삐를 나뭇가지에 단단히 매더니, 아무런 말도 없이 어디론가 휙 하니 가버렸다. 난 영문도 모른 채 그가 사라져버린 방향을 응시했다. 가까운 숲 쪽이었다.

그는 숲으로 들어가진 않았다. 그 주변을 잠시 서성이며 무엇을 찾는 것 같더니, 어떤 나무의 가지에 손을 뻗어 몇 가닥 부러뜨린다. 그리고 그것을 들고 다시 내게로 돌아왔다. 그가 들고 온 것은 잎이 잔뜩 매달린 가지들이었다. 그는 그 나뭇가지에서 널찍한 잎들을 몇 개 떼어냈다. 그리고는 그것을 차곡차곡 여러 장씩 쌓아 내게 내민다.

"눈에 대거라. 그럼 붓기가 좀 가라앉을 것이다."

생각지도 못한 말에 나는 고개를 들어 그의 눈을 바라보았다. 그가 미소 짓고 있다.

"이게 뭔데?"

"내가 의원은 아니지만, 왜란 중에 동행했던 의원들에게 배운 것이 있다."

의심스럽기는 하지만 그가 지금 내 눈을 걱정해 주고 있다는 사실 하나는 분명했다. 나는 그가 내민 잎들을 받아서 먼저 한쪽 눈에 갖다 대었다.

"조금 가라앉았다 싶을 때까지 눈에서 떼지 말거라. 그리하면 도성에 도착하기 전까지는 어느 정도 가라앉을 것이다."

나야 당연히 도성으로 돌아가겠지만, 그의 말을 듣고 보니 의문이 한 가지 든다.

"너도 도성에 가는 거야?"

어느새 입에 배어 버린 반말을 스스럼없이 내뱉다가 스스로에게 당황하고 말았다. 지금 세자의 옷을 입지 않고 있다고 해서 그가 세자가 아닌 것은 아니다. 더군다나 이제 그는 나보다도 나이가 많았다.

"……세자저하."

말 끝에 겨우 '세자저하'라는 말을 붙이는 나를 보며 그가 웃음을 터트렸다.

"내가 누구인지 잊지 않은 것이냐?"

아버지 무덤 앞에서 정신을 놓은 것처럼 펑펑 운 것도 부끄럽고, 눈이 부은 것을 들킨 것도 부끄러워 그에게 심술궂게 쏘아붙였다.

"치! 난 여기 조선에서는 죽을 때까지 나인으로 살아야 하니까 어쩔 수 없지. 왜? 앞으로 계속 세자저하라고 불러줄까?"

"네게 '저하' 소리를 듣는 것도 나쁘진 않을 것 같다만, 이리 둘만 있을 때는 이름을 불러도 좋다. 내 허락하마."

그의 이름, 이혼.

나는 그 이름을 잘 알고 있다. 아빠가 광해군 연구에 빠져 지낼 때, 그 이름을 마치 옆집에 사는 사람의 것인 양 들어왔기 때문이다. 하지만 2년간의 궁궐 생활로 잔뼈가 단단히 굵은 나다. 나인의 신분으로 감히 세자저하의 이름을 함부로 부르는 것은 절대 해선 안 될 짓이다.

게다가 앞으로 조선시대에서 평생을 살게 될지도 모르는 상황. 이는 다시 말해 일평생 신분제 안에서 살아야 한다는 것을 의미했다. 태어나면서부터 왕손이었던 그가 신분을 잊었을 리가 없었다.

"정말이야? 이름을 불러도 돼?"

나는 조심스럽게 그에게 물었다.

혹시라도 그가 농담을 한 것이라면, 화는 나겠지만 잔뜩 째려봐 준 후에 그저 웃어넘기려 했다. 왜냐하면 그는 진짜 '세자'이고, 훗날 왕이 되는 '광해군'이니까. 현재 일개 나인 신분인 나로서는 그의 기분을 맞춰 주는 게 앞으로의 궁궐 생활이 수월해지는 길일 테니까.

"남아일언중천금(男兒一言重千金)이라 했다. 두말하지 않으마."

웃는 얼굴로 그가 말한다. 이쯤 되면 농담으로 한 소리 같지는 않다.

"그럼……. 크흠."

고작 이름 하나 부르는데 숨까지 가다듬어야 하는 나. 그러나 그는 그럴만한 위치에 있는 사람이다.

"혼아."

내 입에서 그의 이름이 나왔다. 그러자 그의 얼굴이 살짝 붉어진다. 그도 자신의 이름을 불러주는 친구를 갖고 싶었던 것일까? 그래도 친구라고 하기에는 내가 그보다는 한참 어리다. 그렇다고 이름을 부르라고 허락받은 상황에서 뒤늦게 '오빠'라는 단어를 붙여서 부르기도 뭔가 어색하다.

"그럼 앞으로 이렇게 둘만 있을 때는 혼이라고 부를게."

다시 한 번 그의 의사를 확인했다. 그는 고개를 끄덕이더니 나무에 묶어두었던 말의 고삐를 풀어 잡고는 다시 언덕 아래로 내려가기 시작했다. 나는 그런 그를 바짝 쫓아가 나란히 걸었다.

"분명 내 어머님은 나를 너처럼 그리 부르셨겠지."

걸어가던 그가 자신의 어머님 이야기를 꺼냈다.

그가 두 살 때 그의 어머니인 공빈은 산후병으로 세상을 떠났다.

"더 이상 그 누구도 내 이름을 부르지 않는다. 아니, 못하는 것이겠지. 내가 세자가 된 이후로는 아바마마까지도 내 이름을 부르지 않으시니 말이다. 허나 이름이란 것은 누군가가 불러주어야 그 의미가 있는 것이 아니겠느냐."

"맞아. 이름은 부르라고 지은 것일 테니까."

난 별생각 없이 그의 말에 응수했다. 그러자 그가 다시 걸음을 멈추고는 나를 돌아보았다.

"그러니 너라도 내 이름을 불러다오. 숨쉬기조차 힘겨운 궁궐 안에서 말이다."

왜 세자인 그가 궁궐을 '숨쉬기조차 어려운 곳'이라고 표현했는지 그때의 나는 알지 못했다.

혼은 해가 질 무렵 나를 돈의문(敦義門, 서대문)까지 데려다 주었다. 다행히 도성 문이 아직 닫히기 전이었다. 그곳에는 정원군이 우리를 기다리며 서 있었다.

"네가 직접 와 있을 줄은 몰랐구나."

반가워하는 혼과는 달리 정원군은 신하의 예로써 그를 맞이했다. 혼은 그런 정원군의 태도가 못내 섭섭한 얼굴이었다. 그러나 자주 있는 일인지 아니면 급히 건원릉으로 떠나야 해서인지 정원군에게 별말은 하지 않았다.

"정월 초하루(음력 설)에 궁궐에 갈 것이다."

혼은 내게 약속한 후 말 위에 올라탔다. 정원군은 그런 혼을 향해 다시 한 번 공손히 예를 표했다. 정원군을 거쳐 나를 바라보는 혼의 입가에 시원스런 미소가 걸렸다. 나도 그를 따라 미소를 지었다. 내 미소를 확인한 그가 급히 말을 몰아 돈의문을 떠났다.

혼이 돈의문을 떠난 후에도 나는 잔뜩 신이 나 있었다. 그와의 재회, 게다가 서로 이름을 부르는 사이로까지 발전했다. 정확히는 그에게 허락을 받았다고 말하는 것이 더 맞겠지만. 어쨌든 내년에 그가 의인왕후 대상을 마치고 궁궐로 돌아온다면 많은 것이 바뀌리라 확신했다. 무엇보다 나를 양화당 인빈의 밑에서 벗어나게 해달라고 부탁할 참이다. 세자의 권한이 어디까지인지는 몰라도 나 하나쯤 양화당을 나오게 하는 것은 그에게 어려운 일이 아닐 것 같았다.

들뜬 마음에 한 가지 잊고 있던 사실을 떠올렸다. 정원군이 바로 내 뒤에 서 있다는 것 말이다. 정원군은 들떠있는 내 얼굴을 물끄러미 쳐다보다가 말했다.

"가마에 타시오."

그의 말대로 멀지 않은 곳에 가마가 기다리고 있었다.

"걸어가면 안 될까요?"

그의 어두운 안색을 살피며 조심스럽게 물었다. 그는 아무런 대답도 하지 않은 채 돌아서 하인으로 보이는 사람에게 손짓했다. 하인은 여인들이 쓰는 장옷을 들고 왔고, 정원군은 그것을 받아 말없이 내게 내밀었다.

갑갑하게 장옷을 뒤집어쓰고 싶은 마음은 없었다. 그러나 애초에 가마에 타지 않고 걸어가겠다고 한 것도 그와 이야기하고 싶어서였기 때문에 난 묵묵히 장옷을 받아 썼다.

해가 질 무렵이라서 그런지 돈의문 시전은 정리하고 들어가려는 상인들로 분주했다. 난 말이 없는 정원군과 발을 맞춰 시전 거리를 걸으며 물었다.

"왜 제게 거짓말을 하셨죠?"

그가 잠시 나를 쳐다보았다. 그러나 그는 이내 고개를 앞으로 돌린 채 계속 걷기 시작했다. 대답을 거부한 것이다. 그러나 조금 뒤 그가 기억을 되짚어가며 침묵을 깼다.

"구 년 전 왜란이 한창이던 때였소. 난 아바마마를 따라 의주에 머물고 있었지. 그때 분조를 이끌던 형님께서 잠시 의주로 돌아오셨었소. 내 동복 형님인 신성군께서 돌아가셨기 때문에, 일부러 들르셨던 것이었지."

그가 꺼낸 것은 옛 이야기였다. 의주에 머물던 16세의 신성군 이후(信城君 李珝)가 갑작스럽게 사망했던 1592년 겨울의 일.

"한밤중이었을까? 부엉이가 우는 소리를 들었던 것 같소. 급하게 마련되어 초라하기 그지없는 형님의 빈소를 홀로 지키고 있는 나를 저하께서 찾아오셨지. 그리고 어느 여인에 대한 이야기를 꺼내셨소."

그가 잠시 걸음을 멈추더니 장옷을 뒤집어쓴 내게 눈길을 준다. 나는 그 여인이 바로 나라는 것을 알아차렸다. 정원군이 다시 걸음을 옮기며 이야기를 이어나갔다.

"당시 저하께서는 형제를 잃고 우는 어린 아우가 안타까워 위로하기 위해 이야기를 꺼내신 것이 아닌가 싶소. 헌데 나는 그 이야기에 빠져 우는 것도 잊어버렸소. 그 이야기의 내용은 이러했소. 어떤 여인이 살고 있는, 생전 본 적도 들은 적도 없는 세상의 이야기. 그 이야기에 나는 형님을 잃은 슬픔도 잠시나마 잊을 수 있었소. 도성을 버리고 의주까지 도망친 처량한 왕자의 신세라는 것까지도 말이오. 그런 것을 희망이라고 말할 수 있을지도 모르겠소……."

정원군은 10년 전에 이야기로 들었던 나의 존재가 그에게는 희망이었다고 말한다. 그렇다면 혼에게 나는 어떤 존재였을까? 꿈이라고 가볍게 잊어버리기에는 분명 놀라운 세상이었을 미래를 본 그에게, 그 미래에 살던 나는 어떤 존재로 남았던 것일까?

"세월이 흐르며 그대는 더 이상 이야기 속의 여인이 아니라, 내 눈앞에 살아 숨쉬는 존재처럼 느껴졌소. 그래서 그날 사냥터에서 바람과 함께 나타난 그대를 본 순간 한눈에 알아본 것일지도 모르오."

그의 이야기는 내가 듣고 싶은 말이 아니었다.

"왜 제게 거짓말을 하신 거죠?"

그가 이번에는 내 쪽으로 완전히 돌아서며 단호한 어조로 말했다.

"그대가 세자저하와 만나지 않기를 바랐소."

"어째서요?"

"정녕 그 이유를 모르고 묻소?"

오히려 그가 되묻는다.

"모르겠어요. 그러니까 말해주세요. 왜 제가 저하와 만나지 않기를 바랐는지를요."

그가 내 말에 잠시의 주저함도 없이 대답했다.

"그대가 저하를 다시 만난다면 저하의 여인이 될 것이라 확신했소."

정원군의 말에, 난 그가 나와 혼의 사이를 잘 모르고 그런 오해를 했다고 여겼다. 물론 조선시대에서는 남녀가 친구가 된다는 건 불가능하다. 그러나 혼과 나에게는 가능하다고 생각한다. 혼은 내가 조선과는 다른 세상에서 살던 것을 목격했던 사람이다. 게다가 나를 예외적으로 자신의 이름을 불러도 되는 사람으로 삼아준 것 자체가 친구로서 받아들여준 것과 마찬가지라고 생각했다. 그랬기에 난 자신 있게 정원군에게 말했다.

"그건 오해예요."

"오해?"

"네. 오해라고요. 전 저하의 여자가 되지 않을 거예요. 믿기 어렵겠지만 저하와 저는 친구 같은 거예요."

"친구?"

정원군이 코웃음을 치며 반문했다. 그러나 나는 그런 정원군의 태도에 더욱 당당히 맞섰다. 난 혼을 좋아한다. 좋아하긴 하지만 정원군이 생각하는 그런 의미로 그를 좋아하는 건 아니다. 그러니 친구라는 단어만큼 지금의 우리를 잘 표현할 수 있는 말은 없다고 생각했다.

"네. 친구요. 그게 저하와 저의 사이를 가장 잘 표현하는 말이라고 생각해요."

"그대는 정말 아무것도 모르는군."

"제가 뭘 모른다는 거예요?"

"남녀는 결코 친구가 될 수 없소."

그의 말은 조선시대 사고방식으로는 옳은 말이다. 그러니 현대의 사고방식을 가진 나의 주장은 결코 그를 이해시킬 수 없을 것이다. 나는 입을 굳게 다물었다. 어떤 말로도 정원군이 하고 있는 오해를 풀 수 없다는 것을 깨달았기 때문이다. 정원군은 이런 나의 속내를 아는지 모르는지 의미심장한 한마디를 내게 던졌다.

"설사 그대가 말하는 것이 옳다 하더라도, 사내는 마음에도 없는 여인과 친구가 되지는 않소."

확신에 찬 정원군의 말에도 나는 내 생각을 바꿀 마음은 없었다.

본격적으로 겨울이 오면서 도성에도 일주일째 눈이 내렸다.

눈이 내리자 기온도 많이 떨어졌고, 숨을 내쉴 때마다 뿌연 입김이 눈앞을 가릴 정도였다. 이런 날씨가 되자, 인빈에게 단단히 찍힌 궁녀인 내가 있는 퇴선간에도 친한 척을 하며 들르는 양화당 나인들이 하나둘 생겨났다. 그중 몇 명은 나의 동무를 자처하기도 했는데 어지간히 추운 밖에 있기가 싫은 모양이었다. 굳이 그들을 내칠 입장도 아니어서 음식이 들어가고 나가는 시간이 아니어도 항상 퇴선간 아궁이에 불을 넣었다.

퇴선간을 들락거리는 양화당 나인들이 많을수록 손해를 보는 이는 미영이였다. 종종 나를 찾아와 수다를 떨던 미영이는 양화당 나인들이 퇴선간에 북적거리는 것을 알고는 퇴선간에 발걸음을 끊어야만 했다. 미영이가 임해군 전각의 나인인 이상, 그녀가 양화당에 출입하며 많은 이들의 눈에 띄는 것은 좋지 않기 때문이었다. 대신 미영이는 한밤중에 내 처소를 방문하는 횟수를 늘렸다. 이 때문에 나와 미영이, 운영까지 세 사람은 매우 가까운 친구 사이가 되었다.

"내일 세자저하께서 행궁에 오신대요."

미영이가 전하는 반가운 소식에 나는 귀를 세웠다.

"정말?"

"네. 이번에 황감제(黃柑製, 첫 귤이 제주도에서 진상되는 날 성균관에서 열리는 과거)가 열리잖아요. 그런데 전하께서 고뿔에 걸리셔서 이번엔 세자저하께서 대신 참석하신대요."

미영이는 혼을 볼 수 있다는 사실에 상당히 들떠 있었다. 그건 나도 마찬가지였다. 비록 아직까지 미영이와 운영에게 혼과의 사이를 당당하게 말할 수는 없지만 말이다.

"황감은 어떻게 생겼어요?"

미영이와 나의 대화를 가만히 듣고 있던 운영이 꺼낸 뜬금없는 말에 나는 놀랐다.

"황감을 본 적이 없어?"

"네. 노랗다고는 들었는데, 감과 비슷하게 생겼다면서요?"

"응. 그래서 황감인가 봐. 다른 말로는 귤이라고도 불러."

그러자 미영이가 끼어들었다.

"그래서 황감제를 귤시(橘試)라고도 부르는 거군요?"

"맞아."

"언니가 예전에 보모상궁마마님일 때는 종종 황감을 먹었었는데, 이제는 어렵겠죠? 아~ 황감 먹고 싶다. 달달한 게 맛있었는데."

미영이가 침을 삼키자, 전염이라도 된 것인지 나 역시 귤이 당겼다. 그러나 여기는 조선시대다. 귤이 당긴다고 쉽게 구해 먹을 수 있는 음식이 아니라는 것쯤은 이젠 나도 잘 안다. 그래서인지 침이 꼴깍 넘어갈 정도로 애처롭게 귤이 그리웠다.

그런데 생각해보니 훈이 있었다. 그가 내일 행궁으로 온다. 세자인 그에게도 귤이 진상될 것이다. 나는 기회가 된다면 훈에게 귤을 달라고 말해 볼 참이었다.

다음날 훈이 행궁에 도착했다.

몇 달에 한두 번 나라에 중요한 행사가 있을 때에만 도성에 오는 훈이었기 때문에, 그에 관한 소식은 시시각각 행궁 전체로 퍼져나갔다. 예를 들면 지금 세자저하께서 주상전하를 알현했다더라, 수라를 드셨다더라, 동궁전에 머무신다더라, 하는. 퇴선간에 있으면 전혀 알 수 없는 소식들도 추위를 피해 퇴선간으로 몰려들어 온 양화당 나인들의 입을 통해서 전해들을 수 있었다.

나는 그를 만날 궁리를 했다. 하지만 그는 내일 있을 황감제가 끝나면 바로 그날 건원릉으로 돌아가야 했다. 의인왕후의 상주로서 혼전(魂殿, 임금이나 왕비의 국장 뒤 3년 동안 신위를 모시던 전각)을 지켜야 하기 때문이다.

원래 그가 돌아오겠다고 약속한 날짜는 정월 초하루였다. 이렇게 갑작스런 일로 그를 만날 수 있을 것이라는 기대는 애초에 하지 말아야 했다. 그럼에도 불구하고 멀리서라도 그를 볼 수 있을지 모른다는 생각만으로도 마음이 흔들렸다. 이처럼 누군가를 생각하며 얼굴이 화끈거리고 가슴이 두근거리는 느낌은 처음이었다.

그날 밤에 많은 눈이 내렸다.

쏟아지는 하얀 눈을 바라보며 나는 우리가 재회한 그날처럼 혼이 나를 찾아올지도 모른다는 생각에 젖어 있었다. 그러나 그런 기대는 미영이의 등장으로 깨지고 말았다.

"눈이 너무 많이 오는데요? 바깥 마루까지 쌓이겠어요."

나를 만나겠다고 펑펑 쏟아지는 눈 속을 헤치고 온 미영이지만 미안한 마음이 들 정도로 반갑지 않았다. 사실은 내심 그녀보다도 혼의 등장을 기다렸기 때문이었다. 그렇지만 일국의 세자가 이렇게 쏟아지는 눈을 뚫고 나를 잠깐이나마 보러 온다는 것은 말이 되지 않는 일이라고 스스로를 위로했다.

"휴우, 여긴 정말 따뜻하네요. 운영이 제대로 불을 때고 갔나 봐요. 그런데 운영은 언제까지 쉰대요?"

"내일 모레 온대."

"큰아들이 고뿔로 많이 아픈가 봐요?"

"그렇다나봐."

두 손을 싹싹 비비던 미영이는 따뜻한 아랫목에 깔린 이불에 손을 넣었다.

"언니도 고뿔 조심하세요. 고뿔 걸렸다가 죽는 사람도 있대요."

문득 미영이가 거의 매일같이 동궁전에 들른다는 것이 생각났다. 오늘 혼이 행궁에 왔으니까, 미영이도 혹시나 그를 볼 수 있을까 하는 마음에 동궁전에 들렀을지도 모른다는 생각도 이어졌다.

"혹시 오는 길에 동궁전에 들렀니?"

그러자 미영이의 양 볼이 발그레해진다.

"네."

"봤어?"

내가 여기서 말하는 이는 당연히 혼이다.

"아뇨."

미영이가 고개를 저으며 말을 이었다.

"불이 꺼져 있더라고요. 나인들은 다 문 앞에서 지키고 있던데. 아마 건원릉에서 오시느라 피곤하셔서 일찍 침수 드셨나 봐요."

미영이는 크게 섭섭한 기색이 없다. 그저 세자인 혼이 자신과 같은 행궁 안에 머무르고 있다는 것만으로도 마냥 좋은 듯했다.

"미영아. 눈도 많이 내리는데 돌아가지 말고 여기서 자고 갈래?"

"그러고 싶어도 안될 것 같아요. 오면서 눈 내리는 걸 보니까 내일 아침에 할 일이 많겠어요. 아참, 그럼 양화당도 바쁘겠죠? 언니도 일찍 쉬어야 할 것 같으니 전 일찍 가 볼게요."

미영이가 자신의 몸을 반쯤 덮고 있던 이불을 걷어내고는 자리에서 일어섰다.

"내일도 올 거니?"

"눈이 많이 오니까 어려울 것 같아요. 대신 운영이 돌아오는 날 저녁에 올게요. 그때 우리 신나게…… 그 뭐더라? 수……."

"수다?"

"네. 그 수다요. 그 수다 해요!"

"그래, 알았어. 조심해서 가."

"네, 언니."

미영이가 문을 열자 곧바로 찬바람과 눈이 쏟아져 들어왔다. 나는 문 밖까지 나가 그녀를 배웅했다. 미영이는 내가 감기라도 걸릴까 봐 어서 들어가라고 재촉했지만, 나는 그런 그녀가 감기에 걸릴까 봐 더 걱정이었다.

눈 속을 헤치고 사라져가는 미영이의 뒷모습을 가만히 바라보다가 짧은 기침을 했다. 동시에 감기에 걸려 죽은 사람도 있다던 미영이의 말이 떠올라 피식 웃고 말았다. 바로 그때였다.

"경민아."

깜짝 놀라 돌아서자 그곳에는 혼이 웃는 얼굴로 서 있었다. 세상에나! 나는 제일 먼저 주변을 살폈다. 이 추운 날 밖을 돌아다니는 건 궐의 당직 나인들뿐이겠지만 말이다. 아니면 미영이가 잊은 것이 있다며 다시 돌아올지도 모른다. 그렇게 된다면? 미영이는 혼의 얼굴을 알고 있다.

"어떻게 온 거야?"

놀란 나는 그에게 추운데 왜 여기를 왔냐고 묻고 있었지만, 마음만은 달랐다. 사정없이 쏟아지는 눈 때문에 손발이 다 차가워지는데도 마음만은 따뜻해졌다.

이상한 일이다. 혼이 내 처소에 왔다는 사실 하나만으로도 마음이 따뜻해지다니.

"그것은……."

그가 뭔가 내게 말하려다가 추위라도 타는지 자신의 양손을 번갈아

줬다. 딱 보아도 이 눈 속에 오래도록 밖에 나와 있던 행색이다. 거기에 그는 야장의(夜長衣, 잠옷) 차림이었다. 그것 역시 여러 겹으로 된 세자의 의복임에도, 이 눈 속에서는 한없이 얇아 보이기만 했다.

"일단 들어와."

앞장서서 내 처소의 문을 열며 그에게 말했다.

평소 운영과 미영이가 제 방인 양 들락거리는 내 처소이지만, 사실 여자 셋이 마주 앉기에도 상당히 좁은 공간이다. 여기에 성인 남자인 혼이 들어오자 방 안이 순식간에 꽉 차는 기분이었다. 나는 아랫목에 깔아놓았던 이불을 치우고는 그를 안쪽으로 안내했다. 나는 자연스럽게 그곳에 앉는 그에게 이불을 건네주었다.

"많이 춥지?"

그는 내가 건네주는 이불을 받다가 두 손을 비벼대는 날 보더니 다시 이불을 돌려주었다. 나는 이불을 반쯤 덮고 다른 쪽 반을 그에게 건넸다. 이불 하나를 우리는 사이좋게 반반씩 나누어 덮었다. 그런데 이상하게도 분위기가 순식간에 어색해졌다.

나인들의 처소는 처음인지 이 작은 방에 볼 것이 무엇이 있다고 혼은 계속 주변을 두리번거렸다. 나는 작은 내 처소가 낯설어서라고 판단하고는 피식 웃었다.

"왜? 너무 작아서?"

"여인 혼자서 지내기에는 충분한 듯싶구나."

그다지 충분하다는 느낌은 아닌 얼굴로 태연스럽게 말도 잘한다.

"언제 온 거야?"

"행궁에 말이냐?"

"아니, 그건 들었어."

그는 잠시 의외라는 표정으로 내 얼굴을 본다. 정말 모르는 걸까? 그는 세자다. 세자의 일거수일투족을 모르는 행궁의 나인이 있을 리가 없다. 이렇게 어리둥절해 하는 혼을 보니 그는 지금 내 앞에서는 자신이 세자라는 사실조차 잊어버린 것처럼 보인다. 하지만 이런 그도 싫진 않다.

"내가 묻고 싶은 건 말이야, 내 처소에 언제 온 거냐고."

그제야 그가 입을 열었다.

"조금 되었다. 조금 전 그 나인이 들어가는 것을 보고서는 계속 밖에 있었다."

"진짜야?"

지금 그의 말은 미영이가 내 처소로 들어온 후로 계속 밖에서 기다렸다는 말이었다.

"나보다도 그 나인이 한 발 빠르더구나."

그는 놀라는 내 얼굴을 보며 또다시 태연스럽게 씩 웃는다. 그러나 이건 웃을 일이 아니다.

"그래서 그 나인이 들어오는 걸 보고 계속 밖에 있었던 거야?"

그가 눈웃음으로 그렇다는 신호를 보낸다.

"고뿔이라도 걸리면 어쩌려고? 대체 언제까지 서 있으려고 한 거야? 눈도 이렇게 많이 오는데!"

"나를 걱정하는 것이냐?"

그가 기분 좋아진 얼굴로 나를 바라본다.

"당연히 걱정하지! 내가 들었는데 고뿔 잘못 걸려 죽은 사람도 있대. 그러니까 앞으로 이런 날씨에 그런 옷차림으로 올 거면 오지 마."

오지 말라고 큰소리 친 건 나인데 정말로 그가 찾아오지 않을까 봐 방금 내뱉은 말을 후회했다. 돌아올 그의 답도 슬슬 걱정되었다. '그래 알았다. 앞으로 오지 않으마.' 이런 말이 돌아올까 봐 조바심이 난 것이다. 그런데 여전히 날 바라보는 그의 표정은 그대로다.

……아닌가? 조금 변한 건가?

"알았다."

그리곤 연이어 나온 혼의 한마디. 그 한마디에 제대로 된 위치에 있던 내 심장이 철렁하고 내려앉았다.

"앞으로 너를 만나고 싶을 때는 양화당으로 직접 가마."

세자인 그가 일개 나인을 만나고 싶다고 인빈의 양화당에 온다는 것은 말이 되지 않는다. 난 놀란 눈으로 그를 바라보며 그 말의 의미를 되짚었다. 조금 뒤 그가 웃음을 터트리고 나서야 내가 놀림당했다는 걸 깨달았다.

"혼이, 너!"

이 순간만큼은 그가 세자라는 사실을 잊어버리고 싶다. 그러면 꿀밤이라도 한 대 때려줄 수 있을 텐데. 하지만 아무리 잊으려고 애를 써도 쉽지 않다. 처음 우리가 만났던 그때처럼 그에게 말을 놓고 편하게 대하고 있어도, 미래에서와는 다른 거리감이 우리 사이에 분명 존재한다. 난 그걸 느낀다. 그리고 그 거리감 속에는 두근거림이 있다. 이유

모를 두근거림이.

내가 완전히 속았다는 걸 깨닫자 혼의 웃음소리는 점점 더 커졌다. 나는 혹시라도 그의 목소리가 멀지 않은 옆 처소에까지 들릴까 손가락을 입에 가져다대며 조용히 하라고 손짓했다.

"조용히 해. 밖에 들린다구!"

당황한 나와는 달리 혼은 계속해서 소리 내어 웃는다. 여긴 동궁전이 아니다. 세자의 웃음소리가 아무렇지도 않게 흘러나와서는 안 되는 나인의 처소란 말이다. 그는 이 사실을 모르는 걸까?

"아이참! 그만 웃으라니까!"

놀림을 당한 것도 창피한데 그가 웃음을 그치지 않으니 더더욱 얼굴이 화끈거린다. 결국 그의 입을 막으려고 손을 뻗었을 때였다. 내가 뻗은 양손 손목을 그가 낚아채듯 붙잡았다. 동시에 거짓말처럼 혼의 웃음이 멈췄다. 두 손목이 붙잡힌 채로 나는 웃음이 사라진 그의 두 눈을 응시했다. 분위기가 이상했다. 나를 바라보는 그의 눈빛도 이상했고 우리를 감싸고 있는 공기도 점점 달궈지는 느낌이었다.

무언가 말을 해야 할 것 같았다. 혼의 지금 같은 눈빛은 처음 본다. 나를 바라보는 그의 눈빛은 언제나 똑같다고 생각했는데 지금만큼은 무언가 다르다는 느낌이 강하다. 더욱이 그런 그의 눈빛에 압도당해 나는 도저히 입을 열 수가 없었다.

그의 얼굴이 조금씩 내 얼굴 가까이로 다가왔다. 난 이제 숨조차도 제대로 쉴 수가 없었다. 내가 숨을 내쉬면 그 숨이 그의 얼굴에 닿을 정도로 거리가 좁혀지고 있었기 때문이었다.

문득 이와 비슷했던 상황을 기억해 냈다. 불이 꺼져 있었던 종이의 전각 안. 내 얼굴을 쓰다듬으며 점점 가까워지던 정원군의 그림자. 그 때 느꼈던 감각들이 하나씩 살아나는 순간이었다. 나는 잡혀 있던 손에 힘을 주어 그의 가슴을 내게서 밀어냈다. 의외로 혼은 쉽게 뒤로 밀렸다. 그는 내가 자신을 밀어낼 것이라고는 전혀 예상하지 못한 얼굴로 나를 잠시 쳐다보았다. 그러더니 곧 피식 짧은 웃음소리를 내며 자리를 털고 일어섰다.

"저기……!"

난 그가 화가 났을까 싶어 마음이 조급해졌다.

세자인 그를 손으로 밀쳐내서? 그건 아니다. 내가 걱정한 건……. 아니, 딱히 뭐라고 설명하긴 어렵지만 그냥 모든 것이 미안해졌다. 생각해 보면 그렇게 크게 잘못한 것 같지 않음에도 말이다. 그저 처음부터 내게 다가오는 그를 밀어내지 말았어야 했다는 생각이 들었다.

"혼아."

어렵게 그의 이름이 내 입에서 튀어나왔다. 그러자 일어선 혼이 나를 돌아보며 말했다.

"그만 동궁전으로 돌아가야 할 때가 된 것 같구나."

"아, 그래?"

나를 내려다보는 그의 눈은 웃고 있었다. 다행이었다. 화난 것 같지는 않다. 안심이 되면서도 한편으로 무거워지는 이 마음은 왜 그런 것일까?

"정월 초하루에 다시 오는 거야?"

정월 초하루에 온다면 그는 어디로 오게 될까? 다시 내 처소로? 그때도 이렇게 눈이 내릴까? 그리고 난 그에게 다시 내 처소 안으로 들어오라고 말하게 될까?

"그러마."

그는 내 처소를 찾는다고 답하지는 않았다. 그저 정월 초하루에 궁궐로 돌아온다는 사실만을 말했다. 내가 그의 짧은 말에 서운함을 느꼈을 때였다. 그가 내게 물었다.

"필요한 것은 없느냐?"

"필요한 것?"

"살림살이가 단출하여 보기엔 좋다마는, 그래도 필요한 게 있으면 마련해 주마."

딱히 필요한 게 있지는 않았다. 그러나 그가 날 생각해 준다는 사실에 기분이 좋아졌다.

"필요한 건 없어. 대신……."

그때 내 머릿속을 스치고 지나간 한 가지.

"황감이라면."

"황감?"

의외라는 듯 그가 되묻는다.

"응, 황감. 이번에 황감제도 열리잖아. 사실 황감이 너무 먹고 싶어서. 하지만 나인들은 황감을 쉽게 접할 순 없으니까."

나의 설명에 혼이 수긍하는 듯 고개를 끄덕였다.

"알았다."

그는 이유 모를 미소를 남긴 채 내 처소를 떠났다.

혼이 내 처소를 다녀간 새벽. 하늘에 구멍이 뚫린 듯이 펑펑 내리던 눈이 그쳤다. 그처럼 쏟아진 눈 덕분에 이른 아침부터 행궁의 모든 나인들이 바쁘게 움직였다. 양화당도 마찬가지였다. 양화당의 나인들은 정 상궁의 지도하에 양화당 곳곳의 눈을 쓸어 한곳으로 모았다. 그들은 얼마 뒤 손이 새빨개진 상태로 퇴선간으로 몰려들었다.

"차암! 이럴 때는 퇴선간에서 일하고 싶다니까."

한 나인이 아궁이에 두 손을 뻗으며 투덜거렸다. 나는 그저 웃음만 지었다. 사실 양화당 나인들은 이 겨울만 지나면 다시는 퇴선간을 찾지 않을 것이다. 그런 이들과 잠깐 동안이나마 가깝게 지낸다고 해서 내 양화당 생활이 편해질 것 같진 않았다. 무엇보다 난 '마녀 인빈'에게 찍힌 나인이니까.

눈 치우기가 어느 정도 끝나자 양화당에서 가장 막내인 젊은 내관들까지 퇴선간으로 몰려들었다. 순식간에 퇴선간은 양화당 나인들로 가득 찼다. 덕택에 정작 퇴선간의 일을 맡은 나는 구석진 자리로 밀려났다. 그러나 아궁이의 불이 꺼질 염려 따위는 하지 않아도 되었다. 당장 불이 급한 나인들이 나를 대신해서 열심히 불을 살리고 있었으니까.

"대체 여기서 뭣들 하는 게야!"

상황을 알아챈 정 상궁의 등장에 나인들이 우르르 도망치듯 퇴선간을 빠져나갔다. 홀로 퇴선간에 남게 된 나를 한 번 노려본 정 상궁이 혀를 차며 돌아섰다. 그런데 돌아선 정 상궁이 흠칫 놀라며 바쁘게 뛰어나간다. 마침 퇴선간의 문을 닫으려고 했던 나도 퇴선간 밖으로 고개를 내밀었다. 아니나 다를까, 정 상궁이 놀란 이유가 있었다.

"세, 세자저하!"

혼이 온 모양이었다. 안타깝게도 내가 있는 퇴선간에서는 정 상궁의 목소리만 들릴 뿐이다. 양화당 앞마당은 건물에 가려져 볼 수 없었다.

양화당의 주인인 인빈과 세자인 혼은 그의 어머니 공빈 때부터 사이가 좋지 않았다. 공빈이 죽은 것은 산후병이 아니라 인빈의 저주 때문이라는 소문은, 선조가 이를 헛소문으로 결론짓고 입단속을 시켰음에도 오랫동안 궁궐을 떠돌았다. 아마도 대를 이어서까지 맞붙을 수밖에 없는 인빈과 공빈의 상황이 그런 소문을 만든 것인지도 모른다. 공빈이 낳은 혼과 인빈이 낳은 신성군 이후(信城君 李珝)는 서로 경쟁했던 세자후보였다.

이런 배경을 가지고 있는 이상, 공빈이 세상을 떠났다고 해서 혼이 인빈과 가까워질 수 있는 사이가 되는 것은 아니었다. 그런데 이른 아침부터 혼이 양화당에 나타난 이유는 무엇이란 말인가?

'앞으로 너를 만나고 싶을 때는 양화당으로 직접 가마.'

장난처럼 지나갔던 어젯밤의 일이 떠오르면서 난 괜히 긴장되었다. 혹시라도 혼이 나를 만나러 양화당에 온 것이 아닐까 싶어서였다. 만약 그가 정원군과 함께 왔다면 이해는 간다. 두 사람의 사이는 좋은 편이니까. 그런데 정원군이 온 것 같지는 않다. 게다가 오늘은 귤시도 있다. 누가 시키지도 않았는데 이래저래 혼의 일정까지 걱정하는 나다.

조금 뒤 양화당은 다시 조용해졌다. 혼이 양화당까지 왔다가 인빈을 보러 들어갔는지, 아니면 이 좁은 행궁에서 하필 인빈의 양화당을 지나가다가 나인들을 칭찬하고 그냥 간 것인지, 퇴선간 구석에 처박힌 나인인 내가 알 수는 없었다. 그저 아무런 기별도 없이 양화당에 들렀다 사라진 혼에게 자그마한 섭섭함이 일었다.

그날 해가 지고 나서 나는 퇴선간을 정리하고 내 처소로 돌아갈 채비를 하고 있었다. 채비랄 것이 딱히 다른 게 아니라 아궁이의 불이 다 꺼질 때까지 기다리는 일이었다. 그건 꽤나 지루한 일이었다. 찬물이라도 시원하게 부어버리면 간단히 끝날 테지만 날씨가 추워졌다. 괜히 찬물로 불을 껐다가는 젖은 아궁이가 얼어버려 다음날 불을 지피는 게 더 힘들어진다. 나는 숯을 치워내고 남아 있는 불씨를 꼬챙이로 치며 얼굴이 새카매지는 것도 모르고 애를 쓰고 있었다.

그때였다. 깜깜한 어둠을 등지고 퇴선간의 문이 열리며 정 상궁이 모습을 드러냈다. 갑작스런 정 상궁의 등장에 얼른 아궁이에서 시선을 떼고 자리에서 일어섰다. 그런데 정 상궁의 표정이 아무래도 영 꺼림칙해 보인다.

"정 상궁마마님."

영문도 모르는 채 내가 정 상궁에게 인사를 했을 때였다. 정 상궁의 뒤로 익숙한 얼굴의 내관이 나타났다.

"이 아이가 마지막입니다."

정 상궁이 말하자 그 내관이 나를 보고는 활짝 웃었다.

"이 항아님이 마지막이시구려."

그의 목소리를 듣는 순간 난 그가 누구인지 기억해냈다. 혼과 재회했던 그날, 내가 말을 타기 위해 등을 밟았던 바로 그 내관이었다. 그 내관이라면 동궁전 내관이 틀림없었다. 내가 그를 기억한 것과는 반대로 그가 나를 기억하지 말았으면 하는 마음이 일었다. 본의 아니게 등을 밟은 것도 미안하지만, 숯검댕인 내 얼굴을 혼에게 가서 고해바치지나 않을까 신경 쓰였다. 혼이 이 사실을 안다면 어젯밤처럼 놀릴 것만 같았다.

동궁전 내관이 내게 무언가를 내밀었다. 날이 어두워져 있었지만 나는 그것이 무엇인지 단번에 알아보았다. 황감이었다.

"세자저하께서 양화당의 모든 나인들에게 하나씩 주라 하셨네."

내관의 설명에도 나는 어리둥절했다. 어째서 혼이 양화당의 나인들에게 황감을 돌리라고 한 것일까? 내가 여전히 영문을 모르겠다는 얼굴로 받아들기 주저하자 사실상 내 상전이나 다름없는 정 상궁이 설명을 덧붙였다.

"오늘 낮에 세자저하께서 양화당에 납시셨다. 그때 인빈마마를 잘 모시고 있다며 양화당의 모든 나인들에게 상으로 내려주신 것이다. 그러니 어서 받거라."

혼이 인빈을 잘 모신다는 이유로 양화당 나인들에게 상을 주다니? 말도 안 되는 일이다. 세자의 신분으로, 동궁전 나인도 아닌 양화당 나인들에게 귀하디귀한 황감을 돌릴 이유가 어디 있단 말인가? 그가 이런 상을 내린 이유는 하나뿐이다. 어젯밤 혼과의 마지막 대화가 떠오르며 나는 그제야 이 상황이 이해되었다. 아침부터 혼이 양화당을 찾았던 이유가 내가 먹고 싶다던 황감을 주기 위한 명분 찾기의 일환이었던 것이다. 기분이 좋아져 까르륵 웃음이라도 터져 나올 것 같았다. 다른 한편으로는 그의 재치도 대단하다 싶었다. 양화당의 나인들은 모르겠지만, 그들 모두 내 덕분에 황감을 먹게 된 것이다.

"이 아이는 황감을 싫어하는 모양입니다. 다른 나인에게 줄 터이니, 제게 주시지요."

정 상궁이 그때까지도 황감을 받지 않고 있는 나를 보며 내관에게 말했다. 나는 서둘러 소리쳤다.

"저 황감 좋아해요! 아주 좋아해요!"

내관이 웃으며 내 손에 황감을 쥐어준다. 정 상궁은 그런 내가 아니꼽다는 식으로 쳐다보고는 돌아서서 가버렸다. 나는 혼이 보낸 황감 한 개를 만족스럽게 바라보았다. 비록 한 개이지만 어떠랴? 혼은 이 한 개의 황감을 내게 전하기 위해 골머리를 앓았을 것이다. 나는 그 사실만으로도 기뻤다.

황감 한 개를 품고 내가 기쁨에 빠져 있을 때였다. 정 상궁이 가버린 것을 확인한 내관이 주변을 한번 둘러보더니 하얀 면주머니를 내게 내밀며 속삭였다.

"항아님, 어서 이것을 받으시게."

난 얼떨결에 그 면주머니를 받아들었다. 주머니는 무엇이 들었는지 꽤나 묵직했다. 궁금증이 가득한 얼굴로 주머니를 바라보는 내게 동궁전 내관이 미소를 지으며 말한다.

"저하께서 항아님께 보내시는 것이네."

"이건 무엇인데요?"

"그것도 황감이네."

"황감이요?"

"저하께서 양화당의 나인들 모두에게 한 개씩 황감을 내리셨네. 그러나 항아님께는 '한 개로는 충분치 않을 것'이라고 하셨네."

갑자기 얼굴이 화끈거리며 부끄러워졌다. 사실 내게 귤 한 개 갖고는 어림도 없는 건 사실이다. 미영이도 입이고, 운영도 입이니 말이다. 그래도 그렇지 내관에게까지 그런 말을 하다니. 아니면 나보고 들으라고 내관에게 그런 말을 한 것일까?

"나는 이만 가보겠네."

동궁전 내관이 가버린 후 나는 황감이 잔뜩 든 묵직한 주머니를 든 채 만족스러운 웃음을 지었다.

1602년 새해가 밝았다.

그때까지도 선조의 고뿔은 낫지 않고 있었다. 그럼에도 불구하고 선조의 침전인 석어당(昔御堂)에서는 웃음이 그칠 날이 없었다. 나는 그것이 종이의 재롱 때문이라고 생각했다. 선조는 종이를 너무나도 예뻐했고, 심지어 올해부터는 자신이 직접 훈육하겠다고까지 했다. 그러나 궁중 나인들은 선조의 숨은 뜻까지 알아차리는 재주가 있는 모양이다. 다들 선조가 기뻐하는 이유는 이제 날이 따뜻해지면 죽은 의인왕후의 상이 모두 끝나고 열아홉 살의 젊은 새 중전을 맞이하기 때문일 것이라고 소곤댔다.

그 일이 내게는 좀 다르게 다가왔다. 지금까지는 그저 역사책을 보는 듯한 관점에서 선조와 인목왕후의 국혼을 떠올렸다면, 이젠 나와 비슷한 또래인 그녀가 쉰 살이 넘은 남자와 결혼해야 하는 상황에 동정심이 일었다. 게다가 올해 열아홉이 된 소녀가 앞으로 엄청난 파란이 기다리고 있는 행궁으로 입성하는 것이다.

무엇보다 지금의 혼을 떠올리면 그가 인목왕후를 내쫓고 어린 이복동생을 잔인하게 죽일 것이라고는 상상하기 어려웠다. 물론 그것은 지금으로부터 12년 뒤의 일이지만.

12년. 얼마나 먼 시간일까? 몇 날 몇 밤을 더 자면 찾아오는 날일까? 그리고 그때가 되면 혼은 역사책에 기록되었던 것처럼 잔인하고 매정한, 무서운 군주로 변하게 될까? 그리고 그때의 나는 지금과 너무나도 달라졌을 그의 이름을 여전히 지금처럼 편하게 부를 수 있을까?

분명한 사실은 그 뒤에 아빠를 다시 만날 것이라는 거다. 고모가 말했던 대로 내가 이 시대를 떠나지 못한다 하더라도 아빠에겐 방법이 있을지 모른다. 적어도 이 시대에 남게 된 나를 보러 아빠가 자주 조선으로 와줄 수 있을지도 모른다. 그러나 아빠도 어쩔 수 없게 된다면 적어도 양화당 퇴선간에서 일생을 마치고 싶진 않다. 이것이야말로 나의 가장 큰 바람이었다.

정월 초하루. 부왕인 선조에게 새해 인사를 올리려 혼이 건원릉에서 돌아왔다. 망궐례에 참석하기 위함이기도 했다. 그 때문에 혼은 모든 일정을 합해서 나흘 정도 행궁에서 머무를 예정이었다.

혼이 행궁에 도착하기 전날, 나는 그가 나흘 중 언제 나를 만나줄 것인지에 대한 생각으로 밤잠을 설쳤다. 아무리 생각해도 세자인 그의 일정은 빡빡하기 그지없었다. 그럼 지난번처럼 몰래 밤에 찾아오는 방법밖에는 없을 터였다.

덕분에 한 가지 고민이 생기고 말았다. 지난번처럼 내 처소로 그가 찾아온다면 안으로 들여야 하는지 말아야 하는지에 관한 것이었다. 미영이, 운영과 함께 마냥 수다를 떨 때는 방이 좁든 크든 크게 신경 쓴 적이 없었다. 그런데 혼이 있으면 방이 왠지 좁게만 느껴진다. 둘만 방 안에 있는 게 불편하다기보다는 어색해질 것 같았다. 저번과 같은 상황이 또 일어난다면 어떻게 대처해야 할지도 몰랐다.

문득 내가 생각을 너무 복잡하게 그리고 많이 한다는 사실을 깨달았다. 이상하게 혼과 관련된 문제에서는 쓸데없는 생각이 많아지는 것 같다. 아무리 친구라고 해도 잊어버릴 수 없는 그의 신분이 신경 쓰이는 걸까? 아니면 친구이기 때문일까? 친구라고 하면 미영이도 운영도 친구다. 그러나 그들에 관해서는 이처럼 복잡하게 오랫동안 생각을 한 적이 없었던 것 같다. 나는 머릿속을 비우려 노력했다. 그러나 그건 불가능할 것 같았다. 결국 이 문제는 현재로서는 답을 찾을 수 없는 것이다.

혼이 행궁으로 돌아온 첫날밤. 밤이 늦도록 혼에게서는 아무 소식도 없었다. 나는 포기하려고 애썼다. 그러나 내 방의 촛불은 꺼지지 않았다. 뚜껑만 덮으면 불은 저절로 꺼진다. 그럼에도 나는 무엇을 기대하는지, 몸을 웅크린 채 촛불을 바라보며 멍하니 깊어가는 밤과 함께 하고 있었다.

밤이 깊어질수록 행궁은 고요하다 못해 그 흔한 겨울의 차가운 바람 소리조차 들려오지 않았다. 결국 난 뚜껑으로 촛불을 덮었다. 그런데 불이 꺼지자마자 곧바로 문 밖에 서성이는 사람의 그림자가 비춰졌다.

그 그림자가 혼이라고 확신한 나는 서둘러 문을 열고 반가운 목소리로 그를 불렀다.

"혼아!"

그러나 그곳에 서 있는 것은 혼이 아니었다. 내 입에서 나온 이름에 당황한 얼굴로 서 있는 사람은 정원군이었다.

"정원군마마."

그가 들은 걸까? 제발 아니길 바랐다. 그는 내가 혼을 마음에 두고 있고 그의 여자가 될 것이라고 오해하고 있다. 그런 상황에서 혼의 이름을 제멋대로 부르며 문을 열고 나왔으니!

"저하를 기다리고 있던 것이오?"

약간 화가 난 듯한 정원군의 목소리. 내가 부른 혼의 이름을 들은 것이다. 마땅히 부정할 말이 떠오르지 않은 나는 서둘러 말을 바꾸었다.

"언제 오신 거예요?"

"조금 되었소."

무뚝뚝하게 답변이 돌아왔다.

정원군은 무언가 실수했다고 느꼈는지 내 시선을 회피한다.

"그런데 왜 이곳에……."

내 물음이 끝나기도 전이었다. 정원군이 어디서 본 것 같은 꾸러미 하나를 마루 위에 올려놓는다. 동궁전 내관이 가져다준 황감도 저와 비슷한 주머니 안에 들어있었던 것 같았다.

"이건 뭐예요?"

"황감이오."

정원군의 말을 듣고 꾸러미를 풀어 보니 빛깔 좋은 황감이 한두 개가 아니다. 달빛을 받은 황감은 아주 탐스럽게 보였다.

"전하께서 하사하신 건가요?"

"그렇소."

여전히 무뚝뚝하다. 그는 아까부터 계속 화가 나 있었다. 내가 그를 혼이라 착각한 뒤부터 말이다.

"그런데 이걸 왜 저에게 주시는 거죠?"

"종이는 더 이상 황감을 먹지 않소."

"종이가 황감을 안 먹는다고요? 종이는 황감을 매우 좋아하는데요?"

"황감을 보면 자꾸 그대 이야기를 꺼내서 황감을 주지 않고 있소."

아직은 종이가 나를 잊지 않은 모양이다. 마음 한구석이 뭉클해져왔다. 종이를 보고 싶은 마음이 간절하지만, 보더라도 예전으로 돌아갈 수 없다면 더 이상 만나면 안 되니까.

"그럼 이 황감을 제게 주시는 건가요?"

정원군이 잠시 뜸을 들이더니 헛기침을 두어 번 한다.

"황감을 좋아하지 않소? 난 그런 줄로 여겼는데."

종이와 함께 지내던 시절, 정원군은 황감이 생기는 대로 종이에게 보내주었다. 나와 종이는 그것을 사이좋게 나눠먹었고, 종종 정원군은 그런 우리를 흐뭇한 얼굴로 보았었다. 그때부터 그는 나를 좋아하고 있었던 걸까?

"좋아해요. 좋아하지만 이런 귀한 걸 받을 순 없어요."

"종이가 주는 것이라 여기시오. 그 아이도 그러길 바랄 것이니."

정원군은 더 이상 말을 하지 않겠다는 듯 돌아서다가 멈춰 섰다. 누군가를 본 것이다. 정원군의 시선을 따라 고개를 돌리니 내관 한 명이 서 있었다. 혼의 명으로 양화당에 귤을 가져다주었던 그 동궁전 내관이었다. 언제부터 그곳에 서 있었는지는 몰라도 그는 의외의 장소에서 정원군을 발견하고 놀란 듯 보였다. 그는 재빨리 다가와 정원군에게 인사를 했다. 그러나 정원군은 그의 인사를 받는 둥 마는 둥 하더니 한마디를 했다.

"동궁전 최 내관이군."

그 말을 끝으로 정원군은 그곳을 떠났다. 정원군이 가버리자 최 내관이 내게로 다가왔다.

"아직 침수 전이셨군."

"무슨 일로 오셨어요?"

"저하께서……."

여기까지 말한 최 내관이 주변을 살피더니 다시 말을 이었다.

"저하께서 찾으시네."

"저를요?"

"그러하네. 침수 들었다면 굳이 깨우지 말라는 명은 있었네만, 혹 자려거든 이미 잠들었다고 전해 올릴 수는 있네."

나는 고민하지도 않고 서둘러 답했다.

"어디죠? 저하가 계시는 곳이?"

혼은 행궁 후원에 있었다.

아직 낙엽이 다 떨어지지 않은 나무들 사이에 서서 유난히 밝은 새해 달을 바라보는 그는 상복인 백포로 싼 익선관과 흰색 단령을 입고 있었다. 발소리 때문인지 달을 감상하던 그가 나를 발견하고는 미소로 맞았다.

나는 토끼털로 만든 토시에 두 손을 집어넣고 있었다. 혼은 내가 그의 곁으로 다가가자 토시의 바깥쪽을 손으로 움켜잡더니 나를 숲 안쪽으로 이끌었다. 마치 다른 이들에게 보이지 않으려고 숨는 것 같아서, 나는 누가 나타나기라도 한 줄 알고 주변을 살폈다. 다행히 다른 이는 없었다. 대신 나를 이곳으로 안내한 최 내관이 멀찍이 서서 망을 보고 있었다.

"잠들었을 거라고 생각했다."

그가 내 귀에 속삭이듯 말했다. 순간 그의 입에서 나온 하얀 입김이 내 귀를 간질였고, 나는 작게 소리 내어 웃음을 터트렸다. 그러나 이내 한밤중의 후원에서는 소리가 꽤나 크게 들릴 수 있다는 걸 깨닫고 서둘러 웃음을 그쳤다. 혼이 궁금한 듯 묻는다.

"왜 그러느냐?"

"내 웃음소리를 다른 사람들이 들으면 어떡해?"

"걱정하지 마라. 이미 주변을 물렸다."

"어떻게?"

"내가 조용히 달을 감상하고 싶다고 했다. 또 최 내관이 저리 망을 보며 서 있지 않느냐?"

"하지만 저 사람은 양화당 나인인 내가 너와 함께 있는 걸 뭐라고 생각할까?"

"글쎄다. 그건 생각해 보지 않았다만."

그답지 않은 말이다. 그렇지만 어떻게 보면 세자의 입에서 나올 만한 말이긴 하다. 세자가 내관이 무슨 생각을 하는지까지 생각할 필요는 없을 테니까. 그러나 나는 다르다.

"정말이야? 아무 생각도 없이 날 여기로 부른 거란 말이야?"

혼이 쿡쿡대며 웃는다. 나는 또 한 번 그에게 속았다는 걸 깨달았다.

"혼아!"

"쉿. 목소리를 낮춰라."

그가 나를 뒤에서 끌어안으며 내 오른쪽 어깨를 향해 고개를 숙였다. 그리고는 또다시 내 귓가에 속삭이듯 말한다.

"최 내관이 들을라."

연이은 혼의 장난. 나는 장난친 그가 얄미워서 어깨로 뒤에 서 있는 그를 살짝 밀치며 돌아서려고 했다. 그런데 이번엔 그가 두 손으로 내 양 어깨를 잡으며 움직이지 못하게 막았다.

왜 돌아서지 못하게 하는 건지, 왜 마주보지 못하게 하는 건지……. 영문을 모른 채 고개를 살짝 들어 올려 뒤에 서 있는 혼의 얼굴을 보았다. 그는 달을 보고 있었다. 나의 시선도 그런 그의 시선을 따라 자연스레 달로 향했다.

한겨울의 달. 그는 달을 보고 무슨 생각을 하는 걸까? 우리는 함께 한참을 그렇게 달을 올려다보며 서 있었다.

조금 뒤 그가 입을 열었다.

"왜란으로 인해 나는 수년 동안 전국을 헤매었었다. 그때마다 거의 매일 밤 달을 보았다. 왜란이 끝난 후에도 나는 늘 밤하늘에서 달을 찾았었다. 왜 그랬는지 아느냐?"

그의 시선이 이제 내 두 눈을 향했다. 나는 영문을 모르겠다는 얼굴로 그를 바라보았다.

"네가 살았던 곳을 잊지 않기 위해서였다."

"내가 살았던 곳?"

"그렇다."

그가 겪었던 반나절의 미래. 그는 왜 그곳을 잊지 않으려고 한 걸까?

"그곳에서 보았던, 별빛과 같았던 밤의 불빛들을 말이다. 혹여나 그것을 잊게 되면…… 너 역시 잊게 되어버릴 것 같더구나."

혼은 나를 잊게 될까 봐 전쟁이 한창인 조선에서 매일 밤 달을 보았다고 말한다.

"다시 그곳으로 가고 싶어?"

그는 내 질문이 의외라는 얼굴로 입을 열었다.

"사실 이제는 잘 기억이 나지 않는다. 분명한 건 십 년 전 그때와 거의 똑같은 모습으로 네가 내 앞에 나타났다는 것이지. 어찌하여 넌 그대로인 것이냐? 넌 그때 그곳에서 내게 이렇게 말했다. 그곳이 천상이라느니, 중천이라느니……. 난 믿을 수 없었다. 그저 북방 어딘가의 한 나라라고 생각했다. 그래서 그 뒤로 수많은 역사서와 지리서를 보았다. 그러나 그곳과 비슷한 나라는 그 어디에도 없었다. 그건……."

나는 내 어깨에 올려놓은 혼의 손을 살며시 밀어내며 돌아섰다.

"그게 중요해?"

"넌 십 년 전과 하나도 변함없는 모습이지 않느냐. 지금도."

당연한 질문이었다.

하지만 우리 사이에 놓인 설명하기 어려운 시간의 벽에 대해 어떻게 설명한단 말인가?

"그곳은 이제 잊어줘. 나도 너도 이제 다신 그곳으로 갈 수 없어. 그러니 부탁할게. 대신 한 가지 말해줄 수 있는 건 난 지금 스무 살이라는 거야. 널 처음 만났을 때는 열여덟이었어. 그러나 지금의 난 스무 살이야."

조선시대는 미래처럼 한두 살 차이 갖고 존칭을 쓰는 시대가 아니다. 나이와 상관없이 마음이 맞으면 친구가 된다. 한두 살 차이로 존칭이 쓰이기 시작한 것은 신분제가 사라진 뒤의 일이다. 그러니 지금 진짜 내 나이를 제대로 알려주는 게 문제만 되지 않는다면 굳이 숨길 건 없다. 물론 내가 조선에서 태어나고 자란 사람이 아니기 때문에 '오빠'가 되어버린 혼에게 반말하는 것이 조금 불편하긴 했다. 뭐, 진짜 내 나이를 알았다고 해서 깍듯이 존칭하라고 할 혼도 아닐 테지만 말이다.

"스무 살이라고?"

"응."

놀란 듯 되물었던 혼이 잔뜩 긴장한 채 그의 다음 말을 기다리는 내 얼굴을 보더니 갑자기 웃음을 터트린다.

"왜 웃어? 왜 웃는데?"

"나와 동갑이란 것을 내세워 허세를 부리던 열여덟의 네가 떠올라서 그랬다."

과거의 내 모습이 허세를 부리는 것이었다고 말하는 혼을 보며 삐친 나는 퉁명스럽게 외쳤다.

"그래 좋아! 앞으로 세자저하, 세자저하, 이렇게 깍듯이 불러줄까? 그래 줄까?"

"저번에도 내 말했다만 그리한다 해도 나쁘지는 않을 것 같구나."

여유롭게 답하는 혼을 보며 코뿔소 화난 듯 내 콧바람만 세졌다.

"예, 세자저하. 소녀는 이만 물러가지요."

툴툴거리며 어울리지 않게 손을 모은 내가 공손히 인사하며 그에게서 돌아섰다. 그리고 몇 발자국 떼기도 전이었다. 갑자기 그가 뒤에서 내 허리를 양손으로 잡더니 살짝 들어 올렸다가 내려놓았다. 깜짝 놀란 나는 그를 돌아보았다. 그는 웃고 있었다.

"혼이, 너! 놀랐잖아!"

"거 보아라, 사람의 진심이란 이리도 쉽게 드러나는 법이다."

"그거야 놀랐으니까 그런 거지!"

"정녕 나를 세자저하라고 부르고 싶으냐?"

'아니.'

이렇게 딱 부러지게 대답이 나오면 좋을 것을, 눈으로만 그에게 답을 보낼 뿐 정작 내 입에서는 바로 답이 나오지 않는다. 그러나 그는 내 눈을 보고 답을 이미 들은 얼굴이다. 그런데도 그는 딴소리를 한다.

"그럼 나도 너를 김 나인이라 부르마."

"그건 싫어."

스스로 대답해놓고도 나 자신에게 놀랐다. 답이 너무 빨랐던 것이다. 혼은 그런 나를 보며 어처구니가 없다는 얼굴이다.

"어허라? 어찌하여 말이냐? 네가 나를 세자저하라 부르겠다는 것은 나 역시 너를 나인으로 대해주라고 하는 것이나 마찬가지 아니냐?"

그의 말이 틀린 건 아니다. 그러나 그대로 그의 말이 맞는다고 인정하면 다시는 그를 혼이라고 부르지 못하게 될 것이다. 나는 그게 싫었다. 더 이상 그의 이름을 부를 수 없다는 것은 친구가 아니게 된다는 말일 테니까.

"네가 그랬잖아. 네 이름 불러주는 사람이 더 이상 없다고. 그건 나도 마찬가지야. 내 이름을 불러주는 사람은 여기에 아무도 없어. 상궁마마님이나 다른 나인들이 내 이름을 가끔씩 부르긴 해. 그렇지만 그들은 나와 아무런 사이가 아니니까."

내 말이 무슨 뜻인지 알겠다는 듯 천천히 고개를 끄덕이던 혼이 내게 묻는다.

"그럼 나는 너와 무슨 사이냐?"

"친구."

이 대답도 곧바로 나온다. 그런데 아까의 답과는 전혀 다르다. 아까는 그가 내 이름을 뺀 '김 나인'이라고 부르는 것이 정말 싫었다. 그래서 바로 대답을 준 것인데 이번에는 조금 다르게 답이 빨리 나온 것이다. 친구가 아니라면 우리 둘 사이를 뭐라고 정의해야 할지 알 수가 없어서였다.

"친구라……."

그가 한숨 섞인 목소리로 중얼거리며 달빛이 스며들지 않아 캄캄한 숲 속으로 시선을 돌린다. 그런 그를 보며 나는 겁이 났다. 그가 바로 친구 사이를 부정하기라도 할까 봐 말이다.

"우리 친구 맞지? 이젠 나이도 차이 나고 신분도 다르지만 서로 이름을 부르니까 그럼 친구잖아. 이름을 부르는 사이면 친구가 되는 건, 조선에서도 마찬가지잖아?"

조심스럽게 묻는 내 말에 그가 다시 나를 바라보며 진지한 얼굴로 묻는다.

"친구로 남고 싶으냐?"

"어?"

"나와 친구로만 남고 싶으냔 말이다."

나는 갑자기 그런 말을 하는 혼의 의도를 알지 못했다. 우린 친구였다. 그만큼 지금 우리 사이에 가장 잘 어울리는 단어가 어디에 있을까? 그런데 지금 그의 물음은 전혀 다른 의도를 담고 있다.

친구가 아니라면? 친구 사이가 아니라면 우리 두 사람이 대체 어떤 사이가 되길 바란다는 것일까?

나도 안다. 친구 사이가 아니게 된다면 그와 나 사이에 남는 건 '세자와 궁녀' 단지 그뿐이었다. 그런데 만약 그가 원하는 게 '세자와 궁녀'

사이도 아니라면? 다른 관계를 원하고 있는 거라면?

그의 질문을 끝으로 우리는 서로를 응시하며 아무런 말을 하지 않았다.

난 그에게 친구이고 싶었다. 이 조선시대에서 세자와 궁녀가 친구가 된다는 게 말이 안 되는 일이란 걸 모르는 것이 아니다. 그러나 혼이 만큼은 아니길 바란다. 내가 미래에서도 가지지 못했던 친구. 처음으로 갖게 되는 친구가 혼이길 바랐다. 힘들 때 옆에 있어주고 서로 챙겨주고 배려하는 그런 친구가.

'하지만 지금은?'

당연히 친구가 아닌 다른 관계를 생각해본 적은 없다. 그래서인지 혼이 던진 물음은 나를 혼란스럽게 만든다. 그를 똑바로 마주볼 수 없게 만든다. 가슴이 두근거린다. 이유 모를 이 두근거림에 나는 할 말을 잃고는 가만히 두 눈을 내리깔았다. 그러자 거의 동시에 그의 긴 한숨소리가 내 귀에 들려왔다.

다시 우리 사이에는 침묵이 흐른다. 그리고 내게서 아무런 답도 얻지 못한 혼이 먼저 그 침묵을 깼다.

"경민아."

그의 입에서 나온 내 이름에 나는 퍼뜩 놀라며 다시 고개를 들어 그를 보았다. 그는 놀란 내 두 눈과 마주치자 씁쓸한 미소를 짓는다.

"네가 나와 동갑이든 아니든 그것은 중요하지 않다. 지금 네가 스무살이라면 스무 살인 게지. 허나 그 나이는 결코 어린 나이가 아니다."

내 지금 나이와 상관없이 어린애 취급은 안 하는 것 같아서 일단 안심이다. 그런데 내 나이가 어리지 않다고 말하는 이유는 또 뭐람?

"그거야 그렇지. 그런데?"

그 말의 의미를 모르겠다는 듯 고개를 갸웃거리는 날 향해 혼은 무언가 말하려다가 다시 입을 굳게 다물었다. 그는 망설이는 것 같았다. 나는 그가 쉽사리 꺼내지 못하고 있는 말이 무엇인지 짐작하기 위해 조금 전 그의 말을 곱씹었다.

'내 나이가 어리지 않다는 말 뜻은, 친구 사이에 나이는 중요하지 않다는 걸까?'

그때, 혼이 굳게 다물었던 입을 열었다.

"내가 너에게 친구가 아닌 다른 관계를 원한다면 넌 어찌할 것이냐?"

'친구가 아닌 다른 관계?'

내 머릿속은 새하얗게 변해버렸다. 혼의 말 속에 숨은 의도를 난 전혀 알아차릴 수가 없었다. 친구 사이가 아니라 다른 관계라면 어떤 관계를 원한다는 것일까? 내가 아무리 눈치가 없어도 이 분위기에서는 적어도 '세자와 궁녀'가 아니라는 것쯤은 알 것 같다. 그런데 그 이상은 모르겠다. 상상해 본 적도 없었다. 그냥 지금은 그가 나에게서 멀어지려는 것 같다.

"혼아."

그런 기분에 그를 붙잡으려 그의 이름을 불렀을 때였다. 그의 얼굴에 실망한 기색이 어렸다. 무심코 그의 이름을 부른 것이 방금 전 그의 물음에 대한 답이 아니었음을 나는 뒤늦게 깨달았다.

"미안하구나."

그가 내게 사과했다. 사과할 만한 일은 아무것도 없었음에도 말이다.

"또다시 내 마음만 앞섰구나."

'또다시?'

나는 얼굴로 그게 언제였냐는 신호를 보냈다. 그러나 그때는 이미 그가 내게서 시선을 거둔 뒤였다. 한 발 늦은 것이다. 내게서 떨어진 그의 시선을 쫓던 나는 그가 힘주어 주먹을 쥐었다가 놓는 것을 보았다. 나는 황급히 그의 얼굴을 보았다. 그는 화가 난 듯 보였다.

"혼아?"

내가 다시 한 번 그의 이름을 불렀을 때였다. 그가 내게서 돌아서며 싸늘한 한마디를 건넸다.

"돌아가는 길은 최 내관이 안내해 줄 것이다."

그는 나를 두고 숲길 쪽으로 가려는 듯 보였다. 난 이대로 그를 보낼 수가 없었다. 이대로 그를 보낸다면 싸운 후에 화해도 하지 않은 상태에서 친구와 작별인사를 하는 것 같아서였다. 마음이 말보다 먼저 행동으로 나왔다. 그의 한쪽 팔을 붙잡은 것이다. 갑작스런 나의 행동에 혼이 가려던 걸음을 멈추고는 붙잡힌 팔을 보더니 곧이어 내 얼굴을 바라보았다. 난 그와 눈이 마주치자 잡았던 그의 팔을 슬그머니 놓아주며 조심스럽게 물었다.

"화난 거 아니지?"

내가 너무 겁에 질린 얼굴을 하고 있었던 것인지 그가 억지로 자신의 입꼬리를 끌어당겨 미소를 보였다. 누가 봐도 억지웃음. 무슨 이유인지는 몰라도 혼은 지금 화가 난 게 분명하다. 그는 이런 내 속을 들여다보기라도 했는지 이런 답을 내게 주었다.

"화나지 않았다. 만약 내가 화가 났다면 그것은 나 자신에게 화가 난 것이겠지."

"왜? 왜 너에게 화가 난 건데?"

그가 왜 스스로에게 화가 났는지는 중요하지 않았다. 그 이유를 나와 나눠 준다면 우리는 계속 친구인 것이다. 적어도 난 그렇게 확신하고 그에게 물었다. 그러자 그가 내게로 완전히 돌아서며 말했다.

"십 년 전 네가 나에게 말하길, 네 가족은 오직 부친 한 분뿐이라고 했었다."

"맞아."

나는 고개를 끄덕이며 답했다.

"넌 그 부친을 왜란 중에 잃지 않았느냐? 그래서 난 너를 다시 만나면, 너를 다시 찾게 된다면 이 세상에 의지할 곳이 없어진 너를 지켜주겠노라고 그리 마음을 먹었었다."

그의 말은 마음에 울렁거림이 찾아올 정도로 감동적인 말이었다.

어쩌면 그가 그런 마음을 먹게 된 것은 나와 거의 비슷한 가정환경을 가진 자신의 배경 탓인지도 모른다. 더 이상 그의 이름을 부르지 않는 아버지와 어린 시절 돌아가신 어머니. 우린 완전히 같진 않지만 가족 관계에서는 묘한 공통점이 존재한다. 그런데 나를 지켜주고 싶은 마음이 들었다는 말을 꺼내는 혼의 표정은 스스로를 전혀 자랑스러워하지 않는 것처럼 보인다.

"그런데 너와 다시 재회한 후, 어느 순간 내 마음이 바뀌었다."

'마음이 바뀌었다니?'

그의 마음이 도대체 어떻게 바뀌었다는 걸까? 그리고 대체 언제? 어디서? 왜 그 마음이 바뀌었다는 걸까? 지켜주고 싶지 않을 정도로 내가 강해보였던 걸까? 안 그래도 장점이라고는 긍정적 마인드뿐이라는 소리를 들은 적이 있던 나지만 말이다.

"어떻게 바뀌었다는 건데?"

그는 내가 이런 질문을 할 줄 예상하지 못했는지 잠시 주저했다. 그의 눈동자는 무언가 생각에 잠긴 것처럼 보였다. 조금 뒤 짧은 한숨과 함께 혼이 나를 보며 억지스런 미소를 짓는다.

"초심을 되찾을 때까지는 너를 만나지 않는 것이 좋을 것 같구나."

이 말을 끝으로 그는 후원 깊숙한 곳으로 사라져버렸다.

마마에 걸리다

새해를 보낸 혼은 다시 건원릉으로 돌아갔다. 이것이 그의 마지막 건원릉행이 될 터였다. 날이 따뜻해지고 완연한 봄이 찾아오면 의인왕후의 삼년상이 모두 끝나게 되기 때문이었다. 그러면 그는 이 행궁으로 돌아올 것이다.

정월 초하루에 그와 후원에서 만나 나눈 대화만 아니었다면, 난 그가 돌아오기만을 손꼽아 기다리고 있었을 것이다. 그러나 이젠 다르다. 아직도 나는 그가 말했던 '초심'의 의미가 무엇인지 모른다. 분명한 건 그가 나를 만나지 않겠다고 선언한 것이다.

하루하루가 갈수록, 날이 따뜻해지며 봄이 가까워질수록 나는 말수가 적어지고 생각만 늘었다.

도무지 혼의 속은 알 수가 없다. 그의 속마음을 창문처럼 열어서 볼 수만 있다면 열어보고 싶을 따름이었다. 애초에 조선의 세자인 그와 궁녀가 되어버린 내가 친구가 된다는 것은 불가능했던 것일까? 그러나 나는 시대적 불가능을 모두 넘어섰다고 믿었다. 그 누구보다도 세자인 그가 이를 받아들여 줬기 때문이었다.

나는 그와 재회 후 몇 번의 만남 속에서 우리 사이에 있는 보이지 않는 벽을 깨달았다. 우리가 처음 만난 후 다시 만날 때까지 그에게는 '10년', 나에게는 단지 '2년'만 흘렀다는 데서 생기게 된 벽 같았다.

"휴우……."

최근 들어 혼에 대해 생각할 때마다 쓸데없는 한숨만 는다. 내 스스로 그것을 인지할 정도로 말이다. 그렇다면 내가 느끼지 못하는 동안에는 얼마나 셀 수도 없이 많은 한숨을 쉬고 있는 것일까? 오죽했으면 퇴선간엔 며칠에 한 번 스치듯 지나는 정 상궁도 양화당에 복 나간다면서 한숨 좀 그만 쉬라고 날 타박했다.

정 상궁이 그렇게 말하는 데는 다 이유가 있다. 요즘 양화당은 겉으로는 평온한 듯 보이지만 안으로는 술렁이고 있었다. 행궁 최고의 안주인 자리를 오랫동안 차지하고 있던 '마녀 인빈'이 짜증을 부리기 시작한 것이다. 의인왕후의 상이 끝나면 곧바로 국혼이 있을 것이고, 인빈보다 한참이나 어린 여자가 중궁전에 들어앉게 생겼으니, 선조의 아들을 여럿 낳아주고도 중전이 되지 못한 그녀로서는 한이 단단히 맺힐 수밖에. 괜히 쓸데없는 핑계를 만들어 정 상궁을 비롯한 주변에 보이는 양화당 나인들을 걸핏하면 들들 볶아대곤 했다.

이런 인빈이 알지 못하는 사실이 하나 있었다. 바로 그녀의 손자인 종이가 인조가 되고, 이후 조선왕조가 멸망할 때까지 조선의 왕은 모두 다 그녀의 직계 자손이라는 사실이다.

"오늘도 정 상궁마마님께 꾸지람을 들으셨어요?"

운영이 내 처소 정리를 끝내고는 끓여온 찻물을 내 옆에 내려놓으며 물었다.

"왜?"

"한숨이 느셔서요. 뭐, 소인의 천한 귀로 주워 담기로는 요즘 후궁전마다 다 한숨바람이라고 하더라구요."

꽃다운 나이의 새 중전마마가 들어오니 새 중전보다 나이가 많은 후궁들에게서는 한숨이 안 나올 수가 없는 상황이다. 나는 이를 알면서도 일부러 간단명료하게 대답했다.

"이제 곧 국혼이잖아."

"그럼 세자저하께서도 돌아오시는 건가요?"

"뭐?"

마치 도둑이 제 발 저리듯 운영의 입에서 튀어 나온 '세자'라는 단어에 나는 움찔했다.

"무슨 근심이라도 있으세요?"

"그, 근심? 내가 왜?"

"한숨이 느신 게 정 상궁마마님 때문인 줄 알았는데 그게 아닌 것 같아서요."

사실 정 상궁의 타박은 구박에 속하지도 않는다. 그 순간만 기분 상하지 돌아서면 생각도 나지 않을 정도다. 내 머릿속은 곧 혼이 돌아온다는 사실로 꽉 차 있었다. 그 생각만으로도 정 상궁의 타박은 내 머릿속에 발을 들여놓지도 못한다.

사실 난 혼이 환궁한 뒤의 일을 매일같이 걱정하고 있었다. 어떤 식으로든 그를 다시 만나기를 바랐다. 그래야 쌓인 걸 친구로서 툭 터놓고 풀기라도 하지. 스마트폰도 없는 이 세상에서 친구 사이의 문제는 얼굴을 보고 직접 대화하는 수밖에 없다. 문제는 그는 세자이고 나는 일개 나인이기 때문에 그가 먼저 만나려 하지 않는다면 내가 그를 만날 수 있는 방법이 없다는 것이다. 그러니 이런 답 없는 문제를 껴안고서 한숨만 늘어날 수밖에.

"국혼이 다가오면 일이 많아질 것 같아서……."

말도 안 되는 소리다. 국혼에 양화당이 바쁠 리가 없다. 일이 줄다 못해 썰렁해질 텐데. 거짓말을 한 것이 얼굴에 드러나기라도 할까 봐 신경이 쓰이는데, 운영이 때마침 끓여 놓았던 차를 찻잔에 따라 내게 건넸다. 그것을 냉큼 받아 얼굴을 조금이나마 가릴 겸 천천히 불어가며 마시려고 했다.

"그래요? 그런데 요즘 미영 항아님 안색이 굉장히 밝으세요. 아무래도 세자저하께서 곧 돌아오시는 것 때문……."

탁! 소리와 함께 찻잔이 그대로 내 손을 떠나서 바닥으로 떨어졌다. 다행히 단단한 자기라 그런지 깨지지는 않았다. 단지 뜨거운 찻물 일부가 내 치마를 적셨다.

"어머나? 항아님. 괜찮으세요?"

"난 괜찮아. 미안. 내가 치울게."

"아니에요. 가만 계세요. 세상에, 치마를 갈아입으셔야겠어요."

운영이 쏟아진 물을 치우기도 전에 먼저 내 옷부터 챙겨준다. 그런데 물을 쏟은 게 그렇게 민망한가? 왜 이렇게 얼굴이 화끈거리지?

내가 치마를 갈아입는 사이 내가 벌인 일을 말끔하게 뒷수습한 운영이 나를 보며 걱정스럽게 묻는다.

"얼굴이 빨가세요. 혹시 열이라도 나시는 거예요?"

"열은 무슨. 괜찮아."

"그래도요. 조금이라도 열이 나시는 것 같으면 소인에게 말씀하세요. 내의원에서 의녀님을 청해 볼게요."

"아니라니까. 그런 거 아니야."

그러자 운영이 단호한 어조로 말했다.

"안 돼요. 괜찮은 것 같아서 그냥 가벼이 넘기시는 건요. 안 그래도 궐 밖에 요즘 마마가 돈다던데요?"

"마마가?"

"네. 그것 때문에 궁궐에 들어올 때마다 문 앞에서 검진을 받고 있어요. 소인은 어렸을 때 두창(痘瘡, 천연두)에 걸린 적이 있어서 괜찮다고 말했는데도 매번 꼭 검진을 하더라고요. 아무래도 상감마마께서 계시는 이 행궁 안까지 두창이 퍼지면 큰일이니까 그런가 봐요."

생각해보니 임진왜란 이후에 자주 전염병이 창궐했다는 말을 들은 적이 있다. 전염병 역시 전쟁이 남긴 상흔의 하나일 것이다. 조선시대를 통틀어 이 마마라 불리는 두창에 걸린 종친들은 많았다. 두창만큼은 신분고하에 상관없이 누구에게든 찾아올 수 있는 병이었던 것이다.

"그래. 걱정해줘서 고마워. 조금이라도 열이 나면 바로 말해 줄게."

"네. 항아님."

운영이 나를 보며 방긋 웃었다.

운영이 지나가는 것처럼 말했던 두창은 소문이 아니라 사실이었다. 며칠 뒤, 두창이 행궁에까지 입성한 것이다.

제일 먼저 두창 증상을 보인 건 수문장이었다. 궁궐의 수문장이 두창에 걸렸다 하니, 마치 두창이 손님처럼 문을 두드리고 천천히 들어오는 것 같았다. 수문장이 두창 판정을 받고 격리된 지 하루가 채 지나기도 전에 선조의 후궁 순빈의 아들 순화군이 두창 증상을 보여 궁궐이 발칵 뒤집어졌다. 그리고 순화군이 두창 판정을 받은 그날 저녁, 그의 부인 황 씨와 딸까지 두창 증상을 보였다. 순화군이 머무르는 전각은 즉시 폐쇄 조치가 내려졌다.

그 덕에 바빠진 것은 내의원이었다. 내의원에서도 예전에 두창에 걸려 면역체계가 형성된 의원들을 중심으로 궁궐의 모든 나인들을 검진하기 시작했다.

그렇게 며칠이 흐르고 속속 두창 환자들이 나타났다. 선조는 왕명으로 두창에 걸린 나인들을 완공이 덜 끝난 창덕궁에 남아 있는 빈 전각들에 모아 격리시켰다. 그 외에도 각 전각 소속의 나인들은 특별한 일이 없는 이상 다른 전각으로의 이동을 금했다. 음식도 그 전각에서 직접 요리해 먹을 수 있도록, 수라간 궁녀들을 짝을 지어 주요 전각으로 나누어 보냈다. 상황이 이렇게 되자 나는 미영이를 만날 수가 없게 되었다.

날이 갈수록 궁궐 안에는 흉흉한 소문만 돌았다.

'창덕궁에 그나마 남아 있던 멀쩡한 전각들이 마마에 걸린 나인들로 가득 찼대.'

'일단 거기 들어가면 죽을 때까지 내버려 둔다나 봐.'

'내의원 의원들은 모두 행궁에서만 머물라는 지시가 내려졌다지?'

'그럼 뭐야? 우리가 마마에 걸려 창덕궁으로 가게 되면 꼼짝없이 죽게 된다는 거야?'

그중 정확한 사실은 없었다. 그나마 진실에 그 누구보다도 가깝게 접근할 수 있는 상궁들은 두창으로 죽은 나인이 모두 합해 열 명이 되지 않는다고 했지만, 그 말을 곧이곧대로 받아들이는 나인들은 없는 것 같았다.

다행히도 날이 점점 따뜻해지는 3월 말에 들어서자 두창 환자는 점차 감소하는 추세로 돌아섰다. 창덕궁에 갔다가 무사히 건강을 되찾아서 돌아오는 나인들도 있었다. 그들은 창덕궁에서 있었던 일을 되도록 진실에 가깝게 이야기해 줬는데, 소문이 완전히 거짓은 아닌 모양이었다. 창덕궁 빈 전각에서 지내는 동안 하루에 한 번 의녀를 본 것이 다였다는 것이다. 그러나 그들은 자신들이 살아났다는 사실만으로도 만족한 얼굴들이었다. 비록 그중 몇몇 나인들의 얼굴에는 두창으로 인한 흉터자국이 남았지만 말이다.

어느 날 저녁이었다. 이부자리를 깔아주던 운영이 말했다.

"다행이에요. 마마가 이제 수그러드는 것 같아서요."

나는 한쪽 구석에서 한글로 가득한 소설을 읽고 있었다. 한 양화당 나인이 키득거리며 읽던 걸 빌려온 것이었다. 그런데 오늘따라 피곤해서 그런지, 읽고 이해를 할 순 있어도 웃음이 나올 정도로 재미있는 내용 같지는 않았다. 옛날 한글로 쓰여 있어서 그런 걸까?

"그래도 아직 미영 항아님은 이곳에 못 오시나 봐요?"

거의 한 달째 미영이를 보지 못한 운영이 아쉬움이 섞인 목소리로 말하고 나서야 나는 고개를 들어 운영을 바라보며 답했다.

"응. 완전히 마마가 사라진 건 아니라서 그런 것 같아."

"하루라도 빨리 다시 뵈었으면 좋겠어요."

"미영이도 너를 보고 싶어 할 거야."

이렇게 말하면서 다시 책을 보는데 왠지 눈꺼풀이 심하게 무거워졌다.

"피곤하세요?"

"조금."

"어서 자리에 누우세요. 소인은 그만 가볼게요."

"그래, 내일 아침에 봐."

"예, 항아님."

난 운영이 깔아준 이부자리에 몸을 뉘었다. 운영이 내게 묻는다.

"불 꺼드릴까요?"

'응.'

마음속으로는 소리를 내려고 했던 것 같다. 그런데 막상 이부자리에 눕고 나니 졸음이 쏟아지면서 난 마치 정신을 잃듯이 잠에 빠져들었다. 운영이 그런 나를 보고 작게 소리 내어 웃었던 것 같다. 그리고 발

소리조차 내지 않으려고 조심하면서 촛불을 꺼주고는 내 처소를 나갔다.

운영이 퇴궐도 하기 전에 이부자리에 덥석 누워버린 것도, 불도 끄기 전에 잠부터 든 것도 전에는 없던 일이었다. 환절기도 지난 것 같은데 몸이 왜 이렇게 천근만근 무거운 걸까? 그러고 보니 오늘 하루 종일 퇴선간 일이 힘들었던 것 같다. 두창 때문에 수라간 궁녀 두 명이 양화당으로 온 뒤부터 사실 일이 조금 많아졌다. 수라간 궁녀들이 양화당 퇴선간에 죽치고 앉아서 하루 종일 음식을 만들고 있는 것을 내가 거들어줘야 했기 때문이었다.

'수라간 궁녀들이 있으니까 내일 하루쯤은 쉬었으면 좋겠다.'

평소와는 다르게 급속하게 잠에 빠져들며 생각했다.

그리고 다음날 아침이었다.

"항아님!"

내 눈앞 세상이 돌고 있었다. 분명 눈을 뜬 것 같은데 곧바로 힘없이 감긴다. 다시 눈에 힘을 주어 뜨려고 하는데 다시 감기고, 이렇게 뜨고 감기를 반복한다.

"항아님, 정신 차리세요!"

머리도 천근만근 무겁다.

"세상에! 이를 어쩌지? 이를 어째?"

운영의 목소리가 들리는 것을 보니 아침인가? 주변이 환한 것을 보면 낮인 것 같다. 어제 운영이 퇴궐하는 것까지 본 것 같기도 하다.

"운영아……."

"항아님, 정신이 드세요? 잠드시면 안 돼요. 세상에 열 좀 봐!"

당황한 운영이 부산하게 움직이는 모습이 마치 끊긴 필름을 한 장 한 장 보듯이 느리게 진행된다. 이어 내 머리 위에 차갑고 축축한 무언가가 놓인다. 그 축축한 걸 치워내고 싶은데 손을 들어 올릴 힘조차 없다. 어째서지?

"열을 식혀야 해요. 지금 열이 너무 높으세요."

나는 눈을 뜨고 버티는 것도 힘들어 결국 눈을 감았다. 그리고 얼마의 시간이 더 흐른 걸까? 잠깐 잠이 들었던 것 같다. 그러던 중 내가 제일 듣기 싫어하는 사람의 목소리가 들려왔다.

"아니, 이게 대체 어찌된 것이냐? 어제까지도 멀쩡하던 아이가 왜 이리 되었어?"

정 상궁이다. 그녀는 안으로 들어오지도 않은 채, 문 앞에서 나를 내려다보며 운영에게 호통을 치고 있었다.

"의원을 불러주세요. 제발 의원을 불러주세요, 마마님!"

간절하게 애원하는 듯한 운영의 목소리도 들린다. 그러나 돌아오는 건 정 상궁의 싸늘한 말 한마디.

"이 아이가 마마에 걸린 게 맞다면 이곳에 둘 수 없다. 당장 창덕궁으로 옮겨야 한다."

"일단 의원에게 한번 보이기라도 한 다음에 옮기게 해주세요. 열이 너무 높아요. 이대로 옮기다가는 자칫 큰일이 날 수도 있어요. 네? 마마님. 제발……."

운영이 흐느낀다. 나는 도무지 이 상황을 이해할 수가 없었다. 피곤하고 몸에 기운이 없고 열이 좀 나는 것 같긴 하다. 그런데 그런 일로 운영은 의원을 불러달라며 사정하고, 정 상궁은 계속 매몰차게 거절한다.

"뭣 하는 게냐? 어서 의녀들을 불러와 이 아이를 옮기지 않고!"

그때까지도 나는 단지 두창이 아닌 지독한 감기에 걸린 것이라고만 여겼다. 그러나 정 상궁이 부른 의녀들이 날 부축해 처소 밖으로 끌어냈을 때였다. 전엔 그저 따스한 봄바람 정도로 느껴졌던 바람이 순간 뼛속을 통과하는 듯한 통증을 내게 선사했다. 동시에 나는 내가 아픈 이유가 두창이든 지독한 감기든 간에 이 병으로 죽을 수도 있겠다는 생각을 했다.

공사가 반 이상 끝났다는 창덕궁의 밤은 스산하기만 했다. 두창에 걸려 누워 있는 나인들은 고통스러운 숨소리를 내뱉다가 때로는 서럽게 울부짖기도 했다. 말 그대로 지옥이 따로 없었다.

나는 그날 밤이 되자 상태가 더욱 나빠졌다. 스스로도 그것을 느끼고 있었다. 그러나 내 주변에는 아무도 없었다. 간병하는 듯 돌아다니는 의녀 한 명이 보이긴 했지만, 그녀는 나를 비롯한 두창에 걸린 나인들에게 물 한 모금 주는 일이 없었다. 마치 죽었는지 살았는지 확인하러 돌아다니는 것처럼 보였다.

'목말라…….'

처음에는 단순히 목이 마른 것이라고만 생각했다. 그런데 시간이 지날수록 목이 따가워지더니 코로 숨을 쉬는 게 어려워졌다. 나는 결국 입으로 숨을 쉬기 시작했고, 입으로 숨을 들이쉬고 내쉴 때마다 목은 마치 칼로 베이는 듯 아파왔다. 이젠 서러워서가 아니라 아파서 눈가에 눈물이 맺혔다. 소리 내서 울고 싶기도 했다. 하지만 울면 가뜩이나 숨을 쉬기 어려울 정도로 막힌 코가 더 단단히 막혀버릴 것만 같았다. 그럼 진짜로 죽을 것 같았다. 난 이대로 여기에서 홀로 죽고 싶지 않았다.

'난 어쩌다가 이렇게 된 걸까?'

내가 태어나고 자란 미래에서 두창은 예방접종으로 거의 사라진 지 오래인데. 태어나자마자 엄마를 잃고 아빠와만 자라서일까? 아빠는 나에게 두창 예방접종 같은 걸 왜 진작 해주지 않은 걸까? 이게 두창이 맞기나 한 걸까? 왜란 이후 조선에 나타난 신종 역병들은 수도 없이 많다. 어쩌면 내가 걸린 건 두창이 아니라 아예 걸리면 살아날 가망이 없는 전염병인지도 모른다.

힘없이 누워 있는 내 양 볼을 타고 뜨거운 눈물이 흘러내렸다. 그러다 문득 건원릉에 있는 혼이 생각났다. 이 순간만큼은 혼이 나에게 했던 마지막 말 한마디에 그간 심각하게 고민했던 모든 생각들이 다 부질없는 것으로 느껴졌다.

'싫어. 죽기 싫어. 나 살고 싶단 말이야.'

아직 나에겐 못다 한 것들이 많았다. 무엇보다 먼저 아빠를 만나야 했다. 아빠가 왜란에서 겪게 될 그 끔찍한 죽음을 막기 위해서라도, 난 반드시 아빠를 만나서 미래에 일어날 일을 경고해줘야 했다.

혼과도 만나야 했다. 지난번 만남으로 어색해진 분위기를 모두 털어버릴 시간이 우리에겐 필요했다. 미영이도 만나야 한다. 그러니 난 절대 여기서 죽을 순 없었다. 고모가 말한, 집안사람들이 모두 시간여행을 하다가 죽었다는 그 저주 노선에 나까지 포함시키고 싶지는 않았다. 절대!

꿈을 꿨다.

이름 모를 새하얀 꽃들이 가득한 꽃밭이었다. 그 꽃밭 한가운데 갓을 쓴 남자가 서 있었다. 뒷모습만 보여서, 그가 누군지는 알 수 없었다. 나는 천천히 꽃밭 안으로 들어섰다. 그렇게 그 사람에게 한 발자국씩 다가가던 어느 순간, 꽃들을 질투하는 듯 일순간 아주 강한 바람이 불었다. 바람은 꽃들을 한 번 쓸었다가 일으켜 세우고는 사라졌다. 또 바람은 남자가 입은 도포자락도 한 번 펄럭이게 만들었다.

도포는 물론이고 쓰고 있던 갓까지 벗겨질 듯 흔들리자 그 사내가 한 손으로 갓의 끝을 고정시키듯 붙잡았다. 그때였다. 그가 나의 존재를 확인하고는 내가 있는 곳을 돌아보았다. 그 순간 난 그가 누구인지를 알아보았다. 그 사람은 바로…….

"혼아……."

내 입에서 혼의 이름이 나온 순간 잠에서 깨어났다. 나는 누군가의 두 팔에 안겨 있었다. 나는 나를 안고 있는 사람을 올려다보았다.

제일 먼저 내 눈에 들어온 것은 길게 내려온 갓끈이었다. 그 갓끈 위로 코의 중간부터 턱 아래까지 흰 천으로 가리고 있는 것이 보였다. 마지막으로 가리개 위로 차갑게 굳어 있는 두 눈과 마주했다. 그는 다름 아닌 정원군이었다.

"정원군마마?"

그의 존재를 확실히 알아보게 되고 그제야 주변에서 고통에 흐느끼는 궁녀들의 울음소리가 들려왔다. 여긴 내가 옮겨진 창덕궁의 전각이 틀림없었다. 그런 곳에 정원군이 와 있었다. 그것도 나의 상체를 끌어안아 그의 품에 내 몸을 편히 기대게 하고 있었다.

정원군은 나를 내려다보면서 말이 없었다. 아니, 어쩌면 무언가 말을 하려고 했는지도 모른다. 그러나 가리개 뒤로 감춰진 그의 나머지 얼굴 때문에 나는 그가 말을 하려고 시도했는지는 알 수 없었다.

바로 그때였다. 그의 뒤쪽에서 익숙한 목소리가 들려왔다.

"항아님!"

운영이였다. 그녀는 퉁퉁 부은 눈을 한 채 내 얼굴 가까이로 고개를 숙였다.

"정신이 드세요? 소인이 누구인지 알아보시겠어요?"

운영의 두 눈에서 작은 쌀 알갱이만한 눈물이 뚝뚝 떨어지기 시작했다. 그러나 운영은 곧 정원군의 존재를 의식했는지 이내 옷깃으로 눈물을 훔치며 뒤로 물러섰다. 그때 정원군의 손이 내 이마에 닿았다. 이상하리만치 정원군의 손이 차갑게 느껴졌다.

"아직 열이 있군. 운영아, 가서 약을 더 달여 오거라."

"예, 정원군마마."

운영이 서둘러 자리에서 일어서 나가버리자 나는 정원군을 향해 어렵게 말을 꺼냈다.

"어떻게…… 여기에……."

소리를 내기 시작하자 목에서 따끔거리는 통증이 전해져왔다.

"아무 말 마시오. 지금은 쉬어야 하오. 조금 뒤에 행궁에서 허 어의가 올 거요. 허 어의가 말하길 지금 운영이 달이는 약을 수시로 먹어야 한다고 했소."

허 어의라면 아마도 허준을 말하는 게 틀림없다. 지금 내의원에서 허 씨 성을 가진 의원은 허준뿐이었으니까. 그런데 이상했다. 허준은 왕의 어의다. 두창이 퍼지든 말든 그는 항시 왕의 곁을 지키고 있어야 했다. 그런데 허준이 어떻게 이곳에 온다는 것일까?

이상한 점은 또 있었다. 정원군의 입에서 운영의 이름이 매우 자연스럽게 흘러나오고 있었기 때문이다. 분명 예전에 운영은 정원군이 누구인지 알아보지 못했었다. 게다가 나인도 아니고 일개 무수리와 정원군이 통성명을 하며 알고 지낼 처지는 더더욱 아니었다. 그런데 정원군이 어떻게 운영의 이름을 알고 있는 것일까?

"어떻게…… 운영을……."

이번에도 내 말이 끝나기도 전에 정원군이 내 말을 끊었다.

"운영 그 아이가 그대가 창덕궁으로 옮겨진 사실을 내게 알려왔소."

'운영이 알리다니?'

그것도 정원군에게 말이다.

운영은 내가 정원군의 전각에서 보모상궁으로 있었다는 걸 알고는 있다. 아무리 그렇다고 해도 정원군에게 달려가 내 상태를 알린다는 것은 말이 되지 않는다. 운영은 무수리다. 뵙고 싶다고 해서 정원군을 마음대로 뵐 수 있는 위치가 아니었다.

더군다나 운영은 수라간 소속 무수리였다. 그러고 보니 운영의 상전이 되는 내가 양화당으로 옮겼지만, 이상하게도 운영은 다시 수라간 소속으로 돌아가지 않고 내 소속 무수리로 남았다. 난 굳이 그 점에 의문을 품지는 않았던 것 같다. 정든 운영과 헤어지지 않게 된 게 잘되었다고만 생각했을 뿐.

정원군을 응시하며 눈으로 물었다. 운영과 그에 대해서 말이다. 아니, 묻고는 있었지만 어느 정도 짐작이 가기 시작했다.

내가 수라간으로 가게 된 것은 정원군이 인빈에게 부탁해서였다.

'설마.'

내가 결론을 내기 전 운영이 약을 달여 안으로 들어왔다. 정원군은 운영에게서 막 끓인 탕약을 받아들더니 자신이 직접 내게 먹이려는 듯 수저까지 들었다. 그는 탕약을 한 수저 뜨더니 그것을 입으로 직접 불어 내 입가로 가져왔다. 그러나 나는 고개를 저으며 거부했다. 그러자 정원군이 화가 난 얼굴로 내게 소리쳤다.

"약을 먹어야 한다고 하지 않았소!"

몸이 아픈 상황에서 쓸데없는 고집을 피운다는 걸 나도 잘 알았다. 그러나 그들의 사이는 내가 모르고 있던 사실이었기에, 속았다는 느낌을 지울 수가 없었다. 나는 최대한 두 눈에 힘을 주어 정원군을 바라보며 말했다.

"어떻게 운영을…… 아시는 거예요?"

그러자 그의 옆에서 탕약 그릇을 받쳐 들고 있던 운영이 당황한 얼굴로 바뀌었다. 나는 그런 운영의 얼굴을 보며 내 예상이 맞았음을 직감했다. 정원군도 잠시 운영 쪽을 쳐다보더니 다시 나를 보며 말했다.

"운영은 내가 그대의 곁에 붙인 아이요."

'역시 그랬구나.'

정원군을 처음 본 날 운영은 그가 누구인지 모르는 척했다. 그렇다면 그것도 모두 둘이 짠 것일까? 생각해보니 그날 내가 운영에게 그가 정원군임을 가르쳐 주었다. 그럼에도 불구하고 운영은 왜 정원군이 일개 나인의 처소에 직접 찾아왔는지를 묻지 않았다. 그때 내가 그 점을 신경 쓰지 않았던 건 내가 정원군 전각에서 보모상궁으로 있었다는 사실을 운영이 알고 있어서라고만 생각했다.

"모든 게 다 그대를 위해서였소. 또한 운영이 아니었다면 오늘 같은 일이 그대에게 일어났음에도 나는 몰랐을 것이오. 자, 그러니 어서 이 약부터 드시오. 어서."

간청하듯 정원군이 나를 설득했다. 나는 두 눈을 무겁게 감았다 뜨고는 정원군이 주는 탕약을 받아먹기 시작했다. 지금으로서는 몸이 먼저 나아야 한다고 생각했다. 낫고 나서 시간을 두고 정원군과 운영의 문제를 다시 곰곰이 고민해볼 생각이었다.

정원군이 일일이 불어가며 주는 약을 거의 다 먹었을 때였다. 뒤늦게 의녀가 한 명 들어오더니 당황한 듯 정원군 앞에 엎드리며 말했다.

"마마! 소인이 하겠사옵니다! 어찌 마마께서 직접 하시옵니까?"

그러나 정원군은 의녀를 돌아보지도 않은 채 무심하게 대꾸했다.

"거의 다 되었으니 너는 다른 나인들이나 살펴보거라."

"하오나, 정원군마마! 이곳은 병자들이 거하는 전각이옵니다. 그러니 행궁으로 돌아가시지요."

"그것은 내가 알아서 할 것이다."

그러나 의녀는 좌불안석이었다. 아무래도 정원군이 계속 이곳에 있다가 두창이라도 걸리면 그녀에게도 죄가 돌아올까 겁이 난 모양이었다. 그런데 보니 의녀도 운영도 입에 마땅한 가리개를 하고 있지 않았는데 정원군만 하고 있었다. 운영은 이미 두창을 한차례 치렀다고 했고, 두창 환자들을 돌보는 의녀 역시 전에 두창에 걸려본 적이 있기에 이곳에 있을 수 있다는 걸 나는 알고 있었다. 그 말은 곧 가리개를 하고 있는 정원군은 두창에 걸린 적이 없다는 말이 된다.

뒤늦게 그 사실을 깨달은 나는 놀란 마음에 막 정원군이 입에 넣어준 약을 기침과 함께 뱉고 말았다. 내 입에서 나온 탕약은 입 주변을 타고 흘러 정원군의 소매 옷깃을 적셨다. 운영도 이것을 보더니, 더 이상은 안 되겠다는 듯 나섰다.

"소인이 하겠습니다."

"되었다."

그는 단번에 운영의 청을 거절하더니 깨끗한 천으로 내 입 주변을 세심히 닦아 주었다. 나는 그런 그를 가만히 올려다보다가 입을 열었다.

"행궁으로 돌아가세요……."

"아무 말 마시오. 내가 어찌 이런 그대를 두고 행궁으로 돌아갈 수 있단 말이오?"

그의 눈에 내 상태가 썩 좋지는 않은 모양이다. 그건 일단 둘째치고라도 고집을 부리는 정원군 때문에 의녀의 얼굴만 사색이 되어간다.

약을 다 먹이고 나자 정원군은 다시 나를 이부자리에 눕혔다. 그러더니 운영을 돌아보며 말한다.

"행궁에서는 아직 기별이 없느냐? 벌써 축시(새벽 1~3시)가 다 된 것 같은데 왜 아직도 허 어의는 오지 않는 것이냐?"

"아마도 전하께서 침수 전이신 듯싶습니다. 허 어의는 전하께서 침수 드신 이후에 온다 하지 않았습니까? 조금만 더 기다려 보시지요."

그저 무수리인 줄 알았던 운영의 입에서 나오는 말들이 너무나도 낯설게만 느껴진다. 대체 그녀의 정체가 무엇일까? 그저 정원군이 보낸 무수리가 아니다. 지금 그녀의 대답은 무수리들이 사용하는 말투와는 거리가 멀다.

"안 되겠다. 내의원의 다른 의원이라도 불러야겠다. 답답하여 이대로 가만히 앉아 기다리기만 할 수가 없구나."

정원군이 자리에서 일어서더니 밖으로 나갔다. 의녀도 그런 정원군의 뒤를 따라 나가자 운영만이 내 곁을 살폈다. 약기운 때문인지 잠이 쏟아졌지만, 나는 애써 감기려는 눈을 억지로 뜬 채 운영을 올려다보았다. 운영은 그런 나와 눈을 맞추며 어쩔 줄 모르는 얼굴이었다.

"왜…… 거짓말했어?"

"항아님, 용서해 주세요. 정원군마마의 명이셨어요."

"그분이 네게 뭘 하라 하셨는데?"

"딱히 무엇을 하라고 하시진 않으셨어요. 그저 항아님의 곁에서 시중을 들라고 하셨을 뿐이에요."

"내가 아파서…… 바로 그분께 가서 알렸어?"

"어쩔 수가 없었어요. 창덕궁으로 옮겨진 나인들은 죽을 날만 기다린다고 하잖아요. 항아님이 큰일 날까 봐 걱정되었어요."

운영이 정원군의 사람이었다는 사실은 일단 제쳐놓더라도 날 걱정해주는 건 진심인 것 같았다. 그녀의 눈가를 적신 눈물자국만으로도 충분했다. 단지 속상한 건 진작에 사실대로 이야기를 해주었어도 좋았을 텐데 하는 것이었다.

'그녀 나름대로의 사정이 있었겠지.'

"정원군마마께서 창덕궁에 오신 지는 얼마나 된 거야?"

"두 시진 정도 되셨어요. 처음 항아님이 이곳으로 옮겨졌을 때, 바로 오셔서 상태를 보시고는 다시 행궁으로 직접 가셔서 허 의원님께 처방을 받아오셨어요. 그 뒤에는 항아님이 깨어나실 때까지 직접 약을 먹이셨고요."

"직접? 계속?"

"네. 어찌되었든 정말 다행이에요, 항아님. 처음에 상태가 너무 안 좋으셨어요. 열이 얼마나 높으셨는지, 정원군마마께서 계속 항아님께 약을 먹이셔도 열이 떨어지지 않았어요. 이곳에 있던 어떤 의녀는 항아님이 오늘 안에 죽을 거라고 말했다가 정원군마마께서 불같이 화를 내셔서 바로 내쫓겼어요. 전 정원군마마께서 그리 화를 내시는 건 처음 보았어요."

나를 향한 정원군의 마음은 모두 정리가 되었을 거라고 여겼다. 그러길 바랐다. 만나지 못한 몇 달의 시간 동안 그가 나를 완전히 잊어주길 바랐다. 그런데…… 운영을 보니 알 것 같다. 나는 그를 보지 않고 살았다고 여겼다. 그러나 그가 내 곁으로 보낸 운영이 늘 나와 함께 하고 있었다. 그처럼 그는 늘 내 주변 어딘가를 맴돌고 있었다. 나만이 그걸 몰랐을 뿐이다.

"그런데 항아님."

운영이 무언가 떠올랐다는 얼굴로 날 내려다본다.

"'혼'이 누군가요?"

운영의 입에서 내가 전혀 생각지도 못한 혼의 이름이 나오자 나는 놀라고 말았다.

"왜 갑자기 그 이름을 묻는 거지?"

"사람의 이름이었군요."

조금 전 정원군의 말처럼 열이 남아있어서인지 머리가 콕콕 쑤셔온다. 아니면 괜히 운영이 귀찮은 사실을 하나 알게 되었다는 사실에 신경이 쓰여 그러는지도 모르겠다.

"정원군마마께서 항아님께 약을 먹이기 시작하셨을 때 그 이름을 중얼거리셨어요. 소인은 그래서 항아님께서 정신이 돌아오신 줄 알았는데 아니셨고요."

"내가 그 이름을 말했다고?"

"네, 몇 번씩이나요. 소인은 그때 정원군마마의 옆에 앉아 있었지만 똑똑히 들었는걸요. '혼아'라고 말씀하신 것을요."

내게 찾아왔던 두창은 정확히 열흘이 지나고 나서야 완전히 날 떠났다. 같은 시기 도성에서도 두창이 완전히 물러간 듯했다.

내가 창덕궁에서 머무르는 동안 정원군은 하루도 거르지 않고 나를 찾아와 내 상태를 살폈다. 그는 세심하고 꼼꼼하게 내가 매일 먹는 약의 양을 챙기고, 어떤 날은 선조의 곁을 지키다 퇴궐하는 허준을 직접 데리고 와서 날 진맥하게 했다.

이런 정원군의 정성에 나보다도 더욱 감동한 것은 내 곁에서 지켜본 운영이였다. 그녀는 처음으로 정원군을 알게 된 이전의 이야기를 내게 털어놓았다.

"소인은 사실 전주 고을의 한 반가의 고명딸로 태어났어요. 덕분에 부모님과 오라버니들의 많은 애정을 받았지요. 그런데 집안이 역모에 휘말려 멸문지화를 당하게 되었는데, 다행히 유모의 딸로 위장하여 살아남아 사노비가 되었지요. 왜란이 일어난 후 노비의 신세에서 벗어나기 위해 도망을 쳤어요. 그렇지만 전쟁 중에 여인 된 몸으로 지낼 곳도 끼니를 구할 곳도 없었고, 마지막에는 한성부의 관기가 되고 말았어요. 관기로 지내던 때에 정인을 만나 지금의 두 아이를 낳았고 관기임에도 불구하고 절개를 지키며 지내고 있었지요."

"정원군마마는 어떻게 알게 된 거니?"

운영이 한숨을 내쉬며 말을 이어나갔다.

"그때 어떤 높으신 분께서 소인을 아이들과 떼어놓아 첩으로 들이려 하셨고, 절개를 지키기 위해 아이들과 한밤중에 도망을 쳤지요. 그러다가 막다른 곳에 이르러 우연히 정원군마마와 마주치게 되었어요. 그분이 뉘신지도 모르고 무작정 매달려 사정했어요. 정원군마마께서는 소인의 사정을 모두 들으시고는 외거노비(外居奴婢, 관아 밖에서 거주하는 노비)로서 아이들과 함께 살면서 궁궐에서 무수리로 일하게 해주셨어요. 절개를 지키고 살 수 있게 길을 주신 거죠. 그러다가 지난 해 항아님께 보내신 거고요."

"정원군마마께서는 모든 사실을 아시는 거야?"

"정원군마마께서 아시는 것은 소인이 한성의 관기 출신으로 절개를 지키려 한다는 것뿐이세요. 소인이 반가의 여식이고 역모와 관련 있는 집안 출신이라는 것은 모르세요."

정원군은 다른 마음이 있어서 운영을 내 곁에 보낸 것이 아니었다. 그는 운영이 믿을 만한 여인이며, 나를 곁에서 충성스럽게 모실 사람이라 여기고 보낸 것이었다. 그러니 이 모든 사실이 드러났다고 해서 운영을 내보낸다면 그것은 옳지 않은 행동이라는 생각이 들었다.

"운영아."

나는 운영의 두 손을 잡았다.

"네 말 모두 믿어. 하지만 앞으로도 내 곁에 있고 싶다면 지난번처럼 내가 아프다고 해서, 또는 내게 무슨 일이 생겼다고 해서 제일 먼저 정원군마마께 가서 알리거나 하면 안 돼. 내 말, 무슨 뜻인지 알지?"

운영은 눈물이 그렁그렁한 눈으로 고개를 끄덕였다.

"그러지 않겠어요."

"괜찮겠어? 정원군마마의 명으로 내 곁에 있었던 거잖아."

"안 그래도 정원군마마께서 며칠 전 소인에게 말씀하셨어요."

"무엇을?"

"만약 항아님께서 소인을 정원군마마가 보냈다는 이유로 내보내려

하신다면, 소인은 더 이상 정원군마마의 사람이 아니라 하셨어요."

운영은 정원군에게 있어서 믿을 만한 사람이었다. 그런 충성된 사람을 내게 보내겠다는 말이었다. 정원군은 알고 있었다. 운영을 자신이 보냈다는 사실이 드러난 이상 내가 운영을 예전처럼 계속 곁에 둘지, 아니면 내보낼지 결정하게 될 것이란 걸. 그러나 그는 운영이 내 곁에 남기를 바랐다. 자신과 운영의 인연을 끊어내더라도 말이다.

그는 그만큼 나를 위하고 있다. 지금 곁에 있지 않음에도 그런 그의 마음이 절절하게 느껴져 온다. 그는 정말로 좋은 사람이다. 내가 그를 처음 알게 되었던 그때의 모습 그대로.

창덕궁에서 행궁으로 돌아오자마자 나는 인빈에게 불려갔다.

양화당의 궁녀로 있으면서도 퇴선간에 있기 때문에 인빈을 대면할 기회는 거의 없었다. 때문에 인빈은 거의 반년 만에 보는 것이었다. 그 사이 인빈은 변해 있었다. 살이 빠진 듯 얼굴은 전보다 핼쑥해 보였고 며칠 잠을 자지 못한 듯 파리했다.

나는 정 상궁의 안내를 받아 인빈이 정면으로 보는 자리에 조심스럽게 앉았다. 그러나 곧 정 상궁의 눈치로 몸을 납작 엎드렸다. 인빈은 먼저 정 상궁을 물린 후, 나와 단둘만 남은 자리에서도 오랫동안 아무 말도 하지 않았다. 나는 그녀가 이런 나를 두고 잠에라도 빠진 게 아닌가 의심스러웠지만, 괜히 인빈의 짜증을 불러올까 시선을 들지 못하고 있었다.

침묵을 깨고 인빈이 말했다.

"차라리 네 년이 마마에 걸려 죽었더라면 내 속이 더 편안했을지도 모르겠구나."

인빈의 목소리에 한숨이 묻어나왔다.

"고개를 들거라."

나는 그녀의 말에 따랐다. 그러나 그녀와 시선을 마주칠 수는 없어서 괜히 이곳저곳 다른 곳을 쳐다보며 시선을 돌려댔다. 인빈은 그런 나의 얼굴을 뚫어져라 쳐다보더니 말했다.

"복도 많은 계집이구나. 순화군의 여식은 곰보가 되었다던데, 네 년은 오히려 더 안색이 좋아 보이니 말이다."

"모든 것이 마마의 덕이옵니다."

"내 덕?"

대충 아부라도 떨고 빨리 이곳을 벗어나고 싶은 마음에 꺼낸 말이 화근이 된 것 같다. 돌아오는 인빈의 목소리가 심상치 않았기 때문이다. 인빈이 앙칼진 웃음을 터트렸다.

"내 덕? 내 덕이라고? 이 계집이 나를 정녕 놀리려는 게로구나!"

그러더니 인빈은 자세를 고쳐 앉으며 내게 호통쳤다.

"네 년이 어떤 일을 벌였는지 아느냐? 나뿐만 아니라 내 아들까지 죽게 만들려고 작정하지 않은 이상에야!"

"예?"

"하찮은 퇴선간 나인인 네 년이 마마에 걸려 죽어간다 하여 정원군, 내 아들이!"

그녀는 말을 다 끝맺지 못하고 한 손으로 자신의 이마를 짚었다. 그리고 조금 뒤 다시 말문을 열었다.

"내 아들의 첩이 되길 거부한 건 너다. 나인이 되고 싶다 했지. 그래서 내 덕을 베풀어 그리 해주었다. 그런데 나인이 되니, 내 아들에게 미련이 남더냐?"

"아니옵니다, 마마. 소인은 마마의 덕으로 나인이 되어 부족함 없이 양화당에서 지내고 있는걸요."

"그리 말하면서 두창에 걸려 다 죽어갈 때, 내 아들을 그리 곁에 붙들어 두었느냐?"

정원군은 면역이 없었다. 그런 그가 두창에 걸렸을까 봐 인빈은 걱정하고 있는 것일까? 그렇다면 나는 할 말이 없다. 내가 그를 불러서 온 것은 아니었지만, 어머니의 입장은 충분히 이해할 수 있다. 그런데 조금 이상하다. 혹시 정원군이 두창에 걸린 건 아니겠지?

"정원군마마께서 아프신 건 아니시지요?"

"허!"

어이없다는 듯 웃던 인빈이 손을 부르르 떤다.

"아프다? 내 아들이 아프길 바랐느냐?"

"그런 것이 아니오라……."

"잘 들어라. 네 년이 죽어간다고 정원군이 네 년 곁을 지키며 허준을 창덕궁까지 불렀다지? 고작 나인 하나 때문에 말이다. 이 사실이 전하의 귀에 들어가면 어찌 되는 줄 아느냐!"

인빈이 흥분으로 거칠어졌던 숨을 가다듬으며 내게 말했다.

"넌 정식으로 나인이 되었다. 또한 양화당의 나인이지. 다른 말로는 넌 전하의 여인이기도 하다. 물론 너 같은 하찮은 계집이 평생 전하를 뵐 일은 없겠지. 그러나 잘 들어라. 혹여 너와 정원군에 대한 말도 안 되는 소문이 전하의 귀에 들어가게 될 시, 네 목숨은 없는 것이다. 알겠느냐?"

인빈의 말대로다. 원칙적으로 모든 궁녀는 왕의 여자다. 나 같이 퇴선간이나 지키는 나인에게는 허울 좋은 이름뿐이긴 해도 말이다. 그런데 왕의 여자인 나인이 왕자인 정원군과 소문이라도 난다면? 정원군은 아버지의 여자를 건드린 파렴치한이 되고 만다. 그리고 그땐, 내가 죽는 것뿐만 아니라 정원군도 죽을 수 있다.

"절대 그런 것이 아니옵니다."

"그 입 다물어라! 어디서 함부로 그 주둥아리를 놀리는 것이냐? 내가 내 아들 속도 모를 것 같으냐? 왜 내가 널 보기 싫은데도 내 곁에 두었겠느냐? 잘 들어라. 두 번 다신 정원군의 근처에는 얼씬도 하지 않는 것이 좋을 것이다. 다시 한 번 내 귀에 쓸데없는 소문들이 들려왔다가는, 네 년을 요절내고 말 것이야."

이를 갈며 인빈이 내게 말했다. 새삼스럽지만 인빈은 '마녀'가 분명한 것 같다.

국혼 날

의인왕후의 상이 모두 끝나고 혼이 행궁으로 돌아왔다. 이제 행궁은 국혼 준비로 분주해졌다. 그러나 양화당을 비롯한 여타 후궁들의 전각은 아니었다. 특히 의인왕후의 사망 이후에 내명부 권력의 중심부에 있었던 양화당은 싸늘하기 그지없었다. 마녀 인빈은 국혼을 앞에 둔만큼 시끄러운 일을 안 만들려는지 꽤나 고분고분하게 지내고 있었다. 그러나 양화당 나인들은 언제 폭발할지 모르는 그녀의 눈치를 보느라 하루하루가 살얼음판 그 자체였다.

"후궁에 날아다니는 새는 다 떨어뜨린다는 인빈마마셨잖아요."

미영이는 혼이 환궁한 뒤로 내 처소를 하루가 멀다 하고 찾았다. 나는 그녀가 동궁전에도 들를 겸, 내 처소로 오는 것임을 알고 있었다.

"그런데?"

오늘은 퇴궐하지 않는 운영은 우리의 대화를 조용히 들으며 구석에서 바느질을 하고 있었다.

"이제 인빈마마보다 서른 살이나 어린 상전을 모셔야 하잖아요. 그러니 그 속이 그 속이 아닐 텐데요."

까르르 웃는 미영이를 따라 운영도 웃는다. 아마 그녀들과 마찬가지로 지금 궁 안의 어지간한 나인들은 다들 인빈의 추락을 고소해하고 있을 것이다. 그러나 과연 추락일까?

지금까지 그녀가 후궁에서 세도를 누렸던 것은 단지 미색 때문이 아니었다. 굳이 미색을 논하자면 그녀는 이미 다른 젊은 후궁들과 비교하기에는 무리가 있는 나이였다. 그런 그녀가 공빈이 죽은 뒤부터 지금까지 선조의 총애를 받았던 것은 네 명의 아들과 다섯 명의 공주를 낳은 데다, 선조의 속마음을 그 누구보다도 잘 읽었기 때문일 것이다.

"어린 중전마마가 총애를 독차지하시면 어떻게 되는 거죠?"

"총애보다는 네 말대로 서른 살이나 어린 중전마마께 고개 숙이는 인빈마마가 볼만하겠는데?"

자업자득이다. 그러나 19살의 새 중전도 꽤나 고생할 것 같다. 거의 이모할머니뻘인 선조의 후궁들에게 인사를 받아야 할 테니 말이다.

"오늘따라 기분이 좋아 보이시네요? 오시는 길에 세자저하라도 뵈셨어요?"

바느질하던 운영이 미영이에게 건넨 '세자'라는 말 한마디에 내 가슴이 덜컥 내려앉는다. 마치 뭔가 잘못한 것만 같은 기분이다. 특히 미영이에게 말이다.

"물론이지! 그리고 익위사 한 분이랑 친해졌어."

"세자저하를 호위하는 익위사요?"

"응. 사실 저하를 엿보다 딱 걸렸거든! 그래서 사정 설명을 했지. 우리 멋지신 세자저하를 멀리서 지켜만 보는 거라고. 그랬더니 이해해 주던데?"

"그래도 익위사면 사내인데, 사내와 나인은 어울리면 안 되잖아요. 더구나 미영 항아님은 동궁전 나인도 아니신데요."

"아이참, 괜찮다니까! 그분, 좋은 분 같았어. 그리고 나처럼 세자저하를 연모하는 나인들이 한둘이 아니래. 이런 일을 한두 번 겪은 게 아니라는 투로 이야기하던데?"

혼을 연모하는 나인들이 한둘이 아니라는 말에 갑자기 숨을 쉬는 게 어려워졌다. 따뜻한 봄이 찾아온 뒤로는 저녁에 처소에 불도 때지 않는데, 온몸이 불에 덴 듯 화끈거린다. 아니, 내 얼굴만 뜨겁다. 모든 게 다 남의 사정일 뿐인데 왜 내게서 이런 반응이 오는지 모르겠다. 누가 혼을 좋아하든 나와는 상관없는 일이다. 아니지, 그를 만나면 주고받을 이야깃거리는 될 수 있을 것 같았다. '너 인기 많더라.' 라고. 그럼 혼은 뭐라고 말할까? 그냥 웃고 말겠지.

"그만 가봐야겠어요. 운영아, 나 간다."

"또 오세요."

"응. 그리고 가는 길에 또 동궁전을 지나가 봐야지."

오늘 혼을 보았다는 사실에 신난 미영이는 날아갈 듯한 걸음으로 내 처소를 떠났다. 나는 미영이가 나가자마자 참았던 한숨을 내쉬었다.

그러자 운영이 묻는다.

"무슨 일이 있으세요?"

"아니야, 아무것도."

사실 운영에게 모두 말할 순 없지만 속상하다. 멀리서나마 미영이는 혼을 봤다고 말한다. 그가 환궁한 후 거의 매일을 말이다. 그런데 그와 '친구'라고 말하는 난 뭐지? 여러 가지 사정으로 그에게 연락도 할 수 없고 말도 주고받을 수 없는 친구. 진짜 친구가 될 수 있는 시간은 그에게 허락되는 시간 안에서뿐이다.

불공평하지만 여긴 조선이니까 그가 날 친구로 생각해 주기만 한다면 그걸로 족하다고 생각했었다. 그런데 이젠 나도 모르는 마음이 내 안에 있다. 그것이 무엇인지 나 자신도 확신할 순 없지만.

선조의 가례 날은 초여름인데도 불구하고 매우 더웠다.

가례는 왜란 이후 임시로 사용하는 이 행궁이 아닌 태평관(太平館, 조선시대 명나라 사신을 대접하던 영빈관)에서 치러졌다. 이 때문에 이른 아침부터 선조는 태평관으로 갔고, 행궁에서는 가례를 마치고 선조와 함께 올 새 왕비에게 인사를 해야 할 사람들만 바빴다. 그중 한 사람은 다름 아닌 인빈이었다.

후궁들의 우두머리로서 서른 살이나 어린 새 왕비에게 인사를 올려야 하는 인빈은 당연히 아침부터 심기가 매우 불편했다. 특히 그녀가 석어당에 심어놓은 심복이 '용안이 오늘따라 좋아 보이시고, 웃음이 끊이지 않으셨으며, 대전의 모든 나인들에게 상을 내리셨다'는 소식을 전

해오자 더욱 그랬다. 인빈이 어린 시절부터 곁에서 돌봤다는 정 상궁마저 빰을 얻어맞았으니 말이다.

나에게는 좋은 일이었다. 인빈은 무엇을 먹을 기분이 아니었는지 아침부터 점심까지 물 한 모금 입에 대지 않았다. 자연히 불 땔 필요 없는 퇴선간은 조용하다 못해 심심할 정도였다.

"넌 좋겠다. 아이구야."

인빈이 던진 잔에 이마를 맞았다는 양화당 지밀나인이 울먹이며 퇴선간으로 들어왔다. 그녀는 다시는 전각 안으로 발을 들이고 싶지 않다며 정 상궁이 부를 때까지는 자신이 퇴선간을 지킬 테니 나보고 비켜달라고 했다. 마침 태평관에서 가례가 끝난 선조와 새 왕비가 행궁으로 온다는 소식이 들려와, 나는 새 중전의 얼굴도 확인할 겸 퇴선간을 지밀나인에게 떠넘긴 후 서둘러 정문으로 향했다.

"언니!"

임해군 전각도 할 일이 없기는 마찬가지인 모양이다. 정문으로 가는 길에 미영이를 만난 것이다. 평생에 한 번 볼 수 있을지 없을지 모르는 국혼에 들뜬 우리는 팔짱까지 낀 채로 국혼이 치러지는 중심인 행궁의 서청(西廳, 현 덕수궁 즉조당)으로 향했다.

행궁의 정전이자 편전으로 사용되는 서청을 바라보기 좋은 장소인 뒷문 주변에는 이미 많은 나인들이 몰려 있었다. 뒷문 앞으로는 악사들이 대거 운집해 있었고 덕분에 앞을 내다보기에는 좋아도 밖에서 문 안쪽을 들여다보기는 어려웠다. 이런 상황이 나인들이 숨어 구경하기에 최적의 장소를 만들어 주었다. 이 때문인지 문 주변에 몰려든 나인들 중에는 소속 전각을 알 수 없는 상궁들도 몇 끼어 있었다. 그들도 새 왕비의 얼굴이 자못 궁금하긴 궁금한 모양이었다.

"세자저하다! 세자저하예요!"

미영이가 자기 서청을 보며 외쳤다. 그녀의 말대로였다. 서청 앞에는 검은색 칠장복(七章服, 세자의 면복) 차림의 혼과, 아청색의 적의(翟衣, 궁중여인의 법복)를 입은 세자빈 유 씨로 보이는 여자가 나란히 서 있었다. 그들이 입은 의복은 왕과 왕비의 대례복과 거의 흡사하게 보였다.

선조와 새 왕비가 도착했다는 것을 알리는 나발(喇叭, 조선시대 관악기의 하나) 소리가 들렸다. 이어 우리가 서 있는 문 앞쪽에 앉은 수십 명의 악사들이 웅장한 궁중음악을 연주하기 시작했다. 나는 혼에게서 잠시 눈을 떼고 정문 쪽을 돌아보았다. 그곳에서 선조와 새 왕비 김 씨가 나란히 서서 들어오고 있었다.

다소곳이 두 눈을 내리깐 채 길고 풍성한 다홍색 대례복 때문에 넘어지기라도 할까, 한 발짝 한 발짝 조심스럽게 발을 내딛는 열아홉 살의 소녀. 나와 비슷한 또래임에도 훨씬 어려보이기까지 했다. 그녀는 무슨 죄인인 양 도무지 눈을 들어 앞을 내다보려고 하지 않았다. 그와 반대로 쉰한 살의 선조는 아주 의기양양하게 걸어가고 있었다.

조금 뒤 왕과 왕비는 세자와 세자빈이 기다리고 있는 서청 앞에 도착했다. 혼은 기다렸다는 듯이 두 손을 모아 아버지와 자신보다 한참은 어린 새어머니를 맞이했다. 선조는 뭐가 그리 흡족한지 세자와 세자빈의 인사에 껄껄거리며 웃었다. 그것이 예법에 맞지 않았는지 주변에 선 신하들이 당혹스런 표정을 지었다. 그때였다. 고개를 숙이고만 있던 열아홉 살의 새 왕비가 두 눈을 들어 올려 세자와 세자빈 쪽을 바라보았다. 혼 역시 그런 새 왕비의 얼굴을 정면으로 보았다.

그때 난 알아차렸다. 혼의 얼굴에 당황한 기색이 어리는 것을 말이다. 다른 이들이야 어린 새어머니를 보고 긴장한 아들의 태도로 치부할지도 모른다. 그러나 이미 오래 전에 결정되어 치르게 된 국혼에 그가 놀랄 이유는 없었다. 그런 그가 새 왕비의 얼굴을 보자마자 놀란 것이다. 이와 반대로 새 왕비의 태도는 달랐다. 그녀는 아주 무표정에 가까운 얼굴로 태연스럽게 혼을 바라보고 있었다.

나 역시 새 왕비의 얼굴을 보고 기억나는 것이 있었다. 2년 전, 중궁전 앞을 서성이던 혼 앞에 나타났던 처녀. 바로 그 처녀가 지금 새로운 왕비로 간택된 여인이었던 것이다. 그렇게 보자면 두 사람은 이미 안면이 있는 사이였다. 그런데 왜 혼은 그녀를 보고 놀라고 그녀는 혼을 보고 놀라지 않는 것일까?

왕과 왕비가 서청에 들고 몇 차례 만세와 천세 소리가 울렸다. 그렇게 행궁으로 돌아온 후 첫 예식이 끝나고 왕과 왕비는 각자의 전각으로 가서 잠시 쉬는 시간을 갖는다. 이때 왕비는 평생을 살게 될 중궁전에 처음으로 발을 디디게 된다.

다음으로 신하들의 하례가 이어졌다. 말 그대로 축하인사다. 이 자리에서 대답하는 건 오직 왕뿐이고, 왕비는 조용히 자리만 지키고 앉아 있으면 된다. 이어 연회가 벌어지고 그동안 왕과 왕비는 내전으로 들어가 세자 부부와 후궁들을 비롯한 왕실 가족들의 축하 인사를 받는다. 여기서 끝이 아니다. 이후 왕실 가족들만 참석하는 연회가 따로 열리고, 그 연회까지 끝마치고 나서야 신방에 들게 되는 것이다.

"다들 여기서 뭐하는 것이냐?"

모여들어 구경 중이던 행궁의 나인들을 쫓아내기 위해 서청의 지밀 상궁이 나왔다. 그 때문에 나는 미영이와 헤어지고 양화당으로 걸음을 돌려야만 했다. 그런데 양화당으로 돌아가는 길에 동궁전 최 내관과 여러 나인들이 분주하게 돌아다니는 것이 눈에 들어왔다.

"어디 계시지?"

"이쪽은 찾아보았느냐?"

"예. 하오나 찾지 못하였습니다."

"저쪽으로 가 보거라! 어서!"

"예, 나으리!"

나는 급히 어디론가 가려는 최 내관에게 다가갔다.

"최 내관 나으리."

그는 나를 알아보고는 내가 말을 꺼내기도 전에 입을 열었다.

"항아님? 혹시 세자저하를 보지 못하였나?"

"세자저하요? 세자저하라면 조금 전에 서청에 계셨잖아요."

"그건 나도 아네. 그 이후에 보셨는지 말이네."

"아니요."

나는 고개를 저었다. 그러자 최 내관은 답답한 듯 한숨을 내쉬며 내게서 돌아섰다. 나는 그렇게 가버리려는 최 내관을 다시 붙잡았다.

"세자저하께서 어디 계신데요?"

"그것은 나도 모르네. 조금 뒤에 서청에서 하례식이 있는데, 누구보다도 먼저 당도하셔야 할 세자저하께서 사라지셨으니!"

"세자저하께서 사라지셨다고요?"

"지금 길게 말할 시간이 없네. 난 그만 가 봐야 하니 혹 세자저하를 뵈면 동궁전으로 알려주시게나."

"알았어요."

최 내관이 가버리고 나는 멍한 기분으로 그 자리에 그대로 서 있었다. 내 머릿속에는 서청 앞에서 왕비를 마주한 순간 당황한 얼굴을 하던 혼의 모습이 떠올랐다. 이유야 모르지만 혼이 사라진 이유는 그 일과 연관이 있다고 여겨졌다.

행궁은 좁다. 그가 면복을 갈아입지도 않고 사라졌다면 어디에 있든 분명 한눈에 띌 것이다. 그렇다면 눈에 띄지 않는 장소는 어디일까?

짐작 가는 곳이 한 곳 있다. 그곳에 혼이 없을 수도 있지만, 그럼에도 내 발걸음은 판단을 내리기도 전에 그곳으로 향하고 있었다.

행궁 후원.

정월 초하루에 잠시 돌아왔던 혼과 재회했던 곳이다. 낮에도 가끔 나들이를 나선 선조의 후궁들이 종종 눈에 띄는 곳이지만, 국혼이 있는 오늘은 그 누구도 오지 않을 것이다. 후원을 거닐 만한 왕실 사람들은 모두 조금 뒤에 있을 하례식에 참석하려고 한참 분주하기 때문이다.

그곳에는 사람의 움직임은 전혀 보이지 않았다. 그러나 나는 포기하지 않았다. 그가 나를 홀로 남겨둔 채 사라졌던 후원 깊숙한 장소가 아직 남아있었다.

후원 안쪽으로 향하는 작은 길. 아기자기한 꽃들이 가득한 그 길은 겨우 두 사람이 나란히 걸어갈 정도로 아주 좁았다. 그 길을 따라 후원 깊숙이 들어갈수록 꽃들은 드문드문 보일 정도로 사라지고, 하늘 높은 줄 모르고 꼿꼿이 자란 대나무들이 숲을 이루며 길로 들어선 이를 맞이한다.

온통 대나무의 초록빛으로 물든 숲에서 검은 칠장복 차림인 그를 발견하는 것은 어쩌면 매우 쉬운 일인지도 모른다. 더욱이 그는 길을 벗어나 대나무 숲 사이에 서 있었던 것이다.

"호……."

나는 바로 그의 이름을 부르려다가 주저했다. 그것은 혹시라도 주변에 궁궐 나인이 있을지도 모른다는 걱정 때문이 아니었다. 바로 이곳에서 그가 내게 말했던 '초심을 되찾을 때까지 나를 만나지 않겠다'는 말이 떠올라서였다.

'그는 초심을 되찾았을까? 그에게 말을 걸어도 되는 걸까?'

나는 한참을 망설이며 멀지 않은 곳에 서 있는 혼을 응시했다. 그는 아주 깊은 사색에 잠긴 듯했다. 그리고 그 사색이 오로지 걱정거리로 가득한 것도 분명해 보였다. 그의 얼굴만 보더라도 나는 알 수 있었다.

오늘은 국혼 날이다. 그는 아직 모르는 먼 미래의 일이겠지만 새 왕비는 대군을 낳는다. 그리고 그 대군은 그의 손에 죽게 된다. 이 일로 왕비 김 씨는 그를 평생의 원수로서 원망하게 된다. 이것이 바로 역사에 기록된 분명한 사실. 그러나 이러한 역사를 전혀 알지 못하는 그에게 지금 고민이란 어린 새어머니의 등장일까? 언제 그녀가 낳을지 모르는 이복동생에 대한 걱정일까?

'아니야.'

그런 것들은 그를 단편적으로 평가하는 학자들이나 하는 말이다. 적어도 나는 그렇게 생각한다. 지금 그는 앞으로 자신에게 일어날 최악의 경우를 떠올리며 걱정하는 모습으로 보이지는 않는다. 지금 내가 바라보고 있는 그에게서 느낄 수 있는 것은…… 쓸쓸함과 외로움에 가깝다.

그것은 그가 혼자라서가 아니다. 만약 그의 어머니 공빈 김 씨가 오래도록 건강하게 살았더라면, 그는 세자가 되든 되지 않았든 부모님의 사랑을 받으며 행복한 어린 시절을 보냈을 것이다. 그랬더라면 공빈이 중전이 되었을 수도 있었을 것이고, 그에게는 역사에 기록된 것과는 다른 인생이 기다리고 있었을지도 모른다.

그때 바람이 불었다. 수많은 대나무 잎들이 바람에 춤을 추며 쏴아 쏴아 빗소리를 내기 시작했다. 바람을 피해 고개를 돌리던 혼이 나를 발견했다. 나는 그와 눈이 마주쳤고 그 자리에 서서 그대로 굳어버리고 말았다.

그는 나를 만나지 않겠다고 했었다. 그런데 내가 먼저 그의 앞에 나타난 것이다. 나를 본 그가 천천히 걸음을 옮기며 내가 서 있는 길 쪽으로 걸어오기 시작한다.

문득 나에게 다가오는 그의 표정에 아무런 변화가 없는 것이 두려워졌다. 그리고 마침내 그가 길 위로 들어섰다. 바로 내 앞에 마주 선 것이다. 정월 초하루의 그 날처럼 우리가 마주보고 선 거리는 매우 가까웠다. 나는 긴장된 얼굴로 그를 물끄러미 올려다보았다. 그의 입에서 나오게 될 첫마디가 너무나도 두려웠기 때문이었다.

또 한 번의 바람이 대나무 사이로 불어왔다. 그리고 혼이 나를 향해 미소를 지으며 입을 열었다.

"너였구나……."

그의 목소리를 듣는 순간 그리고 그의 미소를 본 순간, 마치 엄청나게 큰 종이 내 귀 옆에서 울리는 듯한 착각을 느꼈다. 그리고 그 큰 울림은 내 몸 전체를 흔들었다.

처음 대나무 사이에 서 있는 그를 보며 느낀 두려움, 긴장, 그 모든 것들이 일순간에 내 몸을 흔들고 빠져나가며 온몸을 떨게 만들었다. 그것은 기쁨이었다. 태어나서 단 한 번도 느껴본 적이 없는 특별한 행복감. 그리고 그 행복감은 그가 준 것이었다. 단 한마디로, 단 한 번의 미소로.

마치 마법에서 풀리듯 그 순간 나는 깨달았다. 나는 혼을…….

"저하."

그때 갑자기 들려온 여자의 목소리에 나는 서둘러 고개를 돌렸다. 그곳에는 분홍 빛깔의 당의와 금실이 수놓아진 남청색의 치마를 입은 여자가 서 있었다. 그녀는 인빈에 버금가는 커다란 가체를 하고 있었다. 나는 단번에 그녀가 누구인지 알아차렸다. 세자빈 유 씨였다.

그녀는 세자와 가깝게 서 있는 나를 의아하다는 듯 바라보며 우리에게 다가왔다. 나는 몸을 숙인 채 혼의 뒤로 한 발짝 물러섰다.

"빈궁."

혼이 그녀를 부른다. 단지 그것뿐인데 몸을 숙인 내 두 눈이 따끔거리며 금방이라도 눈물이 쏟아질 것만 같다.

"신첩이 얼마나 찾았는지 아시옵니까? 서둘러 서청으로 가셔야 합니다. 그전에 의복을 갈아입으셔야지요."

"근심을 끼쳐 미안하오. 내 잠시 생각할 것이 있어 이곳에 있었소."

걱정하는 기색이 완연한 세자빈의 목소리.

이에 상응하는 미안한 마음이 느껴지는 혼의 목소리.

밀물이 일듯 갑작스러운 깨달음과 혼란스러움에 내 마음은 너무나도 아프다. 그랬다. 혼을 향한 짝사랑을 품은 미영이에게 미안함을 느꼈던 것은 내가 혼과 친구사이였기 때문이 아니었다. 그의 이름만 들어도 두근거리고 불안함을 느꼈던 것도 내가 우정이라고 생각했던 것 때문이 아니었다. 난 혼을 좋아하고 있었던 것이다.

언제부터였는지 알 수가 없다. 너무나도 자연스럽게 생겨난 마음이 분명하기 때문에.

"어서 가시지요."

세자빈의 말에 혼은 그 자리를 떠났다. 당연한 것이다. 세자빈은 우리의 사이를 모를 테고, 굳이 바쁜 와중에 설명할 이유가 없었다. 세자빈 앞에서 나를 아는 척을 해서는 안 된다. 그래야만 한다는 걸 나는 잘 알고 있는데…….

'마음이 아프다. 너무 아파.'

"너는 누구냐? 동궁전 아이가 아닌 듯한데?"

혼을 먼저 보내고도 뒤따라가지 않은 날 향해 세자빈이 묻는다. 나는 고개를 숙인 채 금방이라도 떨어지려는 눈물을 참으려 눈을 깜빡이며 답했다.

"소인은 양화당의 나인이옵니다."

"양화당?"

의외라는 듯 세자빈이 반문한다. 그럴 수밖에. 혼의 어머니인 공빈은 살아있을 적부터 인빈과 사이가 좋지 않았고, 그 영향으로 혼과 인빈의 사이가 가깝지 않다는 것은 다들 아는 사실이다. 세자빈은 잠시 동안 나를 물끄러미 쳐다보더니 더 이상 아무 말도 묻지 않은 채 그곳을 떠났다.

《광해의 연인》1권 마침.
2권에 계속